JANNA HAGEDORN

mantra männer

JANNA HAGEDORN

mantra männer

Roman

Diana Verlag

MIX
Papier aus verantwortungsvollen Quellen
FSC® C014496

Verlagsgruppe Random House FSC-DEU-0100
Das für dieses Buch verwendete
FSC®-zertifizierte Papier *Super Snowbright*
liefert Hellefoss AS, Hokksund, Norwegen.

Redaktion | Carola Fischer
Satz | Leingärtner, Nabburg
Druck und Bindung | GGP Media GmbH, Pößneck
Printed in Germany

978-3-453-29104-1

www.diana-verlag.de

Für Helen und Henri,
für das Hier und das Jetzt

Halasana

Der Pflug (Halasana) ist die wichtigste Stellung für alle, die langfristige Veränderungen in ihrem Leben einleiten wollen. Er ist ein kraftvoller Wegweiser in die innere Mitte.

Es war nach dem vierten Glas Wein auf Mellis Party, als ich plötzlich drei überraschend klare Gedanken hatte.

Erstens: Ich brauche dringend neue Freunde.

Zweitens: Oder ich melde mich zu einem Yogakurs an.

Drittens: Komisch, dass ich in meinem Zustand noch so klare Gedanken fassen kann.

Ich hatte auch noch einen vierten Gedanken, aber der war schon deutlich unklarer. Als Nächstes überlegte ich, ob ich mir ein fünftes Glas einschenken sollte. Damit sich der Kater am Tag danach wenigstens lohnte. Allein Wein zu trinken war deprimierend. Es gab nur eine Sache auf der Welt, die noch deprimierender war: allein auf dem Geburtstag meiner besten Freundin Wein zu trinken.

Schon als ich vorhin in Mellis Wohnung gekommen war, hatte ich es geahnt: Irgendetwas war anders als sonst. Ganz und gar anders. Aus dem Wohnzimmer drang gedämpfte elektronische Musik mit esoterischem Flötengedudel, und ein Männerchor brummelte sonor vor sich hin, Marke »Mittelalterlicher Mönch meets Meditationsgruppe«. Sehr seltsam. Sonst bevorzugte Melli eher eine Art von Musik, die auch beim Wodka-Feige-Trinken auf Après-Ski-Partys in Tirol gespielt wurde. Doch das waren noch nicht die deutlichsten Alarmzeichen. Viel schlimmer war, dass die Bierkiste in der Badewanne so einsam und unberührt dastand. Und dass in der Küche keine Menschen waren. Partys, bei denen sich niemand in der Küche aufhielt, standen unter keinem guten Stern. Gut, ich wusste Bescheid. Melli wollte diesmal ohne Männer feiern, in einer gemütlichen Mädelsrunde. Sogar ihren Freund, die Spaßbremse Steve, hatte sie ausquartiert.

Aber nach Spaß sah der Abend trotzdem nicht aus.

»Wo sind denn deine Gäste?«, fragte ich. Melli zuckte die Achseln. Besonders glücklich sah sie nicht aus. »Die wollten mal kurz ins Internet«, flüsterte sie, »und das geht jetzt schon seit einer Stunde so.«

Als ich ins Wohnzimmer kam, blickte ich auf eine Reihe von Rücken, zwischen denen ein Computerbildschirm hervorleuchtete. In der Mitte erkannte ich Annas imposanten Rollkragen, das asymmetrische Shirt ganz rechts sah nach Nadine aus.

Das ganze Zimmer roch wie eine Reihenhaussiedlung an einem Samstagnachmittag nach dem Rasenmähen. Ich rümpfte die Nase. Grüner Tee gehörte zu den überschätztesten Getränken der westlichen Welt. Der östlichen Welt übrigens auch. Der Geruch nach frisch geschnittenem Gras war noch das Angenehmste daran. Jetzt bemerkte ich auch, dass die esoterische Musik nicht aus der Anlage kam, sondern aus den Lautsprecherboxen des Rechners.

Die Stimmung im Raum erinnerte mich ein bisschen an Weihnachten. Wenigstens an das letzte Weihnachten mit meiner Mutter. Seit der Scheidung hörte sie auch diese Art von Musik. Sogar unter dem Tannenbaum. Und statt des MP3-Players, den ich mir gewünscht hatte, hatte sie mir einen Kristall und ein Pfund Himalajasalz geschenkt. Mir, ihrem einzigen Kind.

Ich ging näher und blickte auf den Bildschirm. Nadine, Anna und die anderen hatten eine Website mit dem Foto einer amerikanischen Schauspielerin aufgerufen. Sie saß in einem seltsam verdrehten Schneidersitz und hatte ihre Arme so um sich herum verschränkt, dass sich ihre Fingerspitzen unter der Kniekehle berührten.

Diese Pose konnte nur an einer Frau gut aussehen, die sich ihre Salatrationen von ihrem persönlichen Diätberater berechnen ließ. Bei jeder normalen Frau wären in einer solchen Haltung Rettungsringe rund um die Taille zu sehen gewesen, die dem Michelinmännchen alle Ehre machten. »Hollywood's favorite Yoga Blog« stand in verschnörkelten Buchstaben quer über die Seite geschrieben.

»Was macht ihr denn da?«, fragte ich. »Versucht ihr, euch mit grünem Tee zu betrinken?«

Anna wandte den Kopf und lächelte mir zu. Sie blickte so beseelt drein, als hätte ihr jemand eine Liste mit den Daten der nächsten zwanzig Tchibo-Werksverkäufe in die Hand gedrückt. Und das wollte etwas heißen. Schließlich kam sie an keiner Filiale vorbei, ohne mindestens einen pastellfarbenen Hausanzug oder eine Salatschleuder aus Edelstahl zu kaufen.

»Hallo Evke«, hauchte sie.

Auch Nadine drehte sich jetzt um, zog mich am Ärmel zu sich herunter und knallte einen lautstarken Kuss neben mein Ohr.

»Guck mal, Sweetie«, sagte sie, »das ist die coolste Website zum Thema Yoga. Jede Menge Videofiles mit Übungen und ein richtig guter Shop. Wenn du da oben klickst, bei dem Yin- und Yang-Symbol, gibt es zum Beispiel Meditationsmusik zum Download.«

»Aha«, antwortete ich matt. So hatte sich Nadine zuletzt vor zwei, drei Jahren über eine Website mit stilvollem Sexspielzeug für Frauen gefreut. Voller Begeisterung hatte sie den Link an alle ihre Freundinnen geschickt, leider ohne weiteren Kommentar. Ich werde nie vergessen, wie ich nichts ahnend morgens um zehn im Büro die Seite öffnete und sich eine Kollektion von aquamarinblauen Delfinen in eindeutiger Form vor mir aufbaute. Blöderweise stand da gerade mein Chef hinter mir.

Berger hatte sich nicht darüber aufgeregt. Viel schlimmer. Seitdem zwinkerte er mir manchmal so wissend zu.

»Ach, fast hätte ich es vergessen«, Nadine wandte sich jetzt wieder Anna zu, »nächstes Wochenende ist noch ein Platz frei geworden bei diesem Wochenendseminar mit ayurvedischer Darmreinigung. Du weißt schon, in diesem Yogizentrum in der Heide. Falls du Lust hast …«

»Großartig! Die sind doch sonst über Monate ausgebucht!«

Wieder dieses beseelte Lächeln bei Anna. Ich verstand überhaupt nichts mehr.

»Ich bin morgen beim Early-Morning-Mantrasingen«, sagte Nadine, »dann kann ich dich gleich mit anmelden.«

»Muss ich irgendwas Spezielles mitnehmen?«

»Du kannst dein eigenes Meditationskissen einpacken, wenn du willst. Und natürlich einen Zungenschaber.«

Anna kramte in ihrer Handtasche, beförderte ihr topmodernes Alleskönner-Handy heraus und wischte wichtig darauf herum. Dann riss sie die Augen auf wie ein Rehkitz, das vom Lichtkegel eines Geländewagens geblendet auf einer Landstraße steht. »O nein! Da kann ich ja gar nicht!«, jammerte sie. »Am Samstag ist schon dieses Get-together vom Network junger Business-Frauen.«

Alle nickten so verständnisinnig, als hätte sie soeben gestanden, dass sie gleichzeitig von Brad Pitt und Johnny Depp um ein Date gebeten worden war. Oder meinetwegen von einem romantischen Vampir und einem sexy Werwolf.

Ich versuchte, Mellis Blick einzufangen, aber die schielte unverwandt an mir vorbei. Erst jetzt bemerkte ich, dass auch sie eine Teetasse mit sich spazieren trug. An ihrem eigenen Geburtstag.

Es gibt diese Momente, in denen sich die Dinge wie Puzzleteile zu einem Bild zusammenfügen. So wie neulich, als in der Kantine plötzlich vier Kolleginnen mit kurzärmligen Karoblüschen über langärmligen Shirts hintereinander in der Schlange standen und ich wusste: Das ist kein zufälliger Griff in den Kleiderschrank, das ist eine Mode. Genau so war das bei Mellis seltsamer Geburtstagsparty auch.

Sicher, meine Freundinnen hatten auch früher schon mal den yogischen Sonnengruß erwähnt. Oder Poster aufgehängt, auf denen verschiedene Fingerstellungen abgebildet waren. Für den Energie-Kick made in Fernost. Trotzdem waren sie doch immer noch ziemlich normal gewesen. Ganz normale Frauen mit ziemlich normalen Jobs und einem ziemlich normalen Geschmack, die auch ohne die Segnungen der fernöstlichen Kultur gut klarkamen. Wenn man mal absah von Sushi und Sudokus.

Zuallererst war da natürlich Melli, meine beste Freundin, solange ich denken konnte. Melli, die sich als einziger Mensch auf der Welt die Namen von sämtlichen Männern gemerkt hatte, die irgendwann meinen Ruhepuls auf mehr als fünfundsechzig Schläge gebracht hatten. Melli, mit der ich in der dritten Klasse Trinktütchen und in der achten Klasse Taschenrechner geteilt hatte. Und die mir schon vorsorglich einen Platz in der Dinosauriergruppe der »Kita Schmuddelkinder« gesichert hatte, in der sie als Erzieherin arbeitete. Nur für den Fall, dass ich eines Tages jemanden kennenlernen würde, mit dem ich Nachwuchs in die Welt setzen konnte. Wahrscheinlich hatte mein ungeborenes, ungezeugtes und ungeplantes Kind sogar schon einen eigenen Garderobenhaken.

So war Melli.

Nadine war in unserer Teenagerzeit zu uns gestoßen, und sie war immer die Wildeste von allen gewesen. Mit siebzehn war sie von zu Hause aus- und bei einem Jungen eingezogen, der behauptete, er sei Musiker. Obwohl ihn nie jemand mit irgendeinem Instrument gesehen hat, außer einer Wasserpfeife. Nadine nannte alle Frauen Sweetie und alle Männer Honey. Angeblich sogar den Referendar, der bei ihrer mündlichen Abiprüfung assistiert hatte. Nadine war das lebende Beispiel für Sex und Rock 'n' Roll, und was die Drugs betraf, hätte ich meine Hand auch nicht für sie ins Feuer gelegt.

Jetzt ging sie genauso auf die dreißig zu wie wir anderen, war aber immer noch nicht leiser. Vielleicht war ihre überdrehte Art aber auch eine Berufskrankheit. Sie arbeitete als Chemielaborantin. Wer weiß, was da an Dämpfen in der Luft lag.

Anna hatten wir schließlich auf der Busfahrt an die Costa Brava kennengelernt, die wir nach dem Abitur zusammen gemacht hatten. Jetzt arbeitete sie wie ich bei Sunny Side Reisen, als Assistentin des Marketingleiters. Ich hatte sie im Verdacht, dass sie mehr verdiente als ich, und das fand ich ungerecht. Immerhin hatte ich ihr den Job besorgt. Möglicherweise hatte sie ihren Gehaltssprung dem Karrierecoaching zu verdanken, das ihre Eltern ihr letztes Jahr zu Weihnachten geschenkt hatten. Seitdem machte sie zwanghaft alles richtig: nutzte Firmenpartys zum Networking, talkte small mit dem neuen Bereichsleiter Firmendienst, trug Anzüge in dezenten Farben und setzte sich in der Kantine zur mittleren Führungsebene. Außerdem konnte sie keinen Satz mehr ohne Spezialvokabeln bilden. Ein netter

Abend beim Italiener war eine Win-win-Situation, ein gemeinsames Party-Büfett lebte von seinen Synergieeffekten.

Was machten diese drei jetzt alle miteinander auf dem Esoteriktrip?

»Was hast du denn eigentlich von Anna und Nadine zum Geburtstag bekommen?«, fragte ich Melli. Zugegeben, ein lahmer Versuch, das Gespräch wieder in normalere Bahnen zu bringen. Doch wenigstens kam ich auf diese Weise weg von Körperregionen, über die ich gar nicht so genau Bescheid wissen wollte.

Darmreinigung. Ich konnte es immer noch nicht glauben.

Nadine und Anna wechselten einen bedeutungsvollen Blick. Melli strahlte.

»Oh«, raunte sie, »stimmt, den habe ich dir ja noch gar nicht gezeigt. Wochenlang bin ich vor dem Schaufenster um ihn herumgeschlichen und habe mir überlegt, ob ich ihn mir leisten kann. Und Nadine und Anna haben ihn einfach besorgt.«

Suchend sah ich mich im Zimmer um und schämte mich gleichzeitig ein bisschen. Da hatte ich wohl etwas nicht mitbekommen. Was war das Objekt der Begierde, für das Melli schon so lange schwärmte? Ein schöner Schal? Ein Fünfziger-Jahre-Toaster vom Trödler?

»Da drüben auf der Fensterbank«, Melli zeigte in die Ecke, »ist er nicht wunderschön?«

Ich traute meinen Augen nicht. Im Fenster saß ein kleines, dickes Männchen mit Glatze und lachte.

»Einen Buddha?«, fragte ich entgeistert. »Der ist doch überhaupt nicht dein Typ!«

»Wie meinst du das jetzt?«, entgegnete Melli und knetete die Fransen ihres Stoffschals.

»Du stehst doch sonst eher auf Typen mit Rückenhaaren«, sagte ich und kicherte. Es war ein alter Insiderwitz zwischen uns, seitdem Melli mir einmal ihre Schwäche für alte James-Bond-Filme und ihren Hauptdarsteller gestanden hatte.

Keiner lachte mit. Sie sahen mich mit der gleichen milden Verständnislosigkeit an wie eine Reihe von Nonnen, denen man erklärte, dass der Heiland ohne Vollbart deutlich attraktiver aussähe.

»Ich meine ja bloß«, ruderte ich zurück, »ich wusste ja gar nicht, dass du neuerdings auch auf diesen ganzen Kram stehst. Yoga, Ayurveda. Ist ja schlimmer als bei meiner Mutter!«

Das machte es nicht besser. Die gefühlte Temperatur im Raum entsprach mittlerweile der eines buddhistischen Gebirgsklosters an einem bedeckten Wintermorgen. Trotz der dampfenden Teetassen.

»Ich glaube, du brauchst dringend mehr Wein«, sagte Melli schließlich und dirigierte mich in die Küche, wo sie einen Chianti öffnete. Ich schöpfte wieder Hoffnung. Bis sie mir Glas Nummer fünf einschenkte und weiter an ihrer grünen Emailleschale nippte.

»Ehrlich«, sagte ich und nahm einen tiefen Schluck. »Was soll das alles? Dieses ganze abgehobene Zeug passt doch gar nicht zu dir!«

Sie zuckte schnippisch die Achseln. »Man kann doch schließlich mal was Neues ausprobieren, oder? Und neulich, beim ›Buddha Weekend‹ in Freddys Fitnessfarm …«

»Wie bitte? Die machen jetzt auch noch Yoga?«

Ich prustete in meinen Wein. Ein einziges Mal war ich mitgegangen zu einem Probetraining in Mellis Studio. Eine Butze am Stadtrand, mit Schwarz-weiß-Postern von Muskelmännern im Foyer und Hänflingen auf der Hantelbank. Okay, es war günstig. Aber Yoga passte dort ungefähr so gut hin wie grüner Tee ins Vereinsheim der Hell's Angels.

»Mein Gott«, antwortete Melli genervt, »die sind halt auch offen für neue Trends. Das ist aber eher so eine Art Yoga-Workout. Ich hab jedenfalls anderthalb Kilo abgenommen, seitdem ich da zweimal die Woche hingehe.«

»Jetzt, wo du es sagst …«, bemühte ich mich und blickte anerkennend auf Mellis Po.

Sie sah mich zweifelnd an.

»Du hast wirklich abgenommen, Melli«, bekräftigte ich meine Behauptung noch einmal. »Das sieht man vor allem in dieser Hose.«

Melli schien hart mit sich zu kämpfen. Und als gute Freundin verlor sie den Kampf. Wahrscheinlich wollte sie genauso wenig Streit anfangen wie ich. Wenn ich nicht morgen ein klärendes Gespräch führen wollte – und Mellis klärende Gespräche waren über die Stadtgrenzen hinaus gefürchtet –, dann musste ich meinen Versöhnungskurs noch verschärfen. Und zwar deutlich.

»Weißt du was«, ich stellte mein halb volles Glas neben die Küchenspüle und legte vertraulich eine Hand auf ihren Arm, »lass uns mal wieder zu den anderen gehen. Ich möchte doch zu gern wissen, was es auf sich hat mit, äh, mit dem Zungenschaber.«

»Ach, na ja«, endlich lächelte Melli wieder, »so abendfüllend ist das ja nun auch wieder nicht.«

»Wer leitet denn deinen Yogakurs? Dein Fitnesstrainer?«, erkundigte ich mich versöhnlich und unterdrückte ein erneutes Kichern. Wahrscheinlich band sich einer der Muskelmänner einmal die Woche ein Batiktuch ins Haar und zündete ein Räucherstäbchen an.

»Ach«, Melli machte eine fahrige Bewegung und riss dabei fast mein Glas um, »das macht der Siv.«

»Was ist denn das für ein Name, Siv? Wo kommt der her?«

»Weiß nicht genau. Nordseeküste, glaub ich.«

»Ein Friese namens Siv? Heißen die nicht alle Hauke Petersen?«

»Na ja«, Melli fegte träumerisch ein paar Krümel von der Arbeitsplatte in ihre Hand, »eigentlich ist das ja auch nicht sein richtiger Name.«

»Sondern?«

»Sivananda.«

Ehe ich darauf antworten konnte, hatte sich Melli schon umgedreht und strebte in Richtung Küchentür. »Komm, lass uns über etwas anderes reden«, sagte sie betont munter, »interessiert dich ja nicht so.«

So konnte man das nun auch nicht sagen. Da war etwas in Mellis Gesicht gewesen, das mich sogar brennend interessierte. Eine Nervosität, die ich lange nicht mehr bei ihr gesehen hatte. Aber sie hatte die Küche bereits verlassen. Ich griff nach Glas und Flasche und trabte hinterher. Melli stand wieder im Wohnzimmer und blickte verwundert in ihre Hand. Die Küchenkrümel waren immer noch da.

Jetzt, wo ich liebend gern auf das Yogathema zurückgekommen wäre, hatte ich kein Glück mehr. Die ganze Partygesellschaft hatte sich etwas anderem zugewandt. Allerdings waren sie genau dort gelandet, wo ich befürchtet hatte. Im Pärchenland. Bei Pärchenangelegenheiten. Und ich dachte, wenigstens das würde mir bei einer rein weiblichen Gästeliste erspart bleiben.

Die letzten Partys hatten mich nämlich zunehmend frustriert. Spätestens dann, wenn der erste Bierkasten in der Badewanne leer geworden war und ehemalige Nichtraucher vereint auf den Balkon zogen, um in Kronkorken zu aschen. Egal, wohin man schaute: Pärchen. Pärchen feierten Pärchenpartys, hielten pärchenhaft Händchen und schauten pärchenhaft drein. Natürlich redeten sie auch nur über Pärchenthemen. Und die konnte ich allmählich mitsingen. In letzter Zeit vor allem den Smash-Hit »Wir suchen uns eine Wohnung«. Allesamt waren sie entweder gerade zusammengezogen, suchten noch die passende Bleibe oder wussten von einem anderen Paar, das gerade so etwas plante.

Das Zusammenziehen war eine Quelle unendlicher Heiterkeit, jedenfalls für alle, die nicht unmittelbar davon betroffen waren. In den Charts der besten Umzugswitze stand das Thema »persönliche Schätze« auf den obersten Rängen. Männer, so hörte ich, wollten sich nicht von ihrer Biberbettwäsche mit Fußballvereinslogo trennen, Frauen hielten eisern an ihrer Kerzenhaltersammlung fest. Außerdem besaß scheinbar jeder Mann ein Verkehrsschild, das er nach einer Sauftour mit seinen Kumpels irgendwo am Straßenrand ausgegraben hatte und das die Frauen auf keinen Fall an der Wohnzimmertür in ihrer gemeinsamen Wohnung hängen haben wollten. Und jede Frau ein rosa Plüschnilpferd, das nicht im gemeinsamen Bett schlafen durfte.

Ich hatte noch nie einen Mann mit Verkehrsschild kennengelernt. Vielleicht war das der Fehler. Vielleicht erkannte man die guten Männer ja daran, dass sie irgendwo ein Vorfahrtszeichen in ihrem Appartement hängen hatten. Irgendetwas, das zeigten mir diese Partygespräche jedenfalls sehr deutlich, machte ich falsch. Da war es auch kein Trost, dass mir niemand verbieten konnte, mit Plüschnilpferden zu schlafen. Oder wenigstens nur ein sehr kleiner.

»Also, Durchgangszimmer gehen gar nicht«, ereiferte sich gerade eine Kollegin von Melli, »und zwei Buchsen sind auch wichtig.«

Ich wusste genau, was als Nächstes kommen würde. Gleich würde Anna wieder von ihrer hundertjährigen Wohnungssuche mit Tobi berichten. Die hatte es in sich, vor allem, weil Tobi ganz bestimmte Vorstellungen von elektrischen Anschlüssen hatte. Statt sich über Dachterrassen zu freuen oder über geschmackvoll blau-weiß gekachelte Küchen, ging er bei jeder Besichtigung mit gesenktem Kopf durch die Räume und verkündete schließlich kopfschüttelnd, dass hier leider weder die TV-DVD-Kombi noch die Anlage ihren mindestens fünfdimensionalen Sound zur Geltung bringen konnten.

»Besitzt Tobi ein Verkehrsschild?«, fragte ich unvermittelt in die Runde, und Anna sah mich verdutzt an.

»Ja! Aus Australien! Ein Krokodil-Warnschild! Und er will es unbedingt wieder an der Badezimmertür anbringen. Dabei passt es überhaupt nicht zu den Wand-Tattoos, die ich neulich entdeckt habe! Die sind wirklich schön, indische Weisheiten in Sanskrit.«

»Will jemand Wein?«, erkundigte ich mich. Es war die pure Höflichkeit. Längst war mir klar: Diese Flasche und ich, wir würden es heute Abend noch sehr lustig miteinander haben.

Anuloma Viloma

Anuloma Viloma, die Wechselatmung, ist eine hervorragende Technik gegen innere Unausgeglichenheit. Täglich ausgeführt, führt diese Atemübung zu einem Zuwachs an innerer Stärke und Kraft.

Melli, Nadine und Anna hatten vielleicht in letzter Zeit keinen besonders treffsicheren Geschmack. Aber eines musste man ihnen lassen, sie hatten etwas, das ich nicht hatte.

Männer.

Melli und Anna hatten immer dieselben: Spaßbremse Steve und Technikspinner Tobi. Nadine hatte alle zwei Monate einen neuen. Die Namen merkten wir uns selten.

Mit den Männern und mir war das so eine Sache. Mit vierzehn, fünfzehn Jahren, als ich anfing, mich für sie zu interessieren, dachte ich: Das ist ganz leicht. Wichtig ist nur, wie du aussiehst und was du sagst. Eine Gleichung, für die man nicht Atomphysik studiert haben musste.

Mag sein, dass das damals sogar stimmte. Aber genau genommen waren es ja damals auch noch keine Männer, sondern picklige Kinder, die heimlich die gleichen Ratgeberseiten in den gleichen Teeniezeitschriften lasen wie wir. Mädchen sollten sich nicht zu grell schminken und eine eigene Meinung vertreten, Jungs sollten nicht vergessen, nachzufragen.

Das lernten wir auswendig wie die Zehn Gebote im Religionsunterricht. Es war ja auch weit weniger. Deshalb klappte es auch halbwegs mit der Kommunikation bei unseren Eisdielendates: »Was fürn Film hast du in letzter Zeit gesehen?« (er), »Diesen neuen mit Brad Pitt, ich fand den aber irgendwie nicht so gut« (sie). Danach hielten wir Händchen und gingen miteinander, meistens drei Wochen lang, manchmal auch drei Monate.

Schöne, übersichtliche Zeiten.

Nur, dass irgendwann Männer wurden aus den Jungs und Frauen aus den Mädchen. Und ich begreifen musste: Das alles war gar nicht so einfach.

Es fing schon beim Aussehen an.

Mit zwanzig hielt ich es zum Beispiel für eine gute Idee, beim Ausgehen wenig mehr als die Körperteile zu bedecken, die selbst für amerikanische Stripperinnen gesetzlich vorgeschrieben waren. Da hatte ich dann plötzlich nicht nur alle drei Wochen, sondern alle drei Tage einen neuen Freund. Auch nicht das, was ich wollte. Mit zweiundzwanzig, als ich die Ausbildung bei Sunny Side Reisen beendet hatte und meinen ersten Job anfing, lief ich selbst im Nachtleben nur noch im Hosenanzug herum. Da sprachen mich manchmal Studenten an und fragten mich, ob ich nicht ein Praktikum für sie hätte. Oder ob ich ihr Bier bezahlen würde.

Jetzt, mit achtundzwanzig, hatte ich es wohl einigermaßen raus. Ich sah nicht mehr aus wie die Zweitbesetzung eines B-Movies. Und auch nicht mehr wie auf dem Cover eines Karriereratgebers. Ich wusste, was mir stand, und zwischen den Höhen und Niederungen der menschlichen Schönheit befand ich mich in einer angenehmen Mittelgebirgslage. Beileibe nicht so hübsch wie Nadine. Wenn die vorbeiging, drehten sich sogar Männer um, während sie ihre Freundin an der Hand hielten. Aber ich war auch nicht so unansehnlich, dass mich Privatsender für Shows über kosmetische Chirurgie gecastet hätten.

Das hatte sehr viel Gutes: Ich konnte es nämlich selbst ganz gut steuern, ob ich an einem Partyabend jemanden kennenlernte. Oder ob ich einfach nur allein sein wollte unter Menschen und mir dabei die Seele aus dem Leib tanzen.

Doch dann kam unweigerlich der Moment, in dem Teil zwei meiner eisernen Regel in Aktion trat. Die Frage, was man sagen durfte. Und wann. Und diese Frage beantwortete ich scheinbar seit Jahren falsch.

Jedenfalls dauerten meine Beziehungen noch immer nicht deutlich länger als mit vierzehn. Und allmählich fragte ich mich, ob es an mir lag, dass ich allzu häufig ein hektisches »Ich ruf dich an« von verschiedenen Kerlen gehört hatte und dann nie wieder etwas. Gegen diese Selbstzweifel half auch Mellis Der-hat-dich-doch-gar-nicht-verdient-Mantra nicht mehr so richtig.

Dabei hatte ich mir die ganz großen Klopper in den letzten Jahren ja schon verkniffen. Vor allem diese leidige Angewohnheit mit den Babys. Jedes Mal, wenn ich einen Mann toll fand, musste ich zwanghaft darüber nachgrübeln, wie wohl unser gemeinsames Kind aussehen würde. Es war immer eine entzückende Vorstellung, selbst wenn der Mann eine Nase vom Ausmaß eines Airbus 320 hatte. Manchmal suchte mein Hirn auch schon einen Namen für das Baby aus, ehe ich mich überhaupt einmischen konnte. Dann dachte ich an den kleinen Finn, während ich einen Kerl anschmachtete. Oder an die entzückende Emily. Ich konnte nichts dafür, es war eher wie eine innere Warnblinkanlage, die mir signalisierte: Vorsicht, Gefühl im Spiel!

Nur blöd, dass mir das ständig passierte.

Ein einziges Mal hatte ich vor Jahren den Fehler gemacht, meine Gedanken mit einem Mann zu teilen. Selber schuld, fand ich hinterher. Schließlich hatte er sich innig auf dem Sofa an mich geschmiegt und gefragt, was ich gerade dachte. Diese Frage hat er danach wahrscheinlich nie wieder einer Frau gestellt. Jedenfalls, als ich anfing, ihm ein Baby mit seinen hübsch geschwungenen Augenbrauen und meinen runden Ohren zu beschreiben, hatte er plötzlich noch einen ganz dringenden Termin.

Jahrelang hatte ich danach nichts mehr von ihm gehört, bis ich zufällig hörte, dass er ausgerechnet in die vegane WG von Mellis Bruder eingezogen war. Außerdem fand Melli heraus, dass der Kerl schon lange eine feste Beziehung hatte.

Mit einem Mann.

Das gab mir dann doch zu denken. Nicht etwa, weil ich ein Problem mit Schwulen hatte. Aber der Gedanke ließ mich nicht los, dass mein Baby-Bekenntnis irgendwie daran schuld war. Einfach zu viel geballte Weiblichkeit. Jedenfalls habe ich danach nie wieder von Babys angefangen.

SARVANGASANA

Der Schulterstand (Sarvangasana) führt zu körperlicher, seelischer und geistiger Ganzheit. Wie alle Umkehrstellungen gibt er eine neue Perspektive auf das Leben und hilft, Unabänderliches zu akzeptieren.

Am Morgen nach Mellis Party öffnete ich gegen halb zwölf die Augen und bereute es sofort. Es gab nichts zu sehen. Wenigstens nichts Interessantes. Ich wankte ins Wohnzimmer. Auch nicht besser. Der Ficus auf der Fensterbank ließ melancholisch ein Blatt fallen. Unter einem Schwarz-weiß-Poster vom Empire State Building stand das blaugeblümte Stoffsofa und sah unglücklich aus. Manchmal fragte ich mich, wann es seine Sachen packen und mich verlassen würde. Es hätte allen Grund gehabt, denn ich war nicht nett zu ihm. Ich glaube, wirklich gesessen hatten auf ihm zuletzt Melli und Nadine, nachdem sie mir beim Umzug geholfen hatten. Damals war Gerhard Schröder noch Bundeskanzler gewesen. Seitdem hatten die blauen Blumen kein Tageslicht mehr gesehen, sondern nur noch Gerümpel von unten. Beihefter aus Fernsehzeitschriften, T-Shirts, die für den Wäschekorb zu sauber und für den Schrank zu schmutzig waren, drei italienische Visitenkarten und ein Laptopkabel.

Ich fegte die Stapel beiseite, ließ mich auf das Sofa fallen und machte die Augen wieder zu. Das war auch keine gute Idee. Eine Horde ungepflegter Kobolde tanzte Pirouetten zwischen Hirnrinde und Mandelkern. Oder wo man in einem verkaterten Kopf eben so tanzen konnte.

Musik. Mit Musik konnte es nur besser werden. Ich öffnete die

Augen halb, das schien mir ein guter Kompromiss. Dann drückte ich probehalber auf einen Knopf der Fernbedienung. Nichts passierte. Nach einer gefühlten halben Stunde kam ich schließlich auf die Idee, die Fernbedienung einfach umzudrehen. Brav sprang das Radio an. Ging doch. »Julia said«, schmalzte es aus den Boxen, und ich setzte mich vorsichtig auf. Nicht dass es mich besonders interessierte, was Julia zu sagen hatte. Aber gemein war's, dass solchen Frauen Lieder gewidmet wurden, und alles nur wegen ihrer Namen. Julia. Angie. Sogar Mandy. Die Glücklichen. Mir würde schon allein deshalb keiner einen Song schreiben, weil mein Name sich nicht gut sang. Und sich nichts auf Evke reimte.

Das Sitzen klappte schon mal ganz gut. Dann konnte ich ja vielleicht doch ganz aufstehen. Ich ignorierte das hämische Gelächter der Kopfkobolde und hievte meine Beine über die Sofakante, eines nach dem anderen und sehr vorsichtig, als handelte es sich um Pakete mit zerbrechlichem Inhalt. Dann schlappte ich zur Kochnische.

Wenn das Sofa schon deprimiert war, dann war die Kaffeetasse neben der Spüle ein ausgewachsener Selbstmordkandidat. Melli hatte sie mir mal aus den USA mitgebracht, »I love New York«, mit einem großen roten Herzen zwischen »I« und »New York«. Leider war das Herz weniger spülmaschinenfest als der Rest der Schrift und deswegen unlängst verblichen. Seitdem wusch ich die Tasse mit der Hand. Als ob das noch etwas genützt hätte. Was für ein trostloser Tag. Und wenn ich an den Abend dachte, wurde meine Laune auch nicht besser. Im Gegenteil.

Der gestrige Abend war schon verschwendete Zeit gewesen, und ausgerechnet heute, am Samstag, fand auch noch die alljährliche Sunny-Side-Party in der Kantine unserer Firmenzentrale statt. Ich würde mir stundenlang die sambatanzende Trulla aus der Lohnbuchhaltung anschauen müssen und meinen Chef, der sich unheimlich wild und verboten fühlte, weil er sich eine Sonnenbrille ins Haar geschoben hatte. Anna behauptete, die Sonnenbrille wäre ein Implantat, aber ich wusste es besser. Ich hatte ihn auch schon ohne gesehen, wenn auch nicht oft. Der Abend würde ein Trauerspiel werden, in mindestens fünf Akten und selbstverständlich unbezahlt. Na denn prost!

Ich verbrachte den ganzen Tag damit, zwischen Dauerwerbesendungen im Fernsehen hin- und herzuzappen und keine Lust auf den Abend zu haben. Eine erstaunlich zeitraubende Kombination. Irgendwann landete ich aus Versehen auf einem öffentlich-rechtlichen Kanal und erblickte den Countdown zur Tagesschau. Als ich eine halbe Stunde später den Bus bestieg, fühlte ich mich, als sei ich auf dem Weg zum Nachsitzen.

Wer fuhr schon freiwillig am Samstagabend ins Büro? Millionenschwere Investmentbanker vielleicht. Bei meinem Kontostand war das Ganze eine Zumutung. Allein deshalb, weil wegen der allgemeinen Sparwut das Catering mit jedem Jahr schlechter geworden war. Früher hatten Anna und ich unseren Unmut wenigstens mit einem Thai-Büfett besänftigen können. Letztes Jahr hatte es nur noch Würstchen, Kartoffel- und Krautsalat mit Speckwürfelchen gegeben. Was wohl diesmal übrig bleiben würde? Wahrscheinlich nur noch der Krautsalat. Ohne Speckwürfelchen.

Ich bummelte durch die ausgestorbene Fußgängerzone und hielt bei jedem Schaufenster an. An der nächsten Ecke erwartete mich das vertraute Gegröle der Einkaufszentrumpunks, die auf einem Mäuerchen saßen und ihr Feierabendbier tranken. Samstag war ihr wöchentlicher Hauptsaisontag beim Schnorren, weil dann besonders viele von diesen verschreckten Vorort-Muttchen in ihren beigen Jacken unterwegs waren. Die trauten sich einfach nicht, Nein zu sagen. Für die Punks gab es dann abends eine Party, und die letzte Dose opferten sie gemeinsam dem Haarstyling der nächsten Woche.

Der Leierkastenmann, der sonst vor dem Einkaufszentrum stand, hatte Gott sei Dank schon Feierabend gemacht. Letzten Sommer hatte er mich mit seinem weithin hörbaren Gedudel so weit gebracht, dass ich nachts von *Lili Marleen* träumte. Es waren keine angenehmen Träume gewesen.

Als ich das Bürogebäude betrat, roch es verdächtig nach Jugendherbergsküche. Und damit nicht genug, drängelte sich auch noch Ilona Patricia Seitermann, genannt IPS, direkt hinter mir in die Drehtür.

IPS war unsere Pressesprecherin. Außerdem war sie schwanger. Auf ihrer Visitenkarte stand nur das Erste, doch je mehr sie an Umfang zulegte, umso mehr hatte sich ihr Tätigkeitsprofil verschoben. Mittlerweile war das Mutterwerden zum Vollzeitjob geworden. Am liebsten hätte ich ein Schild an ihrem Büro aufgehängt: Bitte nicht stören, hier wird gebrütet!

Solange nun wirklich noch nichts zu sehen gewesen war, hatte sie mit »Baby Inside!«-Shirts für die notwendige Information gesorgt – war ja ihr Job, Dinge kurz und knapp auf den Punkt zu bringen. Später sprach sie bei geöffneter Tür so lautstark mit ihrer Assistentin über ihre jeweiligen Ultraschalluntersuchungen, dass ich mich nicht gewundert hätte, wenn sie irgendwann offizielle Pressemitteilungen in eigener Sache herausgegeben hätte: »Enorme Wachstumsraten bei Sunny Side: Jetzt schon zweiundzwanzig Zentimeter«, irgendwo zwischen Mandelblüte auf Mallorca und All-inclusive in Alma-Ata.

IPS musste so etwa im fünften oder sechsten Monat sein, die Kantinenfrauen standen allerdings schon jetzt kurz vor der nervenbedingten Frühpensionierung. Die mussten nämlich jeden Mittag in die Küche traben, um eine lange Liste von Fragen zu recherchieren: Rohmilch? Irgendwas Geräuchertes? Innereien an Bord? Babynahrung war eine Wissenschaft für sich, und das scheinbar schon weit vor der Geburt. Die Kantinenfrauen sehnten sich mindestens so sehr nach der baldigen Elternzeit wie IPS selbst.

»Du bist doch nur neidisch«, hatte Anna haarscharf analysiert, als ich mich neulich auf ein gepflegtes Lästerstündchen in der Teeküche mit ihr zurückziehen wollte.

Hatte ich natürlich abgestritten. Aber insgeheim fürchtete ich: Da war was dran.

Beim Heraustreten aus der Drehtür nickte mir IPS huldvoll zu, dann schritt sie vor mir an die Garderobe im Foyer und öffnete ihren weit schwingenden Mantel. Dabei drehte sie sich halb zu mir herum. »Königin Mutter« prangte in Glitzerbuchstaben quer über ihrem Busen. Einen Moment lang blickte sie mich an, so als wollte sie noch dringend etwas loswerden. Doch ich hatte keinen Bedarf an neuen Details aus dem Bauchraum. Rasch streckte auch ich der griesgrämigen Grauhaarigen hinter der Theke meine Jacke entgegen und wandte mich eilig ab, weil ich gerade Anna gesehen hatte.

Mit einer Freundin an meiner Seite würde ich die ein, zwei Alibistunden hier schon überstehen. Meinetwegen sogar, wenn ich dabei über Yoga reden musste. Oder zuschauen, wie sie networkte. Besser als mit meinem Chef über SUVs plaudern. Oder nicht jugendfreie Websites.

»He, Sie, Frollein!« Ich drehte mich noch einmal um. Die Garderobenfrau wedelte mit einem kleinen, blauen Papier. »Frollein, Ihr Märkchen!«

Das hatte ich doch glatt vergessen. Ich versuchte, mich noch einmal zu ihr durchzudrängeln, was aber gar nicht so einfach war. Denn gerade stürzten sich so viele Leute mit Mänteln über dem Arm auf die Frau, als wäre gerade ein voller Sunny-Side-Reisebus angekommen.

»Entschuldigung«, sagte ich zu dem Rücken mit dem blonden Lockenkopf obendrauf, der sich gerade zwischen mir und der Garderobe aufbaute, »können Sie mir mal eben das Zettelchen da geben?«

Er drehte sich um, und ich erschrak zutiefst.

Ich hätte in dieser Situation jeden angesprochen. Im Notfall wäre ich nicht mal vor Frau Stöver aus der Lohnbuchhaltung zurückgeschreckt, mit der mich seit meiner Lehrzeit eine erbitterte Feindschaft verband. The Dark Side of Sunny Side.

Aber dass sich ausgerechnet ein Mann zu mir umdrehen würde, der genau so aussah, wie ich mir schon immer den Vater meiner Kinder vorgestellt hatte, das war nun wieder ein bisschen viel des Guten.

Anzugträger mit frechem Jungsgesicht – diese Kombination setzte mich grundsätzlich schachmatt. Und selten hatte ich sie in so gelungener Form an einem lebendigen Menschen gesehen. Wo kam der denn her? Warum hatte ich den mittags noch nie in der Kantine gesehen? Hatte er eine Essstörung? Oder versteckte Sunny Side solche Prachtexemplare in einer der Filialen am Stadtrand, um die Frauen in der Zentrale nicht vom Arbeiten abzuhalten?

Er sah mich einen Augenblick lang an, als hätte er meine Frage nicht verstanden. Oder als ob ihm gefiel, was er sah. Oder beides.

»Du«, sagte er dann mit sanfter Stimme, »ich find's total gut, dass du das hier so offen und ehrlich ansprichst.«

Hilfe, wie war der denn drauf? Redete wie der Leiter einer Volkshochschulselbsthilfegruppe! War das vielleicht einer von den neuen Reiseleitern? Bekamen die in ihren Kommunikationsschulungen jetzt so etwas beigebracht? Dann bemerkte ich den Schalk in seinen Augen und verstand. Das war so etwas wie ein gelungener Aufschlag beim Tennis, der Auftakt für ein Spiel. Das konnte er haben.

»Ja«, gab ich zurück, »das hab ich beim angstfreien Töpfern gelernt. In der Toskana.«

»Ich glaube«, grinste er und reichte mir das blaue Zettelchen, »du und ich, wir haben uns viel zu geben. Übrigens, ich bin Chris.«

Ich starrte auf seine Hände. Und hatte sofort unanständige Gedanken.

Unversehens war aus dem Pflichttermin die spannendste Begegnung seit Monaten geworden. Und so ging es den ganzen Abend weiter. Wir wechselten warme Worte wie zwei Sozialpädagogen in der therapeutischen Zusatzausbildung, während unsere Hände und unsere Augen allmählich eine vollkommen andere Sprache benutzten. Irgendwann hatte ich Chris' Hand zwischen meinen Schulterblättern, sein Glas an meinen Lippen.

Mehrmals sah ich von fern Anna, mal mit einer Kollegin aus der Marketingabteilung, mal mit dem neuen Bereichsleiter, einmal sogar mit Berger. Die hatte ihr Coaching wirklich verinnerlicht: Sei nicht wählerisch bei deinen Kontakten, man sieht sich immer zwei Mal. Als ich nach der Ansprache vom Chef zu ihr hinüberging, hing gerade eine Azubine im zweiten Lehrjahr an ihr dran. Wahrscheinlich hatte die auch ein Coaching bekommen und sah ihrerseits in Anna ein Ticket nach oben. Aber wenigstens musste ich in dieser Gesellschaft nicht so aufpassen, was ich sagte.

»›Wir haben im letzten Geschäftsjahr vierzigtausend Paxe generiert‹«, ahmte ich unseren obersten Boss nach, »was ist das bloß immer für eine affige Ausdrucksweise? Wieso kann der nicht sagen, dass vierzigtausend Leute mit uns verreist sind? Und die allermeisten auch ganz zufrieden?«

»Gott sei Dank nicht alle!«, kicherte Anna. »Sonst wärst du bald deinen Job los!«

Aus dem Augenwinkel sah ich, wie Chris wieder in meine Richtung steuerte.

»Psst«, ich wedelte mit der rechten Hand, als müsste ich mit einem Windhauch einen Buschbrand löschen, »der Typ da muss ja nicht unbedingt gleich erfahren, was genau ich mache.«

»Was ist denn das für ein Typ?«, fragte Anna interessiert. »Etwa genau *dein* Typ?«

Ich wedelte noch hektischer, denn obwohl eine Band die Kantine mit lautem und ziemlich schlechtem Karibik-Reggae beschallte, war Chris jetzt auf Hörweite herangekommen.

»NFTC«, zischte Anna aus dem Mundwinkel, und ich hoffte, dass es dunkel genug war, damit sie nicht sah, dass ich rot anlief wie ein Teenager. Never fuck the company? Selbst für die eisernste Regel musste es doch wohl eine Ausnahme geben. Davon hatte Annas Coach natürlich wieder nichts gesagt. Prüde Bande.

Man musste es ja nicht gleich bis zum Wort mit f kommen lassen. Wenigstens nicht heute.

»Mein Freund und ich suchen ja auch gerade«, nahm die Azubine den Gesprächsfaden mit Anna wieder auf, »aber das ist gar nicht so einfach mit einer gemeinsamen Wohnung. Vor allem wegen der Anschlüsse für die Anlage.«

»Oh, davon kann ich ein Lied singen.« Anna hob ihr Glas zum Anstoßen.

Ich trat versuchsweise einen Schritt zur Seite und lauschte, was am Stehtisch nebenan gesprochen wurde. Irgendwelche Kollegen aus dem Charter-Einkauf, die ich nicht kannte. Vielleicht konnte ich mich anschließen. Chris sollte bloß nicht denken, dass ich herumstand und auf ihn wartete! Lieber tat ich so, als hätte ich ihn gar nicht bemerkt.

Ich ging noch einen weiteren Schritt auf das Männergrüppchen zu. Das Thema kam mir bekannt vor.

Es ging jedenfalls nicht um Pärchenumzüge.

»Energieaustausch!«, kicherte gerade einer von ihnen. »Wenn ich das schon höre! Wenn ich mit einer Frau ins Bett gehe, geht's doch nicht um Physik! Höchstens um Chemie!«

Sie fühlten sich unbelauscht und sprachen über Frauen. Und Sex. Das konnte ganz interessant werden. In sicherem Abstand blieb ich stehen.

Auch der zweite grinste. »Tja, Sportsfreund«, sagte er und legte dem dritten die Hand auf die Schulter, »so ist das eben, wenn man mit diesen Yogafrauen ausgeht.«

Sex und Yoga. Es wurde immer besser.

Der dritte entwand sich dem Griff und blickte trotzig auf seinen halb leeren Teller mit Krautsalat. »Fall du mir nur auch noch in den Rücken«, maulte er, »du hast doch selbst gesagt, dass du es mit Yoga versuchen würdest, wenn du eine neue Freundin suchst. Große Auswahl von überdurchschnittlich schönen, überdurchschnittlich intelligenten Frauen. Korrigiere mich, wenn ich mich irre.«

»Schön und intelligent schon. Aber ich habe nie behauptet, dass sie auch unkompliziert sind.«

»Na super. Wenn du einen Tipp für mich hast, gib mir bitte künftig auch das Kleingedruckte zu lesen.«

»Yogafrauen wollen sowieso keinen Sex«, rief der erste so laut, dass die Leute am Nebentisch die Köpfe verdrehten. Dass er Publikum hatte, schien den Mann nur zu ermutigen.

»Wisst ihr nämlich, was die wollen? Die wollen immer nur das eine.« Er machte eine Kunstpause. »Atmen, atmen, atmen.«

Jetzt lachten alle drei, und ich grinste in mein Glas. Lieber atmen als Sex. Wenn das Nadine wüsste!

»Was gibt es denn da wohl zu grinsen?«

Wie aufs Stichwort baute sich Chris vor mir auf. Das passte mir bestens, denn gerade hatte ich entschieden, dass es genug war mit den Versteckspielchen.

»Hello again«, sagte ich.

Wir setzten uns möglichst weit weg von der Reggae-Band und redeten weiter. Jetzt nicht mehr übers angstfreie Töpfern. Sondern über matschigen Salat im Flugzeug, heiße Kaffeebecher und Dauerwerbesendungen.

Es wurde ja leicht ein bisschen peinlich, wenn zwei Menschen sich unterhielten, die schon ziemlich sicher waren, wie der Abend enden würde, und dabei so taten, als sei noch alles offen. Aber nicht mit Chris. Mit dem war gar nichts peinlich.

Ich kam gar nicht in die Verlegenheit, etwas Falsches zu sagen oder an den passenden Stellen schweigen zu müssen. Denn Chris sagte ziemlich viel und immer das Richtige. Vor allem hatte ich lange mit niemandem mehr so gelacht. Nicht mal mit Melli. Und mit einem Mann? Frag nicht nach Sonnenschein!

Und dann ging irgendwann alles sehr schnell. »Hast du nicht zufällig eine Sammlung sehr, sehr seltener alter Sunny-Side-Kataloge zu Hause, die du mir schon immer zeigen wolltest?«, fragte mich Chris, als die Band zu einer neuen Runde ansetzte. Einen kurzen Moment zögerte ich, denn gerade wurde es unterhaltsam. Frau Stöver aus der Lohnbuchhaltung hatte ihre Arme gehoben und klatschte verzückt, ihr schwerer Körper schwappte mit kurzer Verzögerung hinterher.

»Kataloge, ja … die sind aber so alt, dass sie noch in Stein geritzt sind«, gab ich zurück, »auf zehn Tafeln. Wenn du sie unbedingt vom Dachboden schleppen willst …«

Wollte er natürlich nicht.

Und ich auch nicht.

Lieber ins Auto (Kein peinlicher Geländewagen! Zehn Pluspunkte!), einmal durch die Stadt, Parkplatz gesucht, Glück gehabt, rein in die Wohnung, rauf aufs Sofa.

Wieder mal die halb sauberen T-Shirts heruntergefegt und die Visitenkarten und die alten Zeitschriften und das Laptopkabel und den Brief von der Bank mit der neuen PIN für meine Kreditkarte (Ach, hier war der also!).

Und Hände und Knöpfe und ganz viel schneller Atem und süße Suppe im Kopf und in den Mündern und … hach!

Während ich so halb unter Chris lag, kam mir plötzlich wieder dieser verbotene Gedanke. Ich wunderte mich. So früh war der ja noch nie da gewesen! Diese leicht verschwitzten Kringellöckchen in Chris' Nacken waren schuld. Ich konnte mir plötzlich so gut vorstellen, wie er als Baby ausgesehen hatte. Ich hätte nicht mal etwas dagegen gehabt, wenn unser gemeinsames Kind haargenau so geboren worden wäre. Ohne eine einzige Zutat von mir.

»Ist was?«, fragte er und ließ seine Finger meinen Nacken hinunter gleiten, bis dort, wo der Reißverschluss meines Kleides begann.

Ich schaffte es. Ich schaffte es tatsächlich.

Ich blieb brav und hielt meinen Mund.

In dieser Nacht machte ich alles richtig. Ich lächelte, statt an den falschen Stellen zu reden, ich hatte zufällig Unterwäsche an, die nirgends einschnitt und keine roten Striemen hinterließ, und ich war hemmungslos. Aber eben nicht zu sehr. Ein kleines bisschen fehlte schon noch.

Schwer atmend lag Chris schließlich neben mir, einen Arm um mich, einen auf seiner eigenen Stirn. Großartige Arme waren das, mit tollen Händen. Sehnig, gerade richtig behaart. Schon als er mir vorhin mein Garderobenzettelchen gegeben hatte, hatten sie fantastisch ausgesehen, später auf dem Lenkrad seines Autos hatten sie großartig ausgesehen. Und ich fand, auf meinem Körper machten sie sich auch gut. Die Hände waren gut, Chris roch gut, Chris küsste gut.

Alles war gut.

In der Nacht war es gut, und auch noch am nächsten Morgen, als ich ihn Brötchen holen schickte und er mit einem großen Latte macchiato to go für mich zurückkam. Ein Mann, der freiwillig in einer Kaffeebar die Worte Latte macchiato aussprach, obwohl die Frau ihn nicht einmal darum gebeten hatte – also, ein solcher Mann konnte ja wohl nicht ganz ohne Gefühle für die Frau sein.

Denn wie das manchmal so war mit Dingen, die jeder mochte, wurden sie plötzlich das Gegenteil von schick. Ich traute mich ja selbst kaum noch, mein Lieblingsgetränk zu bestellen. Latte macchiato, das klang nach Fußballergattin mit wagenradgroßer Sonnenbrille und dem IQ eines kleinwüchsigen Eichhörnchens. Fast schon so schlimm wie Prosecco. Dabei war das Zeug so lecker! Und jetzt hatte dieser Prachtkerl mir einfach einen Riesenbecher mitgebracht! Nicht etwa so eine esoterische Chai Kardamom Latte, sondern ein wolkiges

Espresso-Heißgetränk, wie ich es liebte. Danach aßen wir Schokostreusel auf Butterbrötchen. Wie zwei sehr ausgelassene Kinder in zwei sehr erwachsenen Körpern.

Mann, war ich glücklich.

Sogar das Sofa sah glücklich aus. Kein Wunder, es hatte ja auch was Schönes erlebt.

Blöd nur, dass Chris irgendwann am Nachmittag ging. Das dürfte kein Mann tun: eine Frau mit ihren Gedanken einfach allein lassen. Mit diesen frischen Erinnerungen, den ausgegangenen Haaren auf dem Sofa, dem Geruch in den Kissen. Als wüssten sie nicht, dass wir dann geistig Amok laufen. Schon anfangen, das Telefon anzustarren, wenn gerade erst die Tür ins Schloss fällt.

Um neun Uhr abends pickte ich gedankenverloren einen Schokostreusel von der Arbeitsplatte auf und gönnte mir ein winziges Glas Weißwein. Danach rief ich meine Mutter an. Ich dachte, sie könnte mich vielleicht etwas ablenken.

»Gerade komme ich zur Tür rein«, keuchte sie in den Hörer, »ich war doch bei diesem Seminar. In Ostwestfalen.«

Das war nichts Besonderes. Seit der Scheidung kam sie an jedem Sonntag von einem Seminar zurück. Kristalle, Handauflegen, die Innere Göttin entdecken. Diesmal hatte sie den Grundkurs Aura-Lesen besucht.

»Es geht nicht nur darum, die Aura anderer Menschen zu entziffern«, dozierte sie in mein Ohr, »es geht auch darum, die eigene zu verändern. Wusstest du übrigens, welche Farbe meine Aura hat?«

»So ein schlammiges Grüngrau?«, riet ich.

»Lindgrün.« Die Stimme meiner Mutter hätte einen Vulkan schockgefrieren können. Während wir telefonierten, betrachtete ich mich im Flurspiegel und versuchte, meine eigene Aura zu erkennen. Sie fühlte sich schamrot an. Aus verschiedenen Gründen.

»Ich muss dann mal«, verabschiedete ich mich nach einer Weile, »ich erwarte noch einen Anruf.«

Das war die reine Wahrheit. Nur leider kam der Anruf nicht. Nicht um halb zehn, nicht um halb elf. Und dann würde er wohl auch nicht mehr kommen.

Gegen elf hatte ich mein winziges Weinglas ein paar winzige Male nachgefüllt, zog auf dem Balkon an einer vereinsamten Zigarette, die ich auf dem Boden meiner Handtasche gefunden hatte, und aschte in einen Kronkorken, der noch von der letzten Party übrig geblieben sein musste. Ich rauchte nicht oft, aber es gab Momente, in denen passte der Geschmack einfach perfekt zum Leben. Genauso intensiv und genauso gesundheitsschädlich. Im Haus gegenüber brannte Licht hinter einem einzelnen Fenster, und ich konnte schemenhaft erkennen, wie ein Mann und eine Frau in der Küche saßen.

Plötzlich musste ich daran denken, was Melli einmal über ihren Freund gesagt hatte. Dass es zu den schönsten Momenten gehörte, wenn sie nach einem langen Tag abends auf dem Weg nach Hause war und schon von Weitem das erleuchtete Fenster im Hochparterre sah. Dass dieses Fenster sie willkommen hieß, dass es so etwas war wie ein freundliches Auge in der Nacht, mit einem Menschen dahinter, der sie liebte.

Da hatte ich zum ersten Mal verstehen können, was sie an Steve fand. Obwohl Melli doch eigentlich viel zu schade war für einen Mann, der aufblasbare Nackenkissen für ein romantisches Geburtstagsgeschenk hielt und seit vier Jahren jedes Mal die gleiche Pizza beim Bringdienst bestellte.

Zu allem Überfluss auch noch die mit Hackfleisch und extra Zwiebeln.

Also gut. Bei meiner Abneigung gegen Steve mochte es auch eine Rolle spielen, dass er mich für eine übergeschnappte Intellektuelle hielt. Nur weil ich in seiner Gegenwart mal das Wort Fauxpas verwendet hatte. »Foh Pah?«, hatte er gefragt. »Um dich zu verstehen, braucht man ja ein Lexikon.«

Zu seinem nächsten Geburtstag hatte ich ihm einen Volks-Brockhaus geschenkt. Das hatte nicht geholfen.

Egal. Wahrscheinlich hatte er Qualitäten, von denen ich nichts ahnte. Melli musste schließlich wissen, was sie tat.

Ich dachte noch eine Weile über Melli und Steve nach und war plötzlich ein bisschen neidisch.

Danach trank ich noch ein Glas.

Und noch eins, weil der Rest in der Flasche mir fast so leidtat wie mein blaues Sofa, das jetzt nackig im Wohnzimmer stand und schon viel weniger glücklich aussah als noch vor ein paar Stunden.

Und dann tat ich es. Als wäre es das Selbstverständlichste der Welt. Ich zog die Visitenkarte aus der Brieftasche. Chris Müller-Nolten, Sunny Side Reisen, Abteilung Großkunden und Firmendienst, Außenstelle. Darunter die Adresse seiner Filiale. Büroanschluss, E-Mail, mobil.

Ich griff nach meinem Telefon und rief ihn an.

Kapalabhati

Kapalabhati (Schnellatmung) macht wach und hilft zu einem klaren Kopf. Anstelle von Müdigkeit und Niedergeschlagenheit tritt innere Freude und Kraft.

Der Montag begann schon wieder damit, dass Kobolde in meinem Kopf doppelte Rittberger vorführten. Allmählich kamen mir die kleinen Wichte bekannt vor. Das nächste Mal würde ich sie nach ihren Namen fragen und ihnen offiziell das Du anbieten.

Fast musste ich lachen, da tauchte ein Gedanke aus den Tiefen meines Unbewussten auf.

Es war ein schrecklicher Gedanke. Ein furchtbarer. Ein grauenhafter. Ein Gedanke, der mit einem großen C begann.

Irgendwie schaffte ich es, ihn klein zu halten. Ich schaffte es unter der Dusche, ich schaffte es im Bus, ich schaffte es sogar noch auf dem Weg zur Arbeit.

Vor der Tür der chemischen Reinigung lag der Mops der Besitzerin im Hundekörbchen und sah ganz besonders zerknautscht aus. Oder kam mir das nur so vor, weil ich mich so zerknautscht fühlte? Der Leierkastenmann in der Fußgängerzone hatte sich einen Becher Coffee to go auf seinen Leierkasten gestellt und leierte einen Hochzeitsmarsch. *Den* Hochzeitsmarsch. Daa-da-da-daa, daa-da-da-daa. Als ich durch die Drehtür das Gebäude betrat, war ich schweißgebadet vor Anstrengung.

Auf dem Weg zum Büro begegnete ich Frau Stöver. Im Arm trug sie eine geblümte Thermoskanne, die aussah wie aus einem der grellen Siebziger-Jahre-Kochbücher meiner Mutter. Täuschte ich mich, oder grinste sie mich mit einer Mischung aus Herablassung und Kumpelhaftigkeit an? Hatte sie mich etwa auf der Firmenparty beobachtet?

Ich flüchtete zum Lift.

Wenn ich dort einstieg, vor allem am Montagmorgen, dann wollte ich immer sofort wieder den Erdgeschossknopf drücken und mich auf dem schnellsten Weg zum Arzt machen. Oder besser gleich in die Notaufnahme des Krankenhauses. Wie konnte man nur ausgerechnet in einer Firma, die mit dem Urlaub anderer Leute Geld verdiente, einen derart fahl beleuchteten Aufzug einbauen? Wer in diesem Licht nicht krank oder wenigstens urlaubsreif aussah, hatte entweder nicht richtig hingeschaut. Oder war Germany's Next Topmodel.

Nach einer Nacht, wie ich sie hinter mir hatte, wäre ich nicht überrascht gewesen, wenn mich beim Aussteigen gleich ein Trupp von Rettungssanitätern empfangen hätte.

Auf der Fahrt nach oben bemühte ich mich, meinem Spiegelbild nicht in die Augen zu schauen. Blieben nur noch die Seitenwände. Die Handzettel mit dem Hinweis auf die Firmenparty waren weg, dafür hing dort ein neuer Zettel, der in einer kugeligen Teenagerschrift bemalt war. »Hilfe!«, stand ganz oben. »Wo ist meine Bärchentasse? Habe sie zuletzt in der Teeküche im 3. Stock gesehen, und jetzt ist sie weg. Hellblaue Teddybären auf dunkelblauem Grund. Bitte meldet euch! Lisa-Marie.« Den Namen kannte ich nicht, es musste eine von den neuen Azubis sein. Jedenfalls nicht die, mit der sich Anna neulich unterhalten hatte. Die trug sogar im Sommer blickdichte Strumpfhosen und hätte sich auch sonst keine Blöße gegeben.

Mein Mitleid hielt sich in Grenzen. Schließlich ging es meinem New-York-Becher zu Hause auch nicht besonders gut. Oder, wie meine norddeutsche Großmutter sagte: Nix is für immer.

Nach und nach leerte sich der Aufzug, und ab Stockwerk sechs war ich ganz allein. »Kundenkontakte« stand in einer sachlichen kleinen Schrift neben dem Knopf mit der Sieben, und mit nicht abwaschbarem Filzstift hatte jemand die Buchstaben MMGZ daneben geschrieben. Meckern, motzen, Geld zurück. Das traf es viel eher.

Ich war bei Sunny Side Reisen zuständig für all die, die sich im Urlaub nicht auf der sonnigen Seite gefühlt hatten. Oder die ihre Reise erst so richtig genießen konnten, wenn sie nachträglich mindestens zwanzig Prozent des Preises zurückbekamen. Das Schönste an meinem Job war der Name: Customer Relations Assistant, leuchtend blau auf teures Papier gedruckt. In meiner Schreibtischschublade warteten drei Päckchen mit jungfräulich verpackten Visitenkarten darauf, dass ich sie endlich loswurde. Aber ich verließ meinen Schreibtisch ja nie. Wem hätte ich schon Visitenkarten geben können außer der Kantinenfrau – oder gewissen Herren auf Firmenpartys?

»Na, auch schon ausgeschlafen?«, bemerkte Berger süffisant, als ich mich meinem Schreibtisch näherte.

Wenn mir nicht zum Heulen zumute gewesen wäre, ich hätte lachen mögen. Zu deutlich stand mir vor Augen, wie mein Chef auf dem Betriebsfest zu tanzen versucht hatte. Zuletzt hatte ich solche Bewegungen im Turnunterricht meiner Grundschule gesehen, da hieß die Übung »Hampelmann«. Doch da weder Lachen noch Weinen die richtige Reaktion auf Bergers Tanzkünste gewesen wäre, schaute ich mit einer Art Kopfnicken an ihm vorbei.

Aus dem Augenwinkel sah ich, dass er noch immer die gleiche metallicblaue Brille auf seine Resthaare gesetzt hatte wie auf der Firmenparty. Vielleicht hatte Anna ja recht, und er hatte sie mittlerweile implantieren lassen.

»Na denn prost«, murmelte ich, als ich den Stapel mit den Briefen auf meinem Schreibtisch erblickte. Als wären Montage nicht schlimm genug gewesen, kam an diesem Tag auch immer noch besonders viel Beschwerdepost. Denn donnerstags landeten die Flugzeuge aus den wichtigsten Urlaubsgebieten, von den Kanaren, Mallorca und der Costa Brava. Freitags, spätestens am Samstag, landeten dann die wütenden Schreiben mitsamt Beweisfotos im Briefkasten.

Die E-Mails waren da noch gar nicht mitgerechnet.

Samstag. Ich seufzte. Was hier vor mir lag, diese ganze Briefpost, war ausnahmslos geschrieben worden, bevor ich mein Leben ruiniert hatte.

Ich griff wahllos in den Stapel und nahm mir einen Brief vor. Von Maik Hinterhuber aus Bayern. Bei dem Namen wäre ich auch zum Prozesshansel geworden. Ungerechtigkeit von Geburt an.

Ein einziger, geübter Blick langte, um zu erfassen, worum es ging. »... waren gerade auf dem Weg zurück vom Strand«, las ich, »... zweijährige Tochter war ausgesprochen sandig.« Wie? Wollten die jetzt schon Geld zurück, weil Sandstrand an Kinderfüßen klebte? Sollten sie doch Urlaub im Allgäu machen! »... von 14.38 bis einschließlich 15.04 Uhr keine Wasserversorgung ...« Ach so. Alles klar. Auf einer Insel ohne eigenes Grundwasser war für fünfundzwanzig Minuten nichts aus dem Hahn gekommen. Da konnte einem ja wirklich die Urlaubslaune vergehen.

Sehr geehrter Herr Hinterhuber, dachte ich, Sie haben einen Hau. Und zwar einen amtlichen. Richten Sie Ihrer Gattin aus, dass man unter Zuhilfenahme eines handelsüblichen Handtuchs trockene Kinderfüße nahezu rückstandslos von Sandresten befreien kann. Sie bekommen von uns keinen müden Cent.

Wie gut, dass es Textbausteine gab.

»Sehr geehrter Herr Hinterhuber«, schrieb ich und drückte die Funktionstaste sechs. »Herzlichen Dank für Ihr Schreiben vom TT.MM. dieses Jahres. Sunny Side Reisen nimmt Reklamationen sehr ernst, denn das ehrliche Feedback unserer Kunden hilft uns bei unserem Bemühen, unsere Leistung immer noch ein bisschen besser an Ihre Wünsche und Bedürfnisse anzupassen. Aus Kulanzgründen und ohne Anerkennung einer Rechtspflicht schicken wir Ihnen anbei einen Scheck über ...«

Jetzt musste ich den Brief nur noch ausdrucken. Dabei stellte ich mir vor, wie ich Herrn Hinterhuber mit einer roten Kinderschaufel im Sand eingrub. Nicht nur von Kopf bis Fuß. Sondern all inclusive. Mit besonderem Vergnügen Mund und Nase.

Beeindruckt von meinem eigenen frühmorgendlichen Fleiß lehnte ich mich im Bürostuhl zurück. Bevor ich ganz hinten angekommen war, hörte ich mein Handy, wie es in den Tiefen meiner Handtasche Musik machte. Ich erstarrte.

Und dann kam der Gedanke mit dem großen C so breitbandmäßig in mein Kleinhirn gerauscht, dass ich ihn nicht mehr verdrängen konnte.

Ich hatte es wirklich getan. Gestern Abend, kurz vor Mitternacht.

Chris war nicht ans Telefon gegangen. Aber seine Mailbox. Mit der hatte ich dann einen ganz entzückenden Plausch gehabt. Ich hatte ihr gesagt, dass es ein toller Abend gewesen sei. Mehr als das. Dass ich lange nichts mehr so Aufregendes erlebt habe. Dass ich immerzu daran denken würde. Dass ich beim Anblick von Yogapositionen auf unanständige Gedanken käme und was Chris von einem Wochenende in der Toskana hielte. Natürlich mit Sparangebot für Reisebüromitarbeiter, er wüsste schon, das stände alles im Intranet von Sunny Side.

Und das war erst der Anfang gewesen.

Kein Zweifel, ich hatte etwas Schreckliches getan. Gegen alle ungeschriebenen Gebote der Beziehungsanbahnung hatte ich krachend verstoßen.

Und es kam noch schlimmer. Zwei Stunden nachdem ich etwas Schreckliches getan hatte, tat ich nämlich auch noch etwas Fürchterliches.

Mitten in der Nacht war ich aufgewacht und hatte für einen kurzen, wahnwitzigen Augenblick gehofft, dass es nur ein intensiver Tagtraum gewesen war. Dass ich nicht wirklich bei Chris angerufen hatte. Es musste dieser letzte Zipfel Hoffnung gewesen sein, der mich noch einmal zum Telefon greifen und die Wahlwiederholungstaste drücken ließ. Einfach nur um zu sehen, welche Nummer zuletzt eingegeben worden war. So machten sie es doch immer in den Sonntagabendkrimis.

Natürlich hatte ich es diesmal nicht klingeln lassen. Aber erst als ich hektisch die Verbindung beendete, wurde mir klar, was ich da gerade getan hatte. Mit Sicherheit konnte Chris auf seinem Display sehen, dass ich es mitten in der Nacht noch einmal versucht hatte. Dann hielt er mich nicht nur für eine verzweifelte Fast-Dreißigjährige mit mausgrauer Aura, sondern gleich für eine psychopathische Stalkerin. Na, danke schön.

Ich war unter meine Bettdecke gekrochen und hatte gebetet, dass er ein steinaltes Retro-Modell benutzte. Am besten ein Mobiltelefon aus den frühen Neunzigern, das man im Koffer mit sich herumtragen musste. Die hatten doch mit Sicherheit noch keine Nummernerkennung gehabt. Oder?

Dabei wusste ich natürlich selbst, dass dieser fromme Wunsch niemals in Erfüllung gehen konnte. Und jetzt, acht Stunden später, dudelte tatsächlich mein Handy seine Signalmelodie.

Gab es noch eine Möglichkeit, dass Chris mich zurückrief? Und wenn ja: Gab es weiterhin die Möglichkeit, dass das ein gutes Zeichen war? Wenigstens eine statistisch ganz kleine?

Besser, ich hörte nie wieder von ihm. Ein Gespräch konnte nur peinlich sein. Mit sanfter Krankenpflegerstimme würde er mir mitteilen, dass es ihm leidtäte. Dass ich mir unrealistische Hoffnungen gemacht hatte. Ich kannte diese Sätze, ich hatte sie häufig genug gehört. Als hätten Männer in ihrem Kopf ebenfalls diese praktischen Funktionstasten mit Textbausteinen, um angehende Liebesgeschichten mit Würde zu beenden.

Unter Bergers missbilligenden Blicken ließ ich es dudeln, bis die Mailbox ansprang, und warf erst dann einen vorsichtigen Blick auf das Display. Melli mobil.

Das war ja noch mal gut gegangen.

Oder auch nicht. Je nachdem.

Ich streckte meine Arme über dem Kopf aus und ließ die Gelenke knacken. Dann stand ich auf, um mir in der Kaffeebar neben der Kantine ein Double Chocolate Cookie zu besorgen. Bei dem Stress, fand ich, hatte ich das verdient. Beim Liftfahren hörte ich Mellis Nachricht ab. Nichts Neues von Sivananda-Hauke Petersen, dafür ein langatmiger Bericht über Steves neue Zusatzausbildung zum Wärmedämmungsspezialisten. Und ob ich ihr vielleicht heute Abend die große TV-Reisereportage auf DVD aufzeichnen könne, »Spirituelles Indien«?

Meine beste Freundin hatte wenigstens Prioritäten in ihrem Leben.

Am Ende des Tages hatte ich alle aktuellen und ein paar verstaubte Beschwerdebriefe beantwortet, zwei Chocolate Cookies gegessen und online auf ein Paar Inline-Skates geboten. Bei 50,50 Euro war ich ausgestiegen. Maßlos war ich in den letzten vierundzwanzig Stunden schon genug gewesen.

Auf der Ebay-Startseite wurden Yogamatten und Gefäße inklusive Räucherstäbchen in fünf verschiedenen Duftnoten und eine Meditations-CD mit Planetentönen verscherbelt.

Die hätte ich gern gehabt, weil ich mir einfach nicht vorstellen konnte, was für Laute die Planeten so von sich gaben.

Chris hatte jedenfalls nicht angerufen. Und nicht gemailt. Und keine SMS geschickt.

Gott sei Dank. Verdammte Axt.

Paschimothanasana

Die Vorwärtsbeuge (Paschimothanasana) ist eine Stellung der Demut und Hingabe. Sie hilft, alte Lebensmuster und schädliche Energien loszulassen.

Um kurz nach halb sieben betrat ich wieder meine Wohnung. Im Flur war es dunkel, nur ein einzelner Lichtstrahl aus Richtung Wohnzimmer fiel auf den Boden. Unter meinen Füßen raschelte etwas, und ich hob es auf. Ein Flyer, wahrscheinlich von einem Lieferservice für verzweifelte Singles. Da hatte wohl ein Bote seine Aufgabe besonders ernst genommen. Statt die Dinger in die Hausbriefkästen zu stopfen, hatte er sie unter den Türen durchgeschoben. Aber bei mir war er an der falschen Adresse.

Von allen Dingen, die ungesund waren und dick machten, mochte ich fast alle.

Außer Pizza.

Ich wollte das Faltblatt schon zu meiner Altpapiertüte tragen, da sahen zwei sanfte Augen mich an.

»Du schon wieder«, seufzte ich. Auf der Vorderseite des Blättchens saß ein gezeichneter Buddha und blickte mir ins Gesicht. Er war deutlich schlanker als Mellis Fensterbrett-Michelinmännchen und sah auch besser aus.

»Da hast du aber Glück«, sagte ich, »indische Currys mag ich nämlich ganz gern.«

Ich schlug das Faltblatt auf. Jetzt so eine schöne, dampfende, chiligewürzte Pampe mit Reis würde den trüben Tag vielleicht doch noch retten.

»Och nö«, entfuhr es mir. Da hatte ich mich zu früh gefreut. Hier ging es überhaupt nicht ums Essen. Sondern schon wieder um Yoga. *Mehr Gelassenheit durch die Kraft der Stille* stand über der Seite und darunter verschiedene Kursangebote in einem Zentrum gleich bei mir um die Ecke. Hatha Yoga für Anfänger. Jeden Dienstag und Donnerstag um neunzehn Uhr.

War das nun Zufall? Schicksal? Oder einfach nur blöd? Nachdenklich rieb ich das Faltblatt zwischen meinen Fingern.

»Es geht mich ja nichts an, aber über diese Fragen solltest du vielleicht einmal nachdenken«, hörte ich plötzlich jemanden sagen.

Ich fuhr herum. War da noch jemand in meiner Wohnung?

»Ich wollte dich nicht erschrecken.« Schon wieder diese sanfte Stimme. Jetzt war es nicht mehr zu überhören: Sie kam direkt aus Richtung meiner Hand, in der ich noch immer den Flyer hielt.

»Namaste«, sagte Buddha und zwinkerte mir aus seinen freundlichen Augen zu. »Ich dachte mir, wenn du schon mit mir redest, kann ich dir ja auch antworten.«

»Wie jetzt?«, flüsterte ich.

»Du hast es ja selbst gesagt. Du solltest mal darüber nachdenken, ob es Zufall ist oder Schicksal, dass du ausgerechnet heute einen Prospekt mit Yogakursen in deinem Flur findest.«

»Ich weiß schon«, sagte ich. »Wegen Mellis Geburtstag. Du meinst also auch, ich sollte mal einen Versuch machen? Damit ich wieder weiß, worüber sie und die anderen reden?«

Es kam mir mittlerweile gar nicht mehr so merkwürdig vor, mich mit dem Papiergötzen zu unterhalten. Fing es so an? Wurde ich langsam wunderlich?

Wurde ich etwa wie meine Mutter?

»Ja«, sagte Buddha bedächtig, »das ist eine weise Entscheidung, aber aus einem wenig weisen Grund.«

»Wie jetzt?«

»Diese seltsam verstümmelte Frage hast du mir schon mal gestellt.«

Ich schämte mich ein bisschen. Immerhin war er so eine Art Gott. Da konnte ich mich in der Tat um eine etwas gewähltere Ausdrucksweise bemühen.

Aber immerhin. Im Gegensatz zu Steve brauchte der wenigstens kein Lexikon, um mich zu verstehen.

»Du willst mir also sagen, ich soll mit Yoga anfangen – aber nicht wegen meiner Freundinnen?« Geschafft. Sogar mit korrektem Genitiv. Ich war gespannt, ob Buddha das bemerken würde.

Den interessierten allerdings eher inhaltliche Fragen.

»Meinst du nicht, dir täte ein bisschen innere Gelassenheit ganz gut?«

Wie jetzt, lag mir auf der Zunge, aber ich schluckte es noch rechtzeitig hinunter.

»Du meinst, ich bin nicht gelassen genug?«

»Nun ja«, Buddha senkte seine schweren Wimpern, »denk selbst mal darüber nach. Du trägst zornige Gedanken in deinem Herzen. Gegen deinen Chef. Gegen Frau Stöver aus der Lohnbuchhaltung. Sogar gegen das arme Mädchen, das seine Bärchentasse vermisst. Von deinen Kunden wollen wir gar nicht reden.«

Mir fiel wieder ein, wie ich Herrn Hinterhuber mithilfe einer Kinderschaufel in eine Sandskulptur verwandelt hatte. Jetzt war es mir ein bisschen unangenehm.

»Das ist aber noch nicht alles, wenn ich dir das mal so sagen darf.«

»Was denn noch?«

Meine Frage hatte vielleicht etwas aggressiv geklungen, aber das ignorierte Buddha geflissentlich.

»Wie ist denn das mit der Liebe? Ich meine, mit der fleischlichen?«

Das hatte gesessen. Sofort fiel mir wieder die vorletzte Nacht ein. Das kleine bisschen, das noch fehlte. Und dann die letzte Nacht. Mein Mailboxmonolog.

Dieses große Vielzuviel.

Innere Gelassenheit sah anders aus. Das wusste ich sogar ohne Yogaerfahrung.

»Du meinst, wenn ich Yoga mache, dann schützt mich das vor blöden Fehlern?«

»Das ist nicht meine Art, Dinge zu betrachten«, sagte Buddha. Jetzt sah er ein wenig arrogant aus und wurde mir schlagartig weniger sympathisch. »Es geht viel eher um Achtsamkeit. Die eigenen Gefühle und die des Gegenübers wahrnehmen.«

Fernöstliches Spaßbrötchen. Meine eigenen Gefühle wahrzunehmen, damit hatte ich ja nun wirklich keine Probleme. Allerdings: Was Chris anging, war ich mir nicht so sicher.

Falsch. Ich war mir sicher.

Ich hatte es längst vergeigt.

Und jetzt wollte dieses Männlein mir weismachen, dass Yoga mich vor neuen Fehlstarts dieser Art bewahren könnte? Dass ich mich nicht mehr so überstürzt verlieben würde? Dass ich außerdem netter werden konnte zu meinen Kollegen, meinen Kunden, dass ich meinen Chef nicht mehr so hassen musste? Und dabei noch anderthalb Kilo abnehmen?

Hm. Das klang nicht schlecht. Das klang gut. Sogar sehr gut.

»Jeder findet den ihm bestimmten Weg«, säuselte Buddha.

Entschlossen schlug ich die letzte Seite des Flyers auf. Dort stand eine Telefonnummer. Wenn ich Glück hatte, erreichte ich jetzt noch jemanden. Gleich morgen wollte ich meine erste Probestunde nehmen. Und vielleicht hinterher mit einer meiner Freundinnen zum Inder.

Ich bekam wieder Hunger.

Ich wollte gerade abheben, da schrillte das Festnetztelefon mich an. Meine Mutter schon wieder?

Und wenn es Chris war?

War das ein gutes oder ein schlechtes Zeichen?

Ich beschloss, erst einmal zu warten, bis sich der Anrufbeantworter einschaltete. Dann konnte ich immer noch sehen.

Und wenn er es dann wirklich war?

Dann würde ich natürlich drangehen.

Nein, falsch: Dann würde ich auf gar keinen Fall drangehen.

Der Anrufbeantworter schaltete sich ein. Aus dem Lautsprecher drang ein Besetztzeichen. Aufgelegt.

Das hier war alles sowieso viel zu aufregend. Buddha hatte recht. Aber so was von recht.

Ich würde jetzt etwas ungeheuer Achtsames tun. Vielleicht eine Tasse Tee trinken. Auch wenn ich nur Ostfriesenmischung im Beutel hatte. Und eine Café-del-Mar-CD einlegen. Klang so ähnlich wie das, was wir gestern Abend bei Melli gehört hatten. Mit viel »Om«-Gesang und Didgeridoos dabei. Ab morgen würde ich ein neuer Mensch werden. Freundlich und sensibel und abgeklärt und wahnsinnig gelenkig.

Als das Telefon das nächste Mal klingelte, erschrak ich nicht einmal mehr.

Yoga war wirklich eine tolle Sache.

BHUJANGASANA

Die Kobra (Bhujangasana) wirkt öffnend und befreiend. Sie ist vor allem hilfreich in Lebenssituationen, in denen wir neues Selbstbewusstsein schöpfen und uns unserer Ideale bewusst werden möchten.

Meine Aufgabenliste für den nächsten Arbeitstag bestand aus drei Punkten.

Am Vormittag surfte ich im Internet auf der Suche nach einer Seite, auf der man sich gratis Planetentöne zum Download herunterziehen konnte. Nicht sonderlich erfolgreich.

Mittags kaufte ich offline zwei Duschgels, ein rotes mit dem Namen Energy und ein blaues mit dem Namen Meditation. Das klappte schon besser.

Nachmittags schnitt ich in mühevoller Kleinarbeit Buchstaben aus Zeitungen, Zeitschriften und alten Sunny-Side-Pressemitteilungen aus und bastelte eine Collage auf einem leeren Druckerpapierblatt zusammen. Das funktionierte ganz hervorragend. Das Einzige, das mich ab und an in meiner Konzentration störte, war die kleine Fanfare, mit der neue E-Mails in meinem Postfach eintrudelten. Noch immer erschrak ich jedes Mal, halb voll Panik und halb voll Hoffnung, und war dann gleichzeitig enttäuscht und erleichtert, wenn kein Chris dahintersteckte. Ich ließ sie alle ungeöffnet bis auf eine einzige. Die machte mich neugierig. »Aussprache« lautete der Betreff. Absender war ein gewisser Hansjörg127. »Liebe Evke«, schrieb Hansjörg127, »ich habe in der letzten Zeit viel über unser Verhältnis in der Vergangenheit nachgedacht und weiß, dass ich dabei keine besonders gute Figur gemacht habe. Ich würde mich freuen, wenn wir endlich einmal ungestört über alles reden könnten. Außerdem gibt es Neuigkeiten, die ich Dir nicht vorenthalten möchte. Melde Dich doch bitte bald bei mir.«

Mein Papa. Der gute Hansjörg. Darauf konnte er lange warten. Ich hatte schließlich auch lange gewartet, und zwar umsonst. Zugegeben, der letzte Satz machte mich neugierig. Aber auch wieder nicht so sehr. Ich hatte schließlich Dringenderes zu tun. Erpresserbriefe basteln, zum Beispiel.

Um Viertel vor sechs warf ich den letzten Blick auf mein Machwerk und war äußerst zufrieden. Es gelang mir sogar, den Zettel unbemerkt im Lift anzubringen, obwohl ich zur Rushhour das Büro verließ. Ein klarer Standortvorteil, wenn man im siebten Stock einstieg. Nur das Pokerface bei der Fahrt ins Erdgeschoss fiel mir schwer, während die einsteigenden Kollegen grinsend meinen fingierten Erpresserbrief lasen.

»Wir haben Ihre Bärchentasse«, stand dort, »es geht ihr den Umständen entsprechend gut, und es liegt an Ihnen, ob das auch so bleibt. Verhalten Sie sich ruhig und erwarten Sie weitere Forderungen. Kommando Dark Side.«

Was genau ich fordern würde, wusste ich noch nicht. Zum einen hatte das Buchstabenkleben länger gedauert, als ich geahnt hatte, und ich hatte einfach keine Zeit mehr gehabt, wenn ich abends pünktlich im Yogazentrum sein wollte.

Zum anderen hatte ich keinen Schimmer, wo die Bärchentasse abgeblieben war.

Heute war ich mit dem Auto unterwegs und hörte auf der Fahrt sämtliche vierzehn Tracks von *The Sound of Didgeridoo*. Ein früherer Freund hatte mir die CD einmal geschenkt und etwas von spiritueller Qualität gemurmelt. Ich hatte ihn schon damals im Verdacht gehabt, dass er sie nur zufällig vom Wühltisch gezogen hatte. Oder dass seine Mutter ähnliche Dinge verschenkte wie meine eigene. Aber auf der Fahrt zur ersten Yogastunde musste schließlich angemessene Musik laufen. Und nicht gerade Lady Gaga.

Irgendwo hatte ich gelesen, dass Yogis durch ihre ganzheitliche Lebensweise um mindestens zehn Jahre ihrem biologischen Alter hinterherhinkten. Als ich den großen Saal des Yogazentrums betrat, wusste ich auch, warum.

Auf einen Schlag fühlte ich mich wieder wie siebzehn.

Wo man hinsah, lagen Leute auf dem Rücken, Arme und Beine gespreizt, manche von ihnen in Wolldecken gehüllt. So hatte es damals nach unseren Samstagabendpartys auch ausgesehen.

Melli, Nadine und ich hatten oft zusammen in irgendwelchen Jugendzimmern auf Isomatten übernachtet, weil unsere Eltern keine Lust gehabt hatten, uns mitten in der Nacht in der Pampa abzuholen. Und ähnlich gerochen hatte es dort auch. Nach einer Mischung aus abgebrannten Räucherstäbchen, Deo und Schweiß. Mir wurde ganz heimelig zumute.

Ich wollte mich gerade dazulegen, da betrat eine kleine, drahtige Blondine den Raum. Sie legte anmutig ihre Handflächen vor dem Körper zusammen und grüßte in alle Richtungen. Einige Leute standen auf, warfen die Decken von sich und erwiderten den Gruß. Jetzt war mir auch klar, woher der leichte Schweißgeruch kam: Die meisten von ihnen waren barfuß.

Die Blondine warf einen Blick auf meine Turnschuhe.

»Ich sehe, wir haben einen Gast?«, fragte sie. Sie war wirklich ungemein drahtig, und sie hatte schönere Oberarme als Michelle Obama.

»Ich bin Nitya«, stellte sie sich vor, »und hier drinnen ziehen wir die Schuhe aus. Das ist wichtig für unsere Erdung.«

Jetzt fühlte ich mich nicht mehr wie siebzehn, sondern eher wie fünf. So ähnlich hatte meine Kindergärtnerin auch immer geklungen. Wie hieß sie noch? Ach ja: Frau Rosenkötter. Vor allem dieses strenge »wir« hatte sie auch gern benutzt: Evke, wir essen erst ein Stück vom Rohkostteller, dann gibt es Pfannkuchen!

Ich beugte mich über meine Schnürsenkel und überlegte kurz, Yoga ein für alle Mal an den Nagel zu hängen. Eigentlich war ich nämlich nicht der Typ Frau, der seine Füße sofort für jeden auszog. Erstens hatten sie einen eingebauten Schmutzmagneten, der rund ums Jahr meine Sohlen graubraun einfärbte. Waschen war zwar möglich, aber zwecklos. Außerdem hatte ich Hornhaut auf den Fersen und kleine Zehen, gegen die der schiefe Turm von Pisa aussah wie das Empire State Building.

Um mich herum wurde es unruhig. Beine wurden zum Lotossitz verknotet, Ellenbogen auf Knien abgelegt. Immerhin hatte Nitya am Rest meines Outfits nichts auszusetzen. Ich hatte ein lila Sweatshirt gewählt, und das mit Bedacht. Die Farbe war schließlich nicht nur modisch, sondern auch irgendwie spirituell. Schließlich hatte ich meine Schuhe abgestreift und stellte mit einer gewissen Erleichterung fest, dass meine Nachbarn auch keine schöneren Füße hatten als ich. Letztlich waren eben doch alle Menschen gleich.

»Wir setzen uns im Lotossitz auf und legen die Hände ins Cin-Mudra, Daumen und Zeigefinger zusammen!«, sagte die drahtige Nitya.

Wie bitte?

Ich schielte zu meinen Nachbarn. Die setzten sich bereits in Pose. Sie erinnerten mich an den meditierenden Buddha auf dem Flyer, der gestern in meiner Wohnung gelandet war. Nur in unterschiedlicher Größe und mit unterschiedlichem Körperumfang. Die Position war nicht besonders kompliziert. Das schaffte ich gerade noch, auch wenn ich die Beine nicht ganz so elegant ineinander verknoten konnte.

Unauffällig blickte ich mich weiter um. Bis auf den älteren Mann mit grauem Rauschebart und weißem Wallegewand auf der Matte neben mir wirkten sie alle ziemlich normal.

»… und wir schließen die Augen!« Das klang streng und ging an meine Adresse. Wieder fiel mir Frau Rosenkötter ein: Evke! Brauchst du immer eine Extraeinladung?

»Wir beginnen mit unserem Begrüßungsmantra.«

Seit Jahren hatte ich nicht mehr an meine Kindergärtnerin gedacht und nun schon zum zweiten Mal innerhalb von fünf Minuten. Damals hatten wir morgens immer im Kreis gesessen und das Sonnenkäferlied gesungen.

Falsch: Alle anderen hatten das Sonnenkäferlied gesungen. Mich hatte Frau Rosenkötter eines Morgens beiseitegenommen. Eindringlich hatte sie mich gebeten, lieber nur die Lippen zu bewegen. Um nicht die anderen ständig aus dem Takt zu bringen.

Im Klartext: Sie hatte mir verboten zu singen.

Das hier war natürlich etwas ganz anderes. Nitya und die anderen produzierten jetzt lang gezogene, kehlige Laute in einer völlig unverständlichen Sprache. Wohl etwas Indisches. Was sangen die da überhaupt? Ich fragte mich, ob jemand von ihnen die Worte verstand. Vielleicht hießen sie ja so etwas wie »Mama, das Curry ist zu scharf!« oder »Papa, ich hab einen neuen Job im Callcenter«?

Ich versuchte, einen möglichst meditativen Gesichtsausdruck aufzusetzen und durchzuhalten. Das war ja auch keine schlechte Übung in innerer Gelassenheit: abwarten, bis das mit dem Singen zu Ende war. Und außerdem hatte ich mir ja vorgenommen, nicht immer gleich so negative Gedanken über meine Mitmenschen zu hegen. Damit konnte ich auf der Stelle anfangen.

Was sangen die jetzt gerade? Om?

Wenigstens mal ein Mantra, von dem ich schon gehört hatte. Wenn zwanzig Yogaschüler gleichzeitig die Silbe anstimmten, klang es, als würde jemand in ein unterirdisches Röhrensystem pusten. Alles vibrierte. Ich auch.

Shanti, Shanti, Shanti, sangen sie.

Als ich gerade fand, dass ich meine innere Gelassenheit mehr als genügend trainiert hatte, erteilte Nitya die Erlaubnis zum Augenöffnen. Jetzt würde es endlich losgehen mit den Übungen, die mich in eine gelenkige, straffe Hollywood-Beauty verwandeln würden. Schließlich auch ein Grund, warum ich hier war. Seelische Schönheit hin oder her.

Ich machte Anstalten aufzustehen, wurde aber von einem einzigen Blick daran gehindert.

»Wir beginnen mit der ersten Atemübung«, fuhr Nitya fort und fixierte mich. Atemübung? Ich war verdattert. Ich hatte noch nicht einmal gewusst, dass man das Atmen üben musste. Wenn man nicht gerade ein neugeborenes Baby war.

»Wir legen die rechte Hand ins Vishnu-Mudra, Daumen ans linke Nasenloch, atmen ein, halten dann die Luft an und lassen sie schließlich ganz langsam durch das andere Nasenloch wieder ausströmen.«

So hatte ich mir immer die Geräusche in einem Lungensanatorium aus dem neunzehnten Jahrhundert vorgestellt. Ein bisschen klang es auch nach Darth Vader, dem Typen mit der schwarzen Atemmaske aus Star Wars.

Ein Gutes hatte die Atemübung allerdings: Ich musste mich so intensiv aufs Weiterleben konzentrieren, dass ich keine Chance hatte auf einen klaren Gedanken.

Und das war ja auch ganz gut so. Denn die klaren Gedanken in den letzten Tagen waren nicht gerade erheiternd gewesen.

Nach der übernächsten Übung sah ich unauffällig zu meiner Armbanduhr. Schon eine halbe Stunde vergangen, und bisher hatten wir noch nichts gemacht außer Singen und Atmen.

»Entschuldigung«, flüsterte ich Nitya zu, »gehört das denn wirklich alles zum Yoga?«

Dummerweise röchelte in diesem Moment keiner. Alle Blicke richteten sich auf mich. Jeder im Raum hatte mich verstanden.

Statt Nitya ergriff der Mann mit dem weißen Wallegewand neben mir das Wort.

»Alles ist Yoga, Liebes«, sagte er und sah mich gütig an wie Gottvater persönlich. »Wenn du es richtig anstellst, gibt es überhaupt keine Grenze mehr zwischen Leben und spirituellem Weg.«

»Aber was ist denn mit diesen ganzen Übungen«, stotterte ich, »ich meine, diese ganzen verknoteten Körperhaltungen?«

»Die Asanas? Die dienen nur dazu, den Körper so zu kräftigen, dass du die Meditation am Ende länger durchhältst«, raunte der Bärtige, »die Asanas sind kein Selbstzweck. Auch wenn viele Leute sie als eine Art Gymnastik begreifen.«

Das begriff ich nun überhaupt nicht. Sport machen, um dann länger stillsitzen zu können?

Nitya hob die Hand. »Das können wir nachher noch weiter klären«, sagte sie, »jetzt gehen wir zu den Umkehrstellungen über.«

Fünf Minuten später sehnte ich mich schon heftig zurück nach den Atemübungen. Die waren zwar seltsam, aber immerhin hatte ich sie sofort verstanden. Tatsächlich verwickelten die Kursteilnehmer sich jetzt in abenteuerlichen Positionen. Eine ältere Frau stand scheinbar mühelos auf dem Kopf und entblößte dabei Waden, die mich an mittelalten Gorgonzola erinnerten. Eine andere nahm eine ähnliche Position ein wie die Schauspielerin auf der Partywebsite. Stand ihr gar nicht schlecht. Obwohl sie längst nicht so dünn war.

»Du hast noch nie Yoga gemacht, oder?«, fragte Nitya und sah mich so mitleidig an, als hätte ich ihr eröffnet, dass ich noch nie ein Badezimmer mit fließend Wasser oder ein Besteckset mit Messer und Gabel gesehen hatte. Dann ließ sie mich eine Weile aufrecht stehen, ein Bein halb angewinkelt und den Oberkörper eigenartig verdreht.

Danach zeigte sie mir eine Übung auf der Matte, und schon wieder musste ich an meine Kindergartenzeit denken. Damals hatten wir es »Kerze« genannt, im Yoga hieß es vornehm »Schulterstand«. Während ich verwundert feststellte, welchen Unterschied doch vierzig zusätzliche Kilos und vierundzwanzig zusätzliche Jahre ausmachten, stand Nitya über mir.

»Umkehrstellungen sind heilsam«, dozierte sie leise, »sie wirken positiv auf die feinstoffliche Wirbelsäule. Dadurch regeneriert sich der Körper.«

Bingo. Da war es wieder. Jünger mit Yoga. Gern hätte ich gewusst, wie alt der Mann im weißen Wallegewand neben mir war. Ich hätte ihn ja auf etwa fünfzig geschätzt. Aber möglicherweise hatten ihn ja auch seine schlimmen Erlebnisse im Ersten Weltkrieg auf den Pfad des Yoga gebracht.

»Ich erzähle euch noch etwas zu den Umkehrstellungen«, sagte Nitya, und ich verrenkte meinen Hals. Aus meiner unbequemen Position heraus konnte ich undeutlich erkennen, wie sie ebenfalls in den Schulterstand ging und dann die Beine hinter dem Kopf durchgestreckt zu Boden brachte, bis ihre Zehenspitzen die Yogamatte berührten. In dieser Stellung sprach sie weiter, mühelos, als säße sie auf einem Barhocker. »Was ihr hier seht, ist der Pflug. Diese Körperhaltung gibt uns Energie für Veränderungen. Wenn wir vor einer Weichenstellung in unserem Leben stehen und uns der nötige Antrieb dafür noch fehlt.«

Das hörte sich nun wieder hochinteressant an. Wenn ich nur Luft bekommen hätte! Mein Bauch war schlimm zusammengestaucht, der Boden drückte unangenehm gegen meine Halswirbel. Ich wollte Veränderung, und zwar sofort! Allerdings nur eine: endlich raus aus dieser unbequemen Haltung.

Nitya hatte ein Einsehen. Leise klatschte sie in die Hände und erlöste uns aus unseren unterschiedlichen Positionen, während sie sich mühelos entfaltete.

»Leider«, sagte sie, »es ist schon wieder Zeit für unsere Schlussmeditation.«

Wieder setzten sich alle in den Lotossitz und schlossen die Augen. Mit Sicherheit konnten das auch alle anderen besser als ich.

Nityas Stimme war jetzt ein einschläfernder Singsang. »Unsere Gedanken sind wie Wolken«, hörte ich sie von fern, »wenn sie kommen, sehen wir sie uns an und schicken sie einfach weiter. Unser Ich begibt sich auf eine Reise ...«

Ich machte ebenfalls die Augen zu und wartete. Jetzt würde etwas Großes passieren, da war ich ganz sicher. Ich würde eine Erkenntnis haben, eine Vision, eine Klarheit, wie ich mein neues Leben führen wollte.

Erst juckte mich mein Ellenbogen. Dann mein Ohr. Dann meine Wade.

Schließlich kamen Gedanken vorbei

Aber nicht einfach so vorbei wie einzelne Schönwetterwölkchen. Eher wie eine aufziehende Gewitterwand an einem heißen Augustnachmittag. Ich sah Frau Stövers Thermoskanne, ich sah die offenen Hemden der schlechten Reggae-Musiker.

Ich sah Herrn Hinterhuber vor mir, der verzweifelt an einem kanarischen Wasserhahn drehte.

Ich sah Mellis Lieblingsohrringe, die mich immer an die Nussecken vom Bäcker erinnerten.

Und natürlich sah ich immer wieder Chris. Die Locken in seinem Nacken, die tiefe Kerbe zwischen seinen Schulterblättern, die Hände auf dem Lenkrad.

Nach einiger Zeit begann mir der Rücken wehzutun. Gleichzeitig geschah etwas mit der Gewitterwand. Sie löste sich auf, und dahinter konnte ich einen dunkelblauen Himmel sehen. Plötzlich kamen Bilder, die ich lange nicht gesehen hatte. War das schon Meditation? War ich in Trance?

Ich sah genauer hin und erkannte zu meiner Verblüffung einen struppigen Busch. Er kam mir bekannt vor. So ein Gebüsch hatte vor dem Eingang der Berufsschule gestanden, vor ein paar Jahren. Dann sah ich nacheinander eine Hartplastikdose mit Bastelscheren aus dem Kindergarten, eine rote Kleinmädchenunterhose mit einem gelben Stoffaufnäher in Form einer Birne und den Briefkasten im Haus meiner Eltern.

Tolle Show. Jetzt war ich schon mal durchgedrungen in die geheimnisvolle Bilderwelt meines Unterbewussten, und dann gab es da nicht mal etwas Spannendes zu sehen außer Gestrüpp und Kinderunterwäsche.

Plötzlich drang ein Geräusch an mein Ohr. Ich lauschte, konnte aber nicht erkennen, was es war.

Etwa auch wieder etwas aus meiner Kindheit? Eine Melodie? Ein lang vergessenes Lied? Ein geheimnisvoller musikalischer Hinweis aus dem Universum?

Jetzt spürte ich auch noch eine Berührung am Oberarm. Das wurde ja immer spannender! Zum ersten Mal meditiert, und schon hatte ich eine Vision mit allen Sinnen, inklusive Hören und Fühlen. Das musste ich unbedingt Melli erzählen.

»He!«

Wer war das? War das etwa wieder Buddhas Stimme? Die hatte ich doch gestern Abend erst vernommen. Allerdings hatte sie da lange nicht so barsch geklungen.

»He, du da! Ist das etwa dein Handy, das da Musik macht?«

Auf einen Schlag wurde ich zurück ins Hier und Jetzt katapultiert und riss die Augen auf. Von wegen Vision. Ärgerlich deutete der Bärtige neben mir auf die Tasche meines Sweatshirts. Dort blinkte und vibrierte es gleichzeitig, und dazu erklangen immer wieder die ersten Takte von »Karma Camaeleon«. Dabei hatte sich bisher noch nie jemand über meinen Klingelton beschwert. War ja auch mal was anderes, ein Top-Ten-Hit aus dem Jahr der eigenen Geburt.

Bloß in einer Yogastunde hatte er offensichtlich nichts verloren.

Schon wieder schauten mich alle an. Sie sahen dabei nicht sehr gelassen aus. Das wurde ja langsam zur Gewohnheit. Meine Aura färbte sich erst schamrot und dunkelte dann zügig nach.

Hektisch warf ich einen Blick auf das Display.

Ich kannte die Nummer nur zu gut.

matyasana

Der Fisch (Matyasana) befreit, macht offen für neue Erfahrungen und gibt uns unbeschwerte, kindliche Lebensfreude.

Anna hatte nicht nur eines dieser modernen Alleskönnergeräte, sondern auch die coolste Handynummer der westlichen Welt. Bei einer Sonderaktion hatte sie sich einen der ersten Verträge mit einem neuen Anbieter gesichert, und seitdem besaß sie eine Nummer mit einer Sieben und sieben Nullen.

Die hätte ich sogar auswendig wählen können, und das wollte etwas heißen. Schließlich behielt in den Zeiten der unbegrenzten Speicherkapazität kein Mensch mehr so etwas wie Telefonnummern in seinem analogen Hirn. Dafür hatte Anna eine extrem uncoole Vorwahl, lang und mit vielen krummen Zahlen.

Irgendwas war immer.

Ich rief sie auf der Straße vor dem Yogazentrum zurück, und sie schlug vor, zum Inder zu gehen. Dabei tat sie sehr geheimnisvoll. Wir müssten dringend reden, sagte sie.

Ich konnte mir schon denken worüber. Und ich war mir nicht ganz sicher, ob ich das auch wollte.

Das »Delhi Deli« hatte erst vor kurzer Zeit eröffnet. Es lag genau zwischen meiner Wohnung und der kleinen Sackgasse mit dem Wendehammer, wo meistens mein Auto parkte. Die Straße war derart versteckt, dass nicht einmal Verkehrspolizisten sie kannten.

Eigentlich hätte der Imbiss alle Chancen gehabt, mein Stammlokal zu werden. Schließlich bot er auch Curry to go an. Aber irgendwie war ich nicht die Zielgruppe. Die Tagesgerichte, die draußen auf einer Tafel mit bunter Kreide standen, klangen entweder beängstigend (Okraschoten mit scharfem Chutney) oder unverständlich. Doch heute würde ich dem Laden eine Chance geben. Veränderungen wagen.

Wenigstens mein erster Schulterstand sollte sich gelohnt haben.

Als ich die Tür öffnete, bimmelte ein Tempelglöckchen. In der Luft hing eine Duftwolke von indischen Gewürzen, die so schwer war, als könnte sie gleich mit einem lauten Rumms zu Boden krachen. An einem hohen Stehtisch lehnten mehrere Typen mit Geradeaus-dem-Bett-Frisur und tief sitzenden Jeans und schaufelten etwas Scharfriechendes in sich hinein. Hinter dem Tresen stand ein Mann mit Cappuccino-Hautfarbe und undurchdringlichen Augen und befüllte Aluminiumschalen für ein wartendes Pärchen. An der Wand hing ein Hochglanzposter von einem Hindu-Gott mit Elefantenkopf in knallig bunten Farben und einem Kalender von 1997.

Dann entdeckte ich Anna an einem der Barhocker mit Blick aus dem großen Panoramafenster. Ihre Augenringe waren farblich auf ihren Business-Anzug abgestimmt, und sie nippte an einem milchigen Tee.

Jetzt wollte ich wissen, ob das geklappt hatte mit der Verjüngung im Schulterstand. Wenn ich schon an 1997 denken musste.

»Fällt dir was auf an mir?«, fragte ich vorsichtig.

Sie betrachtete mich prüfend und zog dabei die Stirn in Falten.

»Du siehst ein bisschen gestresst aus«, sagte sie, »du solltest dir wirklich einen Ausgleich schaffen, bei deiner Art zu leben.«

Das war auch wieder nicht das, was ich hatte hören wollen. Allerdings besser, als plötzlich wieder fünfzehn zu sein. Das war keine schöne Zeit gewesen. Ich hatte ausgesehen wie Deutschland.

Oben norddeutsche Tiefebene, unten mittelgebirgig bis voralpin.

Das Pärchen am Tresen zahlte. Der Verkäufer reichte dem Mann eine knisterdünne Plastiktüte mit schweren Aluschalen und das Wechselgeld. Die Frau hatte ihren Kopf gegen die Schulter des Mannes gelehnt und ihren Daumen in seine Potasche gehakt, als wäre es ihre eigene. Ich wunderte mich, warum sie überhaupt etwas zu essen holten. So wie die aussahen, waren sie noch in jener Phase der Verliebtheit, in der ein menschlicher Körper keinerlei Bedarf an fester Nahrung hat.

Obwohl, meistens betraf das ja nur die Frauen. Männer konnten sogar ein herzhaftes Wurstbrot verspeisen, während sie ihrer Freundin einen Heiratsantrag machten. Hatte ich mir jedenfalls sagen lassen.

Ich holte mir ein Kingfisher-Bier und eine Portion gefüllte Teigtaschen, die beiden Spezialitäten der indischen Küche, mit denen ich mich halbwegs auskannte. Vor allem mit dem Bier, das war lecker. Anna nippte noch immer an ihrem Tee.

»Also, ich wollte dich ja was fragen«, begann Anna und beugte sich vertraulich zu mir herüber. Dann blickte sie sich um, als müsste sie sichergehen, dass kein anderer etwas mitbekam. »Es ist wegen Samstagabend«, flüsterte sie, »wegen der Sunny Side Party.«

Das überraschte mich nicht. Eher, warum Anna so ein geheimnisvolles Brimborium drum herum machte.

Gut, sie war nicht so direkt wie Nadine. Wenn die hier gesessen hätte, wäre mir schon vor der Begrüßung ein herzliches »Na, habt ihr oder habt ihr nicht?« entgegengeschmettert worden. Aber Flüstern war nun auch wieder übertrieben. Es war ja nicht so, dass die Nacht mit Chris ein Geheimnis gewesen wäre. Ich hatte nichts zu verbergen.

Aber vielleicht er?

Ich erstarrte. Wusste Anna etwas, das ich nicht wusste? Vielleicht war Chris überhaupt nicht Single. Sondern gerade Vater von Zwillingsbabys geworden, nachdem seine Frau und er in einer langjährigen, quälenden Reihe von künstlichen Befruchtungsversuchen, die ihre Liebe jedoch nicht geschwächt, sondern nur umso stärker …

Verdammt. Ich hatte das B-Wort schon wieder gedacht. War wohl noch nicht so weit her mit meiner inneren Gelassenheit. Auch wenn ich beim Meditieren schon auf der Gestrüppebene angekommen war.

»… intern ausschreiben oder auch extern?«

Bitte, wie? Ich schüttelte verwirrt den Kopf, um meine wolkigen Gedanken auszulüften. Wovon redete sie da?

Ein Strahlen erhellte Annas Gesicht, tiefe Grübchen bohrten sich in ihre Wangen. Jetzt war sie es plötzlich, die um Jahre verjüngt aussah.

»Nein?« Ihre Zähne blitzten. »Du meinst, die machen das ohne offizielle Stellenanzeige? Dann hab ich ja beste Chancen, glaubst du nicht?«

Offensichtlich hatte ich etwas Entscheidendes verpasst, konnte jetzt aber schlecht zugeben, dass ich bei ihren ersten Sätzen überhaupt nicht zugehört hatte.

»Wenn nicht du, wer dann«, gab ich im Brustton der Überzeugung von mir und nahm dann einen so kräftigen Zug aus der Kingfisher-Pulle, dass der Schaum aus dem Flaschenhals quoll.

»Ja, oder?«, Anna strahlte und strich sich das Revers glatt. »Das hat meine Trainerin auch immer gemeint, beim Coaching. Dass ich ein verborgenes Kommunikationsgenie bin. Ist zwar nur die Schwangerschaftsvertretung, aber wenn ich mich da erst mal eingearbeitet habe, dann findet sich ja vielleicht auch eine Follow-up-Lösung, was meinst du?«

Im Geist legte ich die Hände zusammen, neigte den Kopf und legte die Fingerspitzen an den Punkt zwischen meinen Augenbrauen. Vielen Dank für den Hinweis, liebes Universum. Jetzt konnte ich mir zusammenreimen, worum es ging.

Anna wollte die neue IPS werden.

Komisch, dass ich mir noch gar keine Gedanken darüber gemacht hatte. Pressesprecherin war nun wirklich kein übler Job: Gut bezahlt, und bei Journalistenreisen durfte man auch mit. Allerdings, so hatte ich mir sagen lassen, brauchten die Pressefrauen aus der Touristikbranche auch ein spezielles Nahkampftraining. Schließlich mussten sie angemessen reagieren, wenn nachts um eins der Chefredakteur des Hintertupfinger Generalanzeigers schwer atmend an die Hotelzimmertür klopfte und intensive kommunikative Betreuung verlangte.

Anna würde ich das zutrauen. Nicht nur die intensive kommunikative Betreuung, vor allem auch den diplomatischen Kommunikationsabbruch.

»Und was hat das jetzt mit Samstagabend zu tun?«, fragte ich.

»Na, du standest doch die ganze Zeit mit der Assistentin von der Seitermann am Büfett. Hat die nichts gesagt? Ob die sich schon jemanden angeschaut haben oder so?«

Ich kramte in meinem Kopf. Nichts zu machen. Ich konnte mich zwar vage erinnern, dass es Momente ohne Chris gegeben hatte. Aber die waren eben genau das gewesen: Momente ohne Chris. Taktische Auszeiten, kleine Rückzugsmanöver.

»Tut mir leid«, ich hob bedauernd die Hände, »auf der Party war ich nun wirklich anderweitig beschäftigt.«

Anna nickte langsam. Mit einem langen Löffel fischte sie nach dem letzten Rest ihres honigduftenden Getränks.

»Stimmt ja«, sagte sie, »das blonde Babyface.«

Schon wieder dieses Wort. Nur diesmal konnte ich nun wirklich nichts dafür.

Außerdem hatte sie unrecht. Chris war jungenhaft, aber kein Babyface. Auch wenn er sich nicht meldete – und nie wieder melden würde –, wollte ich so etwas nicht auf ihm sitzen lassen. Fiel schließlich auch auf mich zurück.

Ich hatte vielleicht keinen besonderen Ruf mehr zu verlieren, was die Anzahl meiner Männergeschichten anging. Aber wenigstens den guten Geschmack wollte ich mir nicht absprechen lassen.

Während ich gerade zu einer flammenden Verteidigungsrede ansetzen wollte, rutschte Anna von ihrem Stuhl und murmelte etwas von »Tee wegbringen« und »kleine Mädchen«. Ich schloss meinen Mund wieder und blickte aus dem Fenster.

Zwei Meter von mir entfernt parkte ein buntes Auto am Bordstein, auf dessen Fahrertür ein lachender Buddha gemalt war. Zwinkerte der mir etwa zu?

»Was willst du denn schon wieder?«, flüsterte ich lautlos.

»Och«, Buddhas Grinsen wurde noch breiter, »ich dachte, das ist eine schöne Möglichkeit, dir was zu zeigen.«

Ich starrte verständnislos nach draußen. Ein paar Regentropfen liefen quer über die Scheibe.

»Weißt du«, sagte Buddha vergnügt, »jeder lebt in seiner eigenen Welt. Trotzdem sind wir alle Teil des Unteilbaren, Einen, Göttlichen.«

Jetzt ging jemand um das Auto herum und öffnete die Beifahrertür. Der Jemand warf eine Tasche auf den Beifahrersitz, dann wechselte er wieder zur Fahrerseite.

Wollte mich Buddha jetzt mit einem neuen Kerl verkuppeln, oder was?

Für einen kurzen Moment blickte der Typ durch die Glasfront des »Delhi Deli«, mir direkt in die Augen.

Mich traf der Schlag. Nicht unbedingt der ganz große, kosmische. Doch auch nicht der ganz kleine, den ich immer bekam, wenn ich mich auf das Kunstfaser-Plüschsofa bei Melli setzte. Schon so ein amtliches Mittelding.

Mein lieber Scholli, dachte ich.

Andere Mütter haben in der Tat schöne Söhne, dachte ich.

Shanti, Shanti, Shanti, dachte ich.

Dann schämte ich mich.

Okay, da draußen stand ein ausgesprochen attraktiver Typ mit kahl rasiertem Charakterkopf, intensivem Blick und schönen breiten Schultern. Geschenkt.

Nur dafür, dass ich erst vor ein paar Tagen die Liebe meines Lebens gefunden und wieder verloren hatte, fand ich mich ein bisschen zu empfänglich für solche Reize. Und außerdem wusste man bei diesen Glatzentypen nie so genau, woran man war. Fünfundneunzig Prozent freiberufliche Grafiker, fünf Prozent Neonazis.

Gab es eigentlich auch Neonazis, die als Grafiker arbeiteten? Und fuhren sie möglicherweise im Buddhamobil spazieren?

Die wichtigste Frage: Hatte der Typ mich überhaupt wahrgenommen oder einfach nur zufällig in meine Richtung geschaut?

»Na, wie guckst du denn?« Anna war zurückgekommen und schwang sich wieder neben mich auf den Barhocker.

»Ach, nichts«, ich winkte ab, »bloß ein bisschen Bordsteinkino.«

Aus dem Augenwinkel sah ich noch, wie der Glatzkopf ins Auto stieg, und ich versuchte das Kennzeichen zu lesen. Alter Reflex, wahrscheinlich zurückzuführen auf eine Fernsehkrimi-Überdosis in den frühen Neunzigerjahren. Leider war es zu dunkel draußen, und es ging zu schnell. Nur dass die Buchstabenfolge auf OM endete, konnte ich erkennen.

Zufall? Schicksal? Einfach nur blöd?

Im Abfahren meinte ich wieder, Buddhas Stimme von draußen zu hören. »Gott schenkt uns nicht das, was wir uns wünschen. Er schenkt uns das, was gut für uns ist.«

Markige Sprüche von sich geben und dann abhauen, bevor ich eine Chance hatte, ihn zu fragen, was das nun wieder sollte. Typisch.

Buddha war eben auch nur ein Mann.

SALABHASANA

Salabhasana (die Heuschrecke) hilft dabei, unseren wahren Willen zu erkennen und ihn kraftvoll auch gegen Widerstände durchzusetzen.

Wer den spirituellen Weg beschreitet, ist zunächst einmal eines: ein Suchender. In den nächsten Wochen jedenfalls musste ich ständig irgendetwas suchen. Zuerst den Vorgang Hinterhuber, den ich in meinem Montagstran aus Versehen in der Wiedervorlageschublade eingehängt hatte. Dann die Bärchentasse. Was mich betraf, war der Spaß noch nicht zu Ende. Schließlich das Gespräch mit IPS' Assistentin, wegen Annas Jobchancen. Außerdem suchte ich halbherzig nach einem Geschenk zu Bergers Fünfzigstem (schwierig), dreiviertelherzig nach dem bunten Buddhamobil (erfolglos) und mit vollem Herzen nach einer Nachricht von Chris auf allen Kommunikationskanälen (negativ). Das alles war so viel, dass ich die Suche nach dem inneren Frieden etwas vernachlässigte.

Von all diesen Aufgaben erledigte ich nur eine wirklich gut. Ich stellte IPS' Assistentin auf dem Weg zum Joggen und verhörte sie auf der Stelle. Nach zehn Minuten hatte ich genügend Futter für Annas Bewerbung beisammen.

Was alles andere anging, suchte ich weiter. Vor allem den richtigen Yogakurs.

Ins Hatha Yoga von nebenan hatte ich mich nach dem ersten Mal nicht mehr getraut. Zum Teil wegen des Debakels mit dem Handy. Vor allem aber, weil ich schon beim flüchtigen Gedanken an Nitya sofort auch an Frau Rosenkötter denken musste. Ich konnte mir nicht einmal Nityas Gesicht vorstellen, ohne dass sich das Bild von Frau Rosenkötters blond gefärbter Zwergpudeldauerwelle und ihrer imposanten Nase davorschob. Wenn ich nicht gewusst hätte, dass meine alte Erzieherin noch lebte, ich hätte Nitya glatt für ihre Reinkarnation gehalten. Jedenfalls waren die Gedanken meinem inneren Lotosblütengefühl nicht besonders zuträglich.

Und vielleicht war Hatha Yoga ja auch die falsche Yogaform für mich. Denn davon schien es ungefähr so viele zu geben wie polyphone Handyklingeltöne.

Als Nächstes probierte ich Luna Yoga aus. Weil es so hübsch klang. Dort war es wie in der Gruppentherapie. Zuerst gab es für jede Teilnehmerin ein Energiebällchen zu essen, das im Mund auf geheimnisvolle Weise größer wurde. Es war, als würde man in ein Weizenfeld beißen. Dann musste jede Teilnehmerin nacheinander eine Kommunikationskugel aus Marmorimitat in die Hand nehmen und erzählen, was ihr Leben im Hier und Jetzt so ausmachte. Ich war als Letzte dran und so verwirrt, dass ich die Kugel aus Versehen in meinen Rucksack steckte und das Missgeschick erst zu Hause bemerkte. Am nächsten Morgen auf dem Weg zur Arbeit legte ich sie auf der Türschwelle des Hauses ab und kam mir dabei vor, als würde ich einen wehrlosen kleinen Hund an einer Autobahnraststätte aussetzen. Da konnte ich mich auch nicht mehr blicken lassen.

Schließlich ließ ich mich von Anna überreden, eine weniger durchgeistigte Variante zu testen. Power Yoga. Es war zugleich die teuerste. Der »Yogaraum City« hatte eine riesige Glasfront in Richtung Osten, eine Bar mit duftenden Hochglanzmöbeln aus Tropenholz, und die Matten schimmerten so neu, als wären sie nur zur Einwegnutzung. Waren sie vielleicht auch. Gesungen wurde nicht, dafür tröpfelte sphärische Weltmusik aus einem riesigen Designerlautsprecher, und der Trainer zählte während der Körperstellungen: »Om eins, om zwei, om drei …« Wenn jemand vor dem fünfundzwanzigsten Om schlappmachte, erntete er mitleidige Blicke. Statt langsam in die Stellungen zu gehen, sprangen die Teilnehmer hinein wie die Action-Darsteller in einem Kung-Fu-Film. Wenn Mitleid auch eine spirituelle Tugend war, dann bekam ich an diesem Abend so viel davon, dass es mindestens für drei neue Runden Leben hätte reichen sollen.

Nach der Stunde trafen sich alle an der Tropenholzbar, tranken Cocktails mit Namen wie Lotos Delight für mindestens zehn Euro pro Stück und tauschten Visitenkarten aus.

»Das ist doch eigentlich auch nicht der Zweck der Übung«, flüsterte ich Anna zu und nippte an einem grünen Getränk mit strenger Ingwernote.

»Und ob«, wisperte sie zurück, »Yoga ist das neue Golf! Ideal zum Networken!«

Ich wollte nicht networken, ich wollte ein besserer Mensch werden. Nadine war es schließlich, die mich mitnahm zum Kundalini Yoga in die Nirvana Lodge. »Du wirst sehen«, sagte sie, »das löst sämtliche energetischen Blockaden.«

Kundalini Yoga war gar nicht so anders als mein erster Versuch bei Nitya, nur dass es weniger von diesen verknoteten Körperhaltungen gab. Dafür mehr Bewegung. Dreißig Menschen saßen im Schneidersitz auf dem Boden, ließen ihren Rumpf im Uhrzeigersinn kreisen und machten beim Ausatmen aaah! Dazu sollten sie sich vorstellen, wie sich eine zusammengerollte Schlange am unteren Ende ihrer Wirbelsäule lang machte, als Power-Pfeil durch die Energiekanäle sauste und die oberen Körperchakras anheizte. Oder hieß es Chakren? Egal – vor ein paar Wochen hatte ich noch nicht einmal gewusst, dass es diese geheimnisvollen Energiepunkte im Körper gab, geschweige denn, dass sie einen Namen hatten. Da war es vielleicht nicht so wichtig, wie der richtige Plural lautete.

In der Mitte der Gruppe saß ein Mann mit weißer Haremshose und blauem Turban. Im Gesicht hatte er einen Vollbart, um den ihn jeder kanadische Holzfäller beneidet hätte, an den Fußsohlen eine Hornhaut, die sämtlichen Fußpflegern in Deutschlands Ballungsgebieten über Jahre ein sicheres Auskommen beschert hätte.

Immerhin: Nach dieser Stunde schloss ich sogar eine Art Frieden mit meinen eigenen Füßen. Und wenn nicht Frieden, dann wenigstens Waffenstillstand.

Ganz zum Schluss umarmten sich alle und hielten die Stellung ziemlich lange. Ich war mir nicht ganz sicher, ob das auch noch zum Yogaprogramm gehörte oder ob der soziale Teil schon angefangen hatte. Nadine hatte sich zielsicher den einzigen von drei Männern gegriffen, der einigermaßen attraktiv aussah, und schmiegte sich freudig an ihn. Ich hatte nicht den Eindruck, dass sie unter irgendwelchen Energieblockaden litt. Warum auch immer, aber ich hatte das deutliche Gefühl, dass diese Form des Yoga meine Probleme auch nicht lösen würde.

Als ich an dem Abend mit meiner Mutter telefonierte, machte ich einen fatalen Fehler: Ich erzählte ihr davon.

Natürlich wusste sie besser, was gut für mich war. War ja schließlich meine Mutter.

»Kundalini!«, sie war entzückt. »Das ist genau das Richtige für dich! Ich habe dir schon immer eine Technik gewünscht, die deine Blockaden löst!«

»Du kennst Kundalini Yoga?«, fragte ich und wunderte mich über mich selbst. War ja klar. Bachblüten, Globuli, Reiki – meine Mutter war Expertin für alle Disziplinen, die sich mit Pluderhosen aus fair angebauter Biobaumwolle und Lederkettchen mit Delfinanhängern vertrugen.

»Ach, Herzchen«, sie seufzte ins Telefon, »wenn es das nur schon gegeben hätte, als ich damals mit dir schwanger war!«

»Was wäre denn dann gewesen?«

»Ich hätte meinen Energiefluss ganz anders steuern können! Es wäre niemals zu diesem Kaiserschnitt gekommen!«

Ich hielt den Hörer ein Stück von meinem Ohr entfernt, ich wusste, welche Geschichte jetzt kam. Meine Mutter hatte sie mir schließlich wieder und wieder erzählt. Seltsam. Es gab in der Tat so einiges, was ich ihr vorzuwerfen hatte, aber dass mir ein Chirurg auf die Welt verholfen hatte, gehörte nicht dazu. Sie hingegen marterte sich seit Jahren mit Selbstvorwürfen. Alles, was in meinem Leben jemals schiefging – scheiternde Affären, meine zweifelhafte Abinote, sogar ein misslungener Urlaub mit Melli – schob sie auf die Umstände meiner Geburt. Fast schon wieder rührend.

Dass mein Vater einfach abgehauen war und das auch noch ausgerechnet am Vorabend meiner praktischen Führerscheinprüfung, zog sie gar nicht als Quelle meiner Probleme in Betracht. Auch nicht, dass er monatelang auf keinen unserer Kontaktversuche reagiert hatte. Später hatte er sich wortreich entschuldigt und immer wieder von einem »radikalen Cut« gesprochen, den er gebraucht hatte. Dass er mich damit gleich mit abgeschnitten hatte, das war ihm zu spät aufgefallen. Dagegen fiel es kaum ins Gewicht, dass ich danach gleich drei Anläufe für den Führerschein gebraucht hatte.

»Du bist viel zu abrupt von mir getrennt worden«, jammerte meine Mutter weiter, »deshalb hast du solche Probleme zu vertrauen. Dich fallen zu lassen.«

»Im Gegenteil«, widersprach ich, »ich lasse mich ja schon fallen, wenn nur jemand das Wort Sprungtuch ausspricht. Statt mal nachzuschauen, ob überhaupt eines da ist. Deshalb falle ich ja auch so oft auf die Nase, vor allem bei den Männern.«

»O doch«, meine Mutter trumpfte auf, »natürlich hast du ein Vertrauensproblem. Es ist dir nur nicht bewusst.«

Das war das Ärgerliche an meiner Mutter: Man konnte nur verlieren. Am besten, man gab gleich zu, dass sie es besser wusste. Gab man es nicht zu, lag das nur am inneren Widerstand, Verdrängung und einem mangelhaften Einblick in das eigene Unbewusste. Wo sie sich natürlich auskannte wie in der Tasche ihrer handgewebten Öko-Baumwoll-Körpererfahrungshose.

»Na gut«, sagte ich, »dann habe ich eben ein Vertrauensproblem. Und meine Ruhe.«

»Sag mal«, fragte sie mit einem leichten Zögern in der Stimme, »hast du eigentlich in letzter Zeit mal was von Hansjörg gehört?«

Ich fragte mich, wann sie aufgehört hatte, ihn Papa zu nennen, wenn sie mit mir sprach. Tatsächlich fiel mir seine E-Mail von neulich erst jetzt wieder ein. Die hätte ich längst beantworten können. Aber ich hatte zurzeit wirklich anderes im Kopf.

»Wieso?«, fragte ich zurück.

»Ich hab nur so etwas gehört. Eine Freundin einer Kollegin soll ihn gesehen haben, mit einer deutlich jüngeren Frau, die … ach, ist ja auch nicht so wichtig.«

Das Schweigen zwischen uns breitete sich aus wie ein sehr zäher Hefeteig. Sehr angenehm, dass im gleichen Moment mein Handy dudelte. Karma, Karma, Karma Camaeleon … Melli mobil. Wozu hatte man Freunde?

»Wart mal eben, Mama«, sagte ich, legte mein Festnetztelefon hastig ab und drückte beim Handy auf Empfang.

»Evke!«, Melli klang so aufgeregt, dass sie beinahe schrie. »Stell dir vor, was passiert ist! Er hat mich gefragt!«

Ich brauchte einen Moment, um die Strecke von meiner Vergangenheit in Mellis Zukunft zurückzulegen. War ja schließlich ein abenteuerlicher Gedankensprung. Gefragt? Wer? Was? Dann verstand ich.

Ungläubig starrte ich das Handy an.

Es gibt diese Augenblicke, in denen man nicht weiß, was eine gute Freundin zu tun hat. Dies war einer der härtesten. Sie wollte wirklich heiraten.

Und nicht irgendjemand. Sondern Spaßbremse Steve.

Ein Leben voller Hackfleischpizza und Laufbänder mit Hügelprogramm.

Andererseits: Sie liebte ihn. Hatte sie zumindest schon mal gesagt. Oder war ich etwa schon wieder neidisch? Wollte ich einen Mann mit Motto-Boxershorts? Mit Wochentagen, rammelnden Elchen, Glücksschweinen drauf? Einen Mann, der jedes Fremdwort googeln musste?

Noch schlimmer: Wollte ich das vielleicht unbewusst? Weil mir ein solcher Mann wenigstens nicht weggelaufen wäre, um einen harten Cut zu machen?

Ich kannte jemanden, der mir das mit Sicherheit unterstellt hätte.

»Herzlichen Glückwunsch«, stammelte ich in mein Handy, »und wann soll das sein?«

»Übernächstes Wochenende! Und das Beste ist: Die haben insgesamt noch vier Plätze frei! Wir können also alle zusammen mitmachen!«

Definitiv hatte das mit den Energie-Übungen bei mir nicht funktioniert. Sonst hätten meine Kopf-Chakras sicher etwas schneller geschaltet. Meine Schlange ringelte sich immer noch bräsig am unteren Ende der Wirbelsäule und döste vor sich hin.

Vor meinem geistigen Auge poppte ein Bild auf, wie Spaßbremse Steve würdevoll in einem mit Wochentagen bedruckten Hochzeitsanzug den Gang einer Kathedrale entlangschritt, an jedem Arm zwei Bräute. Melli in Kaffeewärmerrüsche, Anna im cremefarbenen Hosenanzug, Nadine in Mini mit Rückenausschnitt bis zum Sitz der Kundalini-Schlange, ich im weißen Gymnastik-Outfit.

»Mitmachen? Bei was?«, fragte ich lahm.

»Na, beim nächsten Retreat! Im Ashram von Werderhorst! Siv hat gesagt, das ist der perfekte Platz, um sich ernsthaft mit den verschiedenen Wegen des Yoga auseinanderzusetzen. Und ausgerechnet mich hat er gefragt!«

Ich holte tief Luft und atmete sehr langsam durch die Nase wieder aus.

»Komisch«, sagte ich dann, »ich dachte jetzt gerade, du erzählst mir was anderes.«

»Was denn?«

»Ach, nichts«, antwortete ich und versuchte, dabei nicht allzu erleichtert zu klingen. »Und was sagt Steve dazu, wenn du mit Siv Petersen die Erleuchtung suchst?«

Einen Moment herrschte Stille.

»Och«, sagte sie schließlich, »der muss auch nicht alles wissen. Es ist gar nicht so schlecht für langjährige Paare, wenn sie noch ein paar Geheimnisse voreinander haben. Hab ich neulich in einer Frauenzeitschrift gelesen.«

So, so. Geheimnisse. Hatte mich mein Eindruck auf Mellis Geburtstagsparty also nicht getrogen. Natürlich würde ich mitfahren. Allein schon, um mir diesen Siv mal anzuschauen. Verschiedene Wege, das fand ich gut. Schließlich hatte ich die optimale Yogamethode für mich noch nicht gefunden.

»Gut, ich bin dabei«, sagte ich. »Kann man denn da abends auch bisschen was unternehmen?«

»Unternehmen?« Melli klang, als hätte ich in einem Naturkostladen nach Pommes rot-weiß gefragt. »Das ist ein Retreat. Da sollen wir uns nicht zusätzlich mit Reizen belasten.«

»Auch gut«, sagte ich, »dann packen wir uns eben ein paar schöne Flaschen Rotwein ein und machen ein nettes Gelage unter Mädels.«

»Auf keinen Fall«, rief Melli, »Alkohol ist tamas!«

»Tamas? Du meinst tabu?«

»Tamas! Voll mit dunkler, träger Energie.«

»Ist ja auch für abends. Nach dem Retreat. Da darf man ja auch dunkel und träge sein, oder?«

»Ich glaube«, sagte Melli würdevoll, »ich muss dir noch einiges erklären.«

Plötzlich quakte hinter mir etwas los. Ich fuhr herum. Schon wieder ein Buddha in der Nähe, den ich bisher übersehen hatte?

»Liebchen!«

Netter Kinderkosename, schneidender Ton. Sah Buddha beides nicht ähnlich. Der war's wohl nicht. Dann entdeckte ich das Mobilteil meines Festnetztelefons hinter mir auf dem Tisch.

Meine Mutter hörte immer noch mit. Hastig griff ich danach. Zwei Telefone auf einmal, und warum auch nicht? Schließlich hatte ich ja auch zwei Ohren.

»Ja, Mama?«

»Hast du eben was von Retreat gesagt?«

Ihre Stimme war hoffnungsvoll. Ungefähr so, wie andere ältere Frauen klangen, wenn ihre Töchter zum ersten Mal freiwillig über Enkel sprachen.

»Ja«, antwortete ich. »Aber frag mich nicht, was das eigentlich ist.«

DHANURASANA

Der Bogen (Dhanurasana) ist eine Stellung der Erhabenheit, die den menschlichen Geist mit einem feierlichen Leuchten erfüllt.

In der ersten Stunde auf der Autobahn fühlte sich alles ganz normal an. Bis zum ersten Beschleunigungsstreifen waren die Gummibärchen aufgegessen, bis zum ersten Parkplatz mit WC sämtliche abwesenden Männer durchgehechelt, und bis zum dritten Autobahnkreuz hatten wir vier Pinkelpausen eingelegt.

Der Punkt mit den Männern war diesmal auffällig kurz ausgefallen. Bei Anna gab es nichts Neues, bei Melli schon gleich gar nicht, und ich hatte mein jüngstes Debakel ausführlich genug dargelegt. Nadine machte nicht mit, weil sie dann ihren konstanten Funkverkehr hätte unterbrechen müssen. Ihr Handy fiepte aufgeregt wie ein Meerschweinchen beim Anblick einer Königskobra, anscheinend mussten sie und ein gewisser Scotty bestimmte Aspekte ihrer jüngsten Beziehung noch einmal in Schriftform aufarbeiten.

Ich nahm an, dass es sich nicht um seelisch-geistige Aspekte handelte. Jedenfalls weigerte sie sich, die SMS vorzulesen.

»Du weißt aber schon, dass im Ashram Handyverbot ist«, bemerkte Melli irgendwann spitz, und Nadine kicherte, »ja, Sweetie, ich weiß, deshalb muss ich ja auch vorarbeiten.«

Mein eigenes Handy tat mir leid, mit seiner leeren Eingangsbox. Wie machte Nadine das bloß? Woher nahm sie ihre Leichtigkeit? Ihr wäre so etwas wie mir mit Chris nie passiert. Vielleicht war ich auch einfach nicht geschaffen für ein Leben mit moderner Kommunikationstechnik. Die machte das Warten ja auch schier unmöglich. Ich versuchte, mir Chris und mich in einem Fünfzigerjahre-Film vorzustellen. Ich mit neckisch geblümter Schürze, er mit Pomade im Haar. Wir wären verlobt, und Chris würde mich samstags in seinem Isetta Kabinenroller abholen und zum Tanztee im Stadtparkpavillon oder in die Milchbar einladen. Danach Händchenhalten im Kino, bei der Spätvorstellung von »Schwarzwaldmädel«. Oh, Sünde.

»Wie hast du bloß dieses Yogawochenende in der Heide überlebt, von dem du auf Mellis Geburtstag erzählt hast?«, fragte ich Nadine. »Oder durfte man dort sein Telefon mitnehmen?«

»Och, da ging es nicht so streng zu wie in diesem Ding, wo wir jetzt hinfahren. Das war eher Wellness, mit Loungemusik und Vitamincocktails. Ich glaube, dagegen ist Werderhorst das reinste Kloster.«

Vielleicht lag es an dem Wort Kloster, vielleicht an dem Wort Verbot, aber auf jeden Fall begann die Atmosphäre im Auto danach, sich langsam, aber stetig zu verändern. Wahrscheinlich lag es an meiner yogisch gesteigerten Sensibilität, aber irgendetwas passierte mit der Energie. Und das war nichts Gutes. Im Gegenteil: Die Luft im Auto schmeckte auf einmal ziemlich ta-, na, dingenskirchen, wie hatte Melli das genannt? Genau: tamas.

Melli tat mir ein bisschen leid. Schließlich war sie es gewesen, die uns alle miteinander überredet hatte. Sie gab sich jedenfalls große Mühe, das genervte Schweigen zu durchbrechen. Eine Hand hatte sie lässig aufs Steuer gelegt, fummelte an ihrer Sonnenbrille herum und pfiff mit, während der Radiosender das Beste der Achtziger-, Neunziger- und Nullerjahre spielte. Dennoch wurden Nadine, Anna und ich von Parkplatz zu Parkplatz schweigsamer.

Ich musste an die Fahrt ins Ferienlager denken, vor mehr als zwanzig Jahren. Da waren es Melli und ich gewesen, die Angst gehabt hatten. Die anderen Drittklässler, die im Jahr davor dran gewesen waren, hatten eine Menge Schauergeschichten erzählt. Geschichten, die von mikroskopisch dünnen Pflaumenmusschichten auf trockenen Broten und von nächtlichen Attacken mit einem grünen Glibber aus dem Scherzartikelladen gehandelt hatten. Erst hinterher hatten wir erfahren, dass sie uns die schlimmste Grausamkeit verschwiegen hatten.

Zwei Wochen Läuseshampoo nach der Rückkehr.

Während draußen die Autobahn von dreispurig auf zweispurig wechselte, Windräder und Wiesen mit einsamen, schwarz-weißen Kühen vor dem Fenster vorbeiflogen und Ortsnamen auf den Ausfahrtsschildern, die man nicht einmal mehr aus dem Verkehrsfunk kannte, hing jede von uns ihren eigenen Gedanken nach. Und ich hätte wetten können, dass sie allesamt um das Kleingedruckte kreisten, das in der Bestätigungs-E-Mail für das Wochenende gestanden hatte. Im Geist ging ich die lästige Liste noch einmal durch.

Erstens: Sämtliche mitgebrachten Kosmetikprodukte mussten biologisch abbaubar sein.

Da war ich noch ganz zuversichtlich. Einem Duschgel mit Namen »Meditation« konnten sie ja kaum den Zutritt zum Haus verweigern.

Im ganzen Haus herrschte Fleisch-, Tabak- und Alkoholverbot.

Grummel.

Im ganzen Haus herrschte Tee- und Kaffeeverbot.

Doppel-Grummel.

Von dreiundzwanzig Uhr bis neun Uhr morgens sollte nur in dringenden Fällen gesprochen werden.

Was mir ohne Kaffee vermutlich am wenigsten schwerfallen würde.

Die erste Mahlzeit gab es morgens um elf.

Magen-Grummel.

Die erste Yogastunde morgens um sieben.

Hmpf. Ich hätte behaupten können, dass ich sonst am Wochenende um diese Zeit überhaupt erst nach Hause kam, aber das war auch gelogen. Ich war ja schließlich keine zwanzig mehr. Dafür konnte ich selbst an normalen Arbeitstagen bis acht Uhr schlafen. Und das war die Wahrheit und nichts als die Wahrheit.

Schließlich die Krönung: Jeder Gast war zu einer Stunde Karma Yoga im Lauf des Wochenendes angehalten.

Darunter hatte ich mir nun gar nichts vorstellen können, aber es klang sehr sympathisch. Entspannt rumliegen und dabei Punkte für das nächste Leben sammeln. Erst gestern Abend hatte Melli mich am

Telefon aufgeklärt. Ob die anderen beiden schon Bescheid wussten, hatte ich nicht gefragt.

»Nein«, hatte sie gesagt, »Karma Yoga, das ist das Yoga der Tat. Dienst an der Gemeinschaft.«

»Du meinst, Yogamatten zusammenrollen oder Kissen aufschütteln?«

Es hatte ein Witz sein sollen, aber Melli hatte nicht gelacht.

»Nein«, hatte sie schließlich zögernd geantwortet, »ich meine die Gemeinschaft. Die Leute, die dort leben. Die wollen es ja auch sauber haben und essen und so.«

»Karma Yoga ist also so was wie Küchendienst?«, schrie ich entsetzt. Sofort fiel mir noch viel Schlimmeres ein als Kartoffelschälen. Vor meinem inneren Auge sah ich mich im Lotossitz, während ich die Dreadlocks der Langzeiturlauber entlauste. Und dabei gut aufpasste, dass ich keinem der Tierchen ein Beinchen krümmte. Wahrscheinlich waren die kleinen Krabbler alles ehemalige Yoga-Wochenendstümper wie ich, die ihren Küchendienst nicht ernst genommen hatten. So etwas machte ganz mieses Karma. Hatte ich neulich erst gelesen.

»Ja, in der Küche werden immer Leute gebraucht. Oder beim Fensterputzen oder im Garten. Der Siv hat gesagt, das ist einer der wichtigsten Yogawege überhaupt, weil er das ganze Leben umfasst. Dass du lernst, jede Aufgabe freudig zu übernehmen und sie genau so auch wieder loszulassen, wenn etwas anderes ansteht.«

»So, so. Der Siv. Und der macht auch Küchendienst?«

»Er hat gesagt, in Indien hat er mal zwei Wochen lang Obst geschnitten und hat dabei schon einen richtigen Ehrgeiz entwickelt. Dass die Stücke alle genau gleich groß sind, dass die Schale ganz hauchdünn abgeht. Dann hat ihn sein Lehrer nur noch zum Helfen im Garten geschickt, damit er keinen ungesunden Hochmut entwickelt.«

Überzogener Schnippel-Ehrgeiz? Wenigstens vor dieser Karma-Sünde brauchte ich mir keine Sorgen zu machen.

Ein feiner Sprühregen hatte eingesetzt, und Melli fuhr jetzt über die Landstraße. Statt Kühen glotzten Schafe, und es gab mehr grüne als gelbe Ortsschilder. Als wir am »Steakhaus Landfrieden« vorbeikamen, steckte ich innerlich ein Fähnchen in eine Umgebungskarte. Nicht, dass ich mich sonst den ganzen Tag von Schnitzelpfanne ernährte. Ich hieß ja nicht Steve. Aber allein die Vorstellung, dass ich es drei Tage lang nicht durfte, selbst wenn ich wollte, weckte die Rebellin in mir.

»Kinder«, sagte Melli zehn Minuten später feierlich, »wir sind da.«

Sie parkte neben einem Backsteinhaus, dem man ansah, dass es mal eine Pension in D-Lage gewesen war. Mindestens zwei Kilometer bis zum Meer, dafür Aussicht quer über ein kahles Feld auf einige Wohnblocks, wo ich das soziale Problemviertel der nächsten Kleinstadt vermutete. Ich krabbelte hinter dem vorgeklappten Beifahrersitz hervor und wollte gerade eine versöhnliche Bemerkung über die gute Landluft machen, da sah ich etwas, das meine ganze Aufmerksamkeit auf sich zog.

Das war wohl doch keine so blöde Idee gewesen mit dem Wochenende im Yogakloster.

Direkt auf dem Parkplatz gegenüber stand das Buddhamobil, das ich neulich vor dem »Delhi Deli« gesehen hatte.

Wo das Buddhamobil war, konnte sein Fahrer ja auch nicht weit sein.

Und die Restwahrscheinlichkeit, dass es sich um einen Neonazi handelte, schrumpfte in Rekordzeit gegen null.

»Melli, das ist ja herrlich hier!« Meine Stimme klang noch enthusiastischer, als ich es vorgehabt hatte. »Eine richtige kleine Oase!«

Nicht einmal der Anblick eines einsamen Mannes in Gummistiefeln, der eine Schubkarre voll geschnittener Zweige durch den Matsch schob, dämpfte meine Begeisterung. Obwohl es sich mit Sicherheit um einen Akt des Karma Yogas handelte.

Melli und ich schulterten unsere Sporttaschen, Nadine und Anna zogen zwei Rollköfferchen hinter sich her. Wie wir so zur Rezeption zockelten, sahen wir aus wie zwei Stewardessen und zwei Au-Pair-Mädchen.

Beim Eintritt schlug uns eine Duftwolke aus Blumenkohl und Schweißfuß entgegen, was auch nicht weiter verwunderlich war.

Denn direkt neben dem Empfangstresen stand ein großes Schuhregal, das etwa zur Hälfte mit Turnschuhen und zur Hälfte mit ausgelatschten Schlappen gefüllt war. Zwei Frauen mit versunkenem Gesichtsausdruck kamen an uns vorbei, die eine mit grünen Crocs, die andere mit Hausschuhen, von denen zwei Hasenohren aus Kunstfell abstanden.

»Hausschuhe! Ich wusste, dass ich was Wichtiges vergessen habe«, stöhnte Nadine, schlüpfte aus ihren Goldlederstiefeletten und stellte sie an einen freien Regalplatz. Sie sahen dort sehr verloren aus, so als hätte sich eine Düsseldorfer Kosmetikerin in einer brandenburgischen Freikörperkolonie verirrt.

Auch von innen sah man dem Haus seine Vergangenheit an. Nur dass auf den Fensterbrettern keine Möwenaufstellerchen mehr standen, sondern Kristalle. Und dass die Poster des Fremdenverkehrsvereins Bildern von elefantenköpfigen und flötenspielenden Hindu-Göttern gewichen waren.

Eine Frau mit grauem Pferdeschwanz sah von ihrem Computer hinter dem Empfangstresen auf.

»Seid ihr vom spirituellen Weg oder vom Mantratanzen?«, fragte sie barsch.

»Wir gehören zu Siv«, sagte Melli.

Es klang wie: Mein Mann hat die Präsidentensuite reserviert.

Die Frau nickte und fingerte an einem Schlüsselbrett herum.

»Zimmer fünf und sieben, im zweiten Stock. Ihr solltet euch ein bisschen sputen, denn in zehn Minuten treffen sich alle zum Essen. Danach ist Satsang im Shiva-Raum zur Meditation für den Weltfrieden.« Sie sah mich an. »Hast du noch eine Frage?«

Ich schüttelte heftig den Kopf und blickte zu Boden. Nicht, dass sie doch noch auf die Idee kam, eine Taschenkontrolle bei mir zu machen. Mein Duschgel wäre möglicherweise noch so durchgegangen. Aber die Flasche Chianti hätte mit Sicherheit keine Gnade gefunden.

Auf dem Weg nach oben fühlte ich mich, als hätte ich erfolgreich einen Gugelhupf mit eingebackener Feile in einen Hochsicherheitstrakt geschmuggelt.

Und ich war sehr gespannt auf ein Wiedersehen mit Mr Buddha.

ARDHA MATSENDRASANA

Der Drehsitz (Ardha Matsendrasana) wirkt stressabbauend, nervenstärkend, beruhigend und harmonisierend. Er trainiert das innere Gleichgewicht und die innere Würde, sodass man auch in stürmischen Zeiten gelassen in sich selbst ruhen kann.

Die Zimmer mit ihren billig furnierten Möbeln erinnerten mich an Jugendzimmerensembles aus den Achtzigerjahren, aber das behielt ich für mich und auch alle anderen gehässigen Gedanken. Vor allem, weil ich das Bett mit Melli teilte. Sie strahlte mit dem langhaarigen Inder um die Wette, dessen Foto auf einer Art Hausaltar neben dem Bett stand. So glücklich hatte ich sie lange nicht gesehen. Ich wusste zwar nicht so genau warum, aber da wollte ich nicht stören.

Als wir unsere Sachen ausgepackt und wieder nach unten gegangen waren, drängelte sich die Schlange der Hungrigen schon aus dem Speisesaal hinaus bis in den Eingangsbereich. Mittlerweile war am Boden ein ganzer Fantasiezoo unterwegs. Füße steckten in riesigen Plüscheierwärmern mit Gesicht, in Noppensocken mit Herzchen auf der Fußsohle, und auch die Hasenohren sah ich weiter vorn am Büfett wippen.

Melli und Nadine trugen die gleichen weißen Yogahosen mit Goldstickerei auf der Potasche. Nadine hatte ihre so weit auf die Hüfte hinuntergezogen, dass ihr Nabel unter dem Shirt hervorblitzte, Melli hatte ihre brav in der Taille verschnürt. Anna trug Grau und kam natürlich ganz in Tchibo.

Unauffällig sah ich mich um. Keine Spur von Mr Buddha. Überhaupt war die Männerquote ähnlich gering wie beim VHS-Kurs »Geschirrhandtücher besticken leicht gemacht«. Doch das musste ich zugeben: Die wenigen Exemplare, die es gab, waren nicht von schlechten Eltern. Sehnige Körper, gute Haltung, wache Augen. Vielleicht sahen sie nicht gerade aus wie der junge Richard Gere bei seinem ersten Besuch beim Dalai Lama. Aber immerhin so, dass man gern eine Portion Blumenkohl mit dem einen oder anderen geteilt hätte.

Die Schlange rückte weiter, eine Frau vor mir griff nach Besteck und einem Teller.

»Er ist jung«, sagte sie gerade zu ihrer Begleiterin, »aber man merkt, er hat eine ganz alte Seele.«

»Ja«, nickte die andere, »ganz anders als der Ashram-Lehrer aus Bad Niederwurzen, da war es genau umgekehrt. Eine junge Seele in einem alten Körper.«

Planlos häufte ich mir Essen aus verschiedenen Schüsseln auf den Teller und war gespannt, wonach es schmecken würde. Das meiste konnte ich nicht richtig zuordnen. Es gab eine Art würzig riechenden Getreideeintopf, eine Schüssel mit einer Paste, von der ich annahm, dass es sich um einen Gemüsedip handelte, und verschiedenes Grünzeug, neben dem eine Flasche Biosauerkrautsaft stand. Außerdem eine vertraut aussehende Packung mit einem stilisierten Bergmassiv. Das gute alte Himalajasalz.

»Das kenn ich«, sagte ich zu Melli, »hat mir meine Mutter letztes Jahr zu Weihnachten geschenkt.«

»Soll sehr gut sein«, behauptete Melli, »ich habe neulich erst gelesen, in normalem Salz sind ganz schlimme Chemikalien. Natrium, glaube ich.«

Nadine hatte unser Gespräch mit angehört und nickte wissend.

»Schlimmer«, sagte sie, »es ist sogar Chlor mit dabei.«

»Siehst du«, Melli nickte beflissen, »das sagt sogar unsere Chemieexpertin. Und Nadine kennt sich schließlich aus mit so etwas.«

Nadine begann zu grinsen, und ich versuchte mich an das vergilbte Poster mit dem Periodensystem der Elemente zu erinnern, das in unserem Chemiesaal gehangen hatte. Natrium und Chlor?

»Sag mal, ist das nicht die ganz normale Zusammensetzung von Kochsalz?«, fragte ich Nadine.

»Der Kandidat gewinnt die bronzene Buddhastatue und die Designerheckenschere«, prustete sie.

»Also, mir ist das trotzdem nicht geheuer mit dem Natrium«, beharrte Melli.

Ich rückte ein Stück weiter und hob den Deckel einer Alu-Warmhalteschale. Würstchen. Sehr seltsam. Vielleicht nahmen sie es am Wochenende nicht so eng mit dem Fleischverbot.

Suchend sahen wir uns um. Überall waren die langen Tische schon belegt, nur noch einzelne Plätze waren frei.

»Da drüben«, sagte Nadine und deutete auf eine Ecke, »da sitzt noch gar niemand.«

Melli musterte den weißen Zettel, der an der Tischdecke hing.

»Weiß nicht«, sagte sie, »da steht, das ist der Schweigetisch.«

»Ja«, Anna nickte, »und außerdem ist er kostenpflichtig.«

»Wie bitte?« Ich sah Anna an, dann das Schild. Sie hatte recht. Hinter dem Wort ›Schweigetisch‹ war noch etwas hingekritzelt, es sah aus wie eine Drei mit dem Eurozeichen dahinter. Die waren ja drauf, die Yogis. Nichts sagen und dafür noch Geld haben wollen.

»Ihr Anfänger!«, rief Melli triumphierend, »das ist doch das Om-Zeichen!«

»Braucht ihr noch einen Platz?« Jemand legte mir eine Hand an den Arm. Eine Frau mit lila Strähnchen im Haar zeigte einladend auf ihren Tisch.

»Wir können hier gern zusammenrücken.«

Wir quetschten uns zu der Lilasträhnigen und ihrem Begleiter, einem jungen Kerl mit südländischem Modelteint. Mit am Tisch saß noch eine Frau mit einer kleinen Tochter, die missmutig in ihrem Essen stocherte.

»Ich will aber Kinderketchup«, maulte sie, »den mit der lachenden Tomate, wo immer die Piratenaufkleber drauf sind.«

»Zu Hause wieder, Anna-Lena«, sagte die Mutter, »jetzt ist Mamas Yogawochenende, da machst du Mama sehr glücklich, wenn du dich mal auf etwas anderes einlässt als das, was du kennst.«

»Ich will aber nichts einlassen«, quengelte das Kind, »ich will Ketchup.«

Ich mochte zwar keinen Ketchup, aber das Kind konnte ich gut verstehen.

Vorsichtig kostete ich von meinem Würstchen. Das war ein Fehler. Das Innere fühlte sich im Mund an wie halb gebackener Kuchenteig, das äußere wie Dachpappe, die lange im Landregen durchgeweicht war.

Der junge Typ neben mir sah meinen angewiderten Gesichtsausdruck und musste lachen. »Tofu«, sagte er, »gut, oder?«

»Wer's mag«, murmelte ich.

»Du musst zugeben, das hat mehr essenzielle Aminosäuren als jedes Stück Fleisch.«

»Geb ich gern zu. Schmeckt trotzdem nicht.«

»Dann probier mal den Getreideeintopf, der ist super.«

Folgsam kostete ich und nickte. »Ganz lecker. Könnte aber noch was Scharfes vertragen, wenigstens einen Hauch Knoblauch.«

»Knoblauch und Zwiebeln werden hier nicht verwendet«, erklärte der Junge, »die sind rajaz.«

»Was ist das denn nun wieder? Ich dachte, verbotene Lebensmittel sind tamas.«

»Rajaz ist alles, was nervös macht. Leidenschaften anregt. Deshalb auch kein Kaffee oder schwarzer Tee.«

Folgsam nahm ich noch einen Bissen von meinem Tofuwürstchen. Jetzt, wo der Überraschungseffekt weg war, schien es mir noch ungenießbarer. Vielleicht mit dem Gemüsedip? Ich tunkte großzügig ein und zwinkerte dem kleinen Mädchen zu. Vielleicht war es ja eine Alternative zu Ketchup. Und ich konnte ein Kind sehr glücklich machen.

»Halt!«, die Frau mit den lila Strähnen fiel mir in den Arm, bevor ich meine Gabel zum Mund führen konnte.

»Es geht mich ja nichts an«, sie lachte, »aber du hast gerade dein Würstchen in den Nachtisch gestippt.«

Auf einmal begann Melli auf dem Platz mir gegenüber zu strahlen. Ihre Mundwinkel zogen sich so weit auseinander, dass ich mich nicht gewundert hätte, wenn sie am Hinterkopf wieder zusammengestoßen wären, ihre Augen blitzten. Mit einer Geste, die wohl lässig wirken sollte, warf sie sich eine Haarsträhne aus dem Gesicht. Die Strähne blieb in einem seltsamen Dreieck auf ihrem Kopf kleben. »Hallo«, hauchte sie und blickte dabei schräg hinter mich.

»Na, habt ihr's lustig?«, hörte ich eine Männerstimme sagen.

Ich drehte mich um, und mein Herz machte einen freudigen Minihüpfer.

Da stand Mr Buddha.

Jetzt, gut ausgeleuchtet von der Energiesparlampe im Speisesaal, gefiel er mir sogar noch besser als bei unserer flüchtigen Augenbegegnung durch die Fensterscheibe des »Delhi Deli«. Er hatte nicht nur schöne breite Schultern und einen blank polierten Charakterschädel, auch der Rest war ziemlich lecker. Groß, sehnig, dunkel. Die Haut von dieser seidigen Beschaffenheit, dass sogar Schweißperlen auf ihr wie ein schickes Accessoire ausgesehen hätten. Schwarzes, ärmelloses Rippshirt, schmale schwarze Trainingshose. An den Füßen trug er gar nichts. Wahrscheinlich war er so fortgeschritten, dass er bei Bedarf einfach drei Zentimeter über dem Boden schweben konnte. Hausschuhe mit Hasenohren brauchte der jedenfalls nicht. Sogar seine Füße waren schön, die Zehen lang und gerade, der Fußrücken anmutig geschwungen.

Der ganze Mann war so rajaz, dass er eigentlich gar nicht hätte hier sein dürfen.

Pflichtschuldig versuchte ich, mich an Chris' Füße zu erinnern. Schließlich hatte ich noch immer offiziell Liebeskummer. Doch es fiel mir nichts dazu ein.

Na gut, das war auch schon ein paar Wochen her. Bevor ich mit Yoga begonnen hatte. In der dunklen Zeit der Unachtsamkeit. Dass mir diese Füße jetzt so gefielen, war ein gutes Zeichen. Ich wurde … wie sollte ich das sagen? Ganzheitlicher. Nein, falsch. Wie hatte Nitya Rosenkötter es in meiner ersten Yogastunde genannt? Sie hatte doch so ein tolles Wort gebraucht! Genau: feinstofflich. Ich wurde feinstofflicher.

Vielleicht war es auch einfach nur der Kontrast. Vielleicht hatte mich die Begegnung mit den verhornten Kundalini-Lehrer-Füßen für einen bisher vernachlässigten männlichen Körperteil sensibilisiert.

»Hallo«, echote ich und kam mir etwas einfallslos vor. Mr Buddha sah mich an und hob die Augenbrauen.

»Hey«, sagte er, »ich bin mir nicht ganz sicher … kennen wir uns?«

»Liebe Evke«, hörte ich Melli sagen. Ihre Stimme triefte beinahe vor Feierlichkeit. »Ich möchte dir jemanden vorstellen. Das ist mein Yogalehrer Siv.«

Ich drehte mich wieder zu ihr um, zu verblüfft, um zu antworten. Jetzt hatte sie auch auf der anderen Kopfseite eine dreieckige Strähne. Nadine fand als Erste die Sprache wieder.

»Freut mich«, sagte sie und ruckelte ein bisschen auf der Sitzbank neben Melli hin und her. Dann zuppelte sie wie absichtslos an ihrem Shirt und machte ein Hohlkreuz. Jetzt war ihr Nabel vollständig zu sehen.

Pada Hastasana

Die stehende Vorwärtsbeuge (Pada Hastasana) führt zu Demut und Hingabe an das Göttliche. Sie ist eine Verneigung vor den wohlmeinenden Kräften des Universums.

Vor dem Shiva-Raum standen die Hasen-Hausschuhe und die bunten Crocs dicht gedrängt bis auf die Treppenstufen, drinnen kauerten ebenfalls dicht gedrängt Leute auf blauen und lila Meditationskissen. Vorn, auf einer Art Bühne, die mit den Bildern von indischen Göttern dekoriert war, saß ein Mann in einem orangefarbenen Gewand. Er hatte dichtes schwarzes Haar und dunkle Augen, er sah sehr indisch aus. Vor ihm stand eine winzige Hammondorgel, auf der er eine monotone Folge spielte. Dazu sangen sie alle gemeinsam etwas, das so ähnlich klang wie: »Na ja, na ja«.

Hinter dem Orgelspieler gab eine riesige Panoramascheibe den Blick auf die Landstraße, das Feld und das soziale Problemviertel der nächsten Kleinstadt frei. Ein Traktor mit einem Heuanhänger röchelte vorbei, dann passierte lange nichts.

Saturday Night Life.

Ich schnappte mir ein lila Kissen, Melli, Nadine und Anna folgten mir. Dann setzte ich mich ganz nach hinten. Mit Männern auf Bühnen hatte ich nämlich keine gute Erfahrung gemacht. Wenn ich zu weit vorn Platz nahm, wurde ich aus irgendeinem Grund regelmäßig zum Mitspielen aufgefordert. Mindestens fünf Kabarettisten hatten mich allein in den letzten ein, zwei Jahren als Hutablage, lebendes Kuss-Übungsobjekt oder Spontantheatermitspielerin gecastet, und beim Männerstrip zu Nadines vorletztem Geburtstag hatte ich mich von einem verschwitzten Bodybuilder antanzen lassen müssen. Hinterher wurde mir immer allseits versichert, ich sei der Höhepunkt des Abends gewesen. Das würde mir hier nicht passieren.

Am Ende würde mich der Mann in Orange noch vorsingen lassen! Schließlich konnte er ja nichts von Frau Rosenkötter und meinem lebenslangen Gesangsverbot wissen.

Ich blickte mich um. Immerhin verstanden meine Freundinnen auch nicht, was der Chor da von sich gab. Melli hatte die Augen geschlossen und saß in einem ganz passablen Lotossitz, die beiden anderen mummelten sich in ihre Decken und blickten angestrengt zu Boden.

»Entschuldigung«, ich tippte die Frau neben mir an und flüsterte ihr ins Ohr, »was singt ihr da genau?«

»Das ist das Mantra für den Weltfrieden«, wisperte sie zurück, »es bringt Lichtenergie ins Universum.«

Der Mann in Orange hatte sich erhoben, faltete seine Hände auf eine Weise, wie man es von katholischen Heiligenbildern kannte, legte die Fingerspitzen erst an die Stirn, dann an sein Herz. »Om«, sang er, »Shanti, Shanti. Frieden, Frieden.«

Dann war es still. Decken raschelten, Gelenke knackten. Ich sah mich unauffällig um und entdeckte Sivs glänzenden Schädel schließlich in der ersten Reihe, direkt vor dem Altar. Melli hatte die Augen noch immer geschlossen.

Draußen vor dem großen Panoramafenster senkte sich allmählich die Nacht über die friesischen Felder. Zwei Autos jagten sich mit Lichthupe über die Landstraße. Dumpf wummerten die Bässe darin, wurden dann leiser. Der Mann in Orange begann zu sprechen.

»Mei«, sagte er.

War das jetzt auch wieder ein Mantra? Ein gesprochenes?

Die Gruppe schwieg.

»Mei, is des schee, dass ihr alle kommen seid's. Für alle, wo mich noch ned kennen, i bin der Satya.«

Kein Inder. Ein Bayer. Ein Bayer im niedersächsischen Ashram. Die Globalisierung machte aber auch vor gar nichts mehr halt.

»Mir setzn uns jetz alle miteinand in einen kreuzbeinigen Sitz, schließen die Augen und beginnen mit unserer angeleiteten Meditation.«

Ich faltete folgsam meine Beine.

»Mir konzentriern uns jetz erst amal auf unsern Atem. Beim Einatmen denk' ma uns: I bin voller Energie. Beim Ausatmen denk' ma uns: I geb Licht und Liebe.«

Immerhin durften wir jetzt beide Nasenlöcher benutzen. Das war einfacher als die Darth-Vader-Atemübung.

Ich schloss die Augen und konzentrierte mich. Die Luft fühlte sich kühl an, wenn ich sie einsog, und warm, wenn sie wieder ausströmte. Hatte ich noch nie so bemerkt. Licht und Liebe, das war hübsch. Aber brauchte es dafür nicht auch ein Gegenüber? Ich wollte meine Liebe doch nicht einfach so in die Atmosphäre blasen, ohne dass jemand etwas davon hatte. Schließlich war das Energieverschwendung. Wenn auch nur feinstoffliche.

»Jetz denk' ma uns jemand, dem unsere Liebe gilt.«

Schon besser.

»Des kann a Mensch sein. Aber auch a Tier. Oder a Pflanze.«

Eine Pflanze?

Ich dachte an meinen traurigen Ficus, der immer so verzweifelt seine Blätter von sich warf. Licht und Liebe. Wahrscheinlich war es genau das, was ihm fehlte. Ich sollte ihn an einen sonnigeren Platz stellen und mehr mit ihm reden.

»Vielleicht denkt's ihr an einen Menschen, der euch in letzter Zeit nahg'standn hat. Dann stellt's ihr euch vor, dass sich mit eurem Ausatmen a Dusche aus Licht über ihn ergießt.«

Das war nicht schwer. Ich dachte an Melli, so wie sie vor mir saß, in ihrer brav geschnürten Hose, an die Begeisterung in ihrem Blick. Das hatte sie verdient, ihre kleine Schwärmerei für ihren Yogalehrer. Auch wenn sie Steve niemals hintergangen hätte.

Außerdem konnte mir das nur recht sein.

Ich stellte mir vor, wie sie auf meinem vernachlässigten Sofa saß und ein Sternenregen auf sie herabfiel, so wie im Kinderzeichentrickfilm. Kleine, glitzernde Britzelpünktchen, die beim Aufkommen wie Brausebonbons auf der Haut prickelten. Stand ihr gut.

»Und jetzt macht's amal genau des Gegenteil und stellt's euch an Menschen vor, mit dem ihr euch in letzter Zeit ned so gut verstandn habt's.«

Ich hätte gern noch darüber nachgedacht, aber mein Unbewusstes hatte schon für mich übernommen. Wenn das meine Mutter gewusst hätte. Jetzt saß jedenfalls plötzlich Frau Stöver auf meinem Sofa, ihren imposanten Busen unter einem Kunstfaserhäkelpulli eingequetscht, die Beine eng aneinandergestellt. Im Schoß hielt sie eine altmodische Handtasche und knetete den Lederhenkel. Sie sah nicht besonders glücklich aus. Eher angespannt, so, als wüsste sie nicht recht, wie sie in meine Gedanken kam, was ihr feinstofflicher Körper auf meinem Sofa tat und ob sie sich vorsichtshalber nach Fluchtwegen umsehen sollte. Wahrscheinlich ging es ihr wie mir, wenn ich mal wieder widerwillig auf einer Kabarettbühne gelandet war. Und vielleicht war es ihr ja auch nachträglich ein bisschen unangenehm, wie sie mich in meiner Lehrzeit schikaniert hatte.

Zögernd stellte ich die Lichtdusche an. Vielleicht entspannte das die Situation. Langsam begannen einzelne Sternchen zu tröpfeln. Augenblicklich veränderte sich ihr Gesichtsausdruck, fast, als zwinkerte sie mir kumpelhaft zu. So wie neulich auf dem Flur, am Montag nach der Firmenparty. Vielleicht war sie gar nicht so abgrundtief gemein. Sondern einfach nur unsicher. Oder frustriert, weil sie nie zum Tanzen kam außer auf der Sunny-Side-Fete. Und weil sie genau wusste, dass sie ein paar Tage später Kantinengespräch Nummer eins sein würde, so albern, wie es aussah, wenn sie ihre Masse in Bewegung setzte.

So hatte ich noch nie über Frau Stöver gedacht.

Ich drehte weiter auf. Jetzt prasselten die Sternchen auf sie hernieder wie aus einer gigantischen Silvesterwunderkerze. Frau Stöver blickte ein wenig verdutzt, dann stellte sie mit einer unerwartet eleganten Bewegung die spießige Handtasche zur Seite, erhob sich, strich den Rock glatt und begann, sich zu einer unhörbaren Musik zu bewegen. Erst mit kleinen, zögerlichen Schritten, dann immer raumgreifender. Sie sah aus wie eine Frau, die richtig Spaß hatte, bis in jede Zelle ihres Körpers. Und das wollte etwas heißen, es waren ja schließlich viele, viele Zellen.

»Und jetzt macht's euren Kopf ganz leer. Wenn Gedankn kommen, schaut's sie an und schickt's sie einfach weg.«

Schade. Gerade jetzt, wo es spannend wurde. Zu gern hätte ich Frau Stöver noch ein bisschen beim Tanzen zugeschaut. Wer weiß, auf welche Ideen sie noch gekommen wäre. Jetzt würde ich wahrscheinlich wieder Berufsschulgestrüpp zu sehen bekommen, so wie ich meine Meditationstechnik einschätzte.

»Ihr könnt's euch beim Ausatmen gern ein persönliches Mantra denken.«

Ich blinzelte. Gern hätte ich gefragt, was die anderen so nahmen. Wie in einem exotischen Spezialitätenrestaurant, in dem man ratlos vor der Karte saß. Aber eine Frau mit geschlossenen Augen anzutippen hätte mit Sicherheit gegen sämtliche Yogaetikette verstoßen.

Om? Zu gewöhnlich. Der Ford Fiesta unter den Mantras.

Na ja, na ja? Ich war ja nicht einmal sicher, wie das richtig ging.

Dann kam mir wieder derjenige in den Sinn, mit dem alles angefangen hatte. Ohne den ich wohl kaum meinen Samstagabend auf einem kratzigen Teppichboden verbracht hätte. Auf der Suche nach Erleuchtung. Und dem nächsten Mann, mit dem ich weniger Fehler machen würde.

Chris, dachte ich mir beim Ausatmen. Chris, Chris, Chris.

Unmöglich. Das war kein Mantra, das war eine Halskrankheit. Schlimmer als die Röchel-Atemübung mit den zwei Nasenlöchern.

Musste ich eben etwas anderes ausprobieren. Nur so, ganz unverbindlich.

Siv. Schnief. Siv. Schnief.

Auch nicht besser? Vielleicht klappte es mit der langen Form besser.

Sivananda.

Ah.

Sivananda.

Das war nun gleich ein ganz anderer Schnack. Sanft und butterweich, ein Name, der an eine laue Partynacht in Goa denken ließ, an seidige Luft und würzigen Geschmack und ein nächtliches Bad, Sarongs mit nichts drunter und …

Nee. So ging das auch nicht. Gedanken sollte man anschauen und wegschieben, also sollte man sich ein Mantra aussuchen, das weniger sündige Gedanken machte. War ja sonst schade drum.

Ein Gong ertönte, und ich öffnete verwirrt die Augen. Draußen war es jetzt vollständig dunkel. Satya griff nach einem länglichen Stück Stoff, legte es sorgsam über die Tasten seiner Hammondorgel und deutete dann auf zwei Schüsseln.

»Jetzt brauch' ma noch zwei, drei Freiwillige, die des Prasad verteilen.«

Ich hatte es gewusst. Wie gut, dass ich so weit hinten saß. Was auch immer Prasad war, ich wollte es jedenfalls nicht ausgeben.

Erstaunt sah ich, wie mehrere Frauen in der ersten Reihe begeistert aufsprangen und danach griffen. Schien sich um eine Art Ehrenamt zu handeln. Und das war nicht für jedermann. Die, die leer ausgegangen waren, schlichen folgsam an ihren Platz zurück, die zwei Siegerinnen nahmen die Schüsseln und begannen durch die Reihen zu gehen. Eine Große mit einem graublonden Afro, eine klapperdürre Kleine mit spitzer Nase und kindlichen Haarspangen. Dabei legten sie jedem eine kleine Portion Obstsalat in die geöffneten Hände. Es sah aus wie bei einer Armenspeisung in Kalkutta.

Meine Sitznachbarin, die mich über den Weltfrieden aufgeklärt hatte, beugte sich zu mir mit diesem freundlichen Mitleid im Blick, das ich allmählich gut kannte.

»In den Früchten ist die ganze Kraft der Mantras konzentriert«, flüsterte sie, »das ist die wertvollste Nahrung überhaupt.«

»Seid's doch bitte noch so gut und schaut's nachher auf der Anschlagtafel an der Rezeption«, meldete sich Satya wieder zu Wort. »Da könnt's nachlesen, wer morgen für welche Aufgabe eingeteilt ist.«

Karma Yoga. Die meinten das wirklich ernst.

Eine der dünnen Frauen stand mit der Obstschale vor mir und legte mir mit huldvollem Gesichtsausdruck einen bräunlichen Apfelschnitz und zwei angefeuchtete Cashewkerne in die Hand. Ich stellte mir vor, dass zufällig die gesamte Gesangsenergie von Siv in meinem

Stück Obst gelandet war, das half, meinen leichten Ekel zu überwinden. Melli kaute bereits andächtig auf etwas herum und lächelte mich über ihre Schulter hinweg an.

Später drängelten wir uns in einer größeren Menschenmenge vor dem Flipchart und suchten unsere Namen. Meinen fand ich bei den Küchenhilfen, direkt unter Mellis. Anna sollte Fenster putzen, Nadine im Garten helfen. Der letzte Name in ihrer Gruppe lautete Siv. Blauer Edding auf weißem Papier.

Wir alle hatten heute Abend noch etwas zu besprechen.

Schweigegebot hin oder her.

SHAVASANA

Die Ruhestellung (Shavasana) wird auch die Totenstellung genannt. Trotz ihres Furcht einflößenden Namens führt sie zu innerer Ruhe und Freude und zu einem Körperbewusstsein, das bereits eine heitere Ahnung von Transzendenz in sich trägt.

»Wisst ihr eigentlich, was das Beste am Yoga ist?«, fragte Nadine gut gelaunt und ließ sich mit Karacho in die Kissen zurückfallen. Anna konnte gerade noch ausweichen.

»He«, meckerte sie, »das ist meine Seite!«

»Meine Seite, deine Seite – mach dich mal locker! Wir sind hier schließlich im Ashram!«

»Deshalb will ich trotzdem nicht deine Haare auf meinem Kissen.«

»Also, das Beste am Yoga ist«, plapperte Nadine unbekümmert weiter, »dass man dabei auch noch gut aussieht. Überlegt mal, was wir sonst für Sport gemacht haben! Dieses ganze Geschwitze beim Work-out im Fitnessstudio, das war doch kein schöner Anblick.«

»Und diese ausgestellten Hosen sahen auch nicht wirklich gut aus. Außer an Victoria Beckham.«

»Ich hatte eine in Neon-Orange!«

»Erinnerst du dich an meine mit dem Tigermuster?«

»Die Wahrheit ist so bitter.«

Nadine und Anna erhoben sich aus ihrer entspannten Rückenlage und klatschten die Handflächen aneinander wie zwei schwarze Rapper, denen ein besonders gemeiner Reim eingefallen war. Leise quietschten die Matratzen einen Rhythmus dazu. Ich sah auf die Uhr. Gleich würde die strenge Pferdeschwanzfrau die Tür aufreißen und uns mindestens fünfzehn Minuten Strafschweigen aufbrummen.

»Wollt ihr nicht zu uns ins Bett kommen?«, fragte Nadine und klopfte einladend auf ihr Fußende. Dort hätte zwar allenfalls Paris Hiltons Hund Platz gehabt, aber die Geste wusste ich zu schätzen.

»Lass mal gut sein«, sagte ich, »ich wollte schon immer auf einem original niedersächsischen D-Lagen-Pensionsstuhl sitzen. Da muss man jede Minute genießen.«

Ich warf einen Blick zu Melli, aber die fühlte sich augenscheinlich nicht angesprochen. Schon die ganze Zeit saß sie an die Wand gelehnt im Schneidersitz und flocht Zöpfchen aus den Fransen einer karierten Wolldecke.

Entweder sie war müde. Oder sie nahm das hier verdammt ernst. Und war böse auf uns, weil wir es nicht taten. Wenigstens nicht so.

Es gab noch einen dritten Grund, aber an den wollte ich lieber gar nicht so genau denken.

»Sagt mal«, ich senkte verschwörerisch meine Stimme, »wollt ihr wirklich den ganzen Abend beim Ingwertee bleiben oder mal auf was Härteres umsteigen?«

»Was hättest du denn?«, fragte Anna interessiert. »Rotbusch?«

»Mehr rot als Busch«, flüsterte ich, griff in meine Handtasche neben mir auf dem Boden und förderte die Chiantiflasche zutage.

Nadine stieß einen anerkennenden Pfiff aus. »Sweetie«, sie nickte mir zu, »du entwickelst ja richtig kriminelle Energie.«

Anna blickte zweifelnd zwischen Nadine und mir hin und her. »Ich weiß nicht«, sie hob abwehrend die Hände, »das stand aber anders in unserem Vertrag.«

»Alles, was Spaß macht, ist entweder unmoralisch, illegal oder macht dick«, gab ich leichthin zurück und stand auf, um im Bad nach Zahnputzbechern zu suchen, die man als Weingläser zweckentfremden konnte. Endlich hob auch Melli den Kopf.

Ihr Blick war nicht nur eisig. Er war unter null. Minus 273,15 Grad Celsius. Kälter konnte es nicht mehr werden.

»Ich finde das ganz, ganz schlimm«, sagte sie schließlich. »Ihr seid so oberflächlich. Könnt euch überhaupt nicht einlassen auf das hier.«

»Hä?«, fragte Anna ungewöhnlich wenig wortgewandt.

»Was ist das denn jetzt, Sweetie«, fragte auch Nadine, »vor ein paar Monaten hast du dich noch lustig gemacht, als Anna und ich angefangen haben, uns für Yoga zu interessieren. Und jetzt bist du plötzlich selbst der Oberguru?«

Melli knetete noch immer ihre Wollfransen. »Ich glaube«, antwortete sie dann ganz leise, »ich glaube, dass Yoga wirklich sehr viel verändern kann. Nicht nur, dass man weniger Rückenschmerzen hat oder so, sondern das ganze Leben. Das eigene Denken, die eigenen Beziehungen. Aber dann muss man sich eben auch mit ganzer Seele und ganzem Herzen dafür öffnen.«

Unschlüssig stellte ich die Weinflasche auf dem Tisch vor mir ab und setzte mich wieder. Ich wollte ja nicht die ganze Liebes- und Friedensenergie im Haus wieder zunichtemachen. Und so ein handfester Streit unter besten Freundinnen konnte mit Sicherheit mindestens eine Stunde Mantrasingen ruinieren.

»Pfft«, Nadine schnaubte, »solche Sätze lese ich doch jede Woche in der ›Gala‹. Nenn mir ein einziges Model, das noch kein Yogabuch geschrieben hat! Oder eine Schauspielerin, die nicht mit irgendeinem hutzligen tibetischen Mönch trainiert! Die sagen das doch alle: Dass Yoga ihr Leben total verändert hat. Und das glaub ich denen auch sofort, das ist ein super Workout und ist wahrscheinlich ganz entspannend, wenn man so eine Promi-Existenz führt. Aber hast du schon mal eine von denen mit einem Teebecher auf der Oscar-Verleihung gesehen? Oder denkst du ernsthaft, Richard Gere putzt in Himalajaklostern die Klos? Jennifer Aniston gräbt mittags schwitzend ein Blumenbeet um, damit ihr Karma besser wird?«

Blumenbeet. Das war doch mein Stichwort.

»Ach ja, wenn du gerade von Gartenarbeit sprichst«, sagte ich betont lässig und kniebelte an dem Etikett der Weinflasche herum, »möchtest du zufällig mit mir tauschen? Küchendienst?«

Verblüfft sah Nadine mich an. »Wie? Du willst freiwillig in den Matsch?«

Ich zuckte die Achseln. »Nur die Harten kommen in den Garten. Im Ernst, mir macht das nichts aus. Außerdem«, ich senkte vertraulich die Stimme, »hatte ich in letzter Zeit häufig diese seltsamen Hautirritationen … ich fürchte, ich neige zu einer Spülmittelallergie.«

»Ich sag's ja nur ungern«, gluckste Nadine, »aber du und Grünpflanzen, das ist mir bisher auch nicht als besonders kosmische Verbindung aufgefallen. Eher im Gegenteil.«

»Äh, doch!«, behauptete ich. »Das hab ich als Kind schon gern gemacht. Im Garten meiner Oma.«

Das war nicht vollkommen gelogen, aber auch nicht ganz die Wahrheit. Mein Beitrag zur Gartenarbeit hatte meistens darin bestanden, dass ich die großen Steine umgedreht und die blau schillernden Kellerasseln beobachtet hatte, die sofort in Panik durcheinanderwuselten. Oder ich hatte mir mit unreifen Pflaumen den Magen verdorben.

»Ich hab auch gar nichts gesagt, Sweetie«, Nadine hob grinsend die Arme und zeigte mir ihre Handflächen, »das ist ein Angebot, das ich nicht ablehnen kann.«

Melli sah fragend zwischen der Weinflasche und mir hin und her. Ich musste das Thema wechseln. Dringend. Nicht, dass ich Geheimnisse vor ihr gehabt hätte. Aber so genau musste sie nun auch nicht wissen, mit wem ich mir da die Finger schmutzig machen wollte. Hoffentlich kam sie nicht auf die Idee, noch mal auf der Anschlagtafel nachzuschauen.

»Dann bring ich mal eben dieses Baby hier rüber in Mellis und mein Zimmer«, sagte ich und griff nach dem Chianti, »nicht, dass es uns doch noch in Versuchung führt.«

Ich ignorierte sowohl Nadines bestürzten als auch Mellis befriedigten Blick und schlich auf den Gang. Draußen war es dunkel und still. Alle anderen hielten sich wohl wirklich an die Yogagebote. Ich tastete an der Wand herum, während sich meine Augen langsam an die Dunkelheit gewöhnten. Der Lichtschalter musste doch hier irgendwo neben dem Flurspiegel sein! Jetzt kamen Schritte die Treppe hoch und näher, schließlich schälte sich eine große Gestalt aus dem Zwielicht und kam genau auf mich zu. Das heißt, sie steuerte genau auf den Lichtschalter zu. Beinahe berührten sich unsere Finger, und als ich den kahl rasierten Schädel und die breiten Schultern erkannte, war es schon zu spät.

Die schlechte Nachricht war: Ich stand vor Siv, abends um Viertel nach elf, vor einem Zimmer, aus dem schon wieder leises Kichern drang, und trug in der Hand eine Flasche Wein.

Die gute Nachricht war: Immerhin war die Flasche unberührt. Und ich sagte gerade auch nichts.

Er starrte erst mich an, dann die Flasche, dann wieder mich. Dann begann er zu grinsen. So ein richtiges Ich-zieh-jetzt-alle-Register-Grinsen, mit Grübchen in den Wangen und blitzenden Augen wie aus der Sternchendusche für Frau Stöver.

»Ich wusste es«, flüsterte er verschwörerisch, »irgendwo in diesem Haus steigt eine Party, und ich bin mal wieder nicht auf der Gästeliste.«

»Äh«, sagte ich einfallslos, »das ist alles ein furchtbares Missverständnis. Ich meine, ich muss beim Packen einfach aus Versehen nach der falschen Flasche gegriffen haben.«

»Falscher Jahrgang?«

»Na klar … nein, natürlich nicht!«, redete ich weiter und verfluchte mich selbst. Jetzt war ich heute Abend doch noch fürs Improvisationstheater gecastet worden. Zwar nicht vor zweihundert Yogis und einem bayerischen Guru. Doch immerhin vor einem der Zuschauer, der mich am meisten interessierte.

»Ich meine, in meinem Kühlschrank steht ja so einiges herum, Sauerkrautsaft, Brottrunk und so. Da muss ich mich wohl einfach vertan haben.«

Siv griff nach der Flasche und blickte prüfend auf das Etikett. Beinahe berührten sich unsere Finger. Schon wieder! Er schnalzte leise mit der Zunge.

»Ein Jammer«, murmelte er, »so ein guter Chianti, und dann im Kühlschrank aufbewahrt. Da müssen wir wohl froh sein, dass er da wenigstens einmal herausgekommen ist.«

»Äh, ja«, begann ich zum dritten Mal, »ich kenne mich da nicht so aus. Mit Alkohol.«

»Nein?« Er wirkte amüsiert.

Ich schüttelte den Kopf. »Ich bin eher so der natürliche Typ. Lange Spaziergänge am Flussufer, einfach sitzen und den Vögeln zuhören, Gartenarbeit … meine Zierpflanzen … so etwas ist mir lieber als lange Partynächte.«

Er nickte und ließ die Flasche los. »Das ist ja ein Zufall« sagte er, »Pflanzen liebe ich auch. Ich finde, sie sind ein guter Indikator für das Seelenleben einer Person. Wenn zum Beispiel jemand überhaupt nichts Grünes in seiner Wohnung hat oder nur so eine verdorrte Yuccapalme, das ist mir immer sehr suspekt.«

Ich nickte eifrig und starrte dabei auf den Teppich. Graugrün, etwa die Farbe meiner Aura. Was erzählte ich hier eigentlich? Das hatte doch nichts mit mir zu tun! Allenfalls mit der Frau, die ich gern werden wollte.

»Weißt du, es geschieht ja im Leben nichts ohne Grund«, erklärte ich versonnen und lehnte mich an die Wand, eine Haltung, die mädchenhaft und lässig zugleich aussehen sollte. »Jedenfalls glaube ich, es ist nicht ganz umsonst so, dass ich morgen Mittag in der Gartenarbeitsgruppe eingeteilt bin.«

»Wie schön«, sagte er, und wieder erschien dieses Grübchenlächeln, »dann sehen wir uns ja. Morgen um eins, hinter dem Rosenbusch.«

Siv mochte ein toller Yogalehrer sein. Aber das mit der stillen, leidenschaftslosen Zufriedenheit hatte er fast genauso wenig drauf wie ich. Das spürte ich genau. Immerhin etwas, in dem wir uns tatsächlich ähnlich waren. Vielleicht konnten wir ja gemeinsam an unseren Defiziten arbeiten.

Allerdings nicht, ohne sie vorher noch einmal so richtig auszukosten.

Mist. Ich hatte schon wieder unanständige Gedanken. Warum musste Mr Buddha denn auch ausgerechnet der erste Mann seit Jahren sein, der auch meine beste Freundin nervös machte?

»Ich muss dann mal«, flüsterte ich, »bis morgen!«

»Gute Nacht«, flüsterte er zurück, »und keine Sorge, dein kleines Missverständnis ist bei mir gut aufgehoben.«

Dabei sah er mich an, als hätte er mich am liebsten bei der Hand genommen und mich in sein Zimmer geführt, um gemeinsam die Rotweinflasche auszutrinken.

Er drehte sich um. Auf der Rückseite seines blauen Sweatshirts glänzte ein goldener Buddha. Und hielt den Mund. Entweder Sweatshirtbuddhas konnten nicht sprechen – im Gegensatz zu Autobuddhas und Flyerbuddhas. Oder er gehörte zu der schweigenden Mehrheit, die sich an das Stillegebot hielt.

Ich erzählte Melli selbstverständlich nichts von meiner abendlichen Begegnung auf dem Gang, als wir später gemeinsam in dem Jugendzimmerbett nebenan lagen. Zuerst redeten wir eine ganze Weile lang gar nichts, aber wir kannten uns lang genug, um zu merken, dass jede von uns ihren eigenen Kampf ausfocht. Mit dem Einschlafen, mit dem eigenen Stolz und mit Gedanken, die in eine ähnliche Richtung gingen. Melli war es schließlich, die das Schweigen brach.

»Findest du das denn eigentlich wirklich alles so blöd?«, fragte sie beinahe zaghaft. »Diese ganze Weltanschauung und was den Leuten hier Yoga bedeutet? Was es mir bedeutet?«

»Nein«, sagte ich, erleichtert, dass sie den ersten Schritt gemacht hatte. »Das ist mir nicht unsympathisch. Ich meine, mit jemandem, der jeden Tag für den Weltfrieden meditiert, würde ich jedenfalls lieber einen trinken gehen als mit jemandem, der nur für die Wertsteigerung seines Aktienportfolios betet.« Ich hörte Melli in der Dunkelheit tonlos kichern und kicherte mit, einfach so, aus alter Freundschaft. Bis ich verstand. Vielleicht brauchte ich noch dringender ein Date mit den Anonymen Alkoholikern als mit einem sexy Yogalehrer. »Ich meine natürlich, einen Tee trinken«, fügte ich hinzu.

Melli seufzte und richtete sich schließlich halb im Bett auf. Vorsichtig bewegte sie den Kopf hin und her, bis ihre Halswirbel knackten.

»Erinnerst du dich noch an diese Hausboottour?«, fragte sie plötzlich. »Diesen Trip für Reisebüromitarbeiter, bei dem jemand ausgefallen war und du mich mitnehmen durftest?«

»Klar erinnere ich mich. Ich hab am ersten Tag das Boot an der Schleuse festgemacht, fast wären wir geendet wie die Titanic.« Ich verschränkte die Arme hinter meinem Kopf und sah ein paar geheimnisvollen Lichtpunkten an der Decke zu. Wo kamen die jetzt her? Versprengte Energie vom gemeinsamen Mantrasingen?

»Weißt du«, fuhr Melli fort, »was mich am meisten überrascht hat, war, wie schwerfällig diese Boote zu manövrieren sind. Man lenkt und lenkt und lenkt und es passiert überhaupt nichts, und plötzlich, fünf Minuten später, macht das Ding eine Kurve und du musst total gegensteuern. Weißt du was? Genau so bin ich doch auch. Unheimlich langsam, aber wenn ich mal auf Kurs bin, dann bin ich auch auf Kurs. Dann lasse ich mich so schnell nicht mehr abbrin-gen. Ich mache einfach keine halben Sachen, dafür bin ich nicht geschaffen.«

Ich nickte in die Dunkelheit. Es stimmte, was sie sagte. Melli hatte für alles in ihrem Leben lang gebraucht. Steve hatte sie ein halbes Jahr gekannt, bis sie sich zum ersten Mal von ihm küssen ließ, und bis sie sich für eine Ausbildung zur Erzieherin entschieden hatte, waren sämtliche Bewerbungsfristen für das Jahr schon abgelaufen. Doch wenn sie sich auf etwas einließ, dann tat sie es ganz. Nicht umsonst war sie meine treueste Freundin. Meine älteste. Meine beste.

»Und jetzt bist du wirklich so ganz und gar auf dem Yogaweg?«

»Ich weiß, das klingt komisch. Hätte ich bis vor ein paar Monaten auch nicht gedacht, und ich bin da ja auch mehr zufällig reingeraten. Aber je mehr ich mich damit beschäftige, umso mehr fasziniert mich das ganze Thema.«

Wer oder was genau fasziniert dich eigentlich?, lag mir auf der Zunge, aber ich hielt mich zurück. Stattdessen fragte ich: »Und Steve? Wie findet der das?«

Wieder ein leiser Seufzer. »Ich weiß, das wird noch ganz schön hart. Wenn ich wirklich vegetarisch lebe, jeden Tag meine Übungen mache und morgens um sieben zum Meditieren aufstehe. Ich weiß vor allem nicht, wo ich einen Platz für den Altar schaffen soll. Er sollte nach Norden zeigen, das ist energetisch günstig. Sagt der Siv.«

Ich ging elegant über das Stichwort hinweg.

»Und wo ist das Problem?«

»Na, da steht schon der neue Plasmafernseher. Und den würde Steve sicher nicht wegrücken. Das würde er niemals verstehen.«

Nein, würde er nicht, wollte ich sagen. Weil er nämlich immer noch kein Fremdwörterlexikon hat und keine Ahnung, was energetisch bedeutet.

Doch plötzlich hatte ich eine Sperre im Kehlkopf. So eine winzig kleine Schranke im dritten Chakra von oben, die nichts Gehässiges mehr durchließ. Stattdessen sagte ich etwas ganz anderes. Etwas, das sogar mich selbst überraschte.

»Wenn er dich wirklich liebt«, sagte ich, »dann rückt er sogar den Fernseher für dich weg.«

Wo kam das jetzt her?

Auf Melli hatte es jedenfalls ungefähr die Wirkung, die siebzehnmaliges Absingen eines Schlafliedes auf ein übermüdetes Baby hat. Sie ließ sich raschelnd rückwärts fallen und begann fast augenblicklich so gleichmäßig zu atmen, dass ich mich fragte, ob sie schon auf dem Weg zum Kissen eingeschlafen war.

War sie dann aber doch nicht.

»Gute Nacht«, flüsterte sie.

»Om Shanti«, gab ich zurück.

Unter der Decke grub sich eine weiche Hand einen Tunnel, dann schlüpften Mellis Finger in meine. Klein und zart, fast wie die Hand eines Kindes.

»Du, Evke?«

»Hm?«

»Ach, nichts. Nein, es ist nichts.«

Wir hielten uns noch immer an den Händen. So schliefen wir ein.

akarna dhanurasana

Die Pfeil- und Bogenstellung (Akarna Dhanurasana) trainiert die innere Zielstrebigkeit bei der Bewältigung unserer materiellen, aber auch unserer spirituellen Aufgaben im Hier und Jetzt.

Um zehn vor sieben aufzustehen war nicht so schwer, wie ich dachte. Viel schwieriger war es, beim Morgenyoga nicht wieder einzuschlafen.

Gelegenheiten gab es genügend: Anfangsentspannung, Endentspannung, sogar Zwischenentspannung. Draußen war es grau, irgendwas zwischen Niesel und Nebel, genau das Wetter, um sich so lange im Bett umzudrehen, bis das Aufstehen gar nicht mehr lohnte. Jedenfalls nicht vor dem nächsten Morgen.

Zu sehen gab es auch nichts. Wenigstens nicht für mich. Während Melli sich eigenmächtig in Sivs Fortgeschrittenengruppe eingestuft hatte, mussten wir drei anderen mit der Spitznasigen vorliebnehmen, die uns das Mantra-Matschobst ausgeteilt hatte. Sie hatte einen ulkigen osteuropäischen Akzent. »Chalte deine Chände im fienfundvierzig-Grad-Wienkel zum Kerper«, sagte sie, »dann chann die Energie besser fließen.« Die Übungen kannte ich alle noch aus meiner ersten Probestunde, auch wenn »Ashtanga Yoga« auf dem Programmzettel stand und nicht Hatha Yoga. Wo war jetzt der Unterschied?

Langsam hatte ich den Eindruck, dass diese fernöstliche Gymnastik ähnlich schwer zu durchschauen war wie die männliche Seele.

Wenn wir uns zwischen den Übungen in der »Stellung des Kindes« zusammenrollten, schlaffe Bündel auf allen vieren, entblößte die Frau vor mir jedes Mal ein gewaltiges Arschgeweih mit einem Schriftzug im Gothic-Stil. Irgendetwas mit O. Vielleicht konnte sie sich ja ein OM daraus machen lassen, passend zu ihrer neuen Lebenseinstellung. War sicher billiger, als das ganze Ding zu entfernen.

Nach der Stunde gab es einen Vortrag über die Kunst der Meditation, um elf wieder abenteuerliches Essen, danach hing ich allein ein bisschen auf dem Zimmer herum. Als ich um kurz vor eins zum Karma Yoga aufbrach, hatte wenigstens der Regen aufgehört.

Aufmunternd nickte ich mir in einem großen Flurspiegel zu. Jeans und Karobluse, ein Stoffschal um den Kopf gebunden, das passte perfekt zu meinem neuen Image. Die naturverbundene, gut geerdete Yogini von nebenan, die zur inneren Balance manchmal ihre Hände im Modder versenkte.

Dekorativ würde ich in einem Blumenbeet knien, während sich ein paar vorwitzige Haarsträhnchen unter dem Stoff hervorschlängelten, und mir irgendwann gedankenverloren eine Spur Erde an die Wange schmieren. Und wir würden reden, Siv und ich. Gespräche, die sich an der Oberfläche um ganz handfeste Dinge drehen würden. Um winterfeste Grünpflanzen und zarte Wurzeln, um Dünger und Knospen. Aber natürlich würde all das noch eine zweite, eine tiefere Bedeutung haben. Und ich würde wissen, dass er wusste, und er würde wissen, dass ich wusste. Oder so. Vielleicht würde ich ihn auch einfach nur ansehen, mit diesem Du-musst-eigentlich-gar-nichts-mehr-sagen-Blick, diesem Deine-Gartenkralle-ist-auch-meine-Gartenkralle-Blick, sodass er gar nicht anders könnte, als den gleichen Blick in die Zukunft zu werfen wie ich. Ich jedenfalls sah ein altes Landhaus mit knarrenden Dielen und Bauerngarten und mit einer großen Wohnküche, in der ich vollwertige Leckereien kochte. Außerdem ein großzügiges Yogaloft im oberen Stock, in dem Siv seine Kurse gab, wenn er nicht gerade damit beschäftigt war, die Flaschen in unserem gut bestückten Weinkeller zu drehen und zu wenden.

Draußen an den Blumenbeeten stand schon mein Karmagrüppchen. Satya trug Gummistiefel und dreckverschmierte Latzhose und sah darin nun überhaupt nicht mehr indisch aus, sondern wie ein bayerischer Ökobauer. Siv hatte die gleichen Klamotten an, sah aber eher aus, als wäre er aus einer Modefotostrecke zum Thema Landlust herausgefallen. Mir fiel wieder meine Großmutter ein: »Einen schönen Menschen kann nichts entstellen.« Auch die Lockige von gestern Abend war dabei, dazu noch zwei Frauen mit fast identischen roten Mecki-Frisuren. Neben ihnen standen einige schmuddelige Flechtkörbe mit Gartengeräten und ein unförmiger, riesiger Rasenmäher, auf dem man mehrere Kleinkinder hätte spazieren fahren können.

»Sodasamma«, nickte Satya in die Runde, und wieder war ich mir nicht sicher, ob das ein Segensspruch war oder einfach nur Bayerisch. Er wandte sich an die Mecki-Frauen und rieb sich unternehmungslustig die Hände. »I daad sogn«, er nickte sich selbst beifällig zu, »wo ihr gestern erst die Heckn g'schnittn habt's, macht's heut des Beet. Siv, du hast an grünen Daumen, du machst aa mit. Und du«, er zeigte mit einem erdverkrusteten Finger auf mich, »du fängst amal an, hier zu mähen. Aber pass auf mit der Schnur, ned dass die mir kaputtgeht.« Und er zeigte auf ein dickes schwarzes Kabel, das zu einer Außensteckdose an der hinteren Hauswand führte.

Ich starrte erst ihn an, dann Siv. Doch der hob nur belustigt die Augenbrauen und ließ sie wieder sinken.

»Ihr könnt's ja später zusammenhelfen«, Satya machte eine Handbewegung, die alle einschloss. »Mit dem Rechen. Ihr wisst's ja, der Mäher hat keinen Fangkorb. Jetzt schaug amal her«, und mit einem Fußtritt setzte er den Mäher in Betrieb. Der Motor startete augenblicklich mit einem satten Sound, der sogar die jugendlichen Mofabesitzer aus dem Nachbardorf neidisch gemacht hätte.

Also keine Gespräche über Erde und Wurzeln.

Keine zarten Andeutungen über Blüten und Knospen.

Nur ein lärmendes Ungeheuer und ich, die wir gemeinsam einem mörderischen Handwerk nachgingen. Unschuldige, lindgrüne Hälmchen absäbeln, Gänseblümchen köpfen, gerade mal, dass sie ihre zarten Häupter über der Frühlingswiese erhoben hatten. War das noch Yoga? Konnte ich den Einsatz eigentlich aus Gewissensgründen ablehnen? Den Dienst am Mäher verweigern?

»Ich glaube, du hast nicht richtig zugehört.«

Wie bitte? Wo kam jetzt diese Stimme her? Ich schob los und sah mich um.

»Es geht darum, eins zu werden mit deinem Tun. Mit deinem Leben. Mit dem Augenblick.«

Jetzt hatte ich ihn entdeckt. Buddha saß entspannt auf der Rückseite von Sivs Sweatshirt, Gold auf Blau, und zwinkerte mir zu. War also doch nicht ganz auf den Mund gefallen. Wenigstens nicht tagsüber.

»Na und?«, gab ich patzig zurück. »Ich finde diesen Augenblick gerade ziemlich verschwendet. Siv jätet mit den Pumucklfrauen ein Beet und sieht mich nicht mal an dabei.«

»Du hast noch einen weiten Weg vor dir«, dozierte Buddha.

»Und du wiederholst dich, mein Freund.«

Ich gab mir nicht einmal die Mühe zu flüstern. Hörte ja sowieso keiner bei dem Lärm.

»Ich will dir eine Frage stellen«, begann Buddha wieder. Täuschte ich mich, oder klang er mittlerweile etwas genervt? Wahrscheinlich hatte er es selten mit so begriffsstutzigen Jüngern zu tun wie mit mir. Da konnte einem schon mal die buddhistische Gelassenheit abhandenkommen.

»Evke, sag mir eines: Was ist für dich Glück?«

Das war gar nicht so einfach zu beantworten, während ich ein störrisches Mistding von den Ausmaßen eines Kleinwagens über die abschüssige Wiese beförderte. Dann fiel mir doch etwas ein.

»Liebe, hauptsächlich.«

»So.« Täuschte ich mich, oder klang er etwas sarkastisch? Ausgerechnet Buddha? »Und was noch?«, fragte er.

Wenn er mir so kam, konnte ich auch patzig werden. »Nix«, gab ich zurück. »Alles andere ist doch bloß Deko. Einen Parkplatz vor dem Haus finden, oder wenn es in der Salatbar in der Kantine mal was anderes gibt als die kalten Nudeln von gestern und Rote Bete aus dem Glas. Geschenkt. Aber Glück? Glück hat immer mit anderen Menschen zu tun.«

»Du würdest also sagen, es sind immer die anderen für dein Glück verantwortlich?«

»So einfach ist das natürlich auch nicht«, beeilte ich mich zu sagen. Konnte mir schon denken, worauf der Typ in Gold wieder hinauswollte.

»Denk doch mal nach, Evke«, jetzt war Buddha wieder ganz der Alte, mit seinem Opa-erklärt-dir-die-Welt-Ton. »Wahre Glückseligkeit kann nur aus uns selbst heraus entstehen. Aus dem Moment. Im Yoga nennt man diesen Zustand Samad…«

Ein ohrenbetäubendes Krachen, dann ein Geräusch, als würde jemand eine Gartenbank häckseln. Im nächsten Moment sah ich, wie Satya auf mich zustürzte, wild gestikulierend.

Jetzt bemerkte ich es auch. Vor mir lag das durchtrennte schwarze Kabel wie eine tote Schlange im Gras, und wo eben noch der Rasenmäher darübergefahren war, hatte ich einer mächtigen Baumwurzel im Moos die Rinde amputiert.

Vielleicht hätte ich mich doch lieber auf das Mähen konzentrieren sollen und nicht auf den Moment.

Ich bückte mich, um mir genauer anzuschauen, was ich angerichtet hatte. Gleichzeitig versuchte ich mich zu erinnern, ob ich jemals eine Privathaftpflichtversicherung abgeschlossen hatte. Oder ob das nur eines dieser Dinge war, die mir alle halben Jahre einfielen und mir ein schlechtes Gewissen machten.

»Ned!«, hörte ich Satya jetzt rufen. »Ned olanga!«

Es klang sehr eindringlich. Unglücklicherweise verstand ich kein Wort. Ich verharrte in einer unentschlossenen Pose, halb gebückt, und fragte mich, ob es für die auch einen Yoganamen gab.

»Du! Mit der Karobluse da! Du sollst das Ding nicht anfassen! Könnte unter Strom stehen!« Ich wirbelte herum, und schon stand Siv vor mir und packte mich am Handgelenk.

In diesem Augenblick hatte ich zwei überraschend klare Gedanken.

Erstens: Ich war nur knapp dem Tod beim Karma Yoga entgangen. Dabei hätte mir das im nächsten Leben wahrscheinlich einen enormen Startvorteil verschafft. Wahrscheinlich wäre ich als Hollywoodstar wiedergeboren worden und hätte meine persönliche Assistentin zum Rasenmähen geschickt, statt mir selbst die Hände schmutzig zu machen. So gesehen: Dumm gelaufen.

Zweitens: Mr Buddha hatte mir soeben das Leben gerettet. Okay, vielleicht nicht absolut filmreif. Er hatte sich weder ein nasses Taschentuch vor die Nase pressen müssen, um mich aus einem einstürzenden und brennenden Gebäude zu retten, noch hatte er mich mit zwei Fingern aus einem Abgrund zwischen Häuserschluchten gezogen. Trotzdem. Leben war Leben.

Hatte ich nicht einmal irgendwo gelesen, dass Männer und Frauen, die sich in gefährlichen Situationen kennenlernten, besonders attraktiv aufeinander wirkten? Jedenfalls gab es da eine Art Naturgesetz, und ich war entschlossen, es für mich auszunutzen.

Ich blickte meinen Retter mit einer perfekt dosierten Mischung aus bedeutungsschwangerem Ernst und augenzwinkernder Leichtigkeit an, die eine solche Situation erforderte. Fühlte sich jedenfalls so an. Er öffnete den Mund, mein Handgelenk noch immer zwischen seinen Fingern. Jetzt würde er etwas sagen. Etwas Passendes, Schlichtes, Schönes. Etwas wie: Du zitterst. Oder: Das war knapp. Oder einfach nur: Wie heißt du eigentlich?

Siv schüttelte den Kopf, dann begann er zu kichern.

»Aber sonst geht's gut?«, fragte er.

Zugegeben: Schlicht war das. Aber schön?

Eine der rothaarigen Frauen war aufgestanden und zu einem nahen Baum geschlendert. Sie stellte sich breitbeinig hin, hob die Handflächen und den Blick gen Himmel und legte die Hände dann sanft auf die rissige Rinde.

»Gerlinde?«, rief ihre Freundin vom Blumenbeet aus. »Machst du Reiki?«

Gerlinde antwortete nicht. Sie hatte noch immer die Augen geschlossen und murmelte etwas.

»Gerlinde!«

Sie ließ ihre Hände langsam, fast zärtlich an der Rinde hinunterwandern.

»Gerlinde! Das ist der falsche Baum! Die kaputte Wurzel gehört zu dem da drüben!«

Siv ließ meinen Oberarm los. Er grinste noch immer. Dann legte er die Hand auf meine Schulter. Große Hand, warme, trockene Finger. Haut wie Samt und Seide.

»Hey«, sagte er, »alles klar bei dir?«

Ich hielt die Luft an. Hatte ich schließlich nicht umsonst bei den yogischen Atemübungen gelernt. Energie anreichern. Vielleicht, dass er dann seine Hand nie wieder wegnehmen würde bei so viel geballter Lebenskraft. Dabei gab es nur ein Problem.

Mit angehaltener Luft konnte man nicht sprechen.

»Ja, klar«, keuchte ich, »ich war nur in Gedanken.«

Satya war mittlerweile zum Haus gestapft und hatte den Stecker gezogen. Bisher hatte immer noch niemand mit mir geschimpft.

»Gute Gedanken, hoffe ich?«

»Ich habe über die Natur des Glücks nachgedacht.«

»Dann hat es sich ja gelohnt«, gab Siv zurück, »was ist schon eine kaputte Schnur gegen die großen Fragen des Lebens?«

Er nahm seine Hand weg. Kleine, glühende Punkte hatten sich unter meine Haut gegraben, dort, wo sie gelegen hatte. Ich wartete ab, ob er doch noch etwas sagen würde aus der Abteilung Groß, Schön & Schlicht. Kam aber nichts.

Musste ich eben wieder mal selbst aktiv werden.

»Sag mal«, fragte ich, »wann genau gibst du immer deine Kurse bei Freddys Fitnessfarm?«

»Montags und mittwochs«, antwortete er, »Dienstag und Donnerstag bin ich außerdem im Buddha-Loft. Und freitags in der Nirvana Lodge.«

Sowas. In dem Laden war ich doch schon gewesen. Mit Nadine.

Am nächsten Tag auf dem Heimweg waren wir alle vier ungewöhnlich wortkarg. Anna machte sich Notizen in ein ledergebundenes Büchlein. Ich hätte wetten können, sie hatten entweder mit ihrer Bewerbung bei Sunny Side zu tun oder mit dem Tchibo-Wochenangebot. Nadine musste eine lange Liste von eingegangenen SMS bearbeiten und kicherte dabei dreckig. Ich spürte sensibel in mich hinein, empfand aber keinen Drang, mein eigenes Handy anzuschalten. Das war ein gutes Zeichen. Meine geistige Entwicklung hatte einen ordentlichen Sprung gemacht am vergangenen Wochenende.

Vielleicht hatte ich auch einfach nur endlich die Hoffnung auf eine Nachricht von Chris aufgegeben.

Und Siv, der … na gut, der hatte nicht einmal meine Handynummer.

Melli saß hinter dem Steuer und trug Sonnenbrille, obwohl noch immer der norddeutsche Landregen niederging. Ausgerechnet bei ihr war ich mir am wenigsten sicher, worüber sie nachdachte. Konzentration konnte es nicht sein. Autofahren allein war eine Tätigkeit, die sie noch nie besonders ausgefüllt hatte. Normalerweise war sie problemlos in der Lage, gleichzeitig einen Gefahrgutschwertransport zu überholen, unter dem Beifahrersitz nach einem verloren gegangenen Gummibärchen zu suchen, den Sendersuchlauf des Radios zu betätigen und mir dabei auseinanderzusetzen, warum Boris Becker sich niemals zu einer rothaarigen Frau hingezogen fühlen würde. Jetzt saß sie vollkommen unbeweglich hinter dem Lenkrad.

In der Ferne drehten Windräder ihre stummen Energiekreise, in der Nähe grasten Schafe. Der Parkplatz des »Steakhaus Landfrieden« war leer bis auf einen Ford Fiesta und einen verbeulten, beigefarbenen Mercedes. Im Vorbeifahren meinte ich, dass beide Kennzeichen auf OM endeten. Aber ich konnte mich auch getäuscht haben. Wer sich von gezeichneten Buddhas anquatschen ließ, dessen Wahrnehmung war wohl auch sonst kaum zu trauen.

Hinter dem nächsten Autobahnkreuz begann mich die Stille im Auto zu nerven. Sie war nicht angenehm, eher wie etwas Dickes, Wattiges, das mich in den Sitz quetschte und mir die Luft zum Atmen nahm. Kopfweh hatte ich auch. Vielleicht stimmte etwas nicht mit Mellis Aura oder mit meiner eigenen. Jedenfalls hatte ich ganz deutlich das Gefühl, dass sich im vorderen Teil des Kleinwagens wieder jede Menge negative Energie sammelte. Immerhin, ich schien in den letzten Wochen deutlich sensibler geworden zu sein. Früher hätte ich so etwas nicht gemerkt oder mein Kopfweh auf die güllegeschwängerte Landluft draußen vor dem Fenster geschoben.

»Heute Vormittag die letzte Stunde war einfach der Witz«, versuchte ich ein Gespräch.

Melli sagte etwas Undeutliches, das so klang wie »Ha«. Allerdings nicht besonders amüsiert.

»Stell dir vor«, redete ich einfach weiter, »da war eine Lehrerin, die konnte selbst keinen Kopfstand.«

»Ja. Und?«

»Wie, ja und? Würdest du vielleicht einen Englischkurs bei jemandem machen, der selbst nicht mal ein Bier in einem Pub bestellen kann?«

»Du verstehst das wirklich nicht, oder?«, fragte Melli ungläubig. »Genau das ist ja das Besondere am Yoga. Dass jeder an seine eigenen Grenzen geht und nicht die Leistung zählt. Dass jeder so, wie er ist, richtig ist.«

Danach war es wieder still. Ich musste daran denken, was Melli vorgestern Nacht zu mir gesagt hatte. Ich mache keine halben Sachen. Wenn ich auf Kurs bin, dann bin ich auf Kurs.

Und dann war mir plötzlich alles klar. Vielleicht war das genau mein Problem. Dass ich im Gegensatz zu Melli sehr gern halbe Sachen machte. Oder Viertelsachen oder Zehntelsachen. Dass ich immer schnell zu begeistern war und genauso schnell wieder gelangweilt.

Zwei Stunden später stand ich wieder auf dem Balkon meiner Wohnung und versuchte zu rauchen. Auf den ersten Blick sah alles noch genauso aus wie bei meiner Abreise: der Bistrotisch mit dem Klecks Taubenkacke und dem kleinen Aschenbecher mit einem Bild der »Schwarzwaldklinik«, der Balkon gegenüber mit dem hölzernen Wagenrad an der Wand, die ungeputzten Fensterscheiben. Hinter mir das Zimmer mit dem vollgekrempelten Sofa, das unbarmherzige rote Lämpchen meines Anrufbeantworters, das überhaupt nicht daran dachte, zu blinken. Trotzdem. Irgendetwas war anders.

Erst dachte ich, dass es nur die gelegentliche Abendzigarette war, die plötzlich nicht mehr schmeckte. Aber das war erst der Anfang.

Ich bekam mein Lieblings-Chicken-Curry nicht mehr runter. Stattdessen packte mich ein unerklärlicher Heißhunger auf Tofuwürstchen. So richtig schön trocken von außen und flockig-bröselig von innen.

Und dann war noch diese Sache mit den Blättern. Und das war mit Abstand die verrückteste.

Ich sah es erst, als ich gerade ins Bett gehen wollte. Da stand mein trauriger Ficus im Halbdunkel, kahl und dürr, und streckte mir stolz ein hölzernes Ärmchen mit drei winzigen, grünen Spitzen entgegen. Mein Ficus, Evke Franks Ficus, hatte neues Leben hervorgebracht. Solange ich denken konnte, hatte noch keine meiner zahlreichen Grünpflanzen jemals so etwas getan.

Wenn das mal kein Zeichen war.

Dies war der Beginn eines neuen Lebens. Eines Lebens, in dem alles Yoga sein würde. Vom Zähneputzen bis zum letzten Schluck Kräutertee. In echt jetzt.

Wenn Melli einhundert Prozent gab, dann wollte ich einhundertfünfzig geben.

Vielleicht würde ich dieses Leben auch mit jemandem teilen. Ich hatte da jedenfalls schon so eine Idee.

SHIRSASANA

Durch den Kopfstand (Shirsasana) werden vitale Gehirnfunktionen angekurbelt. Wer regelmäßig den Kopfstand übt, kann damit sowohl sein Gedächtnis und sein Konzentrationsvermögen trainieren als auch zu neuen, kreativen Höhenflügen gelangen.

Der erste Mensch, mit dem ich mich am ersten Tag meines neuen Lebens unterhielt, war ein Fußgängerzonenpunk. Der war auch neu. Er saß vor dem Einkaufszentrum, wo sonst immer der nervtötende Leierkastenmann gestanden hatte, und machte mit einem langen Blasrohr Geräusche wie ein balzender Monsterfrosch. Sein Irokesenkamm war sehr akkurat gefärbt, ein Abschnitt in Blau, einer in Rot, einer in Gelb. Vielleicht ein patriotischer Punk, dem die schwarze Farbe ausgegangen war. Gab es ja alles heutzutage.

Ich blieb vor ihm stehen und schloss die Augen. Atmete tief ein und aus. Ich versuchte, Vergangenheit und Zukunft loszulassen und mich nur auf den Moment zu konzentrieren. Den erdigen Ton aus dem Holzblasrohr, den Duft aus dem nahen Coffee-to-go-Laden. Oder war das auch schon wieder rajaz? Durfte ich als echte Yoga-Anhängerin Kaffee nicht einmal mehr riechen? War es vielleicht dann okay, wenn der Laden auch Chai Latte hatte?

Mein neues Leben stellte mich schon in den ersten zehn Minuten vor ungeahnte Herausforderungen.

»Is was?«

Ich öffnete die Augen. Der Punk hatte aufgehört zu spielen und sah mich besorgt an.

»Nein, alles okay.«

»Dann is ja gut. Dachte schon, du kippst mir jetzt gleich vor die Füße.«

Ich schüttelte hektisch den Kopf, wühlte in meiner Jackentasche, nahm einen Euro heraus und legte ihn in einen Schuhkartondeckel, der vor dem Punk auf dem Boden stand.

Er musterte den Euro skeptisch, dann wieder mich.

»Hübsch«, sagte er dann, »haste noch mal so einen?«

Keine Frage, dieser Mensch war noch viel zu sehr verhaftet in seinen materiellen Bedürfnissen. In seiner spießigen Zukunftsplanung. Doch ihm konnte geholfen werden.

»Einen zweiten Euro nicht. Aber vielleicht solltest du es einmal mit Yoga versuchen«, sagte ich sanft.

»Aber sonst geht's dir gut?«

Diese Antwort hatte ich vor Kurzem schon mal gehört. Von wem bloß? Ich stellte mir vor, wie ich eine Lichtdusche über dem Punk ausgoss. Das hatte nicht den gewünschten Effekt. Eher im Gegenteil. Der Typ machte mich aggressiv. Ich versuchte, mir eine Bierflasche vorzustellen, die goldene Tröpfchen über ihm versprühte. Das war deutlich lebensnäher. Sympathischer wurde er mir dadurch auch nicht.

»Yoga!«, der Patriotenpunk spuckte mir das Wort verächtlich vor die Füße. »Wenn ich das schon höre! Hat meine Ex auch angefangen, und jetzt wohnt die auf Ibiza in irgend so 'ner Höhle mit ihrem Guru und macht Sonnengruß jeden Morgen. Nee, nee, da fang ich gar nich an mit, mit so was.«

Fünf Minuten später, als sich die Türen des Büroaufzuges gerade hinter mir schlossen, sah ich, wie jemand angehetzt kam. Ohne nachzudenken, stellte ich meinen Fuß in den Türspalt. Frau Stöver trug eine lange Karobluse, vor ihrem Busen wogte ein Paket mit Hängeordnern, das sie in den Armen hielt wie ein Baby.

Wieder schloss ich für einen Moment die Augen. Anandoham. Wonne, Wonne. Mögen alle Wesen Glück und Harmonie erfahren.

»Guten Morgen, Frau Stöver!«

Sie schaute mich an, als hätte ich rückwärts gesprochen. So begrüßt zu werden, war sie nicht gewohnt. Schon gar nicht von mir.

»Ja, ja«, erwiderte sie, »ganz meinerseits.«

Hilfsbereit drückte ich auf den Knopf mit der Drei, wo sie aussteigen musste.

»Steht Ihnen gut, die Bluse«, sagte ich und setzte mein strahlendstes Lächeln auf. »Neu?«

Unsicher blickte Frau Stöver sich um, so als erwarte sie, dass noch jemand hinter ihr stand.

»Hmpf«, sagte sie und fixierte den Boden, dann die Wand. Dort hing noch immer mein fingiertes Erpresserschreiben.

»Weiß man denn mittlerweile was?«, fragte ich vorsichtig. »Ich meine, wegen der Bärchentasse?«

Frau Stöver zuckte die Achseln. »Glaub nicht. Die Lisa-Marie hat jetzt immer so einen Marienkäferbecher. Der ist auch ganz lieb.«

Schon glitten die Türen wieder auseinander, und mit einem gemurmelten Gruß stapfte Frau Stöver von dannen. Dabei drehte sie sich noch einmal halb um und schickte mir ein unsicheres, kleines Lächeln.

Immerhin wusste ich jetzt, welches Gesicht zu der Bärchentasse gehörte. Hätte ich mir ja denken können. Lisa-Marie, das musste also die Kleine, Verhuschte aus der Lohnbuchhaltung sein. Die hatte auch an ihrem Rucksack ein Kuscheltier baumeln und benutzte eine Computermaus in Gummibärchenform.

»Frau Frank! Die Sonne geht auf!«

Hoppla. Mein Chef schien beste Laune zu haben. Berger hatte sich sogar den Zipfel seiner Krawatte launig über die Schulter geworfen. Das war ja schon beinahe Rock 'n' Roll. Und das am Montagmorgen. Was war mit dem los? Hatte es irgendwo einen Fabrikverkauf für Sonnenbrillen gegeben?

»Frau Frank, ich hätte da was Schönes für Sie.«

Langsam wandte ich den Blick zu meinem Schreibtisch und schluckte. Der Stapel an Beschwerdepost war so hoch wie überhaupt noch nie. Ich fragte mich, ob seine gute Laune etwas damit zu tun hatte.

Sie hatte.

»Der neue Rumänien-Charter«, Berger klopfte sich vergnügt auf die Schenkel, »die Leute wollen für dreihundert Euro zwei Wochen all-inclusive und wundern sich, wenn's zur Begrüßung keinen Champagnercocktail gibt. Hab ich mir gleich gedacht, dass das nach hinten losgeht. Wollte bloß keiner auf mich hören.«

Ich fühlte mich plötzlich sehr schwer. Nicht so tiefenentspannt schwer, eher so ich-trage-das-Gewicht-der-Welt-auf-meinen-Schultern-schwer. Das ganze Zimmer war voll dunkler, träger Energie. Voll unerfüllter Wünsche, frustrierter Hoffnungen, ungelebten Lebens.

Wie ferngesteuert setzte ich mich an meinen Schreibtisch und versuchte, dem Gefühl einen Namen zu geben. Als ich den ersten Brief mit einem scharfen Geräusch aufgeratscht hatte, kam ich drauf.

Ich hatte Mitleid. Zum ersten Mal seit Beginn meines Berufslebens hatte ich Mitleid mit meinen Quengelkunden.

Bis zum Mittag hatte ich zwanzig Briefe und ebenso viele E-Mails gelesen. Und noch nicht eine einzige Antwort aufgesetzt. Obwohl nichts dabei war, für das ich nicht den passenden Textbaustein gehabt hätte. Die Disco, die noch im Rohbau war, das Frühstücksbüfett aus Wasser und Brot, das schmale Bett für das Honeymoon-Paar und der Kellner, der sich nicht die Hände gewaschen hatte. Absolute Klassiker. Klar, natürlich gab es die einschlägigen Schreiben, bei denen es den Kunden nur um Geld ging. Die jede Staubfluse unter dem Bett fotografierten und jeden Strohhalm, der im Pool schwamm, um hinterher ein paar Prozent Rabatt auszuhandeln. Aber es gab eben auch die anderen. Die monatelang gespart, sich gefreut, sich den Urlaub in den leuchtendsten Farben ausgemalt hatten und die sich jetzt betrogen und beraubt fühlten. Konnte ich denen einfach mit unserem herzlosen Musterschreiben kommen? Ohne Anerkennung einer Rechtspflicht?

»Frau Frank?«

Ich hatte gar nicht bemerkt, wie Berger hinter mich getreten war.

»Ist was, Frau Frank? Sie wirken so abwesend.«

Ich schüttelte mich ein bisschen, so wie ein Hund, der aus dem Regen kommt. »Ach nichts, Herr Berger. Ich glaube, ich werde heute

Nachmittag mal ein paar neue Musterschreiben entwerfen. Unsere sind einfach nicht mehr zeitgemäß.«

»Wie, nicht mehr zeitgemäß?«

Ich hatte jetzt genau zwei Möglichkeiten. Ich konnte Berger einen Vortrag darüber halten, wie lieblos wir unsere Kunden behandelten. Oder … ja, was eigentlich?

»Es gibt da diese neue Methode, die von amerikanischen Marketingexperten erfunden worden ist«, fabulierte ich drauflos, »Management by Yoga. Eine brandaktuelle Philosophie, in der es darum geht, dem Kunden nicht nur mit Respekt, sondern mit tief empfundener Liebe und Wertschätzung zu begegnen. Mit wahrer Achtsamkeit und Mitgefühl.«

»Management by Yoga?«, echote er. Dann baute er sich vor meinem Schreibtisch auf, stützte sich mit seinen Fingerspitzen auf der Tischplatte ab, beugte sich vor und blies mir eine Ladung Wurstbrotatem ins Gesicht.

»Liebe??«

Es klang etwa wie: »Haben Sie einen an der Waffel?«

»Lassen Sie mich mal machen«, erklärte ich, »heute Abend haben Sie die ersten Resultate.«

»Frau Frank«, eine steile Falte hatte sich zwischen Bergers Augenbrauen gebildet, »ich glaube, Sie sind unterzuckert. Sie sollten dringend zu Tisch gehen.«

Ich nickte folgsam und griff nach meiner Handtasche. Als ich mich zum Gehen umdrehte, sah ich aus dem Augenwinkel, wie er hektisch etwas in das Eingabefeld einer Suchmaschine tippte. Management …

Du lieber Gott. Om Shanti. Er hatte recht. Es war wirklich Zeit für eine sehr ausgedehnte Mittagspause. Am besten bis nach Bergers Feierabend. Da hatte ich mir ja etwas Schönes eingebrockt.

Sobald ich mich in die Kantinenschlange eingereiht hatte, stand ich vor einem neuen Problem. Kohlrouladen waren nicht vegetarisch, die Snack-Alternative erst recht nicht. Oder hatte schon mal jemand von Tofu-Currywurst gehört? Blieb die Salatbar mit ihren traurigen, sauer eingelegten Nudeln von gestern oder eine Kombination aus Beilagen. Ich warf einen Blick zu Plisch und Plum, die hinter der Theke gemeinsam ihr tägliches Schöpfkellenballett vorführten.

Natürlich hießen die Kantinenfrauen nicht wirklich so, aber ihre echten Namen waren mit Sicherheit nicht halb so treffend. Plisch war klein, blond und spillerig, und sie sah von hinten aus wie ein zwölfjähriger Junge. Plum war groß, mächtig und dunkel gelockt, dazu trug sie eine Brille wie ein sowjetischer Politbürovorsitzender aus den Sechzigerjahren. Ich fragte mich manchmal, ob das ein modisches Statement war oder ob sie die alte Lesebrille ihres eigenen Vaters auftrug.

Als ich an die Reihe kam, hatte ich endlich einen Plan. »Eine Portion Kartoffelsalat und eine Portion Spinat«, bat ich, und Plum fuchtelte mit der Kelle.

»Auf Diät, was?«

»Nein. Ich bin jetzt Vegetarierin.«

Sie sah mich so mitleidig an, als hätte ich ihr mitgeteilt, dass ich an einer unheilbaren Krankheit kombiniert mit nässendem Ausschlag litt. Einen Augenblick lang dachte ich, sie würde gleich mit ihrer Kelle an das Glas der Durchreiche klopfen und laut verkünden: »Alle mal herhören! Die Frank isst keine Tiere mehr!« Stattdessen klatschte sie mir achselzuckend einmal grüne und einmal gelbe Pampe auf einen Teller und entließ mich mit einem »Ich sach immer, das muss jeder für sich selbst wissen.«

Während ich zentimeterweise Richtung Kasse vorrückte, inspizierte ich die beiden Haufen auf meinem Teller genauer. Was war das in dem Kartoffelsalat? Da versteckten sich doch haufenweise heimtückische Speckwürfelchen zwischen den fingerdicken, mayonnaiseverschmierten gelben Scheiben. Blinde Passagiere, die mich von meinem neuen Kurs abbringen wollten.

»Entschuldigung?«

Plum sah von einem Teller mit Wurst auf. In der linken Hand hielt sie eine Streubüchse Currypulver in Klinikgröße.

»Ja, stimmt was nicht?«

»Der Kartoffelsalat. Da ist Fleisch drin.«

Sie blickte auf meinen Teller, als hätte sie ihr eigenes Essen noch nie gesehen, dann schüttelte sie ungeduldig den Kopf.

»Ach komm, das bisschen! Jetzt stell dich mal nicht so an.«

Immer dasselbe. Kaum gab es was zu meckern, fing sie an, uns zu duzen.

»Außerdem isses lecker.«

Dann wandte sie sich wieder der Wurst zu, als wäre damit alles gesagt. Und ich wollte sie nicht weiter nerven. Wahrscheinlich hatte unsere berufsschwangere Pressesprecherin Plums letzten Vorrat an Geduld aufgebraucht.

Ich irrte ein bisschen planlos mit meinem Tablett umher, bis ich Anna entdeckte. Wenn ich schon nichts anderes essen durfte als Spinat, wollte ich es wenigstens in netter Gesellschaft tun. Erst als ich bereits hinter ihr stand, sah ich, dass sie Wichtigeres zu tun hatte. Direkt neben ihr saß IPS, und sie und Anna musterten konzentriert ein kleines, gewelltes Papierchen auf dem Tisch. Es sah aus wie ein Schwarz-weiß-Foto von Schafen im Nebel, handelte sich aber mit Sicherheit um das neueste Babybild. Da wollte ich natürlich nicht stören. Gehörte ja alles zur Karriereplanung.

Ich aß im Stehen, im sogenannten Bistro-Bereich, und machte dann noch einen kleinen Spaziergang. Dabei spendierte ich dem Leierkastenmann fünfzig Cent, und er spielte daraufhin etwas, das klang wie *Can't buy me love*. Arme Beatles. Dann tätschelte ich dem Reinigungsmops den Kopf, der heute bedeutend frischer aussah als neulich, und blätterte am Kiosk in einer Gartenzeitschrift. Als natürlicher Typ musste man schließlich auf dem Laufenden sein, was Stauden und winterfeste Gewächse anging.

Zum Abschluss holte ich mir im Coffeeshop einen Fünf-Euro-Obstsalat, der hauptsächlich aus angebräunten Apfelstücken bestand. Wenn das so weiterging, würde ich durch Yoga erst unglaublich schlank werden, dann aber unweigerlich entweder verhungern oder pleitegehen. Oder beides. Ich versuchte, den Gedanken ganz schnell zu vertreiben. Das war schon wieder viel zu weit in die Zukunft gedacht. Außerdem hatte ich ein ganz anderes Problem, und das lag in viel näherer Zukunft.

Erst als es sich wirklich gar nicht mehr vermeiden ließ, fuhr ich wieder zurück in den siebten Stock und betrat das Büro. Vielleicht hatte ich ja Glück und Berger war in einem Meeting.

Dem war aber nicht so. Berger saß schon wieder hinter seinem Bildschirm, hob den Blick und sah mich ernst an. Er sagte nichts.

Ich sagte auch nichts.

»Frau Frank.« Immer noch ernst, beinahe feierlich. Was sollte das denn werden? War es am Ende ein Kündigungsgrund, amerikanische Management-Techniken zu erfinden?

»Herr Berger«, sagte ich. Etwas Originelleres fiel mir nicht ein.

»Frau Frank«, Berger erhob sich, ging um seinen Schreibtisch herum und legte mir die Hand auf den Oberarm, »ich glaube, wir sind da einer großen Sache auf der Spur. Einem ganz neuen Approach. Einer echten Revolution im Customer Management.«

»Bitte wie?«, stammelte ich.

»Ich habe in der Zwischenzeit ein bisschen recherchiert«, sagte er, »hochinteressante Materie. Bisher«, er kam noch näher, schob seine Sonnenbrille zurecht und blickte mir vertraulich in die Augen, »bisher, das gebe ich ehrlich zu, habe ich Yoga ja immer für eine ziemlich versponnene Angelegenheit gehalten. Etwas für instabile Frauen in den Wechseljahren.«

Er lachte meckernd. Ich lachte nicht mit. Sofort wurde er wieder ernst.

»Da war ich ja völlig auf dem falschen Dampfer! Wie ich gerade herausgefunden habe, wird Yoga ja tatsächlich in den höchsten Managementkreisen eingesetzt. Und das Beste ist überhaupt diese aktuelle Studie.« Er hing jetzt fast über mir drüber, als wollte er mich gleich küssen. »Sie-ben-und-zwan-zig Prozent«, bellte er aufgeregt, »sie-ben-und-zwan-zig Prozent Steigerung der Kundenzufriedenheit in Unternehmen, die Yoga als Teil der Firmenphilosophie implementiert haben! Und das innerhalb von vier bis sechs Monaten!«

Ich nickte wissend. »Jaja«, sagte ich, »ganz bekannte Studie, wird ja dauernd in der Fachliteratur zitiert.«

Nicht, dass ich jemals davon gehört hatte.

Endlich wich Berger wieder einen Schritt zurück und lehnte sich lässig gegen die Kante seines Schreibtisches.

»Und was genau, sagten Sie, haben Sie jetzt vor?«

»Ich dachte, unsere Briefe sollten einen anderen Ton bekommen. Verständnisvoller, verbindlicher. Achtsamer.«

»Hervorragend!« Berger war begeistert. »Und so etwas lernt man alles im Yoga?«

Ich nickte würdevoll. »Die meisten Leute denken bei dem Wort ja nur an Körperübungen«, sagte ich, »aber das ist lediglich einer von mehreren Wegen.«

»Aber nur ohne Anerkennung einer Rechtspflicht!«

»Bitte?«

»Das muss unbedingt rein. Mit der Rechtspflicht und der Kulanz. Sonst können Sie schreiben, was Sie wollen.«

Om Shanti. Das war ja noch mal gut gegangen. Mehr als das: Zum ersten Mal, seit ich denken konnte, hatte ich meinen Chef beeindruckt.

»Ach, sagen Sie, Frau Frank?«

Ich hatte mich gerade hinsetzen wollen. Jetzt schwebte mein Po ein paar Zentimeter über dem Drehstuhl.

»Sagen Sie mal, diese ganzen verdrehten Stellungen – können Sie die etwa auch?«

Ich stand wieder auf. »Sicher«, sagte ich im Brustton der Überzeugung. Sollte Berger mich ruhig für eine Expertin halten.

»Ach«, sagte er, »das ist faszinierend. Faszinierend. Da arbeitet man jahrelang so nebeneinander her und weiß überhaupt nicht, was eigentlich in den eigenen Mitarbeitern steckt. Sagen Sie mal – können Sie mir da vielleicht mal eben etwas zeigen?«

Ich wusste es. Früher oder später musste es nach hinten losgehen. Jetzt erwartete er irgendeine komplizierte Körperverdrehung von mir. Und das, wo ich im Stand noch nicht einmal mit den Fingerspitzen meine Zehen berühren konnte.

Der Drehsitz! Das war's! Nicht schwierig, aber machte was her.

Ich legte meine Fingerspitzen aneinander und verneigte mich nach allen Richtungen. Das war schon mal ein guter Anfang und sah sehr echt aus. Dann ließ ich mich im halben Lotossitz auf dem Boden nieder und dankte dem Modegott, dass er die Leggings nicht nur erfunden, sondern auch für bürotauglich erklärt hatte. Im Businesskostüm wäre das schon etwas schwieriger geworden. Ich schloss die Augen und konzentrierte mich. Das rechte Bein anwinkeln und über das linke stellen, bis die rechte Ferse den linken Oberschenkel berührte. So weit alles klar.

Aber wie ging es dann weiter? Auf einmal war ich verunsichert. Das hatte ich nun davon. Hätte ich mal lieber besser aufgepasst, statt während der Stunden am Wochenende darüber nachzudenken, wie Sivs Haut unter dem Buddha-Sweatshirt weiterging! Musste ich nun den rechten oder den linken Arm gegen das Knie bringen?

Ein warmer Wurstbrothauch streifte meine Wange. Auch das noch. Jetzt hatte sich der Kerl doch tatsächlich über mich gebeugt, wahrscheinlich, um besser zu sehen.

Mit einem dumpfen Knall flog die Bürotür gegen den Gummistopper. Ich öffnete die Augen und sah violette Karos.

»Oh«, entfuhr es Frau Stöver, »wie ich sehe, störe ich Sie bei – also, ich störe Sie bei was.«

Berger erhob sich. »O nein, liebe Frau Stöver«, sagte er galant, »das ist rein beruflich. Management by Yoga, schon mal gehört?«

»Yoga? Was glauben Sie denn?«, gab Frau Stöver leicht beleidigt zurück. »Ohne Yoga wäre Jennifer Aniston doch bis heute nicht über Brad Pitt hinweggekommen.«

»Glauben Sie denn, sie ist wirklich darüber hinweg?«, fragte ich interessiert zurück.

Frau Stöver wiegte nachdenklich den Kopf. »Manchmal frage ich mich das auch«, sagte sie, »vor allem die biologische Uhr, die tickt doch schon sehr laut. Und wenn sie dann zuschauen muss, wie Angelina ein Baby nach dem anderen …«

Zack! Jetzt wusste ich es wieder! Der linke Arm und die linke Schulter gehörten nach vorn. Schon saß ich im perfekten Drehsitz und lächelte Herrn Berger und Frau Stöver so bezaubernd an, als wäre ich ein ausgeschlafenes Kleinkind und die beiden meine liebenden Eltern.

»Fantastisch!«, freute sich Herr Berger. »Und es sieht so leicht aus. Würden Sie sich denn eventuell auch zutrauen, selbst Unterricht zu geben? In einem kleineren Kreis?«

Ich dachte wieder an die russische Yogalehrerin aus Werderhorst. Die hatte auch keinen Kopfstand gekonnt, und keiner hatte sich beschwert. Was für ein kleiner Kreis? Egal. Erst mal weiter mit der Flucht nach vorn.

»Sicher«, sagte ich, »im Yoga geht es ja nicht um Perfektion. Sondern darum, dass jeder seine eigenen Grenzen erkennt und sich im Rahmen seiner eigenen Möglichkeiten weiterentwickelt.«

»Wissen Sie was, Frau Frank?« Herr Berger nickte sich selbst bekräftigend zu. »Ich glaube, wir sind da einer ganz großen Sache auf der Spur.« Dann wandte er sich an Frau Stöver.

»Sie-ben-und-zwan-zig Prozent«, sagte er mit Nachdruck, »sie-ben-und-zwan-zig Prozent.«

An diesem Abend wurde es spät, bis ich mein Büro verließ. Während um mich herum die Schritte verebbten, Telefonklingeln weniger und Stimmen leiser wurden, arbeitete ich an neuen Wortbausteinen voller Seele, Mitgefühl und Freundlichkeit. Um kurz nach neun Uhr abends war ich auch endlich in der richtigen Stimmung, eine E-Mail zu schreiben, die ich schon lange vor mir herschob. Ich suchte in meinem Posteingangsfach nach dem Betreff »Unser Verhältnis« und klickte auf »Antworten«.

»Lieber Papa«, schrieb ich, »es hat mich gefreut, von Dir zu hören. Ruf mich einfach an, ich bin gespannt auf Deine Neuigkeiten.«

Ich zögerte lange. Dann klickte ich wieder auf Abbrechen. »E-Mail im Ordner Entwürfe sichern?«, fragte mein Programm beflissen, und ich nickte seufzend.

Ich war einfach noch nicht so weit.

Garudhasana

Die Adler-Stellung (Garudhasana) öffnet das Wurzelchakra und führt damit an eine ganz grundlegende Quelle von Vitalität und geistiger Energie.

Bis zu dem Tag, an dem ich Siv wiedersah, musste ich noch vier Mal schlafen und drei wichtige Dinge erledigen.

Das erste davon war ein Interview mit einem Praktikanten aus der Intranet-Abteilung. Er sollte das gesamte Unternehmen über unser neues Yogaangebot informieren und außerdem etwas über mich für die *Sunny Times* schreiben, die Mitarbeiterpostille, die alle zwei Monate in unseren Brieffächern landete. Mein Chef hatte wirklich Großes mit mir vor.

Der Praktikant trug Kajalstift wie die frühen Tokio Hotel und Lederjeans wie der späte Mick Jagger, und er hielt sich für einen ganz ausgebufften Reporter. »Ist es echt wahr, dass Yogafrauen lieber atmen als Sex haben?«, versuchte er mich gleich am Anfang zu schockieren. Das hatte sich wohl auf der Firmenfeier herumgesprochen. »Gute Frage, nächste Frage«, gab ich cool zurück und schenkte ihm mein entrücktestes Lächeln.

Schon am nächsten Tag landeten E-Mails in sämtlichen Eingangspostfächern der Sunny-Side-Mitarbeiter, Betreff: Joga für alle. Ich nahm ihm das nicht krumm. Wenn ich mich als spirituelle Lehrerin ausgeben konnte, konnte auch ein Bürschchen mit Rechtschreibschwäche und ausgeprägter Stilunsicherheit in der inneren Kommunikation arbeiten.

Punkt Nummer zwei: ein Plan für die Bärchentasse. Die hatte ich nämlich tatsächlich gefunden. In der Toilette in unserem Stock, auf einer Ablage oberhalb der Spülung, hinter einer Rolle kratzigem Ersatzklopapier. Keine Ahnung, wie die dort hingekommen war. Natürlich hätte ich sie einfach zurückgeben können und so tun, als hätte ich mit der fingierten Entführung nichts zu tun. Aber das war mir zu billig. Bis mir etwas Besseres einfiel, konnte sie es sich in meiner Schreibtischschublade gemütlich machen, in Gesellschaft einer Flasche Nagellackentferner, eines nie benutzten Taschenrechners mit Euro-Mark-Umrechnungsfunktion und eines Stapels druckereifrisch verpackter Visitenkarten, die ich niemals brauchte.

Punkt drei: Recherche. Auch wenn ich zwei von den Studios schon kannte, in denen Siv unterrichtete – ich wollte mir alle drei noch einmal genauer anschauen. In der Abgeschiedenheit meines Büros.

Zuerst nahm ich mir die Nirvana Lodge vor. Dort, wo ich mit Nadine meiner Kundalini-Schlange nachgespürt hatte. Komisch, dass die einen Kurs beim hornhautfüßigen Zauselbart belegte, wenn es auch einen so hübschen Yogalehrer wie Siv gab. »Finden Sie Ihre innere Mitte – im Bürgermeister-Dierksen-Weg 17!«, warb das Studio auf seiner Website. Ach, da war die abgeblieben. Kein Wunder, dass ich schon mein ganzes Leben lang so unausgeglichen war.

Man konnte sich sogar einen zehnsekündigen Stummfilm vom Übungsraum anschauen, bei dem die Kamera hektisch hin und her schwenkte. Die Kamera war jedenfalls noch auf der Suche nach ihrer inneren Mitte. Dafür war's ein Traum von einem Raum. Altes Industriegebäude mit Backsteinwänden, lichtdurchflutet, Parkett. So schön hatte das in Wirklichkeit gar nicht ausgesehen. Ich klickte die Fotos der Yogalehrer durch. Der Zausel war dabei, Siv nicht. Sein Name erschien nur auf dem Kursplan.

Als Nächstes googelte ich Freddys Fitnessfarm, brach aber schon auf der Übersichtsseite wieder ab. Das war immer noch nicht mein Laden. Zu viele schwitzende Steves auf Ergometern, zu bunte Getränke in der Bar. Und dann war da noch die Sache mit Melli. Seit unserem Yogaseminar hatte ich das deutliche Gefühl, sie könnte es mir übel nehmen, wenn Siv und ich allzu offensichtlich vor ihren Augen anbandelten. Und das wollte ich nicht riskieren.

Die Seite der Buddha Lounge überzeugte mich schließlich. Dort gab es keinen Film vom Übungsraum, stattdessen Fotos von bildschönen Frauen am Strand, die meditativ in weißer, fließender Kleidung im Sand hockten. Dieser Typ Frau, von dem man nie wusste, ob sie wirklich schon so aussahen, wenn sie morgens aus dem Bett kamen, oder ob die Bed-Head-Frisur in stundenlanger Kleinarbeit von einem Star-Friseur gebastelt war. Der lila Schriftzug »Buddha Lounge goes Beach!« lief immer wieder quer über meinen Bildschirm, und darunter fand ich die Information, dass Sivs Kurse ab Anfang Juni jeden Freitagmorgen um halb acht in einem Beachclub stattfinden würden. Der musste irgendwo im Industriegebiet Nord sein, in der Nähe der Bahngleise. Mit ein bisschen Glück sollte ich es danach ohne Stau bis ins Büro schaffen. Wenn nicht, konnte ich immer noch behaupten, dass ich für meine eigenen Business-Yoga-Kurse recherchierte. Und das wäre auch nur ein kleines bisschen gelogen. Wir waren ja jetzt so gut wie Kollegen, Siv und ich.

Vorsichtig klickte ich auf Sivs Namen unter dem Foto. Nicht, dass er es noch merkte. In solchen Momenten packte mich immer ein seltsamer Aberglaube. Wer so feinfühlig war für kosmische Vibrationen, würde vielleicht sogar spüren, wenn man ihn googelte.

Sivs Porträt füllte jetzt meinen halben Bildschirm. Darunter standen noch zwei Zeilen Text. »Mein Lebensmotto: Love has nothing to do with another person. It is a state of being. Osho.«

Osho? War das nicht der Kerl mit den schweren Augenlidern, den man ganz früher unter dem Namen Baghwan gekannt hatte? Musste so ein Achtzigerjahre-Ding sein, alle paar Jahre seinen Namen zu ändern. Wie Prince, der sich später Symbol nannte.

Dann erst dachte ich über den Spruch nach und war hin- und hergerissen, ob er mir gefiel oder nicht. Klang nach einem großen Herzen. Doch wer alle liebte, liebte auch keinen. Ein bisschen wahllos. Wahrscheinlich hatte Osho sich das in der Zeit ausgedacht, als er noch im indischen Ashram die freie Liebe propagierte. War ja immerhin eine elegante Art, sich nach einer schönen Nacht auf Nimmerwiedersehen zu verabschieden, falls die Frau so etwas fragte wie: Krieg ich deine Telefonnummer?

Vielleicht musste Siv sich einfach nur mal so richtig verlieben, um den Unterschied zu merken zwischen der universellen Liebe und der speziellen.

Am Freitagmorgen um sechs stand ich auf, zog eine fliederfarbene Baumwollhose an und knotete mir einen stilvollen Baumwollturban. Natürlich war das nur eine Notlösung. Vor drei Tagen hatte ich meine Onlinebestellung beim Namaste-Versand abgeschickt, seitdem wartete ich täglich auf das Paket mit den energieabstrahlenden Handstulpen, der chakrenstimulierenden Kopfbedeckung »Shiva« und der weißen Dreiviertelhose »The Spirit of Om«. Aber wir waren hier ja schließlich nicht bei der Formel 1, sondern beim spirituellen Klamottenversand. Und dort galten nicht die normalen Marktgesetze – je schneller, desto besser –, sondern tiefgründigere Regeln. Wahrscheinlich pendelten die Mitarbeiter dort jeden Morgen aus, welche Sendungen das Lager verlassen sollten. Und für welche die Zeit noch nicht gekommen war.

Im Stehen würgte ich eine Tasse »Momente der Entspannung« hinunter und sehnte mich dabei nach viel Milchschaum und noch mehr Koffein. Doch wenn ich vor Siv stand, wollte ich keine dunklen Flecken auf meiner Aura haben. Nicht mal welche aus Kaffee. Dann griff ich eine Reisetasche mit Büroklamotten und machte mich auf den Weg ins Industriegebiet.

Gegen zwanzig nach sieben hatten mein Navi und ich eine mittlere Vertrauenskrise.

»Sie haben Ihr Ziel erreicht«, flötete die Frauenstimme nun schon seit geraumer Zeit, und es kam mir vor, als bekäme ihr langmütiger Ton langsam einen genervten Beiklang. Denn ich konnte mir einfach nicht erklären, was die Tante von mir wollte.

Hier war nichts, außer einem Fabrikgebäude rechts, für dessen Farbe »rostbraun« eine allzu schmeichelhafte Umschreibung gewesen wäre, und einer rissigen, unkrautüberwucherten Mauer links. Dazwischen ein eilig zusammengehämmerter Lattenzaun, an dem verschiedene Konzertplakate und Partyflyer hingen. Ich wollte schon unverrichteter Dinge den Zündschlüssel drehen, da sah ich die Tür im Lattenzaun, halb verborgen unter der Konzertankündigung einer Death-Metal-Band. War ich also doch richtig.

Ich parkte das Auto, richtete im Innenspiegel noch einmal meinen Turban und schnallte mich ab. Dann klemmte ich meine Matte unter den Arm und machte mich auf den Weg. Das mit dem tiefen Ein- und Ausatmen ließ ich lieber sein. Der Bürgersteig hier schien ein beliebter Hundetreffpunkt zu sein, mit allen Hinterlassenschaften, die dazugehörten. Ich öffnete die Tür im Lattenzaun und trat ein.

Keine Frage: Es war ein Beachclub. Wenigstens, wenn man eine sehr simple Definition zugrunde legte: Beach ist, wo Sand ist. Ein paar Liegestühle mit Rum-Werbung standen herum, weiter hinten eine Bar, die aussah, als hätte man sie aus einem ausrangierten Transportcontainer ausgesägt. Dann kam schon der Bahndamm. Gerade ratterte lautstark ein Vorortzug vorbei und übertönte die sphärische Musik, die aus einem Ghettoblaster kam.

Wenn ich nicht gewusst hätte, dass es um Yoga ging, hätte mich die Szene vor meinen Augen eher an einen Massenselbstmord erinnert. Etwa zwanzig Leute lagen in einem Kreis rücklings auf Matten im schmuddeligen Sand, die Arme seitlich ausgebreitet, die Handflächen zum Himmel erhoben, und schwiegen. An der Bar saß ein einsamer Mann mit schweißfleckigem Hemd und Schnauzbart und starrte in eine Kaffeetasse. Der gehörte offensichtlich nicht dazu.

Gerade breitete ich meine Matte in einer Lücke aus, da hörte ich Schritte im weichen Sand. Dann stand Siv vor mir. Er trug ebenfalls Weiß, sein rasierter Schädel glänzte, als hätte er eine Flasche Möbelpolitur darauf verteilt. Einen Moment lang fragte ich mich, ob er die schäbige Umgebung extra ausgewählt hatte, um noch besser zur Geltung zu kommen. Dann schüttelte ich über mich selbst den Kopf. Wie konnte ich einem derart spirituellen Menschen einen so oberflächlichen Gedanken unterstellen?

»Hey!«, ich hob enthusiastisch die Arme, dann ließ ich sie blitzschnell wieder sinken. Eine Umarmung zur Begrüßung, das war dann vielleicht doch etwas zu viel des Guten. Oder doch nicht? Immerhin hatte er mir das Leben gerettet. Das verband zwei Menschen eigentlich aufs Kosmischste. Fand ich.

Er musterte mich aus undurchdringlichen Augen, schließlich hob er wie in Zeitlupe die Hand und ließ sie ebenso wieder sinken. »Oh«, sagte er schließlich, »ein neues Gesicht.«

»Ich bin's doch«, stammelte ich verwirrt, »vom Wochenende im Ashram. Übrigens, ich heiße Evke.«

Er lächelte auf eine mildtätige Weise, wie eine Mischung aus Heiligenbild und Buddhastatue. Irgendetwas lief hier ganz und gar nicht nach Plan.

»Ja«, sagte er väterlich, »Evke.«

»Evke«, versuchte ich es noch einmal, »die mit dem Rasenmäher.«

Endlich kam Leben in sein Gesicht. »Ach so!«, sein Mund verzog sich zu einem breiten Grinsen, »sag das doch gleich! Die Wurzelmörderin!«

»Äh, ja. Genau die. Und jetzt wollte ich mir mal deine Stunde anschauen. Weißt du, wir sind ja jetzt fast so etwas wie Kollegen. Ich habe nämlich vor ein paar Tagen bei mir im Büro, also in der Abteilung …«

»Evke?«

»Ja?«

»Wenn möglich, schweigen wir vor Beginn der Yogastunde. Das hilft, die Energie der Nacht zu kanalisieren.«

»Gmpf.«

»Und das Handtuch solltest du von deinem Kopf nehmen. Das verlagert deinen Körperschwerpunkt ungünstig.«

Betreten nestelte ich mit einer Hand an meinem Turban. Die ersten Teilnehmer hatten sich bereits umgedreht, eine Frau beäugte mich verächtlich. Wieder alles falsch gemacht.

Siv begann seine Stunde mit Singen und Atemübungen. Langsam kam mir das alles doch recht vertraut vor. Er sprach tatsächlich kaum, aber selbst wenn er es getan hätte, wäre das kein Unterschied gewesen. Dazu waren die vorbeifahrenden Züge doch deutlich zu laut.

Wir waren gerade bei der Kobra angelangt, da öffnete sich wieder die Tür im Lattenzaun. Ich wunderte mich schon, wer außer ein paar Yoga-Jüngern so früh am Morgen in einen Beachclub kam, da hörte ich es schon, bevor ich es sah. Mütter mit ihren Babys. Die waren wahrscheinlich seit fünf Uhr morgens wach und trafen sich hier zum zweiten Frühstück.

Nur wenige Meter neben uns ließen sie sich auf Isomatten nieder, packten erst Beißringe und Quietschtiere aus und dann wie auf Kommando ihre Brüste. Hatte ich also doch recht gehabt mit dem zweiten Frühstück. Für die Babys. Nicht für die Mütter.

»Habt ihr jetzt auch mit der Beikost angefangen?«, hörte ich die eine, und dann die andere: »Ja, wir essen mittags jetzt Pastinaken. Oder Möhrchen. Beim ersten Wickeln bin ich total erschrocken über die Farbe, die da hinten wieder rauskam bei der Lisa.«

»Das ist noch gar nichts!«, rief die dritte glucksend. »Da solltet ihr mal Spinat sehen, vorher und nachher. Die Lotta ist ein totales Verdauungswunder.«

Lautstark ratterte eine Bahn vorüber und schluckte gnädig die weiteren Details des Gesprächs.

Nach der Schlussmeditation packte ich meine Sachen betont langsam zusammen, bis die meisten anderen schon auf dem Weg waren. Vielleicht bildete ich es mir ein, aber auch Siv schnürte seine Matte mit beinahe aufreizender Langsamkeit zusammen. Dann hob er seinen Blick und sah mich an.

Ich fühlte mich gut.

Ich fühlte mich großartig. Wie von innen massiert, wie auseinandergenommen und neu zusammengesetzt, wie runderneuert. Wie hatte ich jemals auf einen Mann zugehen können ohne dieses unvergleichliche Körpergefühl, das nach einer Yogastunde zurückblieb? Diese Spannung, dieser wohlige, leichte Schmerz, wenn alle Körperteile sich von den ungewohnten Bewegungen erholten, diesem Kurzurlaub von ihrer Alltagsarbeit. Die Wirbelsäule, ausgewrungen wie ein nasses Geschirrtuch. Die Rückseiten der Beine, als hätte man dort frische Federn eingespannt.

»Was wolltest du vorhin noch sagen?«, fragte er freundlich. »Mit den Yogastunden in deinem Büro?«

Ihr Einsatz, Fräulein Frank.

»Also, das ist so«, erklärte ich, »ich soll da so einen Business-Yoga-Workshop leiten. Für alle interessierten Kollegen. Und da wollte ich dich fragen, ob du mir vielleicht ein paar Tipps geben kannst. Wie man am besten solche Menschen an Yoga heranführt, die damit noch so gar nichts anfangen können.«

Ich überlegte, ob ich zugeben sollte, dass ich bis vor ein paar Wochen selbst zu diesen Menschen gehört hatte. Aber Siv war nicht der Typ Mann, den man mit seinen Beschützerinstinkten ködern konnte. Nein, so ein Mann brauchte eine starke Frau, die auch ihre Schwächen zugeben konnte. Da war die Bitte um Hilfe bei einem Yogaseminar genau die richtige Mischung.

»Klar«, Siv lächelte, »ich helfe immer gern. Wollen wir uns morgen Nachmittag auf einen Chai treffen und reden? Im ›Delhi Deli‹?«

In meinem Kopf begann etwas zu rattern, das ungefähr so aussah wie eine altmodische Anzeigetafel am Flughafen. In allen Zeilen und Spalten gingen kleine Klappen auf und zu. War das nun schon ein Date, ja oder nein? Die Rechenmaschine gab sich größte Mühe, spuckte aber kein eindeutiges Ergebnis aus.

Für ein Date sprach der Tag (Samstag), gegen ein Date sprach die Uhrzeit. Beim Getränk war ich mir nicht sicher. Chai sprach technisch gesehen gegen jede romantische Absicht, andererseits wäre es seltsam gewesen, wenn Yogis plötzlich auf Champagner umgeschwenkt wären, nur weil es möglicherweise auch um Gefühlsdinge gehen konnte. Ein klassisches …

Nein. Kein Unentschieden. Ich wollte mir nichts vormachen. Für Siv war es *kein* Date.

Aber es gab ja auch noch mich. Und ich würde schon dafür sorgen, dass der Nachmittag sich in die richtige Richtung entwickelte.

Dass sich Siv vorher nicht einmal erinnert hatte, wie ich hieß, daran wollte ich lieber nicht denken. War vielleicht auch nicht so wichtig. Vor allem für jemanden, der wahrscheinlich auf den Namen Sönke oder Hauke getauft war.

»Ich liebe Chai«, sagte ich verträumt. Dann band ich mir meinen Turban neu und ging zum Auto, ohne mich noch einmal umzudrehen.

Nicht dass er noch dachte, ich sei leicht zu haben.

VRKSASANA

Der Baum (Vrksasana) öffnet das Nabelchakra. Diese starke Zentrierung auf die eigene, energetische Mitte fördert das klare Denken und das innere Gleichgewicht.

Als ich am Samstagmorgen das Wohnzimmer betrat, kam gerade die Sonne hinter einer Wolke hervor und strahlte die neuen grünen Blättchen an meinem Ficus an, sodass sie aussahen, als hätte man lauter Lämpchen in ihnen angeknipst. Das war ein Zeichen, da war ich ganz sicher.

Ich wusste nur nicht genau, wofür.

Wie anders war das noch vor wenigen Wochen gewesen, als ich morgens mit Kobolden im Kopf aufgewacht war! Wenn ich zurückdachte, dann schien mir damals jeder Morgen grau. Das konnte natürlich daran liegen, dass es vor ein paar Wochen noch März gewesen war. Aber auch an dem neuen Energie- und Lichtfluss, der seitdem zwischen meinen vernachlässigten Chakren strömte.

Mittlerweile schämte ich mich nicht einmal mehr für die peinliche Angelegenheit mit Chris. Wenigstens nicht mehr so sehr. Wahrscheinlich war er mir vom Universum gesandt worden. Nicht um der Mann an meiner Seite zu werden, sondern um endlich aufzuwachen aus meiner zynischen und materialistischen Existenz. Und mich an Orte und zu Menschen zu führen, die mich geistig weiterbringen konnten. Ich legte mich auf den Boden, nahm die Ruhestellung ein und ließ meine Gedanken fließen.

Sie flossen zu meinem Kleiderschrank. Und sie flossen zu Chris.

So hatte ich das eigentlich nicht vorgehabt.

Es war nicht zu leugnen: So aufregend ich Siv fand, ich war immer noch nicht ganz über Chris hinweg. Und sei es, weil ich genau wusste, was ich angezogen hätte für unser Wiedersehen. Wenn es denn eines gegeben hätte.

Ganz im Gegensatz zu dieser Verabredung mit Siv heute Nachmittag. Es gab da dieses unschlagbare Kleid, türkis, mit aufgenähter Stoffblume. Mädchenhaft, aber nicht kitschig, sexy, aber nicht aufreizend. Im Sommer funktionierte es mit Flipflops, im Winter mit Stiefeln, und man konnte es auch noch mit einem Not-Blazer am nächsten Tag ins Büro anziehen, ohne dass Berger komische Bemerkungen machte. (»Na, Frau Frank? Auswärtsspiel gehabt?«) Ein Kleid, das mich so unnachahmlich umarmte, dass Männer, die mich darin sahen, regelmäßig Lust bekamen, es auch zu tun.

Hatte jedenfalls schon ein paarmal hervorragend funktioniert. Bloß passte mein Datekleid etwa so gut zum »Delhi Deli« wie eine Hollywood-Robe in eine rheinische Trinkhalle. Noch dazu am Nachmittag.

Ach, Chris.

Yogaklamotten. Vielleicht war das die rettende Idee.

Bis halb drei hatte ich noch Hoffnung, dass der Paketbote rechtzeitig kommen würde. Denn die Aurahose und die Stulpen vom Namaste-Versand wären auf jeden Fall eine gute Basis gewesen. So als käme ich gerade von der letzten Übungsreihe oder ginge gerade hin, nein, noch besser: Als seien mein Leben und meine Yogapraxis so untrennbar miteinander verwoben, dass es gar keinen Unterschied mehr machte, was ich trug.

Aber daraus wurde ja nun nichts. Also entschied ich mich wieder für die Variante »fröhliche Gärtnerin«: gekrempelte Röhrenjeans, Karoblüschen, flache Sneakers. Trotz meines Missgeschicks mit dem Stromkabel konnte Siv ja immer noch denken, dass ich der Typ für Grünpflanzen war. Gerade als ich einen Finger in meinen einzigen Blumentopf tauchte, um mir mit Erde ein paar authentische Ränder unter den Nägeln zu machen, sah ich aus dem Augenwinkel ein vertrautes Gesicht. Es blickte mich von einem Flyer an, der zuoberst auf einem Fensterbankstapel gelandet war.

Ich versuchte, so zu tun, als hätte ich ihn nicht gesehen, aber mit Buddha waren solche Spielchen nicht zu machen. Schon hörte ich wieder die altbekannte Stimme.

»Ich will mich ja nicht einmischen«, mischte Buddha sich ein, »aber warum arbeitest du so hart an einem Bild, das gar nichts mit dir zu tun hat?«

»Wie jetzt?«, gab ich mich begriffsstutzig.

Nicht mit Buddha!

»Du weißt genau, was ich meine. Du willst diesem Mann etwas verkaufen, das ihm gefällt. Obwohl das gar nicht du bist.«

»Bin ich wohl!«, gab ich patzig zurück. »Hast du die neuen Blätter an meinem Ficus gesehen?«

»Das liegt nur daran, dass du die Pflanze nicht mehr abwechselnd vertrocknen lässt und dann vor lauter schlechtem Gewissen ertränkst«, erklärte Buddha sachlich.

»Was bist du eigentlich? Ein Gott oder ein Gartenratgeber?«, fragte ich spitz.

»Ich bin für dich immer der, den du gerade am nötigsten brauchst«, gab Buddha sanft zurück.

»Ach was. Dann sag mir mal, was ich anziehen soll.«

»Nimm die grüne.«

»Bitte, wie?«

»Nicht die lila Bluse. Die grüne. Du bist Frühlingstyp, nicht Sommertyp.«

»Toll. Warst du in deinem früheren Leben mal Frauenzeitschriftenredakteurin?«

Ich musterte das gütige Gesicht auf dem Flyer. Wieso hatte ich den überhaupt aufbewahrt, nach meiner missglückten Probestunde bei Nitya? Dann zwinkerte Buddha mir zu, und ich wunderte mich nicht einmal mehr darüber.

»Was glaubst du denn, Schätzchen?«, fragte er. »Bei so vielen Leben, wie ich sie schon hinter mir habe?«

Ich tätschelte freundschaftlich seine Glatze. »Wer hätte das gedacht«, sagte ich, »mit dir kann man ja richtig Spaß haben.«

»Du solltest dir trotzdem mal Gedanken machen. Über das Bild, das du versuchst abzugeben. Und was in dir ist, wenn du dich nicht in einem Gegenüber spiegelst.«

Ich hätte das nicht sagen sollen, mit dem Spaß. Jetzt wurde er wieder so sauertöpfisch-philosophisch.

»Also keine Erde unter den Fingernägeln«, schloss ich. Buddha nickte und stieß einen kleinen Seufzer aus, der uralt klang und von weit her zu kommen schien.

Ich wäre gern unbemerkt ins »Delhi Deli« eingetreten und hätte erst einmal von der Tür aus geschaut, ob Siv schon da war. Zwar war ich zehn Anstandsminuten zu spät, aber das Buddhamobil hatte ich draußen nirgends gesehen. Und ich hasste es, allein in einem Lokal auf einen Mann zu warten. Dieses Kaninchen-vor-der-Schlange-Gefühl, als würden einen alle anstarren und sich fragen, was diese Frau wohl falsch gemacht hatte, dass der Kerl sie versetzte.

Doch ich hatte meine Rechnung ohne die Tempelglöckchen an der Tür gemacht. Sie läuteten beim Eintreten so aufdringlich, dass alle ihre Köpfe drehten bis auf den Imbiss-Inder mit den undurchdringlichen Augen. Er stand auf die gleiche Weise hinter der Theke wie bei meinem letzten Besuch mit Anna. Man hätte meinen können, dass er auch immer noch dasselbe Glas putzte. Langsam fragte ich mich, ob er echt war. Möglicherweise musste man ihn morgens aufziehen.

Der Moment der Peinlichkeit dauerte aber nicht lang. Siv war tatsächlich schon da und rührte mit einem langen Löffel in einer Lache auf dem Grund seines Chaiglases. Er saß genau unter dem 1997er-Kalender mit dem Bild des elefantenköpfigen Gottes und bildete schon wieder einen äußerst reizvollen Kontrast dazu. Langsam fragte ich mich, ob das nicht doch eine Masche war. Ob er sich bewusst in Szene setzte. Genau so, wie sein makelloses Gesicht vor dem Hintergrund eines abgerockten Beachclubs noch besser zur Geltung kam.

»Siv!«, ich stolperte auf ihn zu und zupfte an meiner Bluse. »Wirklich schön, dich hier zu treffen! Mir ist so richtig nach einem heißen Chai.«

Das war glatt gelogen. Draußen spielten Schäfchenwolken am Himmel fangen, pummelige Teenager führten ihre Victoria-Beckham-Sonnenbrillen und ihre frisch enthaarten Beine aus, und in meinem früheren Leben hätte ich mit Sicherheit schon die zweite Iced Latte des Tages spazieren getragen. Aber ich wollte nichts sagen, das die Atmosphäre zwischen Siv und mir verdorben hätte. Wir würden hier sitzen, Chai trinken, vom Beruflichen aufs Private kommen und dann aufs noch Privatere. Nach der dritten Runde konnten wir ja vielleicht in ein nettes Gartenlokal wechseln, es gab hier gleich in der Nähe diesen romantischen Hinterhof-Mexikaner. Der Beginn einer lauschigen Frühsommernacht.

Siv lachte. »Du hast wirklich einen schönen Sinn für Ironie! Und völlig recht, es ist eigentlich nicht das Wetter für heiße Getränke! Lass uns lieber ein bisschen spazieren gehen, in den Park.«

»In den Park?« Ich sah ihn entsetzt an. »Aber da gibt es doch gar nichts!«

»Wie meinst du, da gibt es nichts?«

»Na, zu trinken«, stotterte ich. »Die haben nicht mal einen Kiosk.«

Er betrachtete mich amüsiert. »Komisch«, sagte er, »ich dachte, du wärst mehr so der naturverbundene Typ.«

Spaziergänge. Das letzte Date, bei dem ich spazieren gegangen war, war im Erscheinungsjahr des Elefantenkalenders gewesen. Mit Mirko Hansen aus der 11 b, in den ich monatelang heimlich verliebt gewesen war, ohne dass er sich auch nur meinen Vornamen merken konnte. Wenn er überhaupt mit mir sprach, nannte er mich Wiebke statt Evke. Eines Tages hatte er mir im Stadtpark ein Eis ausgegeben und mich später mit dem Bindegürtel meines Sommerkleides an einen Strauch geknotet, weil er das plötzlich für eine lustige Idee hielt. So war es dann weitergegangen. Monatelang hatte er sich nicht entscheiden können, ob er mich toll fand oder bescheuert. Irgendwann beruhte das Gefühl auf Gegenseitigkeit. Drei Tage später war Schluss.

»Spazieren gehen«, flötete ich, »das ist … na, mal wirklich etwas anderes. Da ist man so nah dran an den Dingen.«

Der Inder hinter der Theke wackelte mit den Schultern. Vielleicht lachte er, ich war aber nicht ganz sicher. Vielleicht waren es auch die letzten Zuckungen, bevor man ihn wieder aufziehen musste.

»Sie«, fragte ich, »haben Sie auch Chai to go?«

Die gute Nachricht: Es gab Chai to go. Sogar mit Milchschaum. Die schlechte: Ich musste ihn in einem Becher tragen, wie sie aus Kaffeeautomaten an ganz schlechten Autobahnraststätten kommen. Abwechselnd löste ich Daumen, Zeige- und Mittelfinger vom heißen Plastik, wenn der Schmerz unerträglich wurde. Ich hatte nur die Wahl, mir entweder die Hand zu verbrennen oder die Lippe.

Wir überquerten die Straße, wichen haarscharf einem Fahrrad fahrenden Kind mit einem zwei Meter hohen Prinzessin-Lillifee-Wimpel an einer sehr flexiblen Kunststoffstange aus und bogen schließlich in den Park ein. Ich warf einen leidenden Seitenblick auf Siv. Wenn er wirklich so ein Karma-Yoga-Jünger war, konnte er die Gelegenheit gern wahrnehmen und das glühende Monster für mich tragen. Doch er machte keine Anstalten dazu.

Auf der großen Wiese im Park kauerten Frauen mit Migrationshintergrund auf Picknickdecken mit Plastikunterseite und öffneten eine Tupperware nach der anderen, während ihre Männer große, blutige Fleischstücke auf einem Grill verteilten. Jungen kurvten mit ihren Skateboards um die Ecken. Mädchen joggten bauchfrei.

»Also«, fragte Siv, »was genau wolltest du jetzt von mir wissen?«

Der Chai war immer noch kochend heiß. Am liebsten hätte ich mich hingesetzt. Allerdings hätte Siv dann meine Naturverbundenheit überhaupt nicht mehr ernst genommen.

Auf seine Frage wäre mir so einiges eingefallen. Ob er eine Freundin hatte, zum Beispiel. Oder was er mit seinem rasierten Kopf machte, dass der immer so appetitlich glänzte. Glücklicherweise konnte ich mich beherrschen.

»Ja, also«, fing ich an, »wie gesagt, ich werde in meiner Abteilung demnächst einen Yoga-Workshop geben. Ich arbeite in einem großen Reisekonzern, Sunny Side, vielleicht erinnerst du dich, es gab da diese bekannte Radiowerbekampagne. Gesungen von Aisha Schnepfke, die in der fünften Staffel von DSDS Dritte geworden ist. ›Reisen zu kleinen Preisen‹. Später hieß der Text ›Reisen zu ganz kleinen Preisen‹. Und dann ›Reisen zu winzig …‹«

»Evke?« Siv war stehen geblieben und legte mir ohne Vorwarnung seine Hand auf den Unterarm. Ich zuckte vor Überraschung zurück. Der Chai spritzte und hinterließ einen Fleck in Höhe meines Nabelchakras. Immerhin war der Becher jetzt nicht mehr ganz so voll.

Siv ließ seine Hand auf meinem Arm liegen und sah mir in die Augen. Und ich in seine. Schokoladenbraun, mit goldenen Sprenkeln. Das Meer bei Goa, im Sonnenuntergang. Dann beugte er sich zu mir herunter. Ich hätte beinahe mit meiner Nasenspitze seine Nasenspitze berühren können. Wenn ich nicht komplett bewegungsunfähig gewesen wäre.

»Siv«, hauchte ich. Die Härchen auf meinem Unterarm stellten sich auf. Der ganze Park um mich herum begann sich zu drehen. Grills und Laufradkinder, Joggingfrauen und saftig grüne Buchen wirbelten wie ein Windrad um mich herum, immer schneller, bis ich nichts mehr erkennen konnte.

Jetzt würde es geschehen. Schneller als erwartet, überraschend. Yogis hatten eben oft ihr eigenes, ganz unberechenbares Tempo. Vielleicht brauchte der Namaste-Versand zwei Wochen, um meine Armstulpen einzutüten. Aber Siv nur eine Viertelstunde, um mich zu …

»Evke, ich muss dich mal kurz unterbrechen. Weißt du, was ich am Yoga besonders schätze? An dieser ganzen Community?«

Stumm schüttelte ich den Kopf. Halb rechnete ich immer noch damit, dass er mich küssen wollte. Doch ich musste zugeben, es war schon eine etwas seltsame Einleitung.

»Dass die Menschen einander ohne Masken begegnen. Pur, wenn du verstehst, was ich meine. Weil sie sich nicht hinter Oberflächlichkeiten verstecken müssen, den imposanten Berufsbezeichnungen auf ihren Visitenkarten, Adressen in schicken Wohnvierteln, Automarken. Nichts gegen deine Reisefirma, aber so genau will ich das alles gar nicht wissen.«

Jetzt war ich völlig aus dem Konzept gebracht. Alles war plötzlich sehr still, bis auf das Geschrei eines Jungen auf der Wiese.

»Ich hab dem Metin seine Grillzange nicht!«, rief er. »In echt jetzt!«

Siv drückte meinen Arm freundschaftlich, so wie man es bei einem Kind machen würde. Dann ging er einfach weiter, als wäre nichts passiert.

Ich stolperte hinterher und fühlte mich, als hätte gerade jemand einen Gartenschlauch auf mich gehalten und voll aufgedreht.

»Weißt du«, begann Siv, »im Grunde gibt es beim Yoga keine Regeln. Du kannst natürlich eine Gruppe anleiten und die Asanas in der Reihenfolge vorführen, wie wir es auch beim Workshop in Werderhorst gemacht haben. Du kannst dir aber auch selbst ein Programm zusammenstellen. Das ist oft eine Frage des Gespürs, der Achtsamkeit für die Energie, die in einer Gruppe herrscht. Da merkst du selbst am besten, was für die anderen gut ist. Und für dich selbst.«

Ich nickte eifrig, dankbar, dass er das peinliche Schweigen gebrochen hatte. Auch wenn er scheinbar nicht registrierte, wie es meiner eigenen Energiebilanz gerade ging.

Hatte er überhaupt mitbekommen, was er da getan hatte? Dieser seltsame Beinahekuss, der sich dann als Nullnummer entpuppt hatte? Vielleicht funkten Yogis auf einer völlig anderen Frequenz als andere Menschen. Auf dem Workshop in Werderhorst war ich absolut überzeugt gewesen, dass Siv mich angeflirtet hatte. Und dass es nur einen Schritt von mir brauchte, eine kleine Einladung, um mehr daraus zu machen. Aber scheinbar hatte ich mich getäuscht. Vielleicht war es eher so eine keusche, allgemeine Zuneigung für sämtliche Kreaturen. Menschen, Tiere, Pflanzen.

Eine Weile liefen wir stumm, während es in meinem Kopf eher nach Sturmflut auf Hallig Hooge aussah als nach Sonnenuntergang am Strand von Goa. Dann näherte sich seine Hand wieder und landete auf meiner Schulter. Durch den Stoff meiner Bluse hindurch drückte er mich sanft. Vielleicht bildete ich es mir ein, aber der Druck war anders als der vorher. Eine Nuance weniger väterlich.

Ich schöpfte wieder Hoffnung.

»Ich hoffe, du nimmst mir das nicht krumm«, sagte er, »ich wollte dich nicht belehren. Natürlich kannst du mir alles erzählen, was du möchtest. Wenn das so für dich stimmt.«

Wieder seufzte ich. Diesmal nicht mehr vor Hitzeschock. Was für ein sensibler Mann.

»Also, wenn du mich noch etwas fragen möchtest …«

»Wie heißt du denn eigentlich wirklich?«

Wieder mal so eine Frage, die irgendwo in meiner Mundhöhle herumgelegen haben musste und einfach so herausgepurzelt war.

»Wirklich?«

Siv sprach das Wort überdeutlich aus, als hätte er es noch nie gehört und müsste es in einem Sprachkurs wiederholen. »Wie meinst du das, wirklich? Meinst du den Namen, den meine Eltern mir einmal gegeben haben, vor langer Zeit? Denn wenn du mich nach meinem wirklichen Namen fragst, ist die Antwort ganz leicht. Den kennst du schon.«

»Siv?«, fragte ich lahm.

»Sivananda«, echote er.

»Und hast du dir das selbst ausgesucht?«, fragte ich weiter.

Er schüttelte den Kopf und lächelte unergründlich. Dabei sah er sehr sexy aus. Ein Mann mit Geheimnissen. Allmählich begann ich zu verstehen, was Männer an schweigsamen Frauen fanden.

»Das passiert, wenn man sich weihen lässt«, erklärte er schließlich. »Man sucht sich sein persönliches Mantra aus und einen persönlichen Schutzpatron aus der hinduistischen Götterwelt. Aber den Namen, den gibt einem der Lehrer.«

»Man hat einen persönlichen Gott?«

»Die Hindugötter stehen alle für verschiedene Aspekte des einen, Göttlichen. Du bist zum Beispiel eher so der Ganesh-Typ«, sagte er.

Der Ganesh-Typ. Wie kam er denn da drauf? Unauffällig blickte ich an meinen Hosenbeinen herunter. Die Jeans waren wohl doch nicht so vorteilhaft, wie ich vorhin gedacht hatte.

»Der Elefant?«

»Genau. Ganesh, der elefantenköpfige Gott, der mit seiner Kraft einen Weg durch den Dschungel bahnt. Er steht für die Energie des Neubeginns.«

Na dann. Dann war das wohl so eine Art Kompliment.

»Andere Götter stehen für die Kraft der Erhaltung, der Veränderung, der Kreativität«, erklärte er weiter. »Ich selbst fühle mich besonders mit Shiva verbunden. Seiner Leichtigkeit, Dinge immer wieder aufzulösen und neu zu denken.«

Wir waren wieder am Ausgang des Parks angekommen, und Siv

blickte auf die Uhr. »Gut«, sagte er, »ich muss dann mal los. Sehen wir uns beim Sommerfest?«

»Sommerfest?«

»Mittwochabend, in der Buddha Lounge. Gibt ein leckeres veganes Büfett und Mantra-Dance für alle. Ich würde mich freuen!«

Wieder dieser Blick wie ein südindischer Sonnenuntergang.

Und dann legte er auch noch seine Hand an meinen Hosenbund.

Was wurde das denn?

Er strich über den Stoff meiner topmodischen Denim-Röhre, dann schnalzte er mitfühlend mit der Zunge.

»Und tu mir einen Gefallen«, sagte er leise, »nicht mehr diese Hosen. Ich kann fast körperlich spüren, wie sie deine Energie blockieren. Und du hast jede Menge Energie, das weißt du ja.«

Bei den letzten Worten waren wir wieder auf der Grillwiese angekommen. Die Familie stritt noch immer. »Ich hab die in echt nicht«, schrie der Junge. »Ich schwör!« Noch einmal spürte ich den leichten Druck auf der Schulter, dann hob Siv grüßend die Hand. »Namaste«, sagte er, »schön, dass wir so offen gesprochen haben.«

Schließlich wandte er sich ab und ging, ohne sich noch einmal umzudrehen.

Während ich noch dastand und nachgrübelte, ob Siv das mit den Hosen ernst gemeint hatte und wo wohl Metins Grillzange geblieben war, dudelte »Karma Camaeleon« aus meiner Brusttasche. Ich fingerte nach dem Handy und klappte es auf. Unbekannter Teilnehmer.

Sicher wieder irgendein trauriger Telemarketing-Mensch, der viel telefonierende Frauen unter dreißig für eine neue Super-Flatrate gewinnen sollte. Oder jemand mit einem altmodischen Analogtelefon ohne Nummernanzeige. Wen kannte ich denn, der so etwas noch benutzte?

Plötzlich hatte ich eine Eingebung. Mein Vater! Vielleicht wurde er langsam ungeduldig, weil ich mich seit Wochen nicht auf seine E-Mail meldete.

»Hallo?«

Die Stimme des Anrufers klang undeutlich und irgendwie gepresst. Papa war es jedenfalls nicht.

»Evke? Bist du das? Ich muss dich mal sprechen. Hier ist Steve.«

»Steve?« Etwas griff mit kalten Fingern nach mir. Steve hatte mich in meinem ganzen Leben noch nie angerufen. Das konnte nur eines bedeuten. Nämlich …

»Um Gottes willen, Steve! Ist irgendwas mit Melli?«

Am anderen Ende war es still bis auf ein statisches Knacken. Ich schickte ein kurzes Stoßgebet ins Universum, ohne genau zu wissen, an wen. In dringenden Fällen würde es hoffentlich auch so bei der richtigen Adresse landen. Vielleicht bei einer tierköpfigen Schutzpatronin für beste Freundinnen.

»Nee«, kam es schließlich gedehnt zurück, »das kann man so nun auch nicht sagen.«

Ich sog so viel Luft ein, wie ich auf einmal bekommen konnte, und ließ sie gleich wieder frei.

»Mann, Steve. Jetzt hast du mich aber ganz schön erschreckt. Muss ich mir also keine Sorgen machen.«

Wieder war es still, und ich fragte mich schon, welches meiner Worte er diesmal nicht verstanden hatte. Jetzt? Hast?

Dann stöhnte er. »Nein. Oder vielleicht doch. Ich weiß es doch auch nicht.«

»Erzähl, was ist los?«

»Geht nicht. Bin auf Arbeit. Aber können wir uns mal treffen? Auf einen Kaffee oder ein Bier?«

Mein erster Schrecken verwandelte sich in vorsichtige Neugier.

»Klar können wir. Solange ich auch was anderes trinken darf.«

Er lachte irgendwie freudlos. »Entschuldigung, du bist ja eher der Typ für Sekt auf Eis. Bier, das ist dir wahrscheinlich zu proletisch.«

»Proletarisch.«

»Sag ich doch. Proletisch.«

»Okay, Steve«, sagte ich versöhnlich, »vielleicht auch beides. Nächste Woche?«

»Dienstag. Gleich nach der Arbeit. Barbies Bierbar.«

»Oh. Das klingt ja dringend.«

»Wenn du wüsstest«, stöhnte Steve, »wenn du wüsstest.«

KONASANA

Der Sitz mit angewinkelten Beinen (Konasana) lässt sich zur Vorbeugung und Bekämpfung leichter Angstzustände einsetzen.

In meiner ersten Yogagruppe bei Sunny Side blickte ich nur in vertraute Gesichter. Ich war mir allerdings nicht sicher, ob das von Vorteil war.

Ganz vorn, in der ersten Reihe, saßen Anna und IPS. In den letzten Wochen waren die beiden dicke Freundinnen geworden, wobei Anna eher die Freundin war und IPS eher dick. Kurz vor Beginn ihrer Mutterschutzzeit hatte sie eine Art Ganzkörperschwangerschaft entwickelt, so als hätte der imposante Bauch sich mittlerweile bis in die Fußgelenke, die Oberarme und das Gesicht ausgedehnt.

Es stand ihr aber nicht schlecht, im Gegenteil. Früher hatte sie häufig einen verkrampften Zug um den Mund gehabt, jetzt erinnerte sie mich eher an meinen speziellen Freund, der mich ab und zu von Flyern, Sweatshirts oder Autos her ansprach.

Direkt dahinter hatte ebenfalls ein ungleiches Paar Platz genommen. Neben Frau Stövers gewaltigem Busen wirkte die magere Lisa-Marie wie eine Zweitklässlerin, die ein bisschen zu schnell gewachsen war. Vielleicht lag es aber auch an den Glitzermäuschen auf ihrem Shirt, die den kindlichen Eindruck noch unterstrichen. Das Shirt war so lila wie die Matte, auf der Lisa-Marie saß, und sie schien förmlich mit ihrem Hintergrund zu verschmelzen.

Last but not least waren da noch die beiden Kantinenköchinnen. Mit denen hätte ich nun am wenigsten gerechnet. Schließlich fochten Plisch, Plum und ich nun schon seit Wochen jeden Mittag ein Duell aus, bei dem es darum ging, ob sie mir eine heimliche Portion Fleisch in mein Essen schmuggeln konnten. Bisher lagen sie leicht in Führung. Ob das ein Problem war bei unserer spirituellen Zusammenarbeit?

Plum packte den Stier gleich bei den Hörnern.

»Sie, das mit dem Yoga«, fragte sie, »das ist aber jetzt nicht nur für Vegetarier, oder?«

Milde schüttelte ich den Kopf. Jeden da abholen, wo er steht. Dieses Motto hatte ich verinnerlicht. Nach ein paar Wochen würden die zwei Damen vom Grill schon von selbst merken, dass sie Fleisch nicht mehr brauchten. Dass es sie herunterzog, träge und dumpf machte.

»Also, ich esse das ja so gut wie gar nicht«, bemerkte Plisch, »höchstens mal ein paar Chicken Wings oder Spareribs im Biergarten.«

»Ich persönlich muss Fleisch auch nicht haben«, Plum nickte ihrer Kollegin zu und winkte großzügig ab. »Höchstens vielleicht mal eine Frikadelle zum Abendbrot.«

»Das ist was anderes«, sagte Plisch. »Das ist ja auch Hackfleisch.«

Ich schaltete den tragbaren CD-Player mit einer »Buddha Bar«-CD ein, die mir Nadine gestern noch gebrannt hatte. Plisch und Plum verstummten. Dann ließ ich meinen Blick über die umgeräumte Kantine schweifen und versuchte, großen inneren Frieden zu empfinden. Stattdessen war ich nervös. Das Design ließ auch zu wünschen übrig. Und der Geruch sowieso.

Dabei hatte ich es mir so einfach vorgestellt. Es war nicht so schwierig, einen Seitenflügel der Kantine frei zu räumen, und viel Equipment hatte ich auch nicht gebraucht. Was die Yogamatten anging, hatte ein Anruf bei einem Hotelkonzern gereicht, an dem Sunny Side zu dreiundfünfzig Prozent beteiligt war und der sich auf Wellnesshotels im Mittelgebirge spezialisiert hatte. Ehrensache, dass sie uns dreißig Stück per Express lieferten, mit goldgeprägtem Firmennamen.

Besonders gute Qualität war der Schaumstoff nicht. Das konnte man von einer Hotelkette mit dem Werbespruch »Wellness fürs Portemonnaie« wohl kaum erwarten.

Dazu hatte Berger zweihundert Euro aus dem Marketing-Budget für spezielle Aufgaben lockergemacht, und die hatte ich sehr effektiv eingesetzt. Die größte Investition war ein Milchglasbuddha in Größe eines gut genährten Säuglings und mit einer Lampe im Inneren, deren Licht im Zwei-Minuten-Takt die Farbe wechselte. Bisher hatte er nicht mit mir gesprochen, und ich hoffte, er würde auch künftig seinen Schnabel halten. Es sei denn, er hatte im richtigen Moment ein paar sachdienliche Hinweise für Yogalehrerinnen, die nicht weiterwussten.

Außerdem hatte ich einige Meditationskissen mit aufgestickten Lotosblumen gekauft und ein Schälchen, in dem man Duftessenz verbrennen konnte. Natürlich war es Anna, die mich auf die Meditationswochen bei Tchibo hingewiesen hatte. Der Zeitpunkt hätte nicht günstiger sein können.

Aber selbst eine Extradröhnung Sandelholzessenz hätte nichts gegen den Bratfettgeruch ausgerichtet, der über dem Raum hing. Mittags zur Essenszeit war mir das nie aufgefallen, aber jetzt, um achtzehn Uhr, schien der Geruch aus allen Ritzen zu quellen. Er saß in jeder Pore des Linoleumbodens, verschanzte sich in den Kunstfaserbezügen der Stühle. Dazu kam noch das Problem mit den Schaulustigen. Ich hatte ja nicht gewusst, wie viele Menschen noch nach achtzehn Uhr ihre Büros verließen. Natürlich mussten sie alle auf dem Weg zum Ausgang an der Kantine vorbei, die ab Hüfthöhe nur mit einer durchsichtigen Glasscheibe vom Gang abgetrennt war. Dort drückten sie sich die Nasen platt und beäugten uns, als wären wir eine Reihe neugeborener Eisbärenbabys im Zoo.

Dabei hatten wir noch nicht einmal angefangen.

Entschlossen stellte ich mich in eine aufrechte Position. Dann legte ich die Hände in einer Art Gebetshaltung zusammen, so wie ich es nun schon bei so vielen Yogalehrern gesehen hatte, und verneigte mich leicht vor meinen Schülern. Gerade noch rechtzeitig fiel mir ein, dass ich vielleicht auch den Rest des Universums grüßen sollte und drehte mich leicht im Kreis.

Das Universum stand draußen vor der Kantine und grüßte zurück. Dabei amüsierte es sich sichtbar.

Mein Leuchtbuddha glühte rot.

Ich setzte mich wieder hin. So konnten die Kollegen draußen zwar immer noch mich sehen, aber ich sie nicht mehr so gut.

Eigentlich hatte ich die Stunde wie immer mit Mantrasingen beginnen wollen. Doch als ich in die Gesichter meiner Schülerinnen blickte, verließ mich der Mut. Zwar wusste ich selbst, dass dieser Gedanke erschütternd weltlich und oberflächlich war – aber die Vorstellung, dass ich ganz allein in der Kantine einen singenden Gruß an den Elefantengott entbieten würde, während die Herren vom Controlling ihre Nasen an der Scheibe platt drückten, war mir dann doch zu unangenehm. Wir würden stumm anfangen.

Es wurde sowieso zu viel gequatscht auf dieser Welt, vor allem in der Reisebranche.

Trotzdem sahen mich meine sechs Schülerinnen so an, als müsste ich jetzt allmählich dringend etwas sagen. Augen zu und durch.

»Wir beginnen wie immer mit den Atemübungen«, begann ich leichthin, als hätte ich mein Leben lang nichts anderes gemacht. »Wir legen die rechte Hand ins Vishnu-Mudra, halten das rechte Nasenloch mit dem Daumen zu und atmen durch das linke …«

»Geht nicht.« Ich sah auf. Lisa-Marie schüttelte hektisch den Kopf.

»Wie, geht nicht?«, fragte ich zurück.

»Heunupfen«, näselte sie.

»Gut«, sagte ich. »Dann setzt du dich einfach entspannt in einen kreuzbeinigen Sitz, die Finger ins Cin-Mudra …«

»Sie, Frau Frank?«, das war Frau Stöver. »Müssen wir eigentlich die ganze Stunde über auf dem Boden bleiben? Ich meine, wenn Yoga so eine sitzende Angelegenheit ist, warum nehmen wir uns nicht ein paar Stühle und machen es uns bequemer?«

»Das ist, ähm, energetisch aber nicht so günstig«, stotterte ich. »Ich habe doch außerdem hier diese Meditationskissen, die Sie unter Ihre Sitzhöcker …«

»Nun seien Sie mal nicht päpstlicher als der Papst«, sagte Frau Stöver energisch, wuchtete sich vom Boden hoch und begann, Stühle von den Tischen zu heben, wobei Plum ihr hilfreich zur Hand ging.

Der Leuchtbuddha glomm jetzt grünlich.

Lisa-Marie sah erstaunt auf. »Echt, der Papst macht auch Yoga?«, fragte sie. »Krass!«

»Also, das mit dieser speziellen Atmung ist in der Schwangerschaft auch nicht so ratsam«, sagte IPS, »ich hoffe, es stört dich nicht, wenn ich in dieser Zeit stattdessen ein paar meiner eigenen Übungen mache. Aus dem Yoga für werdende Mütter.«

Sie ging in den Vierfüßlerstand und machte abwechselnd einen Buckel und ein Hohlkreuz.

»Diese Asana kenne ich gar nicht«, erkundigte sich Anna interessiert, »wie heißt die?«

»Meine Yogalehrerin sagt immer Alte Kuh, junge Kuh dazu«, erklärte IPS und buckelte wieder. »Bis zur zweiundzwanzigsten Schwangerschaftswoche macht man die Bewegung kräftiger, wie eine junge Kuh, danach vorsichtig wie eine alte.«

Anna ging ebenfalls in den Vierfüßlerstand und machte mit. Ich fragte mich, ob sie mir etwas zu beichten hatte. Oder ob das wieder Teil ihrer Jobstrategie war.

Währenddessen hatten Plum und Frau Stöver es sich auf Kantinenstühlen gemütlich gemacht und atmeten geräuschvoll durch das linke Nasenloch ein und aus, und Lisa-Marie saß auf dem Boden und kicherte. Wahrscheinlich stellte sie sich den Papst in kleidsamer Yoga-Baumwollhose mit tief sitzendem Schritt vor. Buddha leuchtete gelb und schwieg eisern.

Es war nicht ermutigend.

»Kann's jetzt mal losgehen?«, fragte Plisch und blickte auf die große Kantinenuhr über der Theke. »Wir müssen heute noch die Gemüselasagne vorbereiten, meine Kollegin und ich.«

Gemüselasagne. Das war doch auch wieder so ein heimtückisches Fleischversteck, das sie sich mit Plum ausgedacht hatte.

»Völlig einverstanden«, erwiderte ich, »also, wenn das mit den Atemübungen nicht so euer Ding ist, ich kann das nachfühlen. Ich hab auch eine Weile gebraucht, bis ich mich so richtig auf Yoga habe einlassen können. Aber wenn es erst wirklich Teil des Lebens geworden ist, dann …«

Ich hätte noch weitergeredet, aber dann traf mich Annas Blick. Annas wortloser, handarbeitslehrerinnenstrenger Noch-ein-Wort-und-ich-oute-dich-als-Anfängerin-Blick.

Buddha blinkte bläulich.

»Also, was ich sagen wollte – dann machen wir eben jetzt den Sonnengruß. IPS, äh, ups, ich meine, Ilona – du spürst einfach hinein in deinen Körper und tust, was dir gerade guttut.«

Ich machte eine Geste, und folgsam standen alle auf. Frau Stöver und Plum stellten sogar die Kantinenstühle zur Seite. IPS blieb auf dem Boden, umfasste mit den Händen ihre Kniekehlen und rollte sich auf dem Po hin und her wie ein kleiner, dicker Kreisel, der nicht richtig in Schwung gebracht worden ist.

Es gab einen einzigen Lichtblick. Die Herren vom Controlling waren von der Glasscheibe verschwunden. Wenigstens hatten sie endlich mal was zu erzählen beim Abendbrot. Statt vom Soll-Ist-Abgleich fürs erste Quartal würden die Gattinnen heute erfahren, wie es aussah, wenn Customer Relations Assistant Evke Frank das Universum mit einem Gruß voller Lichtenergie überschüttete.

Und es gab noch einen zweiten Lichtblick. Das mit dem aufrechten Stand klappte schon mal prima.

Auch die Rückbeuge bekamen alle hin. Schwierig wurde es, als es darum ging, bei gestreckten Beinen die Handflächen auf den Boden zu bringen. Das heißt, eigentlich konnte es nur eine Teilnehmerin nicht.

Nämlich ich.

»Sollen wir jetzt die Knie dabei durchdrücken oder nicht?«, erkundigte sich Plisch, noch etwas ungeduldiger als vorher, und federte gummiartig in den Knien wie eine olympische Kunstturnerin.

»Ja«, sagte ich sanft, »jeder so gut wie er kann.« Dabei versuchte ich vergeblich, es ihr nachzumachen. Waren meine Handflächen unten, waren meine Beine krumm. Waren die Beine gerade, schwebten die Hände auf Knöchelhöhe. Ich begann zu ahnen, dass eine Yogalehrerin schlimmere Defizite haben konnte als den fehlenden Kopfstand.

Wir standen auf Füßen und Händen voreinander wie Hunde,

kurz bevor sie am Laternenpfahl das Beinchen heben, und fixierten uns. Plisch schüttelte ärgerlich den Kopf.

»Ich dachte, Sie bringen uns hier was bei.«

»Jeder darf seine eigenen Grenzen spüren. Das ist ja das Gute am Yoga.«

»Und ich dachte, es hilft gegen Rückenschmerzen. Sagt mein Hausarzt jedenfalls.«

»Ja. Das auch.«

Während Plisch und ich uns noch unterkühlt angifteten, hatte Anna ein Herz und machte die Übung weiter. Bein nach hinten, zweites Bein nach hinten, Stütz, Brustkorb runter, Kobra. Alle hielten gut mit, sogar Frau Stövers erste Kobra hatte ordentlich Biss. Meine Schüler waren begabt. Wahrscheinlich begabter als ich.

Meine erste Stunde als Yogalehrerin war vor allem eins: eine Lektion in Demut.

Während IPS sich noch immer auf dem Boden kugelte, machten wir viermal die Sonnengruß-Übungsreihe. Buddha sagte nichts dazu, er wechselte eifrig die Farben. Meine neuen Handgelenkswärmer vom Namaste-Versand verteilten mittlerweile nicht nur Energie in meinem Körper, sie fühlten sich so heiß an, als könnte man auf ihnen Chai kochen. Stumm schwitzten wir vor uns hin.

Und dann fiel mir etwas ein, das mich in der nächsten Sekunde noch viel mehr zum Schwitzen brachte. Ich hatte Steve völlig vergessen. Der wartete mindestens seit fünf Minuten gegenüber im Einkaufszentrum, in Barbies Bierbar.

»So«, sagte ich und versuchte, meiner Stimme die Hektik nicht anmerken zu lassen, »das reicht auch fürs Erste.«

»Und was ist mit der Schlussmeditation?«

Verblüfft sah ich Lisa-Marie an.

»Na, die Schlussmeditation. Also, zu Beginn des zweiten Lehrjahres durften wir uns doch ein Wochenende aus dem ›Moments for me‹-Katalog aussuchen, und da war ich beim Power Yoga in der Eifel. Die haben immer …«

»Das mit der Schlussmeditation ist eher für die Fortgeschrittenen, das machen wir nächstes Mal«, würgte ich sie ab.

»Ich dachte, jeder kann hier einsteigen und testet seine eigenen Grenzen?«, fragte sie säuerlich.

Ich warf einen Seitenblick zu Buddha. Er glühte rot vor sich hin und schwieg. Wenn man ihn dann mal wirklich brauchte, fiel ihm auch wieder nichts ein.

»Man muss das vorsichtig angehen«, übernahm Anna und legte Lisa-Marie eine Hand auf die Schulter. »Beim Yoga werden Energien freigesetzt, das muss man behutsam steigern.«

Ich warf einen dankbaren Seitenblick auf Anna und nickte stumm.

Während ich schnell meine Sachen zusammenraffte, spürte ich, wie jemand hinter mich trat.

»Evke? Ich wollte ...«

»Ähem, weißt du, Ilona, es tut mir leid. Aber fürs Schwangerschaftsyoga bin ich, glaube ich, nicht richtig qualifiziert. Vielleicht. ...«

»Ist völlig in Ordnung«, sie winkte ab, »ich wollte etwas ganz anderes mit dir besprechen.«

Dabei sah sie mich plötzlich sehr ernst an. Was war da los? Hatte es etwa Klagen über meine neuen Musterbriefe gegeben? Als Pressesprecherin kam ihr ja immer eine Menge zu Ohren.

»Entschuldige«, sagte ich und stopfte hektisch meine Handgelenkwärmer in meine Sporttasche, »ich muss dringend los, ich bin gleich noch verabredet.«

»Okay«, sie nickte, »aber ruf mich in den nächsten Tagen mal an, ja?«

Ich versprach es, dann zog ich Buddha den Stecker. Er wurde ziemlich blass. Selber schuld. Hätte er vorhin mal den Schnabel aufgemacht. Aber so langsam hatte ich verstanden: Der Gute mischte sich immer nur dann ein, wenn ich ihn nicht gebrauchen konnte. Wenn ich mal dringend um einen Rat verlegen war, dann hüllte er sich in göttliches Schweigen.

Auf dem Weg nach draußen fragte ich mich, ob er das mit Absicht tat. Und was ich daraus lernen sollte.

VRICHIKASANA

Der Skorpion (Vrichikasana) befördert gleichzeitig die mentale Ausdauer und die innere Harmonie.

Barbies Bierbar lag zwischen dem Vollwertkoststand »Grünschnabel« und einem Ökokäsehändler. Als ich mit siebeneinhalb Minuten Verspätung dort ankam, waren alle Barhocker besetzt, und alle von Männern. Sie sahen alle gleich aus. Die Hocker und die Männer auch. Alle hatten die Ärmel ihrer Hemden hochgekrempelt und schwere Handgelenke auf die Theke gestützt. Auch von der Seite ähnelten sie einander. Sie blickten stumm in ihre Gläser, als gäbe es dort mindestens die Namen der nächsten drei UEFA-Cup-Gewinner zu lesen. Es hätte mich nicht gewundert, wenn sich ein Hinweisschild über der Theke befunden hätte, mit einer durchgestrichenen Frauenfigur: Wir müssen leider draußen bleiben.

Endlich entdeckte ich Steve. Er saß ganz hinten und trug ein T-Shirt mit der Aufschrift »Fahrathon 1988«. Wahrscheinlich hatte er es von seinem Vater geerbt. Ich konnte es mir förmlich vorstellen, wie Steve senior damals sein verschwitztes Trikot ausgezogen und mit großer Geste seinem Sohn zugeworfen hatte. Das, mein Sohn, wird eines Tages alles dir gehören.

Während ich auf Steve zuging, kroch ein Gefühl der Leere in mir hoch. Das konnte aber auch an dem Glas liegen, dessen Inhalt traurige Blasen warf, während das Bier unter dem Schaum auf ein winziges, gelbes Pfützchen zusammengeschrumpft war.

Ich legte Steve eine Hand auf die Schulter. Er hob ruckartig den Kopf, wobei seine Baseballkappe auf dem Fliesenboden landete.

»O Mann«, sagte er, »jetzt hast du mich aber erschreckt.«

»Wieso das? Wir sind doch verabredet!«

Er zuckte traurig mit den Schultern. »Ich war eben ganz woanders mit meinen Gedanken. Willst du auch ’n Bier? Die haben auch alkoholfreies.«

Ich fragte mich, was er für Neuigkeiten hatte. Und ob ich danach vielleicht wirklich einen Drink brauchte. Was machten Yogis eigentlich, wenn ihnen nach etwas Härterem zumute war? Ihren Grüntee zehn Minuten länger ziehen lassen?

»Mineralwasser«, versuchte ich, und der Thekenmann mit der Kunstlederweste schüttelte den Kopf. Wangen und Mundwinkel schüttelten sich mit. Er erinnerte mich an jemanden, ich kam nur nicht darauf, an wen.

»Wasser is nich«, sagte er, »nur Fanta.«

Wahrscheinlich schenkte er aus Prinzip nur gelbe Getränke aus.

Ich hätte gern gewusst, wer Barbie war. Und vor allem, wo. Aber etwas sagte mir, dass ich gleich genügend traurige Geschichten hören würde. Da brauchte ich nicht noch eine vorweg.

Ich nickte dem Zapfhansel ermutigend zu und wandte mich wieder an Steve.

»Erzähl«, sagte ich, »was ist los mit Melli?«

Steve holte tief Luft, als wollte er zu einer langen Rede ansetzen. Dann atmete er wortlos wieder aus und ließ den Kopf hängen.

»Ich hab ja alles okay gefunden«, begann er schließlich leise, »also, echt alles. Das mit dem Yoga, das mit den komischen Linsencurrys, dieser olle Adventstee mit dem Zimtgeschmack mitten im Sommer. Aber jetzt, jetzt hat sie echt ein Rad ab. Weißt du, was sie mit meinem Plasmafernseher gemacht hat?«

»Ja«, sagte ich ruhig, »sie hat ihn weggestellt. Und einen Altar dort errichtet, mit ihrer neuen Buddhafigur.«

Steve schüttete wütend den kläglichen Rest seines Biers in seinen Mund und stellte das Glas dann hart auf dem Bierdeckel ab. Das Arme. Konnte doch auch nichts dafür. Schaum glitzerte auf Steves Oberlippe.

»Das wusstest du?«

Ich zuckte die Schultern, während der Barmann mir ein kleines Pilsglas mit Fanta hinschob und entschuldigend etwas murmelte von »anderehamwanich«. Jetzt wusste ich auch, an wen er mich erinnerte. An den Mops von der chemischen Reinigung.

»Es ist eben wichtig, dass er nach Norden zeigt«, erklärte ich.

»Ja eben!«, ereiferte sich Steve. »Sonst spiegelt es doch total, beim Fernsehgucken. Wenn da die Sonne drauf scheint.«

»Ich meinte nicht den Fernseher. Sondern den Altar. Das ist so eine energetische Sache.«

Steve tunkte seinen Mund noch einmal in das leere Bierglas. Jetzt hatte er auch einen Schaumzipfel am Kinn. Es sah aus wie ein Techno-Ziegenbärtchen anno 1992. Nur viel trauriger.

»Ich kann einfach nicht verstehen, was los ist mit euch Mädels«, sagte er resigniert und malte mit dem linken Zeigefinger Schlangenlinien in eine feuchte Kondenswasserspur auf der Theke. »Was habt ihr bloß mit meiner Freundin gemacht?«

»Wir?« Ich blickte ihn erstaunt an.

»Na, wer hat ihr denn den blöden Buddha geschenkt?« Jetzt funkelte mich Steve wieder angriffslustig an. Er konnte sich augenscheinlich nicht entscheiden, ob er meinen Rat haben oder mich zur Schnecke machen wollte.

»Ich war das nicht«, antwortete ich kühl, »das waren Nadine und Anna. Was hat sie denn überhaupt von dir bekommen, zum Geburtstag?«

Steve begann wieder, mit dem Finger zu malen. Jetzt hatte er die Schlangenlinien satt und wechselte zu Dreiecken.

»*Mission Impossible*, die Ultimative Collection. Auf Blu-ray Disc.«

Er sah mich so triumphierend an, als erwartete er Applaus von mir.

»Ach. Und du meinst ernsthaft, damit machst du ihr eine Freude?«

»Also, sie hat mir erzählt, dass sie Tom Cruise schon als Kind ganz toll fand.«

»Steve«, sagte ich sanft, »das war 1986. Top Gun. Da war Melanie in der Vorschule und hat heimlich mit ihrer großen Schwester Videos geschaut. Und Tom Cruise war noch nicht bei den Scientologen.«

»Ist doch egal«, gab er patzig zurück.

»Egal? Scientology ist dir egal? Das ist eine ganz üble …«

»Nein, das meine ich nicht. Ich meine, Melli ist doch sonst auch immer so. Wenn sie was mag, wenn sie jemand toll findet, dann bleibt sie auch dabei. Und genau das, das hat mir doch immer so gut an ihr gefallen.«

Er wischte mit der flachen Hand über die Theke. Dreiecke und Schlangenlinien verschwanden.

»Ich meine, weißt du, Melli war nie so flatterig wie ihr anderen. Nicht so heute hier, morgen da. Soll ich dir mal sagen, an welchem Tag ich mich in sie verliebt habe?« Er gestikulierte fahrig mit dem Glas in seiner Rechten. »Das war, wo wir zusammen in einem Jeansshop waren.«

»Das heißt als, nicht wo«, flüsterte ich, aber so leise, dass er es nicht hörte. Steve schüttete mir gerade sein Herz aus, da wollte ich ihn nicht wegen seiner Grammatikschwäche unterbrechen.

»Also, da waren wir ganz frisch zusammen, und dann waren wir in diesem Jeansshop, und Melli hat zweimal dieselbe Hose gekauft. Wie, sag ich zu ihr, zweimal dieselbe?«

»Die gleiche, nicht dieselbe.« Diesmal formte ich meinen Einwand nur noch stumm mit den Lippen. Steve beachtete es gar nicht.

»Ja, sagt sie zu mir, dann hab ich eine als Ersatz, wenn die eine nicht mehr gut ist. Und wenn die Mode dann ganz anders ist, nächstes Jahr?, frag ich sie. Darauf sie: Mir doch egal. Wenn ich was gefunden habe, das zu mir passt, dann bleib ich auch dabei. Verstehst du, Evke? Melli ist einfach ein supertreuer Typ. Deshalb mach ich mir ja jetzt auch solche Sorgen.« Er seufzte. »Fast könnte ich denken, sie betrügt mich.«

Ich verschluckte mich beinahe an meiner Fanta.

Bisher war ich immer davon ausgegangen, dass ihre Schwärmerei rein geistig war. Eben weil sie so ein bodenständiger, verlässlicher Typ war. Doch dann fiel mir ein, dass ich nicht wusste, was Siv am Samstagabend vorgehabt hatte.

Und von Melli wusste ich es auch nicht.

Evke Holmes war auf einer heißen Spur. Und keiner der Verdächtigen hatte ein Alibi.

»Sie betrügt dich? Mit wem denn?« Meine Stimme zitterte leicht.

Steve schüttelte den Kopf. »So meine ich das nicht. Also, nicht dass sie wirklich fremdgeht. Mit einem Kerl aus Fleisch und Blut. Dann schon eher mit diesem Gott mit seinen acht Armen, der dabei noch tanzt und Flöte spielt. Dieser ganze mysteriöse Quatsch. Sie ist einfach besessen von dieser ganzen Yoga-Idee! Und wenn ich ihr von meinem Tag im Geschäft erzähle, so wie früher, dann schaut sie mich mit diesem Nonnenlächeln an, als würde sie irgendwo ganz weit über den Dingen schweben. Aber da will ich sie nicht haben, verstehst du? Ich will sie hier! Bei mir!«

Verblüfft sah ich Steve an. So eine lange Rede am Stück hatte ich von ihm noch nie gehört. Der Barmann näherte sich auf schlurfenden Kreppsohlen und stellte ihm wortlos ein neues Pils hin. Dann griff er über die Theke, legte Steve die Hand auf die Schulter, nickte knapp und drehte sich wieder um. Oh, diese sprachlose Zärtlichkeit unter Männern.

Ich ließ einen Versuchsballon steigen.

»Tja, weißt du«, sagte ich, »das kannst du dir wahrscheinlich nicht vorstellen. Aber ein Yogalehrer hat im Leben einer Frau eben eine ganz besondere Bedeutung. Also, der Siv ...«

Ich sprach absichtlich nicht weiter und ließ den Namen wie ein Köder in der Luft hängen, gespannt, ob Steve zuschnappen würde.

Er schnappte nicht. Er trank.

Ich wusste nicht, ob ich erleichtert oder besorgt sein sollte. Der Name schien ihm nichts zu sagen. Das konnte zweierlei bedeuten.

Erstens: Melli hatte wirklich nichts mit Siv.

Zweitens: Melli hatte was mit ihm. Und deshalb den Namen nicht einmal in Steves Gegenwart erwähnt.

Steve sprach weiter, als hätte ich überhaupt nichts gesagt.

»Weißt du, es gibt doch diese Stelle im Hochzeitsversprechen, in der Kirche. Dass man da hingehen will, wo der andere hingeht. Aber da, wo sie jetzt ist, da erreiche ich sie gar nicht mehr. Und ich weiß auch nicht, ob ich da überhaupt hinwill.«

»Habt ihr denn übers Heiraten gesprochen, Melli und du?«

Ich registrierte, dass mir der Gedanke nicht mehr so unsympathisch war wie neulich. Da war ich noch ziemlich entsetzt gewesen. Jetzt wurde mir ganz wohlig zumute bei der Vorstellung, wie Melli unter einem Schleier hervorlugte.

Erstens hatte ich wohl bisher nicht verstanden, wie nah sich Melli und Steves Seelen waren. Nur weil er in den entscheidenden Deutschstunden nicht da gewesen war und die falsche Pizza bestellte, hieß das noch nicht, dass er nicht eine Frau von ganzem Herzen lieben konnte.

Zweitens würde Melli als angehende Braut wohl nicht auch noch mit Siv durch die Betten toben.

»Ich wollte ihr einen Antrag machen«, sagte Steve und kratzte sich hingebungsvoll an der Nase. »Neulich, als ihr von eurem komischen Wochenende in Werderhorst zurückgekommen seid. Weil ich sie da so vermisst habe und mir dachte, wenn nicht jetzt, wann dann.«

»Und, warum hast du nicht?«

Er stützte sein Kinn auf zwei Daumen und dachte nach. »Irgendwie … irgendwie war das nicht mehr die Frau, die ich so vermisst habe. Da ist eine andere zurückgekommen, als hätte man sie unterwegs vertauscht. Als hätte sie so eine Mauer aus Freundlichkeit um sich herum, durch die ich gar nicht mehr durchkomme. Manchmal würde ich sie am liebsten mal wieder so richtig wütend machen. Nur um zu sehen, ob sie das überhaupt noch kann, echte Gefühle zeigen.«

»Steve«, sagte ich sanft, »das ist eben die große Aufgabe in der Liebe. Den anderen so zu begleiten, dass er seine eigenen Wege gehen darf, ihm Freiraum zu erlauben, und dennoch Inseln der Verbundenheit zu schaffen.«

Ich wunderte mich über mich selbst. Allmählich begann ich zu klingen wie Buddha persönlich.

»Evke«, Steve nahm plötzlich meine Hand, »man kann irgendwie echt wahnsinnig gut mit dir reden.«

Händchenhalten mit Steve in Barbies Bierbar. Ich hätte nicht gedacht, dass Yoga mich ausgerechnet zu Spaßbremses Verbündeter machen würde. Sah aber ganz so aus.

»Ich verrate dir mal etwas«, ich beugte mich zu Steves Ohr, bis seine widerborstigen Locken meine Lippen kitzelten, »ich glaube, du solltest sie bald fragen. Nicht, dass sie es sich noch anders überlegt.«

Chakrasana

Das Rad (Chakrasana) ist eine fortgeschrittene Stellung, die gleichzeitig alle Chakren öffnet und dadurch für einen mächtigen Energiefluss sorgt.

Siv und die fremde Frau umarmten sich. Und umarmten sich. Und umarmten sich. Für eine Begrüßungsumarmung auf einem Sommerfest dauerte das Ganze schon reichlich lang.

Nach einer gefühlten Ewigkeit begann ich zu zählen. Om eins, om zwei, om drei. Bei Om sieben begannen sie sich zu wiegen wie Teenager beim Engtanz. Ich hätte mich nicht gewundert, wenn gleich die Mantrachöre aus den Lautsprechern verstummt wären, *I want you back for good* von Take That erklungen wäre und die beiden sich schließlich gegenseitig die Zungen in die Münder gesteckt hätten. Was fiel dieser Tante mit dem einzelnen Delfin am Ohr überhaupt ein?

Ich verdrückte mich hinter einem Tapeziertisch, auf dem große Kannen Tee und verschiedene Saftflaschen aufgebaut waren, und beobachtete die beiden heimlich weiter. Menschen in Flipflops und weiten Haremshosen schlurften durch den begrünten Innenhof hinter dem Yogastudio, tranken bunte Saftschorlen, unterhielten sich oder wippten mit geschlossenen Augen zum Mantrachor-Sound. Von den Leuten kam mir niemand bekannt vor, dafür hatte ich einige dieser Hosen schon mal gesehen. Scheinbar war ich nicht die Einzige, die beim Namaste-Versand bestellte.

Auf der anderen Seite der Wiese hatte jemand in einer gusseisernen Schale Feuer gemacht, auf einem Schild daneben stand groß

»Grillen ohne Killen!«, und lachende Gurken und Tomaten tanzten einen Reigen um die Wörter. Für eine lumpige Saftschorle und eine Grilltomate fand ich den Eintrittspreis von fünfzehn Euro recht happig. Da hätten sie schon ein bisschen mehr bieten müssen. Ich hätte wenigstens erwartet, dass ein paar gut gebaute Yogis nackig aus einer Vollwert-Brokkoli-Torte sprangen.

Apropos gut gebaute Yogis. Ich riskierte wieder einen Blick. Tatsächlich hatten sich Siv und die Delfinfrau inzwischen voneinander gelöst. Dafür standen sie jetzt auf Armlänge voreinander und hielten sich gegenseitig mit den Händen an den Ellenbogen. Dabei blickten sie sich stumm in die Augen.

Endlich, nach fünf weiteren Oms, ließen die beiden voneinander ab. Fast im gleichen Atemzug ließ sich die Delfinfrau mit einem kleinen Entzückensschrei in die Arme des Mannes fallen, der neben Siv getreten war. Er war klein und dick, und ich konnte bis zu meinem Beobachtungsposten hinter der Safttheke erkennen, dass er schwitzte. Wieder begann ich zu zählen. Om eins, om zwei, om – na gut. Bei ihm hielt sie sich nicht ganz so lange auf wie bei Siv. Aber das Programm war dasselbe, inklusive Wiegen und Ellenbogenhalten und Augenschauen. Von der Frau ging wohl doch keine Gefahr aus. Diese Leute umarmten sich eben gefühlvoll, genau so, wie sich Fußballkumpels mit krachenden Schulterschlägen begrüßten.

Ich wollte jetzt auch mal.

Lässig schlenderte ich ihn Sivs Richtung und achtete dabei auf meinen Atem. Natürlich hatte ich diesmal eine energetisch deutlich gefälligere Hose angezogen als bei unserem letzten Treffen. Dazu ein hellblaues Wickelshirt, das auf seine zurückhaltende Weise ziemlich sexy aussah. Ein durchtriebenes Luder von einem Kleidungsstück.

Es wirkte tatsächlich. Siv blickte wie hypnotisiert auf eine Stelle etwa zwanzig Zentimeter unterhalb meines Kinns und hob erst den Kopf, als ich fast direkt vor ihm stand.

»Evke«, sagte er und öffnete seine Arme, »was für eine Freude.«

Während wir uns hielten, zählte ich wieder mit und versuchte, ganz passiv zu bleiben. Ich wollte wissen, wie lange er es aushielt. Dabei stellte ich fest, dass die yogische Begrüßungsumarmung noch eine Besonderheit hatte. Sie dauerte zwar ewig, aber irgendwie war sie schlapp. Kein richtiges Festhalten, eher wie ein nasser Sack, der sich gegen einen anderen nassen Sack lehnte.

Schön war es trotzdem. Siv roch gut, nach einer Mischung indischer Gewürze, und war auch sonst sehr appetitlich von ganz nah. Das mit dem richtigen Festhalten, das würde ich ihm schon noch zeigen.

Ich musste an Melli denken. Scheinbar wusste sie nichts von dem Fest heute Abend. Jedenfalls hatte sie nichts davon erzählt, als wir vorhin telefoniert hatten. Dafür hatte ich auch nicht gesagt, dass Steve und ich uns getroffen hatten. Es war das erste Mal, dass Melli und ich Geheimnisse voreinander hatten. Jedenfalls was mich anging.

Später, entschied ich, später würde ich ihr alles sagen. Wenn sie und Steve glücklich aus ihren Flitterwochen zurück waren. Oder spätestens, wenn Siv und ich dann auch das Landhaus mit dem …

»Oh, schau mal! Das ist ja eine schöne Überraschung!«

Siv nahm seine Hände von meinem Rücken und deutete auf etwas hinter mir. Ich drehte mich um und sah das erste bekannte Gesicht des Abends.

»Shanti! Bist du wieder im Lande? Ich dachte, du wärst noch bei deinem Sabbatical in Rishikesh! Wie war's denn?«

Der blaue Turban. Die beeindruckende Hornhaut. Der kanadische Holzfällerbart. Und die Gitarre hatte er auch dabei. Es war der Typ, der bei meiner Kundalini-Probestunde in der Mitte gesessen und gesungen hatte. Shanti hieß der also. Und die beiden kannten sich.

Die Welt war klein. Die Yogawelt noch kleiner.

Shanti wiegte bedächtig den Kopf. »Schwer zu sagen. Ich hatte mir mehr Inspiration erwartet. Leider war Durchfall alles, was ich bekommen habe.«

Siv nickte wissend. »Klar. Wenn so viel auf den Geist einprasselt, kann es den Körper schon in Unordnung bringen.«

Ich stand stumm daneben und ekelte mich. Was mussten sich diese Yogis auch ständig mit ihrer Verdauung beschäftigen? Oder, noch schlimmer, in aller Öffentlichkeit darüber reden.

»Weißt du«, fuhr Shanti fort, »ich falle immer wieder in mein altes Muster und glaube, Reisen könnte irgendetwas in mir lösen. Dabei …«

»… nimmt man sich selbst immer mit, wohin man auch geht!«, ergänzte Siv lachend. »Ja, das Reisen, jedenfalls das physische, wird wirklich schwer überschätzt.«

Das sollte er mal nicht meinen Chef hören lassen. Oder meine täglichen Briefpartner, die sich um die schönsten Wochen des Jahres betrogen fühlten. Immerhin waren sie wieder bei einem etwas appetitlicheren Partytalk-Thema angekommen.

»Das hier ist übrigens Evke«, sagte Siv zu Shanti und legte mir leichthin eine Hand auf die Schulter. »Eine ganz liebe Freundin.«

Ich war mir nicht so ganz sicher, ob ich diese Bezeichnung mochte. Aber vielleicht war ich auch zu kritisch. Ein Satz mit Freundin und lieb, das war immerhin ein Anfang.

»Haben wir uns nicht auch irgendwo schon einmal gesehen?«, fragte Shanti, und ich schüttelte rasch den Kopf. Ich wollte ungern in Sivs Gegenwart von meiner Yoga-Odyssee erzählen, die noch gar nicht so lange her war. Schließlich sollte Siv glauben, dass ich schon deutlich länger als drei Monate zum Kreis der Erleuchteten gehörte. Damit gab sich Shanti zufrieden, mir fiel aber auch keine geeignete Gegenfrage ein. Ich wusste einfach nicht, wie Small Talk mit Yogis funktionierte. Die wollten nicht über Jobs reden, ich nicht über meinen Stoffwechsel. Sollte ich Shanti vielleicht nach innerindischen Flugtarifen fragen?

Das peinliche Schweigen dauerte allerdings nicht lange. Denn jetzt kam eine ganze Schar neuer Gäste, die alle Siv begrüßen mussten. Wieder wurde geherzt, gewiegt und an Ellenbogen gefasst, auch von Männern, wenngleich der Teil mit dem Wiegen dabei etwas kürzer ausfiel. Ich stand daneben und fühlte mich etwas überflüssig. Schließlich gab ich mich beschäftigt, irrte zwischen veganem Grill und Saftbar hin und her, trank in schneller Folge drei Mangoschorlen und studierte aufmerksam den Kursplan im Foyer. Das alles dauerte kaum länger als eine Viertelstunde. Auf einmal hatte ich große Sehnsucht nach einer Freundin.

Ohne dass ich es wollte, fiel mir wieder das Sunny-Side-Betriebsfest ein. War das schön gewesen! Okay, der Krautsalat war gewöhnungsbedürftig gewesen – aber die Gesellschaft deutlich angenehmer. Und auch an Chris hatte ich nicht geklebt wie eine Klette, weil Anna und ein paar nette Kollegen da gewesen waren.

Ich konnte jetzt nicht schon wieder zu Siv hingehen. Unmöglich. Kam ja nicht besonders gut an, wenn man sich an einen Typen heftete wie ein Dreijähriges am ersten Kindergartentag an Mama. Suchend blickte ich mich um nach jemandem, mit dem ich ins Gespräch kommen konnte. Vergeblich. Freundliche, offene Gesichter um mich herum – aber ich hätte nicht gewusst, was ich mit ihnen reden sollte. Bist du öfter hier? Kannst du eigentlich Kopfstand? Außerdem schienen sich alle untereinander zu kennen. Die beiden Goldbuddhas im Foyer dösten stumm, jedenfalls richtete von denen auch keiner das Wort an mich.

Irgendwann setzte ich mich in eines der unförmigen, braunen Sitzpolster, die weiter hinten im Gras lagen. Unter meinem Po knirschte etwas, das nach Vollwertfüllung klang. Ich tippte auf Dinkel. Von fern hörte ich Autos hupen und türkische Popmusik, die erst lauter wurde und dann wieder leiser, bis sie hinter den gleichmäßigen Mantrachören verschwand.

Etwa fünf Leute hatten begonnen, auf dem Rasen zu tanzen. Mehr hätten auch nicht Platz gehabt, denn sie brachten dabei vollen Körpereinsatz, warfen die Arme über den Kopf, sprangen hoch oder ließen sich im Knien nach hinten sinken. In der Luft roch es schwer nach Räucherstäbchen und blühendem Flieder. Ich schloss die Augen und versuchte, das Hier und Jetzt wahrzunehmen. »Wenn Gedanken kommen, dann lassen wir sie einfach weiterziehen wie Wolken« – wie oft hatte ich diesen oder ähnliche Sätze jetzt schon bei den Schlussmeditationen gehört? Doch es war schwerer als gedacht. Fast so schwer, als müsste man sich Buchstaben anschauen, ohne sie dabei zu lesen. Wenigstens, wenn man älter als sechs Jahre war.

»Schön!«

Was war das? Ein komischer, kleiner Gedankenfetzen in meinem Kopf, der sich nicht wegpusten ließ?

»Schön sieht das aus, wenn du da so entspannt liegst.«

Ich öffnete die Augen. Kein Gedankenfetzen, sondern Siv. Er ließ sich neben mir in das Sitzpolster fallen, so nah, dass die Härchen auf seinem Unterarm meinen eigenen Arm kitzelten. Dann legte er eine Hand unter seinen Kopf wie ein Kissen und blickte in den Himmel.

Ich war verblüfft. Den ganzen Abend hatten wir kaum gesprochen, und jetzt aalte er seinen Astralkörper neben mir, als hätten wir uns gerade mindestens halb nackt auf dem Sitzsack gewälzt. Vielleicht war das aber auch nur wieder meine schmutzige Fantasie.

»Erzähl mir von dir«, sagte er ruhig.

»Und was genau möchtest du wissen?«

Er zuckte leicht die Achseln, was ich mehr spüren als sehen konnte. »Was dir wichtig ist. Warum du so traurig bist.«

»Traurig?« Ich setzte mich ruckartig auf und starrte ihn an. Das hatte mich noch keiner gefragt. Wie kam er auf so etwas? Traurig? Ich?

»Weißt du, Evke, du bist so ein kleiner, sprudelnder Bach. Aber da gibt es auch eine große, dunkle Tiefe in dir, und ich wüsste gern, was sich darin verbirgt.«

»Was denn?«, fragte ich verdattert.

»Sag du es mir«, antwortete er.

»Weiß nicht«, sagte ich und versuchte, an etwas Trauriges zu denken. Fast schien es mir, als würde Siv eine tragische Familiengeschichte erwarten, als wäre er enttäuscht, wenn ich keine zu bieten hatte. Aber hatte ich das? War eine Scheidung nicht eher der ganz normale Wahnsinn, wie ihn auch so viele meiner Freunde erlebt hatten?

»Vielleicht hat es mit meinen Eltern zu tun«, begann ich zögernd, »meinem Vater. Der hat damals von heute auf morgen einen Rappel bekommen und ist verschwunden. Da war ich achtzehn. Monatelang wussten wir nicht, wo er war. Meine Mutter hat damals mit dem Pendeln angefangen, weil sie dachte, so kommt sie ihm auf die Spur. So ging das alles los, dieser ganze Eso… äh, also, ich meine, ihre Faszination für das Spirituelle.«

Puh. Gerade noch mal die Kurve gekriegt. Wenn ich es mir mit dem Mann an meiner Seite gründlich verderben wollte, musste ich mich wahrscheinlich nur abfällig über Esoterikkrempel äußern.

»Ist er zurückgekommen?«, fragte Siv.

Ich konnte nicht antworten, denn gleichzeitig hatte Siv seine warme Hand auf eine Stelle unterhalb meines Nabels gelegt. Um genauer zu sein: Er hatte sie sogar auf meine nackte Haut gelegt. Was das anging, waren Yogahosen wirklich nähefördernder als Röhrenjeans. Nichts war einfacher, als Finger unter den Bund zu schieben.

»Was wird denn das, wenn es fertig ist?«, flüsterte ich und blickte mich verstohlen um. Nicht, dass seine Berührung mir nicht angenehm war. Im Gegenteil. Aber hier? Vor allen Leuten? An dieser Stelle?

Siv nickte ernst und fuhr mit der Fingerspitze auf meiner Haut hin und her. »So etwas habe ich mir gedacht. Menschen mit Verlusterfahrungen haben häufig Blockaden des Nabelchakras. Es braucht viel Einfühlung, um diese Blockade zu lösen.«

Ich sah ihn an, hin- und hergerissen zwischen Lust und Zweifeln. Fast schämte ich mich, wie wenig ich dagegen hatte, dass seine Finger dort herumwanderten. Und wie bereit ich war, sie auch noch an anderen Stellen wandern zu lassen. Andererseits klang das auch nach einer ganz billigen Masche. Baby, leg dich hin, ich löse deine Blockaden.

»Nimmst du mich mit zu dir?«

Ich hörte wohl nicht richtig. Hatte er mich tatsächlich eben gefragt, ob ich ihn mit zu mir nahm? Das war direkt.

»Das war direkt«, sagte ich.

»Ja. Ich weiß. Natürlich könnten wir jetzt ein Spielchen spielen, du und ich. Aber ich halte nichts von Spielchen. Energieverschwendung.«

Ich schloss die Augen und hob meinen Kopf ein wenig an. Das war mal eine schöne Ouvertüre für einen Kuss!

Doch der Kuss kam nicht. Stattdessen eine Hand, die mich entschlossen hochzog.

»Komm«, sagte er. »Lass uns gehen.«

Mein Herz klopfte bis zum Kopfchakra, während ich ihm folgte, durch den Innenhof, durchs Foyer und auf die Straße. Die Vorstellung von den gut gebauten Yogis, die aus Vollwerttorten sprangen, war also doch nicht so falsch gewesen. Nur ohne Vollwerttorte.

»Nehmen wir ein …«, fing ich an, doch ehe ich »Taxi« sagen konnte, hatte er schon seine weiten Hosenbeine mit Wäscheklammern fixiert und einen Fahrradschlüssel aus der Tasche gezogen.

»Meins parkt hier«, sagte er, »wo steht deins?«

»Ich habe gar kein Fahrrad«, antwortete ich und fragte mich gleichzeitig, warum ich mein Auto eigentlich hatte stehen lassen. Schließlich hätte ich mit meinen drei Mangoschorlen vor jeder Polizeikontrolle glänzend dagestanden. Dann fiel es mir wieder ein: Ich parkte direkt vor meiner eigenen Haustür. Ein Spitzenparkplatz, ein Sechser im Lotto, den ich nicht so einfach wieder aufgeben wollte. Selbst wenn ich dafür mein Auto gar nicht mehr bewegen durfte.

»Wo wohnst du denn?«, fragte Siv.

»Nordstadt. So etwa drei Kilometer, schätze ich.«

»Schön«, sagte er. »Genau das richtige Wetter für einen Nachtspaziergang.«

Chaturanga Dandasana

Das Krokodil (Chaturanga Dandasana) lässt den Geist entspannen, trainiert aber gleichzeitig unsere rasche, willensstarke Reaktion in entscheidenden Momenten des Lebens.

Wenn unser Abendspaziergang romantisch war, dann höchstens auf eine sehr eigenwillige Art. Industrieromantik, das war das Wort. Wir schlappten schweigend an Nachttankstellen vorbei, an Matratzendiscountern und Bauzäunen. Vögel sangen ihre Gutenachtlieder, wurden aber die meiste Zeit von Lastwagen übertönt, die beim Bremsen quietschende Furzgeräusche von sich gaben.

Siv hatte lose seinen Arm um mich gelegt, mit der anderen Hand schob er sein Fahrrad. Er schwieg. Ich schwieg auch.

Schon das zweite Mal innerhalb von drei Tagen musste ich an Mirko Hansen denken, mit dem ich manchmal auch so nach Hause gelaufen war, damals, in der 11 b. Und dann war da noch dieser andere Gedanke, der einfach nicht verschwinden wollte, der zäh an mir klebte wie Kaugummi an einer Schuhsohle. Die Erinnerung an dieses andere, letzte Mal, das ich einen Mann mit zu mir genommen hatte.

An die Fahrt mit Chris, seine Hände auf dem Lenkrad, die Luft im Auto so hormonvernebelt, dass wir glatt eine rote Ampel übersehen hatten. Alles hatte gestimmt. Alles.

Und ich ganz allein war schuld, dass es im Ansatz gescheitert war.

Oder nicht?

Auch eine traurige Geschichte, die ich Siv hätte erzählen können. Aber vielleicht nicht ganz so passend.

Immer noch schweigend stiegen wir die Treppen zu meiner Wohnung hinauf. Plötzlich war ich gar nicht mehr so sicher, ob das hier eine gute Idee war. Doch jetzt konnte ich ihn ja schlecht wieder nach Hause schicken. Oder? Und es war schön, nicht allein zu sein. Ich würde morgen früh Gesellschaft haben zum Frühstück. Selbst wenn es nicht die war, nach der ich mich im Moment so unpassend sehnte. Mir fiel der alte Hippiespruch ein, den meine Mutter damals nach der Scheidung aus einer Zeitschrift ausgeschnitten und an die Klotür gepinnt hatte. If you can't be with the one you love, love the one you're with.

Als ich den Schlüssel in der Wohnungstür drehte, fiel es mir plötzlich ein. Der Ficus! Gut, er sah schon deutlich erholter aus. Für die Vorher-Nachher-Geschichte einer Frauenzeitschrift würde er mit seinen fünf frischen Blättchen jedenfalls eine gute Figur abgeben. Aber das konnte Siv ja nicht wissen, solange ich kein »Vorher«-Foto daneben stellte. Was würde er von mir denken, wenn er meine einzige Grünpflanze sah?

Es half alles nichts. Siv durfte auf keinen Fall mein Wohnzimmer betreten.

Das war allerdings gar nicht so einfach. Denn die Tür zum Wohnzimmer stand weit offen, und von der Wohnungstür blickte man direkt hinein. Siv machte einen Schritt in die Richtung. Ich nahm ihn bei der Hand und schüttelte sanft den Kopf.

»Nicht da«, hauchte ich, »hier hinein.«

Und schob ihn in mein Schlafzimmer.

»Oh«, sagte Siv. »Das war direkt.«

»Du siehst, ich lerne von dir.«

Siv setzte sich auf mein Bett. Wo hätte er sich auch sonst hinsetzen sollen? Schließlich bestand das Schlafzimmer aus fast nichts anderem. Fast sah es aus, als wäre das Bett zuerst da gewesen, und dann hätte man das Zimmer drum herum gebaut.

Siv strich seine Hosen glatt, zog seine Flipflops aus und stellte sie ordentlich zusammen. Danach zupfte er die Wäscheklammern von den Hosenbeinen und klemmte sie an die Zehenstege der Schuhe. Schließlich legte er sich auf den Rücken, die Hände auf seinen Bauch und schloss die Augen.

Ich stand vor meinem eigenen Bett und fühlte mich etwas überflüssig.

»Möchtest du etwas trinken?«, fragte ich. Sehnsüchtig dachte ich an die Flasche Sekt im Kühlschrank, die wahrscheinlich täglich tiefer in eine Sinnkrise stürzte. So lange hatte noch keine ihrer Vorgängerinnen darin ausharren müssen. Manchmal, wenn ich den Kühlschrank öffnete, sprach ich beruhigend auf sie ein. Wenn eine besondere Gelegenheit kam, hatte ich ihr versprochen, würde sie schon noch ihren Auftritt bekommen. Schließlich gab es Momente, da musste es ein bisschen rajaz sein.

Siv hatte noch immer die Augen geschlossen.

»Leg dich zu mir«, sagte er.

Da konnte und wollte ich nicht Nein sagen. Auch wenn mir die Flasche ein bisschen leidtat. Aber das konnte warten.

Ich kuschelte mich an ihn und schob vorsichtig eine Hand unter den Saum von Sivs Shirt. Wollte doch mal sehen, wie das bei ihm mit dem Nabelchakra aussah. Ich kam aber nicht weit. Er nahm meine Hand am Handgelenk und öffnete die Augen.

»Nicht«, sagte er, »du musst nichts tun.«

Ich lag da, etwas peinlich berührt. Schon wieder hatte ich etwas falsch gemacht. Es fühlte sich ein bisschen an, als sei ich einem Gott an die Wäsche gegangen. Und das auch noch, ohne vorher um Erlaubnis zu fragen.

»Aber …«

»Nein. Nicht aber. Leg dich einfach hin und entspann dich.«

Brav rollte ich mich in Rückenlage. Das ging. Aber entspannen, wo es gerade wieder spannend wurde? Sivs Nähe, sein Duft, begannen mich schon wieder zu elektrisieren. Der Gedanke an die Flipflops mit den Wäscheklammern rückte in weite Ferne und endlich auch das Bild von Chris, wie er mit halb aufgeknöpftem Hemd auf meinem armen blauen Sofa gesessen hatte. Das Hier und Jetzt bestand aus seidiger Haut – wenigstens an Sivs Händen – und Aufruhr in meinem Körper. Von der angenehmsten Sorte.

Siv stützte sich auf einen Ellenbogen und sah mich an.

»Warte«, sagte er, »nicht so.«

Ich konnte seinen Blick nicht deuten. War das Erregung, die da in seinen Augen glitzerte? Bei jedem anderen Mann wäre ich ganz sicher gewesen. Aber hier lag ich mit meinem gut gebauten Yogalehrer und wusste immer noch nicht, was das hier werden würde. Sex oder Entspannungstherapie. Noch nicht einmal geküsst hatten wir uns.

»Zieh dich aus.«

Also doch.

An diese Art von Direktheit konnte ich mich glatt gewöhnen.

Folgsam stand ich wieder auf, streifte mir zuerst das Shirt ab, dann die Hose. Es fiel mir schwer, seinem Blick standzuhalten. Als ich nur noch in Unterwäsche vor ihm stand – sehr schlicht, schließlich war ich ja der natürliche Typ! –, bekam ich plötzlich eine Gänsehaut. Es war schwer zu beschreiben, aber irgendetwas stimmte hier nicht. Als wäre Siv nicht gerade im Begriff, mein Lover zu werden, sondern eher mein Hausarzt.

Das mochte auch damit zu tun haben, dass ich die einzige Nackte hier im Raum war. Wenigstens die einzige Halbnackte. Er trug schließlich noch immer sein langärmliges Hemd und seine weite Baumwollhose.

Gleichzeitig war etwas daran, das mich erregte. Ich kam mir vor wie eine Klosterschülerin, die vor lauter Unschuld gar nicht merkte, dass der berüchtigte Landadelige sie gleich flachlegen würde.

Siv hob eine Hand, hakte seinen Zeigefinger unter den Bund meines Slips, zog mich erst damit zu sich heran und stand dann auf, um mir das Höschen ganz auszuziehen. Danach drückte er mich sanft in die Kissen zurück und legte eine Hand auf meine Stirn.

»Mach die Augen zu. Nur spüren.«

Zuerst spürte ich gar nichts. Dann Sivs Finger. Die aber umso mehr. Und plötzlich hatte ich keine Zeit mehr, mich über sein seltsames Benehmen im Bett zu wundern.

Sivs Finger schienen überall zu sein. Sie schwärmten aus wie eine Ameisenarmee. Mein ganzer Körper war bedeckt mit ihnen, und sie suchten sich zielsicher die schönsten Stellen aus. Halsbeuge, Armbeuge. Kniekehlen. Hüften. Und später … noch eine andere Stelle. Da fühlten sie sich gleich wie zu Hause.

Siv hatte nicht zu viel versprochen. Energieblockaden? Wenn die da gewesen waren, hatte er sie längst weggezaubert. Schon bald verlor ich jedes Zeitgefühl, verwundert, wie gut sich Sivs Hände bei mir auskannten. Ich war schon auf dem Weg zum Mond, spürte schon das leise Zittern beim Abheben, da fiel mir plötzlich ein, dass ich etwas vergessen hatte.

Den zweiten Passagier.

Ich wollte nicht allein abheben. Ich wollte ihn mitnehmen.

»Warte!« Ich öffnete die Augen. Siv kniete über mir, und ich blinzelte verwundert. In der Zwischenzeit hatte ich ganz vergessen, dass er immer noch nicht ausgezogen war. Das würde sich gleich ändern! Ich musste nur noch schnell etwas holen.

Mit zittrigen Knien stand ich auf, torkelte ins Bad und öffnete das Medizinschränkchen. Wo waren die verdammten Dinger? Alles, was ich fand, war eine Großpackung Aspirin und eine vampirblutrote Gurgellösung. Dann fiel es mir ein. Kulturbeutel. Die moderne Frau musste auf Reisen schließlich immer für alles gerüstet sein. Schließlich hatte ich entdeckt, was ich suchte. Extrazart, extrasicher, für das längere Vergnügen. Das würden wir haben.

Schnell war ich zurück. Siv lag schon wieder rücklings auf dem Bett, eine Hand unter seinen Kopf gestützt und musterte mich. Er sah ruhig aus.

Fast ein bisschen zu ruhig dafür, dass sich ihm gerade eine nackte Frau in eindeutiger Absicht näherte.

»Fang!«

Das Kondompäckchen flog durch die Luft. Ich sprang mit einem Satz hinterher und landete halb auf Sivs Körper.

Er legte schlaff einen Arm um mich. Das Päckchen beachtete er gar nicht. Er ließ es einfach auf seiner Schulter liegen, dort, wo es gelandet war. Gleichzeitig spürte ich etwas, das mich äußerst irritierte.

Besser gesagt: Ich spürte eben gar nichts. Und das war noch viel irritierender. Sivs Arme, Sivs Brustkorb und seine Schenkel waren sehnig und hart unter meinem Körper – aber dort, wo es hart hätte sein müssen, war es weich. Um nicht zu sagen: kuschelweich.

Endlich griff Siv nach dem Kondompäckchen und legte es sanft zur Seite.

»Das brauchen wir nicht«, sagte er.

»Äh, ja«, stotterte ich, »das habe ich auch gerade gemerkt.«

Houston, wir haben ein Problem. Die Rakete würde heute nicht mehr starten. Nicht zu zweit, aber auch nicht mehr in Solobesetzung. Ich fühlte mich plötzlich nackt. Nicht erotisch nackt, eher so nackt wie in diesen Träumen, in denen man als einziger Mensch ohne Anziehsachen über eine belebte Einkaufsstraße läuft.

»Ich meine, mach dir nichts draus«, sagte ich schnell, »das kann ja mal passieren.«

Siv tat etwas Seltsames. Er legte den Kopf in den Nacken und lachte. Vergnügt wie ein Kind, dem ein guter Streich gelungen war.

Das fand ich nicht nett.

War ja schön und gut, dass er sich von einem einmaligen Hänger nicht aus der Ruhe bringen ließ – aber so komisch war das nun auch wieder nicht. Schließlich ging das auch mich etwas an. Mit einem Mann, der ungefähr so viel innerliche Beteiligung zeigte wie ein Atheist bei der Papstaudienz, schwand auch meine eigene Lust in Rekordzeit. Da konnte er noch so fingerfertig sein. Wie konnte das bloß passieren? Fand er mich denn gar nicht schön? Sexy? Begehrenswert?

»Nein, Evke«, sagte er und legte seine Hand auf meine. »Du hast mich falsch verstanden. Es ging mir darum, dir etwas Gutes zu tun. Deine Nadis, deine Energiekanäle, zu öffnen. Dazu habe ich dein Wurzelchakra angeregt, das ist bei dir ein sehr starkes Zentrum.«

»Wie? Das war gar kein Sex?«

Ich war verdattert. Hatte Bill Clinton am Ende recht gehabt, damals, nach dem Schäferstündchen im Oval Office? Und ich hatte immer geglaubt, dass Sex noch andere Varianten haben konnte als das klassische Steckspiel.

Siv sah mich ernst an. »Sex ist etwas Heiliges. Da werden sehr mächtige Energien ausgetauscht, weil du dabei jemanden ganz und gar in deine Aura eindringen lässt. Dazu braucht es sehr viel Zeit und sehr viel Vertrauen.«

Tatsächlich: päpstlicher als der Papst. Wahrscheinlich hatte der Kollege aus dem Vertrieb recht gehabt. Nicht nur Yogafrauen wollten lieber atmen als Sex haben. Auch die Männer.

»Was stimmt denn mit meiner Aura nicht?«, fragte ich gekränkt.

Siv setzte sich auf, rutschte an den Bettrand und strich mir väterlich über den Kopf. »Keine Sorge«, antwortete er, »mit deiner Aura ist alles bestens. Nur diese große Trauer, die ich darin spüre. Die macht mir ein wenig Sorgen.«

»Ach was«, ich schob seine Hand weg. »Ich? Traurig? Dazu gibt es überhaupt keinen Grund.«

Ich stand auf und machte einen Schritt ans Fenster. Die Häuser gegenüber blickten mit toten Augen in die Nacht. Nur ein einziges Licht brannte. Wieder dieses freundliche Signal in der Dunkelheit. Dort wäre ich jetzt gern gewesen. Oder irgendwo anders. Jedenfalls nicht hier.

Hinter mir hörte ich das Klacken von Wäscheklammern, dann ein leises Quietschen, als Siv von meinem Bett aufstand. Er trat hinter mich und legte eine Hand auf meine Schulter.

»Evke? Möchtest du lieber allein sein?«

Ich nickte. Auch wenn es nur die halbe Wahrheit war. Ich wusste nämlich schon ganz genau, wer mir in dieser Nacht noch Gesellschaft leisten würde. Hatte ich meiner Sektflasche nicht versprochen, dass es eine gute Gelegenheit geben würde? Jetzt war sie gekommen.

»Gut«, sagte er, »wenn das so für dich stimmt.«

Er schlang seinen Arm um mich, drückte mich und gab mir einen Kuss. Auf die Wange.

»Ich möchte, dass du das hier richtig verstehst. Nicht dass du glaubst, ich fände dich nicht anziehend. Aber die Dinge brauchen Zeit, zu wachsen.«

Ich nickte ergeben.

»Deshalb möchte ich dich auch um etwas bitten«, sagte er. Sein Atem kitzelte mein Ohr.

»Das, was wir heute Abend erlebt haben – es bleibt unter uns, ja? Es ist einfach zu zart, um es zu zerreden. Vor allem mit anderen Menschen als mit denen, die es angeht.«

Er war schon fast an der Tür, als mir kalt wurde. Eiskalt. Wieder würde ich allein schlafen, allein aufwachen, und keiner würde mir Latte to go ans Bett bringen. Nicht mal einen »Momente der Entspannung«-Tee.

»Siv?«

»Schlaf schön, Evke. Du weißt, nur im traumlosen Tiefschlaf sind wir unserem wahren Ich am nächsten.«

Ich hörte, wie die Tür hinter ihm ins Schloss fiel, und wartete noch kurz, um sicherzugehen, dass er weg war. Dann zog ich mir ein unförmiges, blaues Schlafshirt über, ging an den Kühlschrank, entriss der Flasche ihren Korken und schenkte mir ein Longdrinkglas voll Sekt ein. Wenn schon, denn schon.

Die Kohlensäure brannte in meinem Hals wie ein unangenehmes, inneres Echo der kleinen Ameisen, die vor weniger als einer Stunde über meine Haut gekrabbelt waren. Ich öffnete die Balkontür und trug das Glas nach draußen. Dann ging ich noch mal zurück und wühlte im Schreibtisch nach meiner Zigarettenschachtel. Irgendwo mussten noch welche sein. Wenn ich schon eine Sauerei mit meiner Aura machte, dann auch so richtig. Mitten auf dem blank polierten Schwarzwaldklinik-Aschenbecher mit dem abgestoßenen Rand, der noch immer auf dem Balkontisch stand.

Lange starrte ich auf das erleuchtete Fenster im Nebenhaus. Ein gelbes, warmes Licht war das, wie ein ruhig glimmendes Lagerfeuer, in dessen Glut man an einem schönen Herbstabend Kartoffeln in Alufolie garen konnte. So wie mein Vater es mir gezeigt hatte, als ich ein Kind war. Damals, in unserem kleinen Ferienhaus an einem winzigen See in Holstein, wo meine Eltern so häufig das Wochenende verbracht hatten. Wie lange war ich nicht mehr dort gewesen? Es musste über zehn Jahre sein. Jedenfalls nicht mehr nach der Scheidung. Ich wusste nicht einmal, ob meinem Vater das Häuschen überhaupt noch gehörte.

Ich dachte an den rauchigen Geschmack, die bröselige Schale, das köstlich duftende Innere, und mein Mund schmeckte plötzlich salzig.

Als das Licht im Nachbarhaus erlosch, begann ich zu weinen.

PARIPURA NAVASANA

Das Boot (Paripura Navasana) verhilft zu Selbstbeherrschung und zur Ausgeglichenheit dessen, der nicht mehr Getriebener seiner Wünsche ist.

Auch nach dem dritten Becher Ingwertee auf Annas Geburtstagsfeier hatte ich noch immer keinen klaren Gedanken gefasst. Das Leben war einfach zu verwirrend. Still saß ich auf dem cremefarbenen Sofa und strich mit dem Zeigefinger darauf hin und her, hinterließ glänzende Spuren in dem angerauten Bezug und streichelte sie dann wieder weg. Anna kam zwischendurch einmal kurz vorbei und nickte mir zu.

»Das ist super, oder? Da kann man mit einem feuchten Tuch darüberstreichen, und es bleibt kein Fleck zurück. Meine Mutter hat es bestellt, über einen Shoppingkanal.«

»Wie? Nicht bei Tchibo?«

Anna hob bedauernd die Hände. »Ich würde ja gern«, sagte sie, »aber leider machen die keine Möbel.«

Ich nahm noch einen Schluck Tee und fröstelte. Für diese Jahreszeit zu kalt, sagten die Meteorologen nun schon seit Tagen mit immer deutlicherem Tadel in der Stimme, aber das Wetter scherte sich nicht darum. Ende Juni und siebzehn Grad. Deshalb war auch Annas Grillparty ausgefallen, und wir drückten uns alle in ihrem Fünfunddreißig-Quadratmeter-Appartement herum. Dabei hatte jeder Gast im Durchschnitt anderthalb Quadratmeter Platz. Ich war froh, dass meine wenigstens gut gepolstert waren.

Anna hatte es jedenfalls nicht Melli nachgemacht. Sie hatte Männer eingeladen, und es gab Bier, Wein und selbst gemachten Caipirinha mit zerstoßenem Eis aus dem Zehn-Liter-Sack. Nur das mit dem Mitbring-Büfett hatte nicht richtig geklappt. Auf der winzigen Arbeitsplatte in der Kochnische standen drei verschiedene Platten Saté-Spieße mit Erdnusssauce, ein Nudelsalat mit Speckwürfeln, der in Mayonnaise ertrank, und zwei Mousses au Chocolat. Wenn man Siv gefragt hätte: tamas bis zum Gehtnichtmehr.

Anna hatte sich schon seit Wochen nicht mehr in meinen Yoga-Stunden in der Kantine blicken lassen, und ich hatte den Eindruck, dass sie das ganze Thema nicht mehr so recht interessierte. Es gab zwar auch in ihrer Wohnung einen Buddha. Aber der stand auf der Ablage über der Klospülung, in Gesellschaft einer italienischen Keramikschale mit einem penetrant nach Orangen duftenden Potpourri. Er redete nicht mit mir, und das wunderte mich nicht. Bei diesem Duft konnte selbst der gelassenste Gott Kopfschmerzen bekommen und sich in ein mürrisches Schweigen zurückziehen.

Ich blieb unbeweglich auf meinem Sofathron sitzen und ließ mich von Gesprächen umwehen, die mir mal wieder aufs Heftigste bekannt vorkamen. Pärchen stritten darüber, wer trinken durfte und wer fahren musste, Annas ältere Schwester unterhielt sich mit einer anderen Dreißig-plus-Frau über Osteopathie. Technikspinner Tobi stand neben der Musikanlage und redete auf Annas Nachbarn ein, einen pickligen Erstsemesterstudenten, der sich dabei sichtlich unwohl fühlte.

»Bielefeld gibt es nicht, verstehst du? Die ganze Stadt ist eine Erfindung.«

»Aber ich bin da geboren!«, protestierte der Picklige. »Und meine Eltern wohnen immer noch da.«

»Alles Gehirnwäsche!«, trumpfte Tobi auf. »Schau mal bei Wikipedia nach!« Und er fummelte sein neuestes Hightech-Handy aus der Hosentasche.

»Da steht's!«, triumphierte er. »Bielefeld-Verschwörung. Geht zurück auf den Text eines Informatikers aus dem Jahr 1994, in dem die Existenz Bielefelds angezweifelt wird.«

»Lies doch mal weiter!«, regte sich der Picklige auf. »Da steht doch auch, dass es sich eindeutig um Satire handelt.«

Tobi stieß ein verächtliches Schnauben aus. »Sicher doch«, sagte er mit vor Ironie triefender Stimme, »dann glaubst du also auch ernsthaft, dass die Amerikaner wirklich 1969 auf dem Mond gelandet sind, was?«

»Sind sie nicht?« Der Picklige kratzte verwirrt an seinen Kinnpickeln.

»Junge«, Tobi ließ langsam sein Handy sinken, »ich glaube, ich muss dir mal ein paar grundsätzliche Dinge erklären.«

Armer Junge, dachte ich und versuchte wegzuhören. Wenn Tobi mit Verschwörungstheorien begann, kam kein Zuhörer unter einer halben Stunde weg.

Von Sunny Side waren nur wenige Kollegen gekommen. Wahrscheinlich war Anna immer noch beleidigt über das Geburtstagsgeschenk aus ihrer alten Abteilung. Unter viel Tamtam hatten sie ihr einen Koffer mit riesigem Werbeaufdruck überreicht, der noch aus den Restbeständen des großen Sommergewinnspiels stammte. Von vor vier Jahren. Die Koffer waren Preis 35 bis 50 gewesen. Von fünfzig Preisen insgesamt.

Ich wunderte mich nur, dass IPS nicht hier war. Deren vorletzte Arbeitswoche begann am Montag, und vor ein paar Tagen hatte Anna tatsächlich ihren befristeten Arbeitsvertrag als Pressesprecherin unterschrieben. Wochenlang hatte ich die beiden ständig zusammen gesehen: in der Kantine, beim Schaufensterbummel in der Mittagspause und beim Spielen mit dem Wäschereimops, der apathisch in seinem Körbchen vor der Tür lag und sich über jede Abwechslung freute.

»Sag mal, wo ist denn deine neue Freundin?«, fragte ich Anna, als sie gerade wieder an mir vorbeikam. Sie hatte eine Frau mit lila Leggings im Schlepptau und einen rosa Lappen in der Hand.

»Meine neue Freundin?«, fragte Anna. »Wer soll das denn sein?«

»Na, IPS! Ihr habt doch so viel zusammen rumgehangen in letzter Zeit.«

»Ilona ist übers Wochenende weggefahren. Hat gesagt, das wollten sie und ihr Freund noch ein letztes Mal machen, bevor das Baby kommt und sie samstags nur noch bis zum Drogeriemarkt kommen.«

»Und jetzt sind sie wahrscheinlich auf ein dreitägiges Open-Air-Festival an der Ostsee getrampt, hüpfen auf Gummistiefeln durch den Schlamm und ziehen sich jede Menge Partydrogen rein.«

Die Frau mit der lila Leggings warf mir einen misstrauischen Seitenblick zu. Dann fächerte sie mit dem Zeigefinger die Zeitschriften auf, die im säuberlichen Stapel auf dem gläsernen Couchtisch mit den matt glänzenden Edelstahlbeinen lagen. *Zu Hause wohnen*, *Essen und Trinken*, eine aktuelle Ausgabe der *Sunny Times*, unserer Mitarbeiterzeitschrift. Hatte ich noch gar nicht gesehen. Coffee-Table-Lektüre für die frisch beförderte Frau um die dreißig.

»Was du immer für Ideen hast«, Anna schüttelte säuerlich den Kopf, »außerdem ist der Typ auch schon ein bisschen älter, glaube ich. Die wollten sich ein ganz geruhsames Wochenende machen, irgendwo in Ostholstein.«

»Ist ja witzig«, sagte ich, »da habe ich gerade neulich dran gedacht. Meine Eltern hatten dort früher ein Ferienhäuschen, da waren wir fast jeden Samstag und Sonntag.«

»Siehst du, passt doch. Dann können die zwei gleich mit der Tradition anfangen, noch bevor das Baby auf der Welt ist.«

»Ich hatte nur gedacht, dass es praktisch wäre, IPS hier zu sehen. Sie sagte neulich, dass sie sich mal mit mir treffen wollte, irgendetwas mit mir besprechen. Aber ich weiß immer noch nicht, worum es ihr eigentlich ging.«

»Ilona hat ja jetzt auch Wichtigeres zu tun«, sagte Anna etwas von oben herab.

»Was denn? Schwanger sein?«

»Stell dir vor, der Kinderwagen hat eine Lieferfrist von sechs Wochen, und jetzt hat es einen Streik gegeben und der mintgrüne Bezug ist nicht rechtzeitig auf Lager.«

Sie schnalzte mitfühlend mit der Zunge. Dann zeigte sie der Frau mit den lila Leggings ihren Lappen, wie ein Zauberer, der vor dem ersten Kunststück Kaninchen und Zylinder präsentiert, und schrubbte kreisförmig auf dem Sofa herum. Die Frau ließ den Zeitschriftenstapel liegen, schob die Unterlippe vor und nickte sachkundig.

»Toll«, sagte sie, »ich wünschte, das ginge auch so leicht mit dem Fleck auf meiner hellen Wildlederhose.«

Die beiden machten sich auf den Weg zum Büfett. Ich blieb noch immer auf dem Sofa sitzen, sah dem Himmel draußen zu, wie er ein immer tieferes und immer satteres Dunkelblau annahm, und ließ meine Gedanken fließen. Ab und zu nickte mir jemand zu, aber gleichzeitig fühlte ich mich, als wäre ich unsichtbar. Als hätte ich ein Stoppschild an meine eigene Aura gehängt, auf dem stand: Vorsicht, wegen vorübergehender Unordnung geschlossen.

Toll, was man mit einer Aura so alles anstellen konnte. Und bis vor ein paar Monaten hatte ich noch nicht einmal gewusst, dass ich eine hatte!

Außerdem war ich vollkommen zufrieden, so allein unter Menschen zu sein an diesem Abend. Und dabei über den einen nachzudenken, den ich immer weniger verstand. Und in den, ich musste es zugeben, ich mich immer mehr verliebte.

Zehn Tage war das Sommerfest in Sivs Yogazentrum nun her, und seitdem hatte ich ihn genau dreimal gesehen. Zweimal war es in einer Yogastunde gewesen, und ich hatte vergeblich auf irgendein Zeichen von ihm gewartet, einen Blick oder eine flüchtige Berührung, die anzeigte, dass er sich überhaupt noch an – wie sollte man es nennen? Unsere Knutscherei? Unseren Einbahnstraßensex? – erinnern konnte. Nichts.

Gut, es gab manchmal Nächte nach Partys, die am nächsten Morgen etwas verschwommen schienen. Aber schließlich war er stocknüchtern gewesen. Ob es ihm im Nachhinein doch unangenehm war, was ihm passiert war? Bei der Meditation hatte ich jedenfalls in diesen beiden Stunden total versagt. Statt die Gedanken ziehen zu lassen, hatte Sivs Stimme jedes kleine Detail erneut heraufbeschworen: seine Berührungen, seinen Blick, seinen Duft. Bedauerlicherweise auch das unrühmliche Ende unserer Begegnung.

Und dann hatte er gestern Abend einfach so vor der Tür gestanden. Und jetzt war schon wieder alles anders.

Wir hatten nicht miteinander geschlafen. Im Gegenteil. Wenn möglich, waren wir noch weiter davon entfernt gewesen als beim ersten Mal. Aber irgendetwas war gestern Abend zwischen uns geschehen. Etwas, das man nicht in Worte fassen konnte. Etwas zutiefst Spirituelles. Eine Art Seelenkuss.

Wir hatten kaum gesprochen. Nur wieder auf meinem Bett gelegen. Diesmal hatte Siv nichts dagegen gehabt, dass ich ihn berührte. Zumindest auf eine sehr jugendfreie Weise. Es war alles sehr zart gewesen, und wir hatten uns geliebt wie Wesen ohne Unterleib.

»Du brauchst Heilung«, hatte er sehr sanft zu mir gesagt, während er meinen Rücken streichelte, seine Finger auf bestimmten Punkten länger verweilen ließ, bis es mir einen Schauer über die feinsten Nervenbahnen jagte.

»Und du kannst sie mir geben?«, hatte ich gefragt.

Er hatte den Kopf gewiegt. »Vielleicht«, sagte er. »Nicht der Bedürftige sucht den Heiler. Das Heilende und das Leidende verbinden sich von selbst.«

Dann war er eingeschlafen. Und erst heute Morgen wieder aufgewacht, noch immer eng umschlungen in meinen Armen. So schön war ich schon lange nicht mehr geweckt worden.

Seit …

Okay. Stopp. Nicht schon wieder. Wenn ich jetzt Chris ins Spiel brachte, dann wurde es nur wieder kompliziert. Und kompliziert, das war mein Leben ohnehin genug.

»Na, schöne Frau? Ganz in Gedanken?«

Ich hob den Kopf und schüttelte mich, um geistig wieder auf meinem Sofaplatz anzukommen. Über mir stand Nadine. Sie sah atemberaubend aus.

Und das lag nicht nur an ihrem meergrünen Samtkleid. Das lag eher an einem sehr verräterischen Glitzern in den Augen, als hätte sie vor dieser Party schon eine interessante Begegnung hinter sich gebracht.

»Weißt du, wie du aussiehst?«, fragte ich sie. »Wie eine Meerjungfrau, die gerade den Sex ihres Lebens hatte.«

»Dann wäre sie aber keine Jungfrau mehr.«

»Lenk nicht ab. Hast du oder hast du nicht? Und mit wem?«

Nadine lächelte durchtrieben und entblößte ein paar spitze Eckzähne. »Eine Gentlewoman genießt und schweigt«, antwortete sie. »Seit wann stellst du denn so direkte Fragen? Nachholbedarf?«

Ich wiegte den Kopf und lächelte vielsagend. »Das kann man so sehen oder so.«

»Sehr weiser Spruch, Sweetie. Beinahe buddhistisch. Ich würde es etwas klarer ausdrücken.«

Sie ließ sich neben mich aufs Sofa plumpsen, faltete ein Bein unter das andere und prostete mir mit einem Rotweinglas zu.

»Evke, du bist ein klarer Fall von oversexed und underfucked.«

Ich rümpfte die Nase. »Und du bist immer gleich so drastisch. Es muss doch schließlich nicht immer gleich um Sex gehen, oder? Ich denke mittlerweile sowieso, das wird total überschätzt. Es gibt so viel zartere Möglichkeiten, Liebe auszutauschen. Ohne gleich so brutal in das Energiefeld eines anderen Menschen einzudringen.«

Verdutzt sah sie mich an. Dann begann sie zu lachen. »Mann«, sagte sie, »du hast die Yoga-Weisheit echt mit Löffeln gefressen in letzter Zeit.«

Ich holte tief Luft.

»Nadine, ich muss dir etwas erzählen.«

Sie hob fragend die Augenbrauen.

»Ich habe jemanden kennengelernt.«

»Wirklich? Du hast einen neuen Kerl?« Nadine sah sich suchend um. »Wo ist er?«

»Nein«, sagte ich abwehrend, »so weit ist es auch noch nicht. Weißt du, es ist jemand – wir gehen sehr zart und vorsichtig miteinander um. Und mit unseren Gefühlen. Wie mit einem ganz zarten Pflänzchen.«

»Und deshalb kannst du ihn nicht mit auf eine Party nehmen, das zarte Gewächs?«

Es war ein merkwürdiger Ton in ihrem Blick. Fast so, als glaubte sie mir nicht.

Ich ließ meine Blicke schweifen. Melli war noch immer nicht hier. Engelchen und Teufelchen kämpften einen verbissenen Kampf in mir drinnen. Oder waren es Vishnuchen und Shivachen? Das Welterhalterchen und das Weltzerstörerchen?

»Melli darf es auf keinen Fall auf Umwegen erfahren!«, mahnte mich eine sanfte Stimme in meinem Kopf. »Du hast schon viel zu viel verraten. Und außerdem keine Ahnung, wie das mit Siv und dir überhaupt weitergeht.«

»Keine falsche Zurückhaltung!«, grölte eine andere Stimme, die sich eher anhörte wie eine Freizeitstripperin aus dem Privatfernsehen. »Nadine hat einen derartigen Erfolg bei den Kerlen, da musst du mal was dagegensetzen!«

Nadine strich ihr meergrünes Kleid glatt und blickte mich mit einem undurchdringlichen Gesichtsausdruck an.

»Es ist ein klein wenig kompliziert«, begann ich ausweichend, »aber eines kann ich dir schon sagen. Noch nie, also wirklich *nie*, habe ich so sehr das Gefühl gehabt, dass es einfach stimmt. Dass er der Mann sein könnte, mit dem ich …«

Ja, was eigentlich? Alt werden wollte? Ein Landhaus mit Yogaloft und Übungsgemüsegarten kaufen wollte?

Während ich noch nachdachte, erschien zwischen Nadines Brauen eine steile Falte. Nadine schüttelte unwirsch den Kopf, und schließlich stellte sie ihr Glas so heftig auf den Tisch ab, dass der Rotwein spritzte. Leider nicht auf Annas pflegleichtes Sofa, sondern auf den weißen Flokati darunter.

Nadine sah nicht einmal hin.

»So«, sagte sie, »weißt du was, Sweetie? Ich kann es einfach nicht mehr hören.«

»Nadine«, ich sah sie verdattert an, »was ist denn in dich gefahren? Ich dachte immer, du würdest dich für mich freuen, wenn ich endlich …«

»Ja«, sie fasste mich fest am Oberarm, »würde ich auch. Aber weißt du, worüber ich mich nicht freue? Wenn ich mir alle drei Monate anhören muss, dass du den Mann deines Lebens getroffen hast. Dass es so toll ist wie nie und so perfekt passt wie füreinander geschnitzt. Und nach zwei Wochen ist dann wieder Sense. Da komme ich echt nicht mehr mit. Und ich kann es auch nicht mehr ernst nehmen.«

Wie zum Beweis griff sie mit der freien Hand nach der *Sunny*

Times vor mir auf dem Couchtisch und hielt mir ein Foto unter die Nase.

Mir blieb fast die Luft weg.

Es zeigte Chris und mich auf der Betriebsfeier, die Gesichter so nah zusammengesteckt, dass gerade mal eine Yogamatte dazwischen gepasst hätte. »Bei heißen Rythmen das Tanzbein in fröhlicher Runde geschwungen: Evke Frank, Customer Relations Assistant, und Chris Müller-Nolten, Großkunden und Firmendienst.«

Warum konnten die »Rhythmen« nicht richtig schreiben?

Warum hatte ich nicht gemerkt, dass uns jemand fotografiert hatte?

Warum hatte Chris eigentlich so eine uncoole, deutsche Berufsbezeichnung?

Und warum war da immer noch dieses leise Ziehen in mir, wenn ich sein Bild sah?

»Ja, schau ihn dir nur an!« Nadine fuchtelte noch wilder mit der Zeitung. Jetzt sahen Chris und ich aus wie Darsteller in einem dänischen Dogma-Film, mit viel wackliger Handkamera aufgenommen und von düsterem Schicksal bedroht.

»Keine drei Monate ist es her, da hast du uns allen erzählt, dass du den Vater deiner Kinder getroffen hast. Mal wieder. Und was ist daraus geworden?«

Nadines Ausbruch hatte mich überrascht. Jetzt wurde ich langsam, aber sicher selbst wütend. »Das sagt die Richtige!«, protestierte ich. »Du hast doch einen solchen Männerverschleiß, dass du dir kaum noch die Namen merken kannst! Du musst doch morgens an der Türklingel gucken, mit wem du die Nacht verbracht hast.«

»Das kommt vor«, entgegnete Nadine kühl, »aber ich bin wenigstens ehrlich. Ich blähe nichts größer auf, als es ist. Sondern lasse es ganz entspannt auf mich zukommen.«

»Und was ist mit mir?«, rief ich aufgebracht. »Schließlich hat sich viel bei mir verändert in den letzten Monaten. Ich bin viel gelassener geworden, viel mehr bei mir. Klar, früher sind meine Beziehungen immer wieder gescheitert. Weil die Männer vor mir weggelaufen sind. Aber jetzt …«

Nadine verstärkte ihren Druck an meinem Arm, legte die Zeitschrift zurück auf den Couchtisch und sah mich eindringlich an. »Erstens sind das keine Beziehungen. Höchstens Anläufe dazu. Und zweitens bist du es, die wegläuft. Nicht die Typen.«

»Ich? Wie kommst du denn darauf?«

»Willst du eine ehrliche Antwort? Ich glaube, keiner von denen fühlt sich wirklich gemeint von dir. Als Mensch, mit dem, was ihn ausmacht, was ihn interessiert. Du willst bloß jemanden, der eine Rolle ausfüllt. Der dir endlich das heile Familienleben schenkt, das deine Eltern dir nicht so richtig geben konnten. Du rennst einem Phantom hinterher! Dem perfekten Mann! Was du suchst, ist nicht ein echter Mann aus Fleisch und Blut! Was du suchst, ist …«

Sie ließ ihren Blick durch den Raum schweifen. Tobi war noch immer mit dem Pickligen zugange. Unglücklich und achselzuckend lauschte er, während Tobi mit dem Zeigefinger auf die Handytastatur einhämmerte.

»… Bielefeld!«, rief Nadine aufgebracht. »Was du suchst, ist Bielefeld! Den Ort, den es überhaupt nicht gibt.«

Es war mit einem Schlag sehr still im Zimmer. Leute wandten die Köpfe und sahen uns an.

»Doch«, sagte ich, »ich war da auf Klassenreise.«

»Wie, du warst da auf Klassenreise? Das müsste ich doch wissen. Als deine Klassenkameradin.«

»Ja. Weißt du aber nicht mehr. Und weißt du auch, warum? Weil du bei der offiziellen Stadtführung einen so mörderischen Kater hattest von der heimlichen Wodkasause im Jungszimmer, dass du nicht mitgekommen bist.«

Nadine nickte, beeindruckt von sich selbst. »Wow. Einen mörderischen Kater mit siebzehn. Was hab ich denn unseren Lehrern erzählt?«

»Magen-Darm. Zieht immer. Und war ja auch nicht ganz gelogen.«

»Und hab ich was verpasst?«

»Wo? In der Innenstadt von Bielefeld?«

»Bielefeld?«, kam plötzlich eine vertraute Stimme aus Richtung Sofalehne. »War das nicht Osnabrück mit der Klassenreise?«

Nadine und ich hoben die Köpfe, und ich schickte innerlich ein Stoßgebet in Richtung Nirvana, mit ganz viel Om und Shanti. Da hatten wir aber noch mal Glück gehabt. Melli war völlig unbemerkt hinter uns aufgetaucht.

Nicht auszudenken, wenn ich gerade vom kosmischen Sex mit Siv geschwärmt hätte!

»Melli!«, ich sprang auf und begrüßte sie überschwänglich. »Das ist ja toll, dass du endlich da bist! Wo ist Spaßbrem…, ich meine, wo ist Steve?«

Ich blickte mich suchend um. Melli fixierte den Rotweinfleck unter dem Sofa, dann sah sie mich an.

»Steve«, sagte sie, »Steve ist gestern ausgezogen.«

VIRABHADRASANA

Die Heldenstellung (Virabhadrasana) energetisiert die Wirbelsäule und fördert so das Selbstbewusstsein.

»Das hat er allen Ernstes gesagt?«

»Genau so. ›Er oder ich‹.«

Um ihren Worten Nachdruck zu verleihen, schwang Melli heftig ihre Flasche aus der Plastikkiste mit der Aufschrift »Nur für Autofahrer« hin und her. Schaum quoll aus dem Hals. Mit alkoholfreiem Bier stießen wir auf die Tatsache an, dass sie sich eben erst von ihrem langjährigen Freund getrennt hatte. Ich konnte mir nicht helfen, irgendetwas daran war würdelos. Aber gut. Es war ihre Beziehung. Also konnte sie auch das Getränk bestimmen.

Melli ließ sich ein Stück auf Annas Bett zurücksinken und schlug die Beine übereinander. Wir hatten uns ins Schlafzimmer zurückgezogen, um in Ruhe zu reden. Nur wir beide, unter besten Freundinnen.

Das Zimmer war noch kleiner als mein eigenes, nicht mal ein 1,60-Meter-Bett hätte hineingepasst. Auf der cremefarbenen Tagesdecke saß ein Plüschtier, eine seltsame Mischung aus Bär und Nilpferd, und sah uns mitfühlend an.

»›Er oder ich‹«, wiederholte ich gedehnt. »Ich dachte immer, diesen Satz gibt es nur im Film. Ich meine, er ist so … abgeschmackt. Andererseits …«

»Andererseits?« Melli legte eine Hand unter ihren Kopf und hob sich die Bierflasche an die Lippen. Sie sah aus wie eine Zwölfjährige, die bei einer Schulaufführung Janis Joplin spielen sollte. Ihre Rockerpose rührte mich. Diese I-will-survive-Haltung einer frisch getrennten Frau, vor der sich das Leben plötzlich mit ganz neuen Möglichkeiten ins Zeug legte.

»Weiß auch nicht. Steve war eben wirklich verzweifelt. Hört sich jedenfalls so an.«

Ich kraulte das Bärennilpferd hinter seinen blasslila Ohren und musste wieder an Steves traurigen Techno-Schaumbart denken, in Barbies Bierbar. Den Gesichtsausdruck eines Mannes, der erleben musste, wie ihm etwas durch die Finger rann, leise und fast geräuschlos. Etwas, das sich so fest angefühlt hatte, so schwer und solide und unzerbrechlich. Da hatte wohl auch mein Ratschlag nichts mehr genützt.

»Ja«, seufzte Melli, »er tat mir ja auch leid. Aber deshalb gleich meinen Buddha auf die Fliesen knallen, das ging dann doch zu weit.«

»So macht man das eben mit einem Nebenbuhler. Man sagt ›Er oder ich‹, und wenn die Freundin ›er‹ antwortet, dann geht es ihm an den Kragen. Das Ganze ist nicht mal ein Fall für die Polizei.«

Melli lachte freudlos auf. »Richtig. Aber genützt hat es Steve auch nichts. Im Gegenteil. Wenn er nicht auch noch meinen Altar verwüstet hätte, dann wäre ich ja bereit gewesen, noch mal in Ruhe mit ihm zu reden. Das hat mir dann doch gezeigt, wie weit wir schon auseinandergedriftet sind. Weil einfach seit einiger Zeit so ganz andere Dinge in meinem Leben zählen als früher. Spiritualität, Achtsamkeit, Körperbewusstsein …«

»Melli?« Es war keine Absicht, aber meine Stimme kam nur als kraftloses Flüstern heraus. Es half nichts, ich musste den Stier bei den Hörnern packen.

»Melli? Ist es wirklich nur das? Spiritualität, Yoga? Ich meine, sind es wirklich nur … Dinge, die dir wichtig geworden sind? Oder vielleicht auch etwas anderes? Etwas wie … Menschen?«

»Ich weiß nicht, wovon du redest«, gab sie misstrauisch zurück. Jetzt gab es kein Halten mehr.

Ich setzte mich im Bett auf. Meine Hand verkrampfte sich im lila Fell des Nilpferdbären. »Melli«, sagte ich, »hast du was mit Siv?«

Es war sehr still. Stimmengewirr drang nur von fern an unser Ohr, wie der Sound einer Autobahn hinter einem Lärmschutzwall. Draußen auf der Straße klappte eine Autotür, eine Sirene kam näher und entfernte sich dann wieder.

»Ob ich was mit ihm habe?« Melli pulte an ihrem Bieretikett herum. »Wie meinst du das, Evke? Was heißt haben? Wenn du wissen willst, ob ich ihn geküsst habe – die Antwort ist nein. Wenn du wissen willst, ob ich mit ihm geschlafen habe – die Antwort ist doppelt nein.«

Himmelherrgottbuddhajesusshivaseidank. Das war's also nicht.

Was war's dann?

Melli kniebelte noch immer am Bierflaschenetikett. Der Markenname war kaum noch zu lesen.

»Ist es denn das, was zählt?«, fragte sie. »Ich meine, kann es nicht einen viel feineren Energieaustausch zwischen zwei Menschen geben? Eine ganz behutsame Form der Annäherung, des Erkennens?«

Auweia. Melli hörte sich nicht mehr an wie Melli. Sie hörte sich an wie aus einem Lebenshilferatgeber. Sie hörte sich an wie der bayerische Yogaguru vom ostfriesischen Retreat. Sie hörte sich an wie …

Sie hörte sich an wie ich.

Keine halbe Stunde war es her, da hatte ich solche Sätze zu Nadine gesagt.

»Melli, keine Ausflüchte jetzt«, sagte ich streng. »Was läuft da genau zwischen dir und ihm?«

Melli wühlte ihren Po tiefer in die Matratze. »Das lässt sich nicht mit einem Satz sagen«, antwortete sie schließlich. »Ich meine, ich hab einfach das Gefühl, als wäre da eine ganz tiefe Verbindung, verstehst du? Eine, die gar keine Worte braucht, die nicht mal Berührungen braucht. Da reicht ein Blick. Es ist etwas – etwas Schicksalhaftes. Und jetzt habe ich einfach die Weichen in meinem Leben so gestellt, dass sich dieses Schicksal erfüllen kann.«

»Melli«, ich knetete nervös das lila Ohr des Nilbären, »*weiß* Siv denn überhaupt, dass du in ihn verliebt bist? Hat er dir … ich meine, hat er dir irgendwelche Hoffnungen gemacht?«

Sie blickte überrascht auf. »Aber das versuche ich dir doch die ganze Zeit zu erklären. Dafür braucht es keine Worte, keine Geständnisse. Ich bin mir sicher, er spürt das! Und wartet wie ich nur auf den richtigen Zeitpunkt. Soll ich dir mal was verraten? Nachdem Steve gegangen war, habe ich eine Tarotkarte gezogen. Nur eine einzige, um zu wissen, was jetzt auf mich zukommt. Und rat mal, was es war?«

»Pikass?«

Melli schüttelte unwirsch den Kopf. »Tarot! Nicht Poker! Ich verrate es dir: Es waren die ›Liebenden‹.«

»Melli?« Jetzt. Sag es. Raus damit.

»Was ist eigentlich mit dir los, Evke? Warum fängst du jeden Satz mit meinem Namen an, als hättest du mir was Feierliches zu verkünden?«

»Nun, feierlich ist es vielleicht nicht gerade …«

Musste sie denn jetzt unbedingt dazwischenquatschen? Beinahe hatte ich es schon geschafft. Anlauf genommen, losgerannt, dann hatte sie mir ein Bein gestellt. Jetzt saß ich unelegant gestrauchelt auf dem Fünfmeterbrett und traute mich nicht mehr herunter.

Im gleichen Augenblick ging die Tür auf. Im Türrahmen standen die Frau mit der lila Leggings und der picklige Bielefelder von nebenan. Er hatte eine Hand in ihren Hosenbund geschoben, ihre Wangen waren gerötet.

Kein Zweifel: Draußen vor der Tür hatte die Party mittlerweile einen Gang zugelegt.

»He, Mädels«, der Bielefelder fing sich nach der Schrecksekunde als Erster wieder, »habt ihr etwa kein eigenes Bett?«

»Das könnten wir euch auch fragen«, gab Melli cool zurück und prostete ihm mit ihrem schaumigen Null-Promille-Bier zu.

»War ein Witz«, sagte die Frau in Lila und blickte peinlich berührt zu Boden, »wir wollten nur Bescheid sagen, dass, äh … dass Anna gerade nebenan das Hochzeitsvideo ihrer Cousine vorführt.«

»Danke«, erwiderte ich und lächelte zuckersüß, »wirklich reizend, dass ihr an uns gedacht habt.«

SINHASANA

Der Löwe (Sinhasana) hilft, verwirrende Energien und Gedanken aus dem eigenen geistigen System zu entfernen.

Die nächste Zeit verbrachte ich in einem Schwebezustand. Es war, als würde ich unendlich lang allein in einem Wartezimmer sitzen, ohne hereingerufen zu werden. Nicht etwa einem netten Hausarztwartezimmer, in dem man sich mit Brad, Angelina und Co. die Zeit vertrieb, bis man ein neues Heuschnupfentropfenrezept bekam. Sondern so einem fiesen Zahnarztwartezimmer, in dem man sogar zu nervös war, um die *Gala* zu lesen.

Ich hätte Melli natürlich jederzeit beichten können, dass Siv und ich zusammen waren. Wenigstens irgendwie. Oder fast. Oder auf dem Weg dahin. Aber wie das mit solchen Geständnissen war: Den richtigen Zeitpunkt dafür gab es genauso wenig wie den richtigen Zeitpunkt für einen schmerzhaften Fahrradsturz ohne Helm oder den richtigen Zeitpunkt für eine betriebsbedingte Kündigung.

Im ersten Moment auf Annas Party war ich erleichtert gewesen über Mellis Geständnis. Wenn sie Siv nicht nähergekommen war, als der Anstandsabstand zwischen Yogalehrer und -schülerin gebot, war schließlich alles im grünen Bereich. Alles, was zwischen den beiden vorging, spielte sich in ihrem Kopf ab. Dagegen waren Sivs und meine heimlichen Begegnungen durchaus handgreiflich. Auch wenn sie nach wie vor eher an eine esoterische Körpertherapie erinnerten. Und weniger an das, was Männer und Frauen in einem Schlafzimmer gemeinhin miteinander anstellten, wenn sie sich nicht ganz und gar abstoßend fanden.

Erst allmählich dämmerte es mir, dass Mellis Zustand noch viel gefährlicher war, als ich es zunächst verstanden hatte. Vor allem für sie und mich. Im Grunde verstieß ich mit jeder Mail, jedem Telefongespräch und jedem unserer Treffen gegen jede Grundregel einer Frauenfreundschaft. Jeder Tag ohne Geständnis machte alles noch viel schlimmer. Meine einzige Rechtfertigung war Sivs Schweigegebot. Schließlich musste ich das auch respektieren und nicht nur die Gefühle meiner besten Freundin. Auch und nicht zuletzt wegen der besseren Kanalisierung unserer Liebesenergie.

Dummerweise kannte Melli ihrerseits kein Schweigegebot. Im Gegenteil. Sie hatte überhaupt kein anderes Thema mehr als den Mann mit S. Jedes Mal, wenn wir uns unterhielten, berichtete sie ungefragt und ausführlich von ihren Neuigkeiten. Und die gab es erstaunlicherweise reichlich. Selbst wenn sie Siv an den Tagen zwischen seinen Yogakursen bei Freddys Fitnessfarm überhaupt nicht zu Gesicht bekam.

Einmal rief sie mich sogar morgens um vier an, um mir in allen Einzelheiten einen Traum zu erzählen. Siv und sie hatten sich auf einer Lotosblume an den Händen gehalten und dann hatte er sich plötzlich verwandelt.

»In was denn?«, fragte ich mäßig interessiert. »Etwa in einen tanzenden Hindugott?«

»Nein, da kommst du nie drauf! In ein Mofa!«

Mellis Stimme überschlug sich fast vor Begeisterung, so als hätte Siv selbst diese entzückend originelle Idee gehabt und nicht ihr eigenes, hormongesteuertes Unterbewusstsein.

»Ein Mofa?«

»Genau. So ein frisiertes Teil mit abgesägtem Auspuff, wie es früher die Jungs auf dem Land hatten«, plapperte sie aufgeregt, »meinst du, das hat mit einer Art schmutzigen Energie in unserem gemeinsamen Feld zu tun?«

»Wahrscheinlich«, murmelte ich schlaftrunken, »also, wenn ich es recht bedenke … ganz sicher sogar.«

»Ehrlich?«, fragte sie erschrocken. »Ich glaube, wir müssen da morgen noch mal telefonieren. Dann erzähle ich es dir in aller Ruhe und ausführlich.«

Sie machte ihre Drohung wahr. Sie erzählte es ausführlich. Vor allem, wie Siv geschaut hatte, als er ihr auf der Lotosblume in die Augen gesehen hatte. Nun war mir durchaus bewusst, dass sich verliebte Frauen stundenlang über ein einzelnes Wort oder einen Blick ihres Schwarms auslassen konnten. Hatte ich schließlich selbst auch schon getan. Aber über einen Blick, den er ihr im Traum zugeworfen hatte – ging das nicht ein bisschen weit?

Das sah Melli offenbar anders. Wenn sie nicht gerade von Siv geträumt hatte, dann mailte sie mir Fotos mit Tarotkarten, die in einer bestimmten Anordnung zusammenlagen. »Königin der Schwerter auf drei, das deutet auf große Veränderungen im Leben hin, oder?« Manchmal rief sie auch aufgeregt an, nur weil im Fernsehen etwas lief, das entfernt mit Yoga, Buddhismus oder Hinduismus zu tun hatte, wie etwa eine Dokumentation über nepalesische Bettelmönche.

»Das ist doch ein Zeichen!«, sagte sie. »Ist es nicht so? Muss man nicht einfach nur achtsam sein, um die Zeichen zu erkennen?«

»Das ist höchstens ein Zeichen dafür, dass Yoga total im Trend liegt«, knurrte ich, aber Melli ließ sich nicht abbringen.

Mein Gewissen war nicht nur schlecht. Es war rabenschwarz.

Wenn wirklich überhaupt nichts passierte, nicht einmal im Traum oder im TV oder beim Kartenlegen, kramte sie uralte Wortwechsel zwischen Siv und ihr aus dem Gedächtnis, um sie noch einmal in allen Einzelheiten zu analysieren.

»Es gab da diese Stunde, da haben wir uns hinterher noch mal im Gang getroffen, vorn beim großen Videobeamer an der Bar. Da hat er mich angeschaut und gesagt: Dann mach's mal gut, du.«

»Ja. Und?«

»Verstehst du denn nicht? Nicht einfach ›mach's mal gut‹, sondern ›mach's mal gut, *du*.‹ So als wollte er noch einmal extra betonen, dass er auch wirklich mich meint.«

»Bist du sicher, dass du das nicht ein bisschen überinterpretierst?«

»Hundertpro. Ich habe nämlich seitdem sehr genau darauf geachtet, was er zu anderen Frauen beim Abschied sagt.«

»Nämlich?«

»›Mach's gut.‹ Einfach so, ganz nüchtern und einsilbig. Ohne ›mal‹. Und vor allem ohne ›du‹.«

Ich rollte mich in meinem Bett zusammen und schnupperte an meinem Kissen. Es duftete, als hätte jemand eine Ladung indischer Gewürze darüber ausgekippt. Melli durfte in nächster Zeit auf keinen Fall meine Wohnung betreten. Sie hätte sofort gerochen, dass hier etwas faul war.

»Und sonst?«, fragte ich. »Was macht dein Job?«

»Ach, noch eine Sache«, rief sie aufgeregt in den Hörer. »Er hat neulich einen Zettel mit einem Termin für ein neues Retreat ans Schwarze Brett gepinnt. Im Erzgebirge. Und mich dabei angesehen, als wollte er …«

»Moment. Letztes Mal hast du gesagt, du hast eine persönliche Einladung bekommen! Als wir alle zusammen nach Werderhorst gefahren sind!«

»Über dieses Stadium sind wir doch längst hinaus«, sagte sie, »wenn du wüsstest, wie lebhaft unser Austausch gerade ist, energetisch! Manchmal ist es so extrem, dass ich die ganze Nacht nicht schlafen kann. Aber«, sie kicherte vergnügt, »das ist ja normal bei frisch Verliebten, dass sie sich bis zum frühen Morgen wach halten.«

Von Steve sprach sie dagegen überhaupt nicht. Höchstens auf Nachfrage. Steve war zu seinem Bruder gezogen, was im Grunde bedeutete, dass er zu seiner Mutter gezogen war. Denn der Bruder wohnte im ausgebauten Dachgeschoss seines Elternhauses, und die Mutter war sich nicht zu schade, ihm tagsüber die Küche zu putzen und die Wäsche zu machen. Dabei war Steves Bruder nicht achtzehn. Sondern dreiundvierzig. Ich konnte mir so richtig vorstellen, wie die beiden Brüder mit ihren Wochentagsboxershorts gemeinsam vor der Playstation saßen und frauenfeindliche Ballerspiele spielten. Hauptsache, das totale Kontrastprogramm zu dem Altar neben Mellis Bett.

Irgendwie konnte ich Steve verstehen.

Wenn Melli von ihm sprach, hatte ihr Ton etwas angestrengt Munteres, und ich vermutete, dass sein Auszug ihr bei Weitem nicht so egal war, wie sie tat. Das machte mir die leise Hoffnung, die beiden würden sich wieder versöhnen. Danach konnten dann auch Siv und ich uns outen, ohne dass jemand darunter zu leiden hätte.

Oder?

Der einzige Ort, an dem ich mich wirklich wohlfühlte, war mein Büro. Ich hatte gelernt, die beruhigende Wiederkehr des Immergleichen zu schätzen: Das *Lili-Marleen*-Geleier vor der Tür, die ständig falsch geschriebene »Backed Potatoe« aus der Kantinenküche, den hechelnden Wäschereimops in seinem Körbchen. Zum ersten Mal im Leben dachte ich nicht schon morgens an mögliche Gründe für eine Krankschreibung, wenn ich im fahlen Licht des Aufzugs stand, und zählte nicht die Stunden rückwärts bis zum Feierabend. Hier im siebten Stock war ich sicher, schwebte wie der erleuchtete Buddha über der Lotosblüte, betrieb vergnügtes Multitasking wie der tanzende Shiva mit seinen vier bis acht Armen. Hier fühlte ich mich angenommen und geborgen.

Mehr als das. Ich würde fast sagen, Berger mochte mich mittlerweile richtig gern. Auf jeden Fall konnte ich mir seiner Gefühle deutlich sicherer sein als Sivs. Und sei es nur, weil Berger der nächsten Kundenbefragung entgegenfieberte wie ein Kind dem Weihnachtsabend. Weil ich ihn nicht enttäuschen würde. Siebenundzwanzig Prozent mehr Zufriedenheit? Pillepalle. Wir würden mindestens fünfunddreißig schaffen.

Es hatte ein bisschen gedauert, bis wir uns auf den neuen Ton für die Antwortbriefe auf die Kundenbeschwerden geeinigt hatten. Schließlich hatten wir uns auf eine Reihe an Textbausteinen geeinigt, aber je länger ich mich auf meine neue, einfühlsame Art der Kundenbetreuung einstellte, desto weniger brauchte ich die. Meine Briefe wurden kleine Meisterwerke der Intuition, der Achtsamkeit und des Respekts. Hotelbett zu schmal, Tennisplatz zu heiß, Marmelade zu klebrig? All das waren kleine Nöte und Sorgen, die mein Mitgefühl verdient hatten. Wenn auch ohne Anerkennung einer Rechtspflicht.

So verständnisvoll war ich, dass ich für viele Kunden von der Beschwerde-Sachbearbeiterin zur Telefonseelsorgerin aufstieg. Da war der Mann, der Geld zurück wollte, weil die Mountainbikes nicht doppelt, sondern nur einfach gefedert waren. Schließlich erzählte er mir mit tränenerstickter Stimme von der Affäre seiner Frau mit dem Animateur für Bogenschießen und Tai-Chi. Oder die Frau, die sich über die bissige Hotelkatze beschwerte und mir dann gestand, dass sie sich als Kind vergeblich ein Tier gewünscht hatte. Oft saß ich lang am Apparat, nickte geduldig, hörte zu, kommentierte wenig, und hinterher waren die Anrufer und ich gleichermaßen erschöpft, aber glücklich, wie nach einer anstrengenden Bergtour. In diesen Momenten wusste ich genau, was der graubärtige Walla-Walla-Mann in meiner allerersten Probestunde gemeint hatte: Alles ist Yoga.

Wenn ich ungeduldig zu werden drohte, dann half ein Blick auf einen kleinen Plastikbuddha, den ich in einer Mittagspause in einem pakistanischen Import-Export-Laden erworben hatte. Der blickte undurchdringlich zurück und sagte nichts. Wahrscheinlich hatte er längst Samadhi erreicht. Erleuchtung. Die geistige Stufe, auf der niedere Triebe und Wünsche uns schon lange nichts mehr anhaben können. Seine Kunststoffaugen verfolgten meine tägliche Arbeit mit großer Sanftheit, und mehr als einmal gab er mir Kraft, wenn meine Kunden am anderen Ende vom Hundertsten ins Tausendste kamen, jetzt, wo sie sich endlich angenommen und verstanden fühlten.

»Warten Sie nur ab«, beruhigte ich Berger, wenn ihm meine Gespräche und Mails zu lang und persönlich wurden, »wir bekommen im nächsten Geschäftsjahr eine sensationelle Repeater-Quote.« War ja nur logisch: Wo Kunden sich so ganzheitlich angenommen fühlten wie bei Sunny Side, würden sie mit Sicherheit auch im folgenden Jahr wieder buchen.

Auch mein Businessyoga in der Kantine wurde ein Erfolg, obwohl ich es bei meiner Premiere nicht für möglich gehalten hatte. Vor allem Plisch und Plum hatten kräftig Werbung für mich gemacht und dabei diskret verschwiegen, dass ich nicht gleichzeitig meine Beine strecken und meine Hände auf dem Boden ablegen konnte. Ein paar von den Neuen brachten bereits Erfahrung mit, und in der Gruppe war uns auch das Mantrasingen nicht mehr peinlich. Als bei der vierten Stunde sogar einer der Herren vom Controlling mitmachte, in Muscleshirt und Marathonschuhen, wusste ich: Ich hatte es geschafft.

Und dann, an einem Montagmorgen etwa zwei Wochen nach Annas Party, Mellis Trennung und Nadines Wutausbruch, landete eine Mail mit Sunny-Side-Absender in meinem Postfach.

Das hatte ich ja vor lauter Gewissensnöten völlig vergessen!

»Liebe Evke«, stand dort, »ich habe es ja neulich schon gesagt – es ist mir doch wichtig, dass wir uns einmal in Ruhe unterhalten. Und leider hast Du mich nie angerufen, wahrscheinlich hast Du auch viel auf dem Zettel. Vielleicht hast Du morgen Abend Zeit, nach Deiner Yogastunde in der Kantine? Denn in ein paar Tagen werde ich nicht mehr in der Firma sein.

Herzlichen Gruß

Ilona.«

KURMASANA

Die Schildkröte (Kurmasana) fördert die Flexibilität und hilft beim geistigen Rückzug in belastenden Lebenssituationen.

Und dann kam dieser Dienstag, an den ich mich mein ganzes Leben lang erinnern würde.

Ich weiß, das sagt sich so leicht: »mein ganzes Leben lang erinnern«. Aber, ganz ehrlich: Selbst bei wichtigen Ereignissen wissen wir doch später meistens nur noch so ungefähr, wie sie abgelaufen sind. Und nicht mehr jedes Detail drum herum. Oder kann sich jemand daran erinnern, was er an dem Morgen des Tages gefrühstückt hatte, an dem er den ersten Sex seines Lebens hatte? Oder bei welchem Lied morgens der Radiowecker angesprungen war an dem Tag, an dem Michael Jackson starb? Eben.

Dieser Dienstag hatte es so sehr in sich, dass ich mich auch in Jahrzehnten noch an jede Kleinigkeit erinnern würde. Am Abend war ich jedenfalls sicher: Ich hatte in den letzten zwölf Stunden nicht nur meine aktuellen Karmasünden abgebüßt, sondern sicherlich auch die meiner nächsten fünf Leben.

Das Tückische war, dass der Tag gar nicht so schlecht anfing. Und auch zwischendrin durchaus seine Momente hatte. Als ich um halb acht die Augen aufschlug, spielte die Welt da draußen jedenfalls ihr schönstes Sommertheater: Schäfchenwolken, Strahlesonne, Vogelgezwitscher, dazu diese komischen, kleinen Pappelsamen-Wattebäusche, die wie Schnee durch die laue Juliluft wehten. Der Wäschereimops trug ein neues blaues Samthalsband, der Leierkastenspieler leierte »All you need is love« (so kam es mir jedenfalls vor), der Patriotenpunk klimperte zum Gruß mit seinem Pappbecher voller Kleingeld. Nicht einmal die Liftbeleuchtung konnte meine grundlos beschwingte Stimmung dämpfen. Das alles ging so lange gut, bis ich mein Büro betrat und sah, dass jemand auf meinem Drehsessel kippelte, der da nicht hingehörte.

Der Jemand war Lisa-Marie. Und Lisa-Marie hielt etwas in der Hand.

Als sie mich bemerkte, streckte sie es mir anklagend entgegen und blickte mich an wie einer von zwei Cops in einem dreckigen Polizeithriller, der gleich ein sehr unangenehmes Verhör starten würde. Definitiv nicht der Good Cop, sondern der Bad Cop.

Ich trat noch einen Schritt näher, aber da ahnte ich es schon, mehr als ich es identifizierte. Lisa-Marie hatte ihre Bärchentasse gefunden.

In meiner Schreibtischschublade.

»Wie kommst du dazu, in meinen Sachen herumzuwühlen?«, ging ich in die Vorwärtsverteidigung. Verstohlen sah ich mich nach Berger um. Doch der hatte sich offensichtlich verdrückt. Typisch Mann. Hatte wohl Angst vor einer gepflegten Auseinandersetzung unter Frauen. Ich war fest entschlossen, mich für nichts zu entschuldigen. Für was auch? Ich hatte die Bärchentasse ja nicht einmal entführt. Im Gegenteil, ich hatte sie ja sogar wiedergefunden! Nur zurückgehalten hatte ich sie, für den richtigen Zeitpunkt.

»Ich höre immer nur ›richtiger Zeitpunkt‹«, vernahm ich plötzlich eine feine Stimme aus Richtung meines Schreibtisches. Verblüfft blickte ich mich um. Da saß Mr Minibuddha und zwinkerte mir verstohlen mit seinen Kunststoffaugen zu. Was mischte der sich denn plötzlich ein? Der hatte doch noch nie einen Ton von sich gegeben!

»Erinnert dich das an etwas?«

Hm. Punkt für ihn. Es erinnerte mich tatsächlich an was. Da musste ich gar nicht so tief in der Vergangenheit graben. Schließlich wartete ich in einer ungleich wichtigeren Angelegenheit auch bereits seit Wochen auf den richtigen Zeitpunkt.

Aber daran wollte ich nun wirklich nicht denken. Im Moment hatte ich ein anderes Problem.

»Lisa-Marie«, wiederholte ich lahm, »wie kommst du dazu, einfach meine Schreibtischschublade aufzumachen?«

Lisa-Marie warf sich mit einer Kopfbewegung eine Haarsträhne aus dem Gesicht. »Ich habe meine Quellen«, sagte sie in einem Ton, der wohl schneidend wirken sollte.

»Es ist aber nicht so, wie du denkst«, ging ich in die Defensive.

»Das hat mein Ex auch gesagt«, pampte Lisa-Marie zurück. »Und zwar, als ich ihn zufällig am Flughafen-Check-in getroffen habe, Arm in Arm mit meiner besten Freundin.«

»Wie schrecklich!«, rief ich mit Emphase. Zum einen, weil Lisa-Marie mir leidtat. Das konnte man nun wirklich keinem wünschen. Zum anderen, weil es mir nur recht war, wenn sie das Thema wechselte. »Wohin sind sie geflogen?«, erkundigte ich mich mitfühlend.

»Venedig«, sagte Lisa-Marie düster, »lenk nicht ab.«

»Ich meine nur«, ich baute mich vor meinem eigenen Schreibtisch auf und kippelte gegen die Tischkante, »ich habe deine Tasse nicht entführt. Ich hab sie nur zufällig gefunden.«

»So. Zufällig gefunden.«

Jetzt hörte sich Lisa-Marie nicht mehr an wie Bad Cop aus dem schmutzigen Agententhriller. Eher wie Oberinspektor Derrick, der dem verdächtigen Schwiegersohn im Rautenpullunder schon durch seinen Ton signalisierte: Freundchen, ich glaub dir kein Wort.

»Ja«, beharrte ich, »sie stand auf dem Klo herum. Keine Ahnung, wie sie da hingekommen ist.«

»Auf dem Klo. Keine Ahnung. Alles klar. Mit den Erpresserbriefen im Lift hast du natürlich auch nichts zu schaffen, oder? Wo sich die ganze Abteilung so krass drüber lustig gemacht hat?«

»Ja eben!«, rief ich. »Die haben sich vielleicht über meine, ähem, ich meine natürlich: deine Briefe lustig gemacht. Aber nicht über dich.«

»Netter Versuch«, gab Lisa-Marie sarkastisch zurück. Dann stand sie auf und beugte sich so nah zu mir, dass sich unsere Nasenspitzen beinahe berührten. Nur der Schreibtisch trennte uns noch und stemmte sich heldenhaft zwischen uns.

»Jetzt will ich dir mal was sagen«, begann sie und tippte bei jedem Wort mit ihrer Bärchentasse geben mein Brustbein. »Dein ganzes

Yoga-Gesäusel, von wegen Frieden und Harmonie für alle Wesen, das kannst du alles in der Pfeife rauchen. Eine ganz berechnende, kalte Schlange bist du, jawohl. Du hast ja nicht die kleinste Ahnung, was diese Tasse hier mir bedeutet.«

Sie klopfte jetzt härter, und es fühlte sich an, als würde im nächsten Augenblick eines von beiden einen mächtigen Sprung bekommen. Entweder die Bärchentasse. Oder mein Brustbein.

»Die hat nämlich mein Freund mir geschenkt«, zischte sie, »zum Fünfmonatigen.« Beim Wort Freund schlug sie so hart gegen mich, dass mir beinahe die Luft wegblieb. Gleich, wenn sie weg war, brauchte ich eine Stellung, um mich wieder zu erden. Den Baum vielleicht.

Immerhin hatte sie es auf eine mindestens fünfmonatige Beziehung gebracht, und das mit achtzehn. So lange hatte ich es noch nie geschafft. Noch nie!

Und ich war achtundzwanzig.

»Warte!«, rief ich ihr hinterher, während sie hinausrauschte. »Dein Freund, war das etwa der Typ mit Venedig?«

Sie rauschte weiter und tat so, als hätte sie meine Frage nicht gehört. Volltreffer. Besser machte das aber auch nichts. Im Gegenteil. Ich bedauerte sie und fragte mich, ob tief in mir tatsächlich eine derart rabenschwarze Seele hockte. Im Moment gab es jedenfalls mehr Argumente dafür als dagegen.

»Buddha, mein Freund«, sagte ich, trat einen Schritt vom Schreibtisch zurück und stellte mich hüftbreit hin, »ich glaube, das ist der Beginn einer wunderbaren Feindschaft.«

Dann winkelte ich beim Ausatmen ein Bein an, legte die rechte Fußsohle gegen den linken Oberschenkel und streckte die Arme über dem Kopf, Handflächen zusammen. Der Baum. So bekam ich jedenfalls wieder Luft.

»Schade«, hörte ich Buddha wispern. »Du warst auf einem so guten Weg.«

Ich verdrehte den Kopf und verlor das Gleichgewicht. Dabei stieß ich mit der rechten Hüfte an meine Schreibtischkante. Aua. Missmutig rieb ich die schmerzende Stelle und sah Buddha an. Musste der jetzt auch noch auf mir herumhacken? Am liebsten hätte ich ihm die Zunge herausgestreckt. Doch machte man so was mit einem Gott?

»Wie, ich *war* auf einem guten Weg? Was ist denn das für eine Vergangenheitsform? Schau mich doch an, mein spirituelles Verhältnis zu Siv, meine Yogastunden bei Sunny Side!«

Buddha blickte mich mit der ganzen Nachdenklichkeit seiner mindestens hundert Leben an. Vielleicht war es die diffuse Bürobeleuchtung, aber seine Kunststoffaugen sahen plötzlich aus wie tiefe Bergseen aus dem tibetischen Hochland.

»Wir sind Lernende«, sagte er dann, »und Lehrende. Und wir sind es immer zur gleichen Zeit.«

Ich wollte ihn gern fragen, was dieser Kalenderspruch nun wieder mit mir zu tun hatte, aber mittlerweile hatte Berger das Büro betreten. Launig warf er seine mit Pinguinen bedruckte Krawatte über die Schulter, setzte sich federnd hin und zupfte seine Hose zurecht.

»Na«, fragte er, »wie ist heute das Karma-Klima?«

»Katastrophal«, murmelte ich, flüchtete mich an meinen eigenen Schreibtisch und vertiefte mich in meinen E-Mail-Eingang, »fragen Sie bloß nicht weiter.«

Wenigstens mein liebster Kommunikationskanal meinte es heute nicht so schlecht mit mir wie alle anderen. Geschrieben hatten mir der Namaste-Versand (»Sari-Pants für den Trip zu sommerlichen Kraftplätzen nur 49,90 Euro!«) sowie zwei Herren aus Südafrika, die mich als vertrauenswürdige Person für die treuhänderische Aufbewahrung eines Millionenvermögens auserkoren hatten, vorausgesetzt, ich überwies die geringfügige Bearbeitungsgebühr von 2900 US-Dollar auf ein Konto bei der Staatsbank von Nigeria.

Berufliche Post hatte ich wenig, und mithilfe meines neuen Textbaukastens hatte ich nach einer Stunde bereits vier Antwort-Mails fertiggestellt.

Ich ließ mir aber nichts anmerken. Heute war der ideale Tag, um beschäftigt zu tun (das konnte ich beinahe professionell, mit kleinen Aufseufzern zwischendrin und hektischen Griffen zum Telefon), ohne es im Mindesten zu sein. Ich hatte genug mit meinen eigenen Gedanken zu tun.

Ich musste die Sache mit Siv einfach beichten. Vielleicht war die Begegnung mit Lisa-Marie ja ein Wink des Schicksals gewesen, das mir zeigen wollte: So etwas passiert, wenn man mit der Wahrheit hinter dem Berg hält und sich nicht rechtzeitig erklärt. Dabei traf mich streng genommen ja weder am Verlust der Bärchentasse noch an Mellis unerfüllter Liebe eine direkte Schuld. Egal. Ich war in beides verstrickt, ja, nahezu verheddert, und beim Ersten hatte sich die Verstrickung mit einem unschönen Riss gelöst. So etwas durfte mir nicht dort passieren, wo es wirklich wichtig war.

Und dann, kurz vor der Mittagspause, kam mir die rettende Idee. Wenigstens hielt ich sie dafür. Vielleicht lag es ja auch an meinem Blutzuckerspiegel oder den Nachwirkungen des Bärchentassenschocks. Jedenfalls beschloss ich, Nadine eine Mail zu schreiben und ihr alles zu erzählen.

Im Grunde war es ganz logisch. Ich musste mit einer Freundin reden, wie ich ein Problem mit einer anderen Freundin ausräumen konnte. Und Anna kam nicht infrage, mit ihrer lebenslangen Verlobung mit Technikspinner Tobi. Die Glückliche. Sie hatte keine Ahnung, wie kompliziert Liebesdinge sein konnten. Sie hatte den richtigen Mann mit siebzehn getroffen, zugegriffen und behalten.

Nadine hingegen würde mein Dilemma sehr wohl verstehen. Und außerdem wollte ich auch ganz gern, dass sie von mir und Siv wusste. Wenn mich nicht alles täuschte, hatte sie ihm auch ganz interessierte Blicke zugeworfen, damals in Werderhorst. Sollte sie ruhig wissen, dass jemand wie er Feuer gefangen hatte bei jemandem wie mir. Dass er real war und keine Kopfgeburt.

»Hallo Sweetie«, begann ich meine Mail, »ist schon eine Weile her, dass wir gesprochen haben, und eine Menge passiert. So richtig verstehen kann ich noch immer nicht, warum Du gar nichts wissen wolltest über mich und meine neue Beziehung. Aber ich brauche dringend Deinen Rat.«

Ich strich erst das »dringend«, dann das Wort »Rat«. Klang zu bedürftig. »Ich wüsste gern mal, was Du zu einem bestimmten Problem meinst.« Hm. Klang ein wenig geschäftlich. Aber gut. Konnte man erst einmal so stehen lassen.

»Erinnerst Du Dich an den Yogalehrer von unserem gemeinsamen Wochenende in Ostfriesland? Groß, dunkel, kahl rasierter Schädel, tolle Grübchen? Seit ein paar Wochen sind Siv und ich nun zusammen, und ich muss sagen, ich bin so glücklich wie noch nie.«

Ich strich das »noch nie« und machte ein »seit Langem nicht« draus. Kurz überlegte ich, ob ich es noch mal in »seit drei Monaten« ändern sollte. Ende März, die Betriebsfeier. Dann entschied ich mich dagegen. »So glücklich wie seit drei Monaten nicht mehr?« Das klang doch reichlich seicht.

Auch wenn es die Wahrheit war.

Ich seufzte und tippte weiter.

»Im Grunde führen wir die perfekte Beziehung. Wir nähern uns sehr langsam und vorsichtig an, und auch Erotik ist eher ein Teil eines großen, fließenden Ganzen, das uns in allen unseren Aspekten umspannt.«

Ich las den letzten Satz noch einmal und nickte stolz. Was für eine poetische Beschreibung!

»Dass wir unsere Beziehung noch nicht öffentlich gemacht haben, hat zwei Gründe. Zum einen wünscht sich Siv, dass wir die Energie, die zwischen uns entsteht, zu diesem frühen Zeitpunkt nicht durch zu viel Geschwätzigkeit verpuffen lassen. Und zum anderen ist da das Problem mit Melli. Ich muss Dir das sagen, obwohl Melli mich um Geheimhaltung gebeten hat, also sag es bitte nicht weiter: Ihre Trennung von Steve hat stark mit Siv zu tun. Nadine, Melli steigert sich in eine Liebe hinein, die ausschließlich in ihrem Kopf stattfindet! Und ich weiß nicht, wovor ich mehr Angst haben soll: Dass sie sich wehtut mit ihrer naiven Erwartung oder dass unsere Freundschaft an meiner Beziehung zu Siv zerbricht.«

Ich las meinen Text noch einmal durch und ersetzte das dritte »Beziehung« durch »Partnerschaft«. Jetzt klang der Satz wie aus einem Siebzigerjahre-Eheratgeber, aber schließlich kam es eher auf den Inhalt an als auf den Stil. Ich wollte außerdem keinen Roman schreiben, ich brauchte nur einen Tipp.

»Ich würde mich freuen, wenn wir uns mal auf ein Glas treffen und in Ruhe darüber reden könnten«, beschloss ich meine Mail, »Grußkuss …«

Weiter kam ich nicht. Im gleichen Moment klingelte das Telefon.

»Sie, Frau Frank?«, hörte ich am anderen Ende die aufgeregte Stimme unserer Empfangsdame. »Da ist jemand dran vom Fernsehen, der Sie sprechen möchte! Es geht um das Thema Yoga in großen Firmen!«

Fernsehen? Mich? Sprechen?

»Ist gut«, sagte ich cool, »stellen Sie durch.«

»Ja, Scheiblshäuser hier. Wie das Scheibchen und das Häuschen. Scheiblshäuser vom neuen Frauensender Fixx, dem fröhlichen Spartenkanal für – ach, was sage ich, den kennen Sie ja sicher bereits. Sie sind ja genau die Zielgruppe.«

Er lachte jovial, und ich war einen Augenblick lang versucht, aufzulegen. Wollte der mir ein Abo fürs Bezahlfernsehen verticken?

Aber dann kam's.

»Ich bin meines Zeichens betreuender Redakteur bei unserer neuen Talksendung *Bescheuert*. Kennen Sie das Format bereits?«

Format?

Bescheuert?

Wovon redete der Mann?

»Ich dachte, im Fernsehen werden die meisten Sendungen sechzehn zu neun ausgestrahlt«, stammelte ich.

»Nicht das *Bild*format, Frau Frank!« Herr Scheiblshäuser lachte jovial. »Ich meine die Sendung. Ach, entschuldigen Sie bitte, ich habe Sie vor lauter Aufregung gar nicht gefragt, ob ich Sie gerade bei etwas störe. Wenn ich ungelegen komme, können wir gern …«

»Nein, nein«, sagte ich schnell und suchte nebenbei im Mail-Adressverzeichnis. Nadine, Nadine, wo war sie bloß?

»Aber warum bescheuert?«, fragte ich.

»Nein, nicht wirklich bescheuert. Bé-scheuert. Verstehen Sie?«

Er sprach das Wort aus, als hätte es einen französischen Accent aigu auf der ersten Silbe.

»Bé-scheuert«, wiederholte ich dämlich. Währenddessen klickte ich hektisch herum, um die E-Mail in den Cyberspace zu befördern. Wozu war man schließlich multitaskingfähig.

Und ab. Mit einem fröhlichen Pling verkündete der Rechner, dass sich die Nachricht auf den Weg gemacht hatte.

»Bé-scheuert, so wie: Benita scheuert. Verstehen Sie? Zur besten Hausputzzeit am Dienstagmorgen um acht Uhr trifft sich unsere Moderatorin Benita von Zitzewitz mit Gästen in unserem komfortablen Studio-Badezimmer und scheuert dabei eine luxuriöse Badewanne, die uns freundlicherweise ein großer Werbekunde zur Verfügung gestellt hat. Während B., also Benita, ich meine: Also, während Benita scheuert, unterhält sie sich mit geladenen Gästen über Themen, die Frauen wirklich interessieren. Also Psycho, Partnerschaft, Sexualität, aber auch Familien- und Jobthemen. Ich meine, das hat doch etwas sehr Geselliges, dieses Konzept.«

»Aber ich kann überhaupt nicht putzen«, wandte ich ein.

»Das macht ü-ber-haupt nichts«, rief Herr Scheiblshäuser, als hätte ich ihm eben die schönste Nachricht des Tages verkündet. »Dafür haben wir ja Benita.«

»Und was hab ich jetzt damit zu tun?«

»Ja. Gutes Stichwort. Also: Wir konzipieren gerade eine Gästerunde zum Thema Yoga. Und da sind wir darauf gekommen, dass Sie durch ein hausinternes Angebot in Ihrem Reisebüro die Produktivität enorm steigern konnten, so stand es jedenfalls in einer aktuellen Pressemitteilung. Ist das richtig?«

Herr Scheiblshäusers Stimme klang nun eher blechern, was daran lag, dass Berger hinter mich getreten war und ungefragt den Lautsprecher angeschaltet hatte. Da hatte er wohl richtig verstanden, dass es nicht nur um mich ging, sondern auch um Sunny Side.

»Reiseveranstalter«, berichtigte ich ihn, »wir sind kein Reisebüro, wir sind Veranstalter. Der Unterschied ist …«

»Siebenundzwanzig Prozent!«, dröhnte Berger direkt neben meinem Ohr. »Unsere Kundenzufriedenheit ist um glatte siebenundzwanzig Prozent gestiegen.«

»Oh«, man konnte Scheiblshäuser förmlich nicken hören, mit anerkennendem Gesichtsausdruck, »das klingt beachtlich. Dann würde ich Sie, Frau Frank, jetzt gern mit meiner Sekretärin verbinden, die macht dann das Logistische. Freue mich, Sie übernächste Woche im Studio begrüßen zu dürfen. Und Putzkittel nicht vergessen!«

Er gluckste vergnügt in das betretene Schweigen hinein.

»Keine Sorge, Frau Frank. War nur'n Scherz. Den mache ich mit jedem. Also, übernächsten Dienstag in München?«

Ich blätterte hektisch in meinem Kalender. Irgendwie kam der Termin mir bekannt vor. Da war doch was, da war doch …

Ach ja. Mein Geburtstag.

Andererseits: Geburtstag hatte man immer wieder. Wenn es gut lief, achtzig bis neunzig Mal im Leben. Wer kam schon so oft ins Fernsehen? Noch dazu mit einer echten Mission?

Außerdem: Wenn die Sendung morgens war, konnte ich am Abend wieder zu meiner Party zu Hause sein. Ich musste mich nur entscheiden, mit wem ich feiern wollte.

Melli oder Siv.

»Frau Frank?«

»Äh, ja«, sagte ich, »ich musste nur kurz etwas organisieren. Logistische Probleme, Sie verstehen. Der übernächste Dienstag passt mir hervorragend.«

Wir beendeten das Gespräch, dann wandte ich mich wieder meinem Chef zu.

»Herr Berger«, fragte ich verwundert, »haben wir denn die neuen Quartalszahlen schon? Von wegen siebenundzwanzig Prozent? Gibt es das schriftlich?«

Berger winkte grinsend ab. »Evke, Sie sind vielleicht ein Herzchen. Klappern gehört zum Handwerk! Das müssten Sie doch wissen!«

In letzter Zeit war er dazu übergegangen, mich immer häufiger bei meinem Vornamen zu nennen. Wenn die Quartalszahlen wirklich so gut waren, dann würde er mir garantiert das Du anbieten.

Als ich gegen halb sechs Uhr nachmittags in Richtung Kantine aufbrach, um meine Yogalektion abzuhalten, hätte ich den Tag gern gelobt, obwohl noch nicht ganz Abend war.

Na gut, das mit der Bärchentasse war blöd gelaufen, aber dafür kam ich ins Fernsehen. Inklusive Übernachtung in einem zentral gelegenen Viersternehotel in München, weil die Sendung ja morgens im Studio aufgezeichnet wurde. Eine Stunde vor der Ausstrahlung.

So früh war ich seit unserem Yogawochenende in Ostfriesland nicht mehr aufgestanden.

Berger hatte mir anstandslos zwei Tage Sonderurlaub genehmigt mit der Auflage, dass ich den Namen Sunny Side möglichst in jedem meiner Sätze zwanglos unterbringen sollte. Ich hatte zugesagt. Notfalls konnte ich danach immer noch behaupten, dass ein übereifriger Tontechniker sie herausgeschnitten hatte.

Mit diesen Nachrichten in der Hinterhand freute ich mich plötzlich sehr auf die Verabredung mit IPS, heute Abend nach dem Yoga. Sicher konnte sie mir noch ein paar gute Tipps für den Umgang mit der Presse geben, sie war ja schließlich vom Fach. Und ich würde wetten, dass sie von meiner Einladung nach München beeindruckt war. Was sie mir umgekehrt zu sagen hatte, das konnte ich mir immer noch nicht recht vorstellen. Ob es etwas mit Anna und der Einarbeitung in die neue Stelle zu tun hatte? Hoffentlich waren es keine schlechten Nachrichten.

Die heutige Stunde widmete ich den Stellungen, die unser Gleichgewicht wiederherstellen und Standfestigkeit verleihen. Der Duft eines Sandelholzräucherstäbchens vertrieb die feinstofflichen Überreste von Baked Potato mit geheimer Speckwürfelchenzugabe, und alle gaben sich redliche Mühe, sich so versetzt hinzustellen, dass sich im »Krieger« nicht ihre Finger zwischen den Rippen des Nebenmannes verklemmten. Die Asanas im Liegen ließ ich aus, dazu wäre heute nicht genügend Platz gewesen.

Bei so viel Zuspruch konnte ich den Ausfall meiner treuesten Schülerin schon verkraften. Auch wenn es schade war, dass Lisa-Marie nicht mehr kam. Ihre spirituelle Auffassungsgabe war jedenfalls deutlich höher, als ich immer gedacht hatte. Angeblich hatte sie beim Meditieren jedes Mal den feinen Ton von tibetischen Klangschalen gehört.

Dabei hatte ich gar keine.

Vielleicht sollte ich mich einfach bei ihr entschuldigen.

Obwohl so viele mitgemacht hatten, war ich nach der Stunde relativ schnell mit dem Aufräumen fertig. Gespannt ging ich in den kleinen Nebenraum, der neuerdings als Umkleidekabine genutzt wurde. Tatsächlich, auch IPS war hier und wechselte gerade umständlich ein weißes gegen ein blaues Wickelshirt.

Eine Zeit lang hatte sie den handelsüblichen, dickbäuchigen Buddhastatuen sehr ähnlich gesehen, jetzt war es vorbei damit. Die Buddhas waren nämlich fast ausnahmslos schlanker. Es wurde wirklich höchste Zeit, dass IPS hier herauskam, am besten, ich brachte sie nach unserer Verabredung umgehend in den Kreißsaal.

Während sie sich umzog, den Rücken mir zugewandt, redete sie mit einer Kollegin. »Und weißt du schon, wo du entbindest?«, fragte die Frau gerade.

»Klinikum Südstadt«, antwortete IPS, »die haben ein ganz neues farbpsychologisches Konzept, das den Neugeborenen den Übergang in die Welt erleichtern soll. Der Kreißsaal ist exakt in der Farbe gestrichen, die Ungeborene um sich herum wahrnehmen, wenn sie die Augen öffnen. So ein warmes Rot.«

»Und dein Mann, wird der …«

»Mein Lebensgefährte ist selbstverständlich dabei. Ganz niedlich, wie aufgeregt die Männer am Ende der Schwangerschaft werden. Neulich im Geburtsvorbereitungskurs hat er sogar ein Tränchen verdrückt, als die Hebamme Fotos von wenigen Stunden alten Neugeborenen gezeigt hat.«

»Ja, das ist wirklich eine neue Vätergeneration. Wenn ich da an unsere eigene Kindheit denke …«

Ich stand noch immer im Eingang, ein wenig unschlüssig, und lauschte dem Gespräch mit einer Mischung widersprüchlicher Gefühle. Meine neue Yogaseele quoll über vor Ergriffenheit über diesen tiefen, gewaltigen Akt der Natur. Geburt. Sich dem Leben zu öffnen wie die Lotosblüte dem Licht.

Meine alte Evke-Seele stänkerte abwechselnd (»Berufsschwangerschaft! Das gehört verboten!«) und jieperte neidisch wie ein junger Hund, der am Tisch bettelt (»Baby! Mann! Auch haben will!«).

Schließlich ging ich auf IPS zu und tippte ihr auf die Schulter.

»Hi, Ilona«, sagte ich, »wollen wir dann gleich los?«

Sie fuhr herum, und ich hätte schwören können, dass da ein Anflug von Panik in ihrem Gesicht war. Wo kam denn der her?

»Evke«, stotterte sie, »du … was machst denn … also, mit dir hätte ich jetzt gar nicht gerechnet.«

»Falls du es nicht mitbekommen hast, ich habe gerade die Stunde geleitet!«

»Ja, schon. Aber dass du schon so schnell hier bist …«

Wie ertappt griff sie nach ihrer Handtasche, und ich schüttelte innerlich den Kopf. So war das also mit der Schwangerschaftsdemenz.

Schweigend verließen wir die Kantine und gingen den Gang entlang.

»Was ist es denn, was du noch so dringend mit mir besprechen willst?«, fragte ich, doch IPS wehrte ab.

»Nicht hier«, sagte sie, »am besten, wir gehen an einen neutralen Ort.«

So langsam wurde mir die Sache unheimlich.

Wir liefen die Treppe hinunter und schließlich am Empfang vorbei. Die Empfangsdame saß unter einem auf Leinwand aufgezogenen Riesenposter von drei Strandschönheiten im Tangaslip, über deren Pos sich imposante Arschgeweihe rankten, farblich auf die Cocktails in den Händen der Damen abgestimmt. Sollte auch mal ausgetauscht werden. Viel zu sehr Neunzigerjahre. Außerdem ließ das Bild die Empfangsdame mindestens zehn Jahre älter aussehen, und das konnte ja auch nicht Zweck der Übung sein. Die Arme.

Sie winkte mir komplizenhaft zu, und ich konnte sehen, dass sie gern mehr gewusst hätte über meinen geheimnisvollen Anruf vom Fernsehen. Doch dazu war jetzt keine Zeit.

Als ich vor IPS aus der großen Glasdrehtür trat, war ich geblendet. Die tief stehende Abendsonne prallte mir voll ins Gesicht, und ich kniff meine Augen zusammen. Dann sah ich, wie aus der hinteren Ecke des Parkplatzes sich jemand näherte. Er kam mir bekannt vor.

Er kam mir sogar sehr bekannt vor.

Und jetzt winkte er auch noch!

Am Ende war es die Frisur, an der ich ihn zweifelsfrei erkannte. Dieser wippende, halblange Haarhelm, den er sich schätzungsweise 1979 hatte wachsen lassen und dem er treu geblieben war. Treuer jedenfalls als der Frau, die er einmal geheiratet hatte. »Papa«, rief ich wie ein kleines Mädchen und ging schneller.

Das war ja süß! Nachdem ich mich auf keine seiner Mails gemeldet hatte, war er einfach gekommen, um mich nach der Arbeit abzupassen! So eine Geste hätte ich meinem Vater gar nicht zugetraut. Scheinbar war es ihm doch wichtig, dass unser Kontakt nicht ganz abriss. Beinahe hatte ich ein schlechtes Gewissen. Es wäre mir doch wirklich kein Zacken aus der Krone gefallen, wenn ich endlich einmal geantwortet hätte. Er gab sich ja Mühe. Dumm nur, dass es mir ausgerechnet jetzt gerade so schlecht passte. Vielleicht konnte ich ihn noch eine Stunde bummeln schicken, während ich mit IPS etwas trinken ging?

Aber irgendetwas stimmte hier nicht. Und beim Näherkommen erkannte ich auch, was es war.

Er blickte gar nicht zu mir. Und er winkte auch nicht mir. Er winkte jemand anderem. Einer Person, die sich ganz in meiner Nähe befinden musste.

Ich sah mich um. Da stand IPS, die ebenfalls winkte. Bloß nicht freudig und aufgeregt, sondern mit einem deutlichen Panik-P, das ihr mitten ins Gesicht geschrieben stand. Sie fuchtelte auf eine Art mit den Händen, die etwas hieß wie: Nein! Komm bloß nicht näher! Sonst geschieht ein Unglück!

Mein Vater blieb verdutzt stehen und wandte den Kopf. Dann endlich sah er mich. Jetzt schaute er genauso bestürzt drein wie IPS.

Einen Moment lang verstand ich nur Bahnhof. Oder Ong namo narayanaya. Das Mantra für den Weltfrieden. Im nächsten Moment schon wünschte ich mir den Moment von gerade eben zurück, den Moment der seligen Unwissenheit. Denn da verstand ich plötzlich alles. Und alles war überhaupt nicht schön.

Die Neuigkeiten, von denen er geschrieben hatte.

Die Bekannte meiner Mutter, die meinen Vater mit einer deutlich jüngeren Frau gesehen hatte.

Selbst wenn ich mein ganzes Leben lang Mountainbike gefahren wäre, statt Yoga zu machen, hier war kein Missverständnis möglich. Dazu musste man nicht sonderlich empfänglich sein für spirituelle

Morsezeichen. Ich wusste, was IPS mir hatte gestehen wollen. Und was das für eine Hütte war, in der sie an jenem Wochenende gewesen war, als Anna ihre Party gab. Es war das Wochenendhaus meiner Kindheit.

Und das da, in diesem riesigen Neunmonatsbauch direkt neben mir, war mein Halbbruder oder meine Halbschwester.

Mein Vater wurde Vater.

Parvatasana

Die Bergstellung (Parvatasana) macht entschlossen und mutig.

Es gibt diese Augenblicke im Leben, da gibt es nur einen Trost. Es kann nicht noch schlimmer kommen.

Mein Trost währte nur kurz.

Es kam schlimmer.

Dort auf dem Parkplatz hatte ich meinen Vater und IPS einfach wortlos stehen lassen. Und sie waren wohl so geschockt gewesen, dass keiner von ihnen mich zurückgehalten hatte.

Auf dem Heimweg war es vor allem ein völlig nebensächlicher Gedanke, der mich beschäftigte: Durfte ich sie überhaupt noch IPS nennen oder von nun an nur noch Ilona? Schließlich war sie jetzt so etwas wie meine – ja, was eigentlich?

Meine Stiefmutter?

Eine Frau, die höchstens zwei Jahre älter war als ich?

Wenn das hier ein Märchen war, dann wollte ich lieber auf der Stelle vom bösen Wolf gefressen werden.

Schon im Treppenhaus konnte ich hören, wie das Telefon hinter meiner Wohnungstür klingelte. Sicher mein Vater, der mir alles erklären wollte. Wenn er dieses Gespräch mit den Worten »Es ist nicht so, wie du denkst« beginnen würde, ich würde einfach auflegen.

Betont langsam betrat ich meine Wohnung, obwohl mir das Herz bis zum Hals klopfte. Mittlerweile war der Anrufbeantworter angesprungen, und der lang gezogene Piepton ertönte.

»Geh ran. Ich bin's.«

Melli. Was war denn da schon wieder los? Ihre Stimme klang seltsam belegt. So, als hätte sie geweint. »Evke«, ich hörte sie lautstark ein- und ausatmen, »ich habe deine Mail bekommen.«

Meine Mail? Hatte ich Melli heute gemailt? Ich konnte mich nicht erinnern. Aber das hatte nicht viel zu bedeuten. Schließlich war in der Zwischenzeit ein mittelgroßer Meteorit in meinem Leben abgestürzt. Da konnte es schon einmal zu gedanklichen Ausfällen kommen.

Ich ging zum Schreibtisch und riss das Mobilteil aus der Ladestation. »Melli? Was ist los? Ist alles in Ordnung bei dir?«

In der Leitung war es still.

»In Ordnung?«, sagte sie schließlich kaum hörbar. »Das fragst du mich? Nach dem, was du mir da geschrieben hast?«

Zuerst verstand ich nur Ong namo narayanaya. Wurde ja langsam zur Manie.

Und dann passierte es mir zum zweiten Mal innerhalb von zwei Stunden, dass der Boden unter mir plötzlich tiefer sackte, so wie in einem der Fahrgeschäfte auf dem Rummel, die wir als Kinder so geliebt hatten. Nur ohne den wohligen Kitzel, der damals damit verbunden war.

Nein. Das durfte nicht sein. Das konnte einfach nicht auch noch passieren.

»Ist ja ganz erhellend, was du so über mich schreibst, wenn du mit Nadine mailst. Ich hoffe nur, ich bekomme auch die Antwort zu lesen.«

Ogottobuddhaojesusoshivaovishnu. Oder welcher von den Hindugöttern war noch mal der Weltzerstörer? Egal, ab heute musste man ihn sowieso umbenennen.

In Evke Frank.

»Aber wie«, stotterte ich, »wie kann denn diese Mail bei dir …«

Dann fiel es mir wieder ein. Der Anruf. Fixx-TV, die Einladung in die Talkshow. Nebenbei und ohne richtig hinzusehen hatte ich die Nachricht abgeschickt. Und musste dabei die falsche Adresse erwischt haben. Sonnenschein_82 statt Sexybitch_83. Was mussten die auch ausgerechnet Mailadressen haben, die mit dem gleichen Buchstaben anfingen?

»Melli«, sagte ich, »das tut mir so leid, dass du auf diese Weise ... wollen wir uns gleich treffen und reden? Auf einen Iced Chai im ›Delhi Deli‹? Die haben ein tolles Wochenangebot, bei dem ...«

»Evke«, unterbrach mich Melli, »ich glaube nicht, dass ich mit dir irgendwo hingehe. Ich wüsste auch nicht, was es noch zu reden gibt.«

»Ja«, plapperte ich weiter um mein Leben, »dann vielleicht morgen? Ich könnte vielleicht früher Schluss machen und dich im Kindergarten abholen, und wir ...«

»Weißt du was?« Mellis Stimme klang wieder gefasst, und das erschreckte mich fast noch mehr als ihre Tränen zu Beginn.

»Weißt du, ich glaube, ich möchte dich erst einmal überhaupt nicht mehr sehen.«

»Aber Siv ...«, begann ich, und wieder unterbrach sie mich.

»Lass Siv aus dem Spiel«, sagte sie düster, »der hat mir immerhin nie etwas versprochen. Auch wenn ich immer geglaubt habe, zwischen uns würde etwas wachsen. Hab ich mich wohl getäuscht. Egal. Aber du, du hast mich betrogen. Und dabei bist du meine Freundin. Wenigstens warst du das bis heute.«

Ich hielt das Telefon noch immer, obwohl schon das Besetztzeichen daraus tutete. Kraftlos ließ ich mich niedersinken. Was sollte ich nur tun?

Zu Mellis Wohnung fahren und Sturm klingeln?

Doch erst mal warten, bis mein Vater anrief, um ihm die Meinung zu sagen?

Gab es für solche Dramen vielleicht eine Yogaregel?

Ich dachte daran, was mir Melli zum Thema Karma Yoga erzählt hatte. Immer das tun, was gerade ansteht, und das mit voller Hingabe.

Wenigstens hatte sich auf diese Weise mein Geburtstagsdilemma von selbst gelöst.

Im gleichen Moment, in dem ich diesen Gedanken hatte, schämte ich mich auch schon dafür.

Was hatte ich Nadine geschrieben? Oder schreiben wollen? Dass ich ihren Rat brauchte? Jetzt brauchte ich ihn mehr denn je.

Ich brauchte ganz dringend eine Freundin, mit der ich reden konnte. Und zwar sofort. Zuerst über Melli. Dann über den Meteoriteneinschlag namens Papa.

Nadine hob beim ersten Klingeln ab und klang, als würde sie vor Energie platzen.

»Sweetie!«, rief sie in den Hörer. »Ich bin gerade auf der After-Work-Goa-Party im Beachclub City! Komm vorbei, ich hab schon an dich gedacht! Es gibt nämlich Caipirinha für zwei Euro!«

»Sitzt du?«, fragte ich zurück.

»Ob ich sitze?«, ich hörte sie kichern. »Ja, ich sitze sogar ausgesprochen gut. Ich weiß nur nicht genau, auf wem. He, du! Wie heißt du?« Ich hörte Geraschel, neues Gekicher und Loungemusik im Hintergrund. »Der heißt Malte«, sagte sie, »und ich sitze gerade auf seinem Schoß, weil kein Strandkorb mehr frei war.«

»Gut. Hauptsache, du sitzt.«

»Hey, was ist los bei dir? Alles okay?«

»Nein. Gar nichts ist okay. Nadine, ich hab dir heute eine Mail geschrieben, und die ist aus Versehen bei Melli gelandet.«

»Und was stand drin? Was Interessantes?«

»Hör zu, du wolltest das ja neulich nicht wissen, aber jetzt muss ich es dir einfach sagen. Erinnerst du dich an den Yogalehrer von unserem Wochenende im Ashram?«

»Den Bayern, der immer auf ›mei‹ meditiert hat?«

»Nein. So einen großen, gut aussehenden, mit rasiertem Schädel, der …«

»Siv?« Ihre Stimme klang seltsam alarmiert.

»Du erinnerst dich?«, fragte ich noch einmal.

»Ja.«

Ich wartete, ob sie noch mehr zu sagen hatte. Sie blieb bei ihrer knappen Antwort.

»Jedenfalls, die Sache ist die, Melli ist total verliebt in Siv. Es hat sogar damit zu tun, dass Steve und sie sich getrennt haben. Sie ist überzeugt, dass er so etwas ist wie die verlorene Hälfte ihrer Seele.«

»Ja. Und?«

Was war die denn plötzlich so einsilbig?

»Nadine?«

»Hm?«

»Sag mal, fummelt dieser Malte gerade an dir herum?«

»Nee. Nicht ablenken. Was läuft denn zwischen Melli und Siv? Läuft da überhaupt was?«

»Nein, eben nicht. Aber ... wie soll ich sagen ...«

»Komm, spuck's aus!«

Seltsam. Ihr Ton war so barsch. Irgendwie – angespannt.

»Na ja«, begann ich eingeschüchtert, »Siv gibt ja nicht nur Kurse in Freddys Fitnessfarm, sondern auch in anderen Yogazentren. Nach unserem Wochenende habe ich mich in einem davon angemeldet. Ja, und dann sind Siv und ich uns, wie soll ich sagen, nähergekommen. Ich würde sogar sagen, wir sind zusammen, auch wenn das noch nicht so offiziell ist. Tja, und weil ich nicht wusste, wie ich das Melli erklären soll, wollte ich von dir ...«

Ich kam nicht weiter. Nadine rief etwas, das klang wie »Du Sau«.

»Sau? Ich?«

Ich hatte nie behauptet, die Welt zu verstehen. Doch was sie sich heute leistete, diese Welt, das schlug dem Fass den Boden aus.

»Nicht du«, Nadine lachte leicht hysterisch, »ich meine *die* Sau. Siv.«

»So kann man das nicht nennen«, verteidigte ich ihn, »er hat Melli ja keine Hoffnung gemacht. Das fand ja alles in ihrem Kopf statt. Ich meine, er hat nun wirklich nicht mit ihr geschlafen.«

Nadines Antwort konnte ich nicht verstehen, weil gerade jemand im Hintergrund in eine Fußballtröte blies. Jedenfalls war ich sicher, dass ich es nicht richtig gehört hatte.

Oder konnte sie wirklich gesagt haben, was ich glaubte verstanden zu haben?

»Noch mal«, forderte ich, »war gerade so laut.«

»Ich sagte: Aber mit mir.«

Nicht nur der Boden brach weg. Die ganze Erde begann sich in eine falsche Richtung zu drehen, die Temperatur sank unter den absoluten Nullpunkt, sämtliche Moleküle stellten ihre Bewegung ein und verharrten in Schockstarre.

»Siv hat mit *dir* geschlafen?«

»Ja, aber nicht so oft. Zwei, drei Mal. Ich fand's auch nicht so toll, ehrlich gesagt. Zu viel ›Oh-ich-spür-dich-so-intensiv‹-Gerede, zu wenig Action, wenn du verstehst, was ich meine. Scheiße, ich hatte ja keine Ahnung, dass auch du ... wie hast du es ausgedrückt? Dass ihr *zusammen* seid?«

»Ja. Dachte ich wenigstens. Bis vor fünf Minuten.«

»Und warum wusste ich davon nichts? Ich dachte, wir sind Freundinnen!« Nadine klang leicht beleidigt.

»Dasselbe könnte ich dich auch fragen!«, empörte ich mich. »Warum hast *du* mir nichts erzählt?«

»Tja. Es gab da, wie soll ich sagen – es gab diese Art Schweigegelübde.«

»Schweigegelübde? Das heißt, er hat dich auch gebeten, dass du mit niemandem über ihn und dich reden sollst? Wegen der Energie ...«

»... die sonst verpufft. Genau. Und das hat er bei dir auch gemacht?«

»Genau so.«

»Boah.«

»Boah, ey.«

Nach einer kurzen Pause fing Nadine wieder an zu sprechen. »Aber eigentlich, Evke, also, nimm mir das nicht übel – eigentlich bist du doch nicht der Typ, der Geheimnisse besonders gut für sich behalten kann, oder?«

Zugegeben: Da hatte sie recht. »Ich wollt's dir ja erzählen«, sagte ich lahm, »auf Annas Party. Du hast mir nicht zuhören wollen.«

»Ach ja. Annas Party«, sie gluckste plötzlich, als wäre etwas sehr Komisches passiert. »Ja, da hatte ich ihn auch vorher getroffen. An dem Nachmittag, *das* war tatsächlich nicht so übel. Aber, sorry, was red ich denn – das willst du natürlich gar nicht hören.«

»Ich hatte ja keine Ahnung ... wieso hast du überhaupt Kontakt zu ihm gehabt, nach dem Wochenende?«

»Du hast es doch selbst gesagt«, jetzt klang ihr Lachen deutlich freudloser, »der junge Mann tanzt auf mehreren Hochzeiten, das heißt, ich meine natürlich, er unterrichtet in mehreren Yogazentren.

Cleverer Schachzug, wenn du mich fragst. Nach dem Wochenende in Werderhorst habe ich mir einfach den Stundenplan der Nirvana Lodge noch mal etwas genauer angeschaut und die Gruppe gewechselt. Ich dachte, ein bisschen Abwechslung kann nicht schaden. Dabei hat mich Siv gar nicht so interessiert. Als Mann, meine ich.«

»Eben!«, rief ich. »Der ist doch gar nicht dein Typ!«

»Recht hast du. Ich weiß auch nicht – wir sind mal nach der Stunde ins Gespräch gekommen, und irgendwie hat er da meine weiche Seite erwischt. Hat mir gesagt, in mir sei so eine große Traurigkeit, und meine ganze Enttäuschung würde man in meinen Hüften spüren. Da hab ich mich irgendwie – verstanden gefühlt. Angenommen.«

»Das mit der Traurigkeit kommt mir bekannt vor«, jetzt musste auch ich ein irres Kichern unterdrücken, »nur das mit den Hüften, das ist mir neu. Ihr hattet also richtigen Sex? Mit allem Drum und Dran?«

»Ich sag doch. Mir war's ein bisschen zu wenig Drum und Dran und zu viel Gerede. Ich will jetzt keine schmutzigen Details ausbreiten. Aber rein biologisch betrachtet haben wir's gemacht, da gibt es keine zwei Meinungen.«

»Ich fass es nicht!« Ich rutschte an der Wand meines Wohnzimmers herunter, kauerte mich auf dem Boden zusammen und hielt meine Knie mit der freien Hand fest, als könnte ich sonst in tausend Teile zerbrechen. »Und mir erzählt er, Sex wäre was Heiliges!«

»Das ist vielleicht ein schwacher Trost, aber ganz ehrlich: Du hast nichts verpasst.«

Darauf fiel mir nichts mehr ein.

»Evke?« Als Nadine weitersprach, war kein Spott mehr in ihrer Stimme, kein irres Kichern, keine Belustigung. Sie klang eher ein bisschen enttäuscht. »Verzeih mir, ich wollte dich nicht kränken«, sagte sie leise. »Ich hatte ja wirklich keine Ahnung … shit, du bist echt verliebt, oder?«

»Ich weiß nicht«, meine Gedanken fuhren Achterbahn, »ich … es ist gerade alles ein bisschen viel.«

Wir schwiegen. Draußen röhrte ein Motorrad vorbei. Schließlich nahm Nadine das Gespräch wieder auf.

»Das ist eine üble Sache für dich«, sagte sie, »vor allem wegen Melli. Ich finde, das hat dieser Esocasanova nicht verdient, dass seinetwegen eure Freundschaft kaputtgeht. Dass sie es auf diese Weise zufällig erfährt, ist natürlich bitter. So wie ich Melli kenne, trifft sie das hart.«

»Und was ist mit mir?«, jammerte ich. »Wieder ein Traum zerstört! Hab ich denn nicht auch mal das Recht auf ein bisschen Glück?«

»Ja, Evke«, erwiderte sie sanft. »Natürlich. Aber ich hab's dir neulich schon gesagt: Solange du dem Glück so verbissen hinterherrennst, fühlt sich kein Mann von dir gemeint. Vielleicht solltest du erst einmal mit dir selbst klarkommen, bevor du dich wieder auf den nächsten stürzt. Aber vor allem solltest du dich ganz schnell wieder mit Melli versöhnen. Ihr braucht euch doch, mehr, als ihr die Männer braucht! He! Grobian!«

Ich hörte etwas poltern, dann wieder Nadines Stimme.

»Jetzt hat mich der Malte doch glatt runtergeworfen. Hat ihm wohl nicht gepasst, dass ich auf seinem Schoß über Männer geschimpft habe.«

»Na dann«, sagte ich mutlos, »viel Spaß noch. Ich bin sicher, du findest schnell einen anderen Schoßsitzplatz.«

»Jetzt warte doch mal«, Nadines Stimme klang plötzlich elektrisiert, »ich habe gerade eine sensationelle Idee!«

Nach dem Gespräch legte ich auf und sah mich im Wohnzimmer um. Alles sah grau aus. Unbelebt. Tot. Das reinste Leichenschauhaus. Sogar das Sofa wirkte irgendwie fahl. Zugemüllt hatte es mir besser gefallen.

Es hatte eben auch lange nichts Schönes mehr erlebt.

Seit der Nacht mit Chris, um genau zu sein. Siv hatte ja nie ins Wohnzimmer gedurft. Wegen …

Mein Blick fiel auf den Ficus. Diese blöde Pflanze mit ihren idiotischen Babyblättchen. Von wegen kosmisches Zeichen. Hatte mir auch nichts genützt.

Ich war ein Nichts. Ein Niemand. Ich schaffte es nicht einmal, eine hundsgewöhnliche Zimmerpflanze bei Laune zu halten. Geschweige denn einen Mann. Meine beste Freundin hatte ich auch noch verloren. Und mein Vater? Der zeugte mit fünfundfünfzig einfach mal so nebenbei eine neue Familie, weil die alte ihm nicht gut genug gewesen war. Meine Mutter und ich.

Ich dachte an Nadines Plan, um mich aufzumuntern. Es half. Allerdings nur ein ganz kleines bisschen.

Ich griff nach dem schweren Terrakotta-Übertopf, klemmte ihn unter den linken Arm und öffnete mit rechts die Balkontür. Hitze schlug mir entgegen, ein mobiler Eiswagen bimmelte, jemand lachte. Da draußen lebten und liebten Menschen. Sie taten es ohne mich. Immer taten sie es ohne mich.

Die würden sich noch wundern.

Einen Moment lang ließ ich den Ficus im Übertopf auf dem Geländer balancieren. Er kippelte leicht, so wie ein Kind, das über ein Mäuerchen stakst, dann bekam er Übergewicht. Ich schloss die Augen, dann hörte ich den Aufprall auf der Straße, das hohe Splittern von Scherben. Ein Geräusch, das wenigstens für einige Sekunden die Explosionen in meinem Kopf übertönte.

Welch eine Wohltat.

»Evke?«

Wo kam diese Stimme nun wieder her? Wütend drehte ich mich um. Etwa wieder ein Buddha auf einem Schriftstück, das ich irgendwo liegen gelassen hatte?

Nein. Das kam eindeutig von draußen.

»Evke? Ich versteh ja, dass du wütend auf mich bist, aber musst du mich gleich umbringen?«

Ich beugte mich über das Balkongeländer. Unten vor der Eingangstür stand mein Vater auf einem Bein. Das andere hatte er angewinkelt und wischte Erdkrümel von seiner Hose. Dabei sah er mich an. So liebevoll, wie mich lange keiner mehr angesehen hatte.

»Evke, mein Herz«, fragte er, »darf ich bitte raufkommen?«

anjaneyasana

Die Halbmondstellung (Anjaneyasana) hilft, den eigenen Geist zu beherrschen, Lebenskraft zu erlangen oder wiederzugewinnen.

Am Abend des schwärzesten Dienstags meines Lebens redeten wir lange, mein Vater und ich. Und am Ende war ich beinahe glücklich. Nicht nur weil die Neuigkeiten aus Hansjörgs Welt mich von meinem jüngsten Siv- und Melli-Desaster ablenkten. Auch weil ich erfuhr, wie viele Gedanken mein Vater sich gemacht hatte.

Er hatte einen Fehler gemacht, er hatte mich auflaufen lassen, er hatte mir etwas Wichtiges verschwiegen. Doch er hatte es nicht aus Boshaftigkeit getan, nicht einmal aus Gleichgültigkeit.

Mein Vater hatte vielleicht nicht das stärkste Rückgrat aller Zeiten. Aber eines hatte ich verstanden: Er liebte mich.

Als ich auf den Türsummer drückte, war ich noch keineswegs so milde gestimmt. Unwirsch riss ich die Wohnungstür auf, hörte zögernde Schritte auf den Treppenstufen und zerrte meinem Vater schließlich wortlos die Scherben des Terrakotta-Übertopfes aus der Hand, die er mir entgegenstreckte wie eine übereilte Friedenspfeife.

»Hier«, sagte er, »die haben nicht mehr in den Straßenmülleimer gepasst, weil das Bäumchen so groß war. Hatte übrigens total faulige Wurzeln. Du darfst deine Pflanzen nicht so zuschütten, davon gehen sie kaputt.«

»Du kannst gleich wieder gehen«, knurrte ich, »wenn du mir jetzt Vorträge über Hobbygärtnerei halten willst.«

Er versuchte, mich in den Arm zu nehmen. Ich riss mich los und warf mich auf das Sofa. Dann schleuderte ich die Scherben auf den Teppich und die Flipflops von meinen Füßen. Mein Vater blickte sich suchend um, fand aber keine andere Sitzgelegenheit. Ich dachte überhaupt nicht daran, ihm eine anzubieten.

Und da tat er etwas Verblüffendes. Er ließ sich erstaunlich sportlich im Schneidersitz auf dem Teppich vor mir nieder, ergriff meine nackten Füße und begann, meine Zehen zu massieren. Ich war zu verdattert, um sie ihm zu entziehen.

»Evke«, begann er sanft, »mein liebes Mädchen.«

Das hätte er nicht sagen sollen. Gleich würde ich anfangen zu heulen. Und dann würde er mich auf den Schoß nehmen und wiegen, als sei ich wieder sieben Jahre alt und die hinterhältige Nachbarstochter hätte mich mit ihrem Holzclog vertrimmt. Und dann musste ich ihm sofort alles verzeihen, weil er mein Papa war, weil er so stark war und alles Böse auf der Welt von mir fernhielt.

Bevor meine Stimmung allzu harmoniesüchtig wurde, sprach er bereits weiter.

»Ich weiß«, sagte er, »das muss für dich ein Schock sein, dass du es auf diese Weise erfährst. Aber du musst zugeben, ich habe es immer wieder versucht, Kontakt mit dir aufzunehmen. Weil ich es dir natürlich selbst sagen wollte, dass ich ... dass Ilona ... ich meine, dass du große Schwester wirst. Aber du hast dich ja auch nie zurückgemeldet.«

»Ich wusste ja nicht mal, dass IPS, ich meine, dass Ilona und du euch überhaupt kennt!«, fuhr ich ihn an. »Wahrscheinlich hast du nicht mal kapiert, dass ich im gleichen Unternehmen arbeite wie sie! Du konntest dir ja schon damals nie den Namen von meinem Chef merken!«

»Ach, der Herr Bäcker!«, mein Vater lachte unsicher und knetete meine Knöchel. »Hat sich euer Verhältnis denn etwas verbessert?«

»Er heißt Berger«, gab ich eisig zurück, »danke der Nachfrage. Könnte kaum besser sein.«

Mein Vater atmete lang ein und noch viel länger wieder aus. Wahrscheinlich eine der Atemtechniken, die er im Geburtsvorbereitungskurs gelernt hatte.

»Weißt du«, sagte er schließlich leise, »es kam alles viel schneller und überraschender, als du vielleicht denkst. Ich habe wirklich lange Zeit nicht gewusst, was Ilona beruflich genau macht. Schon gar nicht, dass ihr Kolleginnen seid.«

»Ihr hattet wohl Wichtigeres zu tun, als über eure Jobs zu sprechen«, gab ich bissig zurück, aber er ließ sich nicht provozieren.

»Da hast du gar nicht so unrecht«, sagte er, »wir hatten wirklich Wichtigeres zu tun. Aber nicht, was du denkst. Weißt du, wir hatten einfach so unglaublich viel zu reden. So viel ganz Entscheidendes.«

»Klar. IPS ist ja auch in der Kommunikationsbranche.«

Mein Vater arbeitete sich langsam von meinem Knöchel zu meiner Wade vor und blickte sehr konzentriert dabei drein.

»Kennst du das?«, fragte er schließlich leise. »Wenn du einen Menschen triffst und sofort das Gefühl hast, er dringt mit Worten in dein Inneres vor? Nicht das ganze Normalprogramm, diese Fragen nach Job, Auto, Reisen – sondern wenn man sich trifft und sofort auf einer ganz anderen Ebene ist? Wie soll ich dir das nur erklären?«

»Brauchst du nicht«, sagte ich. »Kenn ich gut.«

Musste mein Vater mich jetzt ausgerechnet an meine letzte zauberhafte Begegnung der dritten Art erinnern?

»Ilona jedenfalls«, fuhr er träumerisch fort, »ich glaube, in diese Frau hätte ich mich auch verliebt, wenn sie zehn Jahre älter gewesen wäre als ich und zwanzig Kilo mehr wiegen würde. Oder wenn sie rosa T-Shirts mit Mickymäusen tragen würde. Dass sie auch noch eine so attraktive Person ist, nun ja, das hat jedenfalls nicht geschadet. Aber glaub mir, dass ihr Kolleginnen seid, das weiß ich erst seit etwa einem halben Jahr.«

»Einem halben Jahr? Da war sie doch schon schwanger!«

»Eben«, er nickte, als erklärte das alles. »Das mit dem Baby war nicht geplant, jedenfalls nicht so schnell. Wir kannten uns ja noch nicht lange. Als dann klar war, dass wir Eltern werden, haben wir uns natürlich mehr über unser Leben erzählt. Und da dachte ich mir schon, dass es nicht so einfach werden könnte für dich. Dass dein alter Vater sich neu verliebt, in eine Frau, die deine große Schwester sein könnte.«

Endlich blickte er auf. Er sah mich erwartungsvoll an, als müsste ich sofort etwas sagen wie »na, so alt bist du ja nun auch wieder nicht«, aber da konnte er lange schmoren.

»Jedenfalls«, sagte er nach einer Weile und drückte mit seinem Daumen auf meinen Schienbeinen herum, »jedenfalls habe ich dann ja immer wieder versucht, dir alles zu erzählen. Ilona war mir schon ganz böse, dass wir uns nie getroffen haben, du und ich. Aber es kam ja nie etwas von dir. Dass Ilona das nun selbst in die Hand nehmen wollte – na, da muss ich wohl noch einmal ein ernstes Wort mit ihr reden. Sie hat sich jedenfalls große Sorgen darum gemacht, wie du es aufnehmen würdest. Schließlich mag sie dich sehr.«

»Die mag mich sehr?«, fragte ich ungläubig. »Die kennt mich doch überhaupt nicht!«

»Sie hat mir erzählt, dass du dich in den letzten Monaten sehr verändert hast«, mein Vater bohrte einen Zeigefinger unter mein Knie, »eine Art inneres Strahlen, das du früher nicht hattest. Sagt sie. Wir haben uns schon gefragt … Evke, gibt es vielleicht einen neuen Mann in deinem Leben?«

Grob riss ich ihm mein Bein weg. »Falsche Frage«, sagte ich finster, »nächste Frage.«

»Entschuldigung«, gab mein Vater kleinlaut zurück, »ich hätte mich ja nur gefreut, wenn es von dir auch so schöne Neuigkeiten gegeben hätte wie von mir. Ich dachte, wir können ja auf jeden Fall bald mal zusammen mit Finn-Luca …«

»Finn-Luca? Wer ist das nun wieder?«

»Na, dein kleiner Bruder natürlich«, erklärte er mit einem beinahe vorwurfsvollen Ton, als hätte ich das längst wissen müssen.

Aber da hatte ich wohl auch noch ein Wörtchen mitzureden.

»Der soll Finn heißen? Das geht nicht!«, rief ich aufgeregt. »Den Namen hatte ich mir doch selbst ausgesucht. Für meinen – ich meine, für deinen Enkel!«

Mein Vater lachte. »Mein Enkel? Ich hatte dich gerade so verstanden, dass gerade gar kein Vater für das Kind in Sicht ist?«

»Egal«, schmollte ich, »der Name gehört mir.«

»Okay«, sagte mein Vater und nickte langsam, »dann schreiben wir ihn eben anders, den Finn-Luca. Mit Ypsilon, das geht auch.«

Ich blickte auf seinen Daumen. Den breiten Fingernagel, die schwarzen Härchen darauf. Plötzlich musste ich wieder daran denken, wie ich mich früher gefühlt hatte, wenn mein Vater am Steuer unseres Autos saß. Das Lenkrad so fest und sicher umfasst, diese Klarheit im Blick, als wüsste er immer, wo es langgeht.

Jedenfalls glaubte ich das damals.

»Du hast dich ganz schön verändert«, sagte ich leise.

Er nickte. »Du ja vielleicht auch. Und weißt du, was ich wirklich bereue? Dass ich es nicht einmal beurteilen kann. Dass ich es zugelassen habe, wie weit wir in den letzten Jahren auseinandergedriftet sind, Evke. Mein Mäuschen.«

Und dann war es um mich geschehen. Schluchzend lag ich an seiner Brust, so, als sei ich selbst so winzig wie Finn-Luca und als könnte ein Vater so etwas sein wie ein Bollwerk gegen alles Böse auf der Welt. Dabei stellte ich mir vor, wie eine wild gewordene energetische Lichtdusche um sich spritzte und einfach alle Wesen mit Goldstaub bepuderte, meinen Vater und meine Mutter, IPS und das kleine Wesen in ihrem Bauch. Meine Freundinnen, von denen die wichtigste mich nicht mehr mochte. Selbst Siv bekam ein paar Spritzer ab.

Aber nur aus Versehen.

Bei aller Harmonie: Mit dem waren wir noch nicht fertig, Nadine und ich.

TRIKONASANA

Das Dreieck (Trikonasana) hilft, die Welt aus einem veränderten Blickwinkel zu sehen. Es öffnet für überraschende Erkenntnisse und bahnt den Weg für neue, heilsame Verhaltensmuster.

An der Decke schwebten Engelchen aus Pappmaschee. Sie hatten dralle rosa Beinchen, flatterige himmelblaue Gewänder und speckige Doppelkinne. Das mochte aber auch daran liegen, dass man sie von unten sah. Keine sehr vorteilhafte Perspektive, nicht einmal für Engelchen.

Es war ein bisschen, als hätten Nadine und ich uns mit Siv in einer Kirche verabredet. Dabei war es nur das »Caféhaus«. Komisch, dass mir die Engelchen noch nie vorher aufgefallen waren. Musste an meinem neuen Blickwinkel liegen. Nicht nur auf die Engel. Auf alles. Wie sagten die Hollywood-Stars immer, »Yoga hat mein Leben total verändert!«?

Ich studierte die Teekarte. Roibuschtee, Ingwertee, grüner Tee, Yogitee. Dann kam die Bedienung, und ich bestellte einen Sekt auf Eis. Zur Feier des Tages. Und gegen die Nervosität. Schließlich hatte ich noch nie ein Date zu dritt gehabt.

Auch wenn einer der drei Beteiligten davon noch nichts ahnte.

Nadine hatte völlig recht. Wir durften Siv mit seinem Doppelspiel nicht davonkommen lassen. Erst das mit der Traurigkeit, ob in den Hüften oder sonst wo, und dann das Schweigegebot – ich mochte mir gar nicht ausmalen, bei wie vielen Frauen er mit dieser Masche noch gelandet war. Schließlich unterrichtete er nicht nur in drei Yogastudios in unserer Stadt. Es gab auch noch die Workshops in Werderhorst. Im Erzgebirge. Und wer weiß, wo noch.

Ich blickte auf die große Wanduhr über dem Tresen. Zehn nach halb neun. Frechheit. Jetzt verspätete sich der Kerl auch noch. War wohl in einem anderen Hier und einem anderen Jetzt hängen geblieben. Ich hob mein Glas und prostete den Deckenengelchen zu.

Seit vier Tagen, seit dem schwärzesten Dienstag meines Lebens, hielt mich vor allem ein Gedanke bei Laune: Der Anblick von Sivs Gesicht, wenn Nadine in zwanzig Minuten an unseren Tisch spazieren würde. Neun Uhr, das hatten wir verabredet.

Allerdings sollte er bald mal kommen. Ein Kreuzverhör ohne Verdächtigen konnte ganz schön langweilig werden.

Ich blickte durch das große Panoramafenster nach draußen. Es war windig, und Regentropfen rasten wie gehetzt über die Scheiben. Irgendwann näherte sich schwankend ein Fahrrad, auf dem vorn ein großer Korb befestigt war, zugedeckt mit einer Plastikplane. Ich sah zu, wie der Fahrer abstieg und einen trapezförmigen Fahrradständer ausklappte, so wie ihn auch Briefträger an ihren Rädern haben. Dann zog er den Korb rüttelnd aus seiner Halterung und machte sich auf den Weg Richtung Tür. Sekunden später flog der schwere, bordeauxrote Vorhang auf, der als Windfang diente, und der Mann betrat das Lokal. Er zog sich die Kapuze der Regenjacke vom Kopf und die Plane von seinem Korb, dann schüttelte er seine dichten, dunklen Haare wie ein Hund nach dem Baden. »Laugenbrezen, Käsebrezen, Vollkornbrezen, Glückskekse«, skandierte er wie ein Marktschreier auf dem Hamburger Fischmarkt und begann seine Runde von Tisch zu Tisch.

Interessant. Der hatte wohl sein Sortiment erweitert. Vor ein paar Jahren, als ich noch mehr im Nachtleben unterwegs gewesen war, hatte er immer nur die gleichen trockenen Laugenbrezen gehabt.

»Entschuldigung?« Ich zupfte ihn an seinem nassen Ärmel. Es tropfte auf meinen Tisch. Er blieb stehen und zwinkerte mir aus seinen grünen Augen zu.

»Was kosten denn deine Glückskekse?«

»Theoretisch unbezahlbar«, antwortete er, »aber weil du's bist, bekommst du einen für fünfzig Cent.«

Mit geschlossenen Augen wühlte ich in seinem Korb. Kleine, dreieckige Plastikverpackungen, glatt und schlüpfrig in meinen Fingern. Da, die da! Die fühlte sich anders an als die anderen. Irgendwie – wärmer. Das war mein Keks. Mein Schicksal.

Ich kniebelte an der Verpackung, legte dann feierlich meine Daumen zusammen und brach den Keks auseinander. Der Teig bröselte, als ich den Zettel aus dem Inneren holte und vorsichtig glatt strich.

»Na, meine Liebe? Was sagt das Orakel?«

Ich fuhr herum und blickte in Sivs Gesicht. Er musste gleich hinter dem Brezenverkäufer das Café betreten haben, aber ich hatte ihn nicht kommen sehen. Kleine Perlen standen auf seiner Stirn, Schweiß oder Regen, und sie sahen so appetitlich aus, als hätte man ein Model für einen Sportklamotten-Werbespot präpariert.

Mist. Er gefiel mir immer noch.

Ich zwang mich zu einem kühlen Lächeln.

»Irgendwie muss man sich die Zeit ja vertreiben, wenn man versetzt wird«, gab ich zurück.

»Versetzt?«, er warf einen Seitenblick auf die Uhr über dem Tresen. »Das würde ich so nicht sagen. Ich war noch in einer sehr intensiven Arbeit mit einer Schülerin, und es wäre nicht gut gewesen, das so plötzlich abzubrechen.«

»Ha!«, entfuhr es mir. Intensive Arbeit. Schülerin. Hatte er solche Sachen eigentlich in den vergangenen Wochen auch schon gesagt? Hatte ich einfach nicht zugehört? Nicht verstehen wollen, was völlig offensichtlich war?

»Ha?«, er hob fragend die Augenbrauen, zog sich einen Stuhl heran und setzte sich. »Wieso ha? Und was trinkst du da überhaupt?«

»Sekt auf Eis.«

Er schürzte nachdenklich die Lippen. »Hm. Sollte ich vielleicht auch mal probieren. Ausnahmsweise.«

»Ja. Trink. Du wirst es brauchen.«

Wieder sah er mich fragend an, und ich biss mir auf die Lippen. Dass ich auch wieder meinen Mund nicht halten konnte!

»Ich meine, vielleicht tut das ganz gut, bei dem Wetter da draußen.«

Er lehnte sich zurück und legte Daumen und Zeigefinger auf der Tischplatte aneinander. Dann sah er mich forschend an.

»Evke, was ist denn da gerade los bei dir? In dir?« Er beugte sich wieder vor und klopfte sacht mit seinem Zeigefingerknöchel an meine Stirn, dann an mein Brustbein. »Du wirkst so … als wärest du gerade gar nicht in der Balance. Nicht bei dir.«

Ich lehnte mich zurück und legte auch Daumen und Zeigefinger aneinander. Irgendein Mudra, eine Fingerstellung, die Energie gab. Ich wusste zwar nicht, was für eine Art von Energie, aber ich konnte jede Form gebrauchen. In der Not war man nicht wählerisch.

»Siv«, sagte ich langsam, »ich finde, wir sollten unser komisches Versteckspielchen langsam aufgeben.«

»Unser Versteckspielchen aufgeben, sagst du.«

»Ja. Diese ganze Idee von Energie, die sich potenziert, wenn man sie nicht nach draußen lässt, ich weiß ja nicht …«

»Idee von Energie.«

Er war offensichtlich entschlossen, diesen Teil des Gesprächs einfach auszusitzen und dabei nur meine Worte zu wiederholen. Mal sehen, wie lange er durchhalten würde.

Und wann er sich verschlucken würde.

»Ich habe in ein paar Tagen Geburtstag«, begann ich erneut, »und da dachte ich …«

»Haben Sie schon etwas Schönes gefunden?« Die Kellnerin beugte sich über Siv und lächelte ihn bezaubernd an. In ihrem gut gefüllten Dekolleté baumelte ein Silberwal und lächelte auch.

Die hatte auch noch nie etwas von Frauensolidarität gehört. Mitten in meinen wichtigsten Satz hineingrätschen und dann noch Wal mit Busen servieren.

»Etwas Schönes gefunden?«, setzte Siv seine Echo-Antwortenserie fort. »Äh, ja.« Mit einer kleinen Verzögerung riss er seinen Blick vom Herzchakra der Bedienung los und lächelte sie fein an. »Einen grünen Tee, bitte«, sagte er, »aber nicht länger als sieben Minuten ziehen lassen.«

»Keine Sorge«, die Bedienung schnappte sich die Teekarte, »wir lassen hier nichts anbrennen.«

»Was ich meine«, versuchte ich den Faden wieder aufzunehmen, »also, wegen meines Geburtstags …«

Mist. Jetzt hörte ich mich an wie damals in der zweiten Klasse, bei meinem ersten Sachkundereferat zum Thema »Wie lebt das Eichhörnchen im Winter«. Jedenfalls fühlte ich mich gerade ziemlich ähnlich.

Noch mal mit Gefühl.

»Ich habe am übernächsten Dienstag Geburtstag. Meinen neunundzwanzigsten. Und ich würde gern eine Einladung machen.«

Wenn ich er gewesen wäre, hätten spätestens jetzt bei mir alle Alarmglocken zu schrillen begonnen. Aber er sah nicht aus, als hätte er das Geräusch einer Sirene im Kopf. Eher eine dieser CDs, auf denen fröhliche Frauenchöre ein Mantra nach dem anderen sangen.

»Neunundzwanzig«, Siv zerkaute das Wort, als wäre es ein neues, exotisches Gewürz, das er vorher noch nie gekostet hatte, »eine Schwelle. Ein Übergang.«

Ich ließ nicht locker.

»Natürlich musst du dabei sein. Das ist ja ohnehin klar.«

Zum ersten Mal wandte Siv seinen Blick von mir ab und beobachtete interessiert die Deckenengelchen, die im leichten Zug hin und her baumelten. Vielleicht wurde es ihm ja doch langsam ungemütlich.

Ich setzte nach. Ich spielte meine stärkste Karte aus.

»Und natürlich möchte ich auch, dass du endlich meine Freundinnen kennenlernst. Richtig kennenlernst.«

Wieder keine Reaktion. Wenigstens keine sichtbare.

»Weißt du«, sagte Siv und schob mit dem Finger ein paar Salzkrümel auf dem Tisch zusammen, »ich finde ja immer diese Übergangszeiten am interessantesten im Leben. Diesen Anlauf vor dem Sprung. Diesen Zustand von nicht-mehr und noch-nicht. Die Japaner sagen …«

Ich würde nie erfahren, was die Japaner sagten. Denn erst kam die Kellnerin mit dem flachen, schwarzen Teekännchen, und dann hörte ich vom Eingang das Geräusch sehr entschlossener Schritte auf hohen Absätzen.

Jetzt konnte er unmöglich weiter so cool bleiben.

Und tatsächlich: Er blieb es nicht.

»Autsch«, rief Siv und rieb sich mit der linken Hand die rechte Handkante. »Jetzt hab ich mich verbrannt.« Dann sah er tadelnd seine Teekanne an, als hätte die ihn von sich aus angegriffen.

»Wer hat sich verbrannt?«

Eine zuckersüße Frauenstimme schwebte über unserem Tisch, dann schlang Nadine von hinten die Arme um meinen Hals und küsste mich mit einem lauten Schmatz auf die Wange.

»Hallo, Sweetie!«, rief sie.

»Wenn wir gerade von meinen Freundinnen reden«, sagte ich und betonte dabei jedes Wort, »ganz zufällig ist gerade eine gekommen. Da können wir gleich mal anfangen mit dem Kennenlernen. Oder habt ihr zwei euch zufällig schon einmal gesehen? Damals, in Werderhorst vielleicht?«

Nadine angelte mit einer Stiefelspitze nach dem nächsten Stuhlbein, dann setzte sie sich mir gegenüber.

Es war doch deutlich angenehmer, wenn man im Verhör nicht der Verbrecher war. Sondern selbst einer der Cops. Egal, ob good oder bad.

Nadine und ich warfen uns einen triumphierenden Blick zu. Dann fixierten wir gemeinsam Siv. Jetzt musste ihm doch klar sein, dass alles aufgeflogen war!

Siv griff nach dem Deckel der Teekanne, hob ihn langsam an und begann, sehr gemächlich mit einem winzigen Löffelchen den grünen Blättersud im Filter umzurühren. Dann schloss er die Augen, inhalierte den Heuduft, nickte mit Kennermiene und legte den Deckel sorgfältig wieder auf. Schließlich goss er sich seine Porzellantasse voll, befingerte nacheinander sämtliche Kandiszuckerstückchen in der kleinen Glasschale daneben und entschied sich schließlich für das größte und dunkelste. Er ließ es in den Tee plumpsen, rührte um und sah uns beide undurchdringlich an, Nadine und mich.

Schließlich öffnete er den Mund.

»Da sitzen wir also«, sagte er.

Wir warteten. Es kam nichts mehr.

Nadine fand als Erste ihre Sprache wieder. »Das ist alles, was dir einfällt?«, fragte sie, eher ungläubig als wütend. »›Da sitzen wir also‹? Und das, nachdem du wochenlang dein verlogenes Spiel mit uns gespielt hast, von wegen Energie und gemeinsamen Wachstums und …«

»Ja«, sagte er und blinzelte, als wäre er gerade aufgewacht, »aber ist denn jemand zu Schaden gekommen?«

»Zu Schaden?«, jetzt konnte ich mich nicht mehr halten. »Übel betrogen hast du uns, alle beide! Hast den einfühlsamen Frauenversteher gegeben, während du in Wirklichkeit den Hals nicht voll kriegen konntest!«

»Den Hals nicht voll?« Siv nippte spitzlippig an seinem Tee. »So siehst du mich, Evke? Das macht mich betroffen. Und ich kann dein Denksystem zwar nachvollziehen, aber es ist nicht meines. Schließlich habe ich nichts getan, als Wärme zu geben. Genau so viel von mir, von meinen Kraftreserven einzubringen, wie gerade gebraucht wird, ohne dass ich mich dabei verausgabe.«

»Stimmt«, warf Nadine schnippisch ein, »verausgabt hast du dich nun wirklich nicht.«

»Nadine«, er beugte sich vor und legte ihr gefühlvoll eine Hand auf den Unterarm, »ich habe dir das schon häufig gesagt, du musst mehr auf deine eigene Seele achten. Selbst besser haushalten mit deiner Feuerenergie. Sonst …«

»Entschuldigung?«

Ein Finger tippte gegen meine Schulter. Schon wieder jemand, der was von uns wollte. War ja wie auf dem Bahnhof hier. Ich fuhr unwillig herum. Der Brezenverkäufer stand hinter mir. Jetzt sah er gar nicht mehr so freundlich aus wie vorhin.

»Hat jemand von euch sein Fahrrad an meines angeschlossen? So ein rotes Damenrad? Ich komm hier nicht weg, und dabei fang ich doch gerade erst an mit meiner Tour!«

»Ich habe gar kein Fahrrad«, antwortete ich leicht gereizt.

Nadine winkte nur unwirsch ab.

»So, mein Freundchen«, sagte sie zu Siv, »jetzt hör mir mal gut zu. Du hast hier die Frechheit, mir was über meine eigene Feuerenergie zu erzählen und dass mit der was nicht stimmt. Dabei bist du nichts als ein ganz mieser, kleiner Esocasanova, der das Wort Yogastellung ziemlich frei interpretiert.«

Siv verschanzte sich hinter seiner Teekanne und trank noch einen Schluck. Dann schüttelte er den Kopf. Er sah noch immer nicht annähernd so schuldbewusst aus, wie wir es uns vorgestellt hatten. Eher milde amüsiert.

»Wir reden aneinander vorbei«, sagte er schließlich, »und das können wir noch eine ganze Weile tun, wir können es aber auch bleiben lassen. Denn Worte helfen uns hier nicht weiter. So, wie sie meistens überhaupt nicht besonders viel weiterhelfen. Ich muss ohnehin los. Ein Freund von mir gibt ein Sitar-Konzert im deutsch-indischen Kulturtreff.«

Er stand auf, dann legte er die Handflächen vor der Brust zusammen und machte eine kleine Verneigung, erst zu mir, dann zu Nadine.

»Ich grüße euch«, säuselte er, »und ich ehre euch.«

Darauf fiel Nadine nichts mehr ein.

Mir aber auch nicht.

Wortlos starrten wir Siv nach, der an der Theke seinen Tee bezahlte. An einem Barhocker hatte der Brezenfahrer Platz genommen und trank missmutig ein Bier. Dann rauschte Siv durch den roten Vorhang hinaus, und nur ein leiser Luftzug erinnerte noch daran, dass er überhaupt hier gewesen war.

»Arsch«, sagte Nadine schließlich.

Ich zuckte die Achseln. »Irgendwie schon. Aber dann auch wieder nicht.«

»Wie?«, sie sah mich erstaunt an, »willst du etwa behaupten, dass er recht hat mit seinen idiotischen Sprüchen von Wärme und Liebe?«

»Nein«, ich nahm einen großen Schluck von meinem Getränk, »das nicht. Aber irgendwie imponiert er mir. Weil er – ja, weil er so bei sich bleibt. In jedem Moment. Als könnte er sich an sich selbst festhalten. So stark und so beweglich.«

Nadine nickte nachdenklich. »Stark und beweglich. Das trifft es ganz gut. So fühle ich mich jedenfalls manchmal nach einer Yogastunde. Wie eines von diesen Engelchen da oben, das mit einem stabilen Faden an den Himmel geknüpft ist.«

»Engelchen? Du?«

»Na ja«, sie grinste, »natürlich hab ich auch ein kleines Teufelchen in mir. Aber du doch auch, oder?«

»So ein Teufelchen ist ja auch eine feine Sache. Mit einer Menge Kraft.«

»Um andere auf die Hörner zu nehmen, zum Beispiel.«

»Ja. Was du nicht selbst an Stärke hast, kann dir auch kein anderer geben.«

»Ach du Scheiße!« Nadine beendete abrupt das erste Treffen unseres kleinen, neu gegründeten Philosophiezirkels und sprang auf. »Was, hat der Brezenfahrer gesagt, hatte das Damenfahrrad für eine Farbe?« Und sie durchmaß den Raum mit großen Schritten und tippte nun ihrerseits den Mann an die Schulter.

»Das ist mir furchtbar peinlich!«, hörte ich sie sagen. »Aber es hat vorhin so doll geregnet, da muss ich deinen Fahrradständer mit dem Fahrradständer vom ›Caféhaus‹ verwechselt haben.«

Der Brezenfahrer sah sie an, und man merkte, dass er nicht recht wusste, ob er sich freuen sollte oder wütend sein. Eine Frau hatte seine Pläne durchkreuzt. Aber immerhin eine ziemlich gut aussehende. Mit jeder Menge Feuerenergie.

»Und außerdem«, setzte sie nach, »war ich vorhin ein bisschen nervös. Aus einem bestimmten Grund. Hat sich aber erledigt.«

»Ist schon okay«, sagte er und lächelte jetzt fast widerwillig, »aber dafür musst du mir jetzt auch einen ausgeben.«

Auf diese Weise bekam Nadine an diesem Samstagabend doch noch ihr Date. Auch wenn es deutlich erfreulicher werden sollte, als sie es sich zu Beginn des Abends vorgestellt hatte. Und ich ging immerhin mit einer Person ins Bett, die ich langsam zu schätzen lernte. Auch wenn Liebe vielleicht ein etwas zu großes Wort gewesen wäre.

Mit Evke Frank.

Was hatte der Glückskeksspruch mir verraten?

Nur der lange, gewundene Weg führt zu dir selbst.

Natarajasana

Der Tänzer (Natarajasana) verleiht ein stabiles Gleichgewicht, das durch die Stürme des Lebens nicht erschüttert werden kann.

Das Fernsehstudio lag in einem Vorort von München, aber es hätte auch in einem Vorort von Hannover liegen können. Oder von Hongkong. Oder von Hoyerswerda. Es sah nicht aus wie ein Gebäude, in dem lebendige Menschen arbeiteten, atmeten oder nachdachten. Eher wie ein überdimensionales Architekturmodell, das zu groß geraten war für seinen Schaukasten. Chrom- und Glasfassade, türkise Wandplatten. Als ich hereinkam, fror ich. Und das lag sicher nicht nur an der amerikanisch überdrehten Klimaanlage, die frische Polarluft ins Foyer pumpte.

Unter einem riesigen Plakat, das Benita von Zitzewitz als Comicfigur mit Staublappen und Putzeimer zeigte, saß ein Empfangsmann im blaugrauen Hemd hinter einem milchig weißen Tresen. Das Hemd hatte in etwa die gleiche Farbe wie die Wand hinter ihm, und wenn er nicht eine Brille mit auffälligem rotem Kunststoffgestell und einen buschigen, dunklen Schnurrbart gehabt hätte, man hätte ihn glatt übersehen können.

»Guten Morgen«, sagte ich, »ich bin Evke Frank. Ich soll hier zu …, ich meine, zu der Putztalkshow.«

Der Wachmann griff nach einem Klemmbrett und nickte bestätigend. »Ja, genau«, sagte er, »*Bescheuert.* Mantras oder Muckis?«

»Bitte, wie?«

»Ned so wichtig. Ausfüllen, bitte.« Er hämmerte mit haarigen Fingern auf das Formular. Name, Geburtsdatum, Steuernummer. Sendeformat.

Ich kritzelte drauflos und fühlte mich beobachtet. Bei meinem Nachnamen verschrieb ich mich gleich dreimal. Und das war erst der Anfang. Das konnte ja heiter werden.

Ich reichte ihm das Brett zurück, ohne ihn anzusehen.

»Tut mit leid«, sagte ich, »das mit der Steuernummer … also, die weiß ich nun beim besten Willen nicht auswendig.«

Er musterte das Blatt finster, dann verzog sich der Mund unter dem buschigen Schnurrbart zu einem Lächeln.

»Ja, warum sagen S' des ned gleich? Da darf man ja gratulieren!«

Er trommelte auf die zweite Zeile.

»Gratulieren?«

Für einen kurzen, wahnwitzigen Moment hoffte ich, er würde mir erklären, dass die Sendung abgesagt war. Dass dieser schnauzbärtige bayerische Portier mich vor mir selbst retten würde und vor dem peinlichsten Auftritt meines Lebens.

Die ganze Nacht hatte ich mich schlaflos in der aalglatten Bettwäsche meines Hotelbettes gewälzt und Raumsprayduft inhaliert. Wie war ich bloß auf diese Schnapsidee gekommen, auf diesen Höllentrip? Wie konnte ich, die vor ein paar Monaten die Kobra noch für eine orientalische Giftschlange gehalten hatte, hier auf einmal vor aller Welt als Yogaexpertin auftreten?

Um vier Uhr morgens hatte ich die Nachttischschublade geöffnet und Trost in der Bibel gesucht. Es hatte nichts geholfen. Denn leider gab es weder im Neuen noch im Alten Testament einen aufbauenden Spruch, der mit »Selig sind die Wahnwitzigen« begann.

Seit meiner ersten Yogastunde war ich nicht mehr so neben der Spur gewesen.

»Natürlich, gratulieren! Wer hat denn hier Geburtstag, Sie oder ich?«

Auch das noch. Daran wollte ich nun wirklich nicht denken, melli- und männerlos, wie ich war. Dass mein Vorsatz schon um sechs Uhr morgens in sich zusammenfiel, konnte kein gutes Zeichen sein.

Mitleidlos zeigte der Empfangsmann auf eine gläserne Tür und drückte dann auf einen Knopf hinter seinem Pult. Die Tür fuhr mit einem Zischen zur Seite und gab den Weg frei.

»Gehen S' da durch und fahren S' mit dem Lift in den siebten Stock. Die Jenny holt Sie ab und bringt Sie gleich in die Maske. Ich sag oben Bescheid.«

Erst als sich die Türen des Liftes hinter mir schlossen, hatte ich wieder das Gefühl, in der wirklichen Welt angekommen zu sein. Die Beleuchtung war genauso aquariumhaft wie im Sunny-Side-Aufzug, und an der Wand hing ein Kantinenplan. Montags gab es Fleischpflanzerl mit Letschogemüse, freitags Fisch in Eihülle. An diesem Morgen war mir der Speiseplan ein größerer Trost als Buddhas gesammelte Sprüche und die Hotelzimmerbibel zusammen. Waren eben alles nur Menschen, egal ob sie in der Lohnbuchhaltung eines mittelständischen Reiseveranstalters arbeiteten oder in der Redaktion einer sensationellen Putztalkshow. Auch wenn es in unserer Kantine keine bayerischen Fleischpflanzerl gab. Sondern norddeutsche Klopse alla Plisch und Plum.

Ich klammerte mich an den Gedanken wie einst Leonardo Di Caprio an jene Titanic-Holzplanke, auf der Kate Winslet saß. Nur schade, dass Leo trotzdem im Eiswasser ertrunken war. Wer garantierte mir, dass mir nicht genau das gleiche Schicksal bevorstand? So gesehen war auch dieser Trost nur von kurzer Zeit.

Die Schiebetür öffnete sich mit einem sanften Surren, und ein Mädchen erwartete mich. Es drückte sich ein Klemmbrett an die Brust und war so schmal, dass ich es im ersten Moment für höchstens zwölf hielt. Doch dann öffnete das Mädchen den Mund und sagte mit erstaunlich tiefer Stimme: »Hi, ich bin die Jenny. Personal Assistant von der Benita. Ich bring dich gleich in die Maske, magst vorher noch was trinken?«

»Ach ja«, sagte ich, »ein Kaffee wäre jetzt nicht schlecht.«

An diesem Morgen war ich von Natur aus so rajaz, dass man mich in keinem Yogazentrum mehr hineingelassen hätte. Da kam es auf ein paar Gramm mehr Koffein auch nicht an.

»Kaffee?«, sie riss so entgeistert die Augen auf, als hätte ich sie um ein Pfund rohes Fleisch gebeten. »Magst nicht lieber einen grünen Tee?«

»Auch recht«, antwortete ich schnell. »Solange er stark genug ist.«

Ich folgte ihrem Kinderpo in der Size-Zero-Designerjeans einen langen Gang entlang. In einer Teeküche, die so steril aussah wie in einem Raumschiff, schenkte sie mir einen Keramikbecher voll. Dann ging sie im gleichen Tempo weiter, und ich hielt eine Hand über den Becher, damit ich das heiße Gebräu nicht verspritzte. Das war gar nicht so einfach. Um mich herum roch es nach frisch gemähter Wiese.

Schließlich öffnete sie eine der weißen Türen, die alle gleich aussahen. Dahinter lag eine Garderobe mit einer langen Reihe von Spiegeln und Abstelltischen, auf denen mehrstöckige Schminkkoffer aufgebaut waren. Auf einem der Stühle saß gerade eine Frau im pinkfarbenen Kunststoff-Trainingsanzug und hatte ergeben den Kopf zurückgelegt, während ein Visagist sich ihr mit einer Wimpernzange näherte.

»Das ist der Schleibi, der macht hier Haare/Make-up«, stellte Jenny vor, »und um Outfits kümmert er sich auch. Schleibi«, sie ging auf ihn zu und legte ihm die Hand auf den Oberarm, »schau, hier wären jetzt die Mantras.«

Schleibi hielt die Wimpern der Frau in Rosa eisern in seiner Stahlzange gefangen und musterte mich mit einem abschätzigen Seitenblick.

»Hätt ich mir ja beinahe gedacht, dass das nicht die Muckis sind«, sagte er.

Mantras? Muckis? War das ein spezieller Fernsehjargon? Ich versuchte, mir nichts anmerken zu lassen, und musterte verstohlen die Frau in Rosa. Sie sah auch nicht aus, als würde sie zum Team gehören, eher wie ein weiterer Talkshowgast. Allerdings keiner, der sich besonders mit Yoga auseinandersetzte.

Doch wer weiß. Man konnte sich ja täuschen. Wenn ich etwas gelernt hatte im Lauf der letzten Woche, dann das.

Während sich Schleibi ihren Augenbrauen mit einer Pinzette näherte, schob sie beiläufig den Stoff ihres Oberteils ein Stück nach oben, und ich bekam einen Schreck. Was sie da hatte, war kein Bauch. Wenigstens kein normaler Frauenbauch. Es war ein Waschbrett, bei dem Brad Pitt vermutlich die Tränen in die Augen geschossen wären.

»Hallöchen«, flötete sie und verdrehte die Augen in meine Richtung, »ich bin die Sandy. Meine Freunde nennen mich Sän.«

Bevor ich fragen konnte, was Sandys – oder Säns – Rolle in der Show war, öffnete sich wieder die Tür, und etwas Kleines huschte hinein. Schon zum zweiten Mal innerhalb von zehn Minuten dachte ich, ein Kind hätte sich in die Redaktionsräume verirrt.

»Mei!«, rief das Kleine. »Ihr seid's ja superpünktlich, das find ich super! Aber … das hier, das sind die Mantras, oder? Seid's ihr sicher mit dem Outfit?«

Das Kleine war stehen geblieben und zeigte mit dem ausgestreckten Finger auf mich. Manieren hatte es also auch keine. Was es hatte, war eine enorme Haarmähne, auf der ein neckisches Kopftuch im Retrostil saß, dazu ein passendes Blüschen und Dreiviertelleggings, und eine erstaunliche Menge Zahnfleisch, die es beim Lächeln entblößte.

Und es war auch kein Kind, sondern Benita von Zitzewitz.

Ich schätzte sie auf einen Meter sechzig und siebenundvierzig Kilo. Sie sah nicht so aus, als hätte sie in den letzten zwölf Jahren ein Fleischpflanzerl gegessen. Oder irgendetwas anderes, das mehr Kalorien hatte als Löschpapier. Ich hatte schon häufig gehört, dass die Fernsehkamera optisch mindestens fünf Kilo dazumogelte. Jetzt begann ich, daran zu glauben.

Dann erst verstand ich, was das für mich selbst bedeutete. Wenn Benita mit dem Körper einer Achtjährigen wie eine ausgewachsene, schlanke Frau aussah – wie würde ich dann rüberkommen?

Da war es wieder, das Titanic-Gefühl. Ich steuerte sehenden Auges auf einen Eisberg zu. Und er kam immer näher.

Schleibi zuckte die Achseln und zeigte mit einem Augenbrauenpinsel auf mich. »So sehen diese Yoga-Outfits alle aus. Dieses pastellige Walla-Walla-Zeug.«

Ich warf einen Seitenblick in den Spiegel. Schon wieder hatte ich etwas falsch gemacht. Ich verstand nur nicht, was. Was war denn an meinem Wickelshirt und meinen energetisierenden Pulswärmern auszusetzen?

»Zieh ihr doch mal das Shirt aus«, sagte Benita, »was hat sie denn drunter?«

Schleibi legte seinen Pinsel ab, zupfte an meinem Shirt und schüttelte dann den Kopf.

»No way«, antwortete er, »dann denken die Zuschauer, unser Programmschema hat sich geändert und sie sind schon bei ›Beauty Doc – die Praxis der letzten Hoffnungen‹.«

Weil alle lachten, blieb mir nichts übrig, als mitzulachen.

Während Benita von Zitzewitz grußlos hinausrauschte, wies er mir den Stuhl neben Sandy zu.

»Setz dich schon mal hin. Wir haben ja nicht ewig Zeit.« Dann hielt er in der Bewegung inne. »Du, sorry, du«, sagte er. »Ich wollte dich nicht beleidigen. Manchmal geht's einfach mit mir durch.«

»Keine Sorge«, entgegnete ich. »Das kenn ich.«

Ich senkte den Kopf und nippte an meinem Tee. Plötzlich fühlte ich mich sehr nackt. Normalerweise hätte ich mir jetzt mein Handy geschnappt, um die Wartezeit mit Simsen zu überbrücken. Aber das kam heute ja nicht infrage. Um fünf vor zwölf gestern Abend hatte ich es abgestellt und war fest entschlossen, es vor Mitternacht auch nicht wieder anzumachen. Ich wollte gar nicht wissen, wer mich zu meinem Geburtstag anrief.

Vor allem wollte ich nicht wissen, wer es nicht tat.

Siv fiel mir wieder ein. Diese strahlende Ruhe, mit der er zwischen Nadine und mir unter der Caféhausdecke mit den fleischfarbenen Engelchen gesessen hatte. Völlig gelassen im Auge des Sturms. Wenn ich nur ein klein wenig mehr davon gehabt hätte!

Wenn ich nur ein bisschen mehr Ahnung von Yoga gehabt hätte!

»Und du machst also Yoga?«, fragte Sandy, während Schleibi ihr mit hellblauem Lidschatten einen Look verpasste, der selbst Abba 1975 ein wenig zu schrill gewesen wäre.

»Ja«, sagte ich, »also, so ein bisschen wenigstens.«

»Ein bisschen? Ich dachte, du bist hier die Expertin. Sonst hätten die dich doch nicht eingeladen, oder?«

Die Frau ahnte nicht, wie sehr sie ins Schwarze getroffen hatte.

Vielleicht war das meine Chance. Wenn ich jetzt noch zugab, öffentlich und vor Zeugen, dass ich im Grunde gar nichts von Yoga verstand – ob sie mich dann gehen ließen? Oder war das strafbar? Und was war das Mindeststrafmaß für Talkshow-Vereitelung?

Es half nichts. Mir blieb nur die Flucht nach vorn.

»Und du?«, fragte ich. »Hatha oder Kundalini?«

Das klang zumindest ein klein bisschen nach Expertentum. Schließlich hatte ich vor sechs Monaten beide Wörter noch nie gehört.

Sandy versuchte, den Kopf zu mir zu wenden, konnte sich aber in Schleibis eisernem Griff nicht bewegen.

»Aber nein«, sagte sie zu ihrem eigenen Spiegelbild, »wo denkst du hin? Ich bin die saarländische Landesmeisterin im Bodystyling. 2007, 2008 und 2010.«

Tief einatmen. Yogische Vollatmung. In drei Stufen. Und wieder aus.

Ich konnte mir zwar nicht erklären, warum ich ausgerechnet mit dieser Frau zusammen in einer Talkshow auftreten sollte. Aber wenigstens wusste sie nicht mehr über Yoga als ich. Das war ja schon mal etwas.

»Und wer hat 2009 gewonnen?«, wollte ich wissen.

»Da war's Jacqueline Kowalski. Die hatte so eine definierte Bauchmuskulatur, da konnte man den Nabel praktisch gar nicht mehr messen.«

»Und dann?«

»Dann hat sie den Chef vom Golden-Body-Studio geheiratet und ist schwanger geworden. Mit Zwillingen.«

Ein Lautsprecher an der Garderobendecke begann zu scheppern. »Studio eins«, tönte eine blecherne Stimme, »die Aufzeichnung von B. scheuert beginnt in zwanzig Minuten.«

Schleibi trat einen Schritt zurück, sah Sandy an, kniff die Augen zusammen und nickte dann beifällig. Anschließend wandte er sich zu mir und seufzte leise.

»So«, sagte er, »bei dir machen wir einen schönen Nude Look. Ganz nädschuräl, verstehst? Soll ja ein schöner Kontrast werden.«

»Sag mal«, fragte ich, »was bedeutet das eigentlich mit den Mantras und den Muckis? Ist das so etwas wie ein Geheimcode?«

Er lachte und tupfte mit einem feinen Pinsel auf einer Palette von Beigetönen herum, die mich an eine fröhliche Rentnergruppe bei einem Busausflug erinnerten. Vielleicht fiel ich damit im Studio nicht so auf. Das konnte mir nur recht sein.

»Du hast echt einen guten Humor«, sagte er, »nein, das ist doch das Motto der heutigen Sendung.«

»Mantras oder Muckis?«

»Genau«, mischte Jenny sich ein. »Unserem Programmdirektor war die ganze Sendung ein wenig zu brav, der wollte mehr Kontroverse. Mehr Suspense. Seit letzter Woche haben wir deshalb umgestellt auf ein eher konfrontatives Konzept. Zwei Köpfe, zwei Weltsichten. Hunde oder Katzen, Camping oder Luxushotel, monogam oder One-Night-Stands …«

»… Muckis oder Mantras«, ergänzte ich tonlos.

Jenny nickt erfreut. »Genau. Du hast es erfasst.«

Zwanzig Minuten später saßen wir tatsächlich im Studio. Das heißt, streng genommen saß eigentlich nur ich. Ich hatte die Beine gekreuzt, die Hände ins Cin-Mudra gelegt und atmete tief und gleichmäßig.

Nein. Nicht ganz. Ich hechelte wie ein überhitzter Terrier. Ich versuchte dabei aber so auszusehen, als atmete ich tief und gleichmäßig. Allein schon, damit mir das winzige Mikro nicht herunterfiel, das ein Techniker mit grauem Pferdeschwanz in meinen Ausschnitt geklemmt hatte.

Sandy stand im Ausfallschritt hinter mir, Bizeps angespannt, und erinnerte mich an ein Schaubild mit Muskelfasern aus dem Biobuch.

Benita von Zitzewitz war sogar gleich zweimal vertreten: Live im Studio kauerte sie in einer riesigen Badewanne mit Whirlpool und hatte sich eine Reihe von verschiedenfarbigen Scheuerlappen zurechtgelegt, und als Comicfigur tobte sie gerade über einen großen Studiobildschirm, auf dem wir den Vorspann der Sendung verfolgen konnten. Sie hüpfte darin mit dem Putzeimer in der Hand leichtfüßig über Waschbecken und Klos, zwinkerte neckisch unter ihrem lässig geknoteten Kopftuch hervor, schnallte sich Wischtücher unter die Füße und drehte Pirouetten auf dem Küchenboden. Ganz am Ende nahm sie im Lotossitz auf dem Putzeimer Platz, um sich von dort langsam im Sitzen in den Himmel zu erheben.

Der Kameramann machte schon sein Zeichen zum Loslegen, da kam noch rasch Jenny aus der Kulisse gestürzt und stellte zwei Flaschen Putzmittel neben mir auf dem Boden ab. Auffällig schicke Flaschen.

»Bloß nicht umwerfen!«, zischte sie mir zu. »Der Hersteller ist ein ganz wichtiger Werbekunde!«

Dann konnte man auf dem Bildschirm gut gelaunte Menschen im Publikum sehen, die begeistert klatschten. In Wirklichkeit saßen wir in einem komplett leeren Studio, in dem es nicht einmal Zuschauerbänke gab. Aber die Technik machte alles möglich. »Um diese Zeit kommt keiner freiwillig in den Sender«, hatte Jenny erklärt, »ist aber auch egal. Wir brauchen Zuschauer ja sowieso nur als Schwenkfutter.«

Benita von Zitzewitz knipste ihr zahnfleischbetontes Lächeln an.

Jetzt konnte ich nur noch durchhalten. Irgendwie überleben. Schlimmer als in diesem Moment konnte nichts mehr werden.

Wenn schon keiner freiwillig ins Studio kam, dann blieb mir immerhin noch ein Fünkchen Hoffnung. Vielleicht schaltete ja auch keiner freiwillig seinen Fernseher ein.

»Grüß Gott und einen wunderschönen Morgen, liebe Zuschauer«, flötete Benita von Zitzewitz und machte dabei kleine Kreisbewegungen mit dem rosa Wischlappen. »Heute habe ich zwei Gäste, auf die ich mich besonders freue.«

Sie bedachte Sandy und mich mit einem warmherzigen Blick, als wären wir ihre lang verschollenen Kindergartenfreundinnen, die heute zufällig gemeinsam an ihrem Arbeitsplatz aufgetaucht waren.

»Es geht um die Frage: Mantras oder Muckis – was brauchen Frauen heute wirklich?«, erklärte sie. »Evke, du bist eine der zahlreichen Frauen in diesem Land, die ihr Glück mit Yoga gefunden haben. Aber, so ganz unter uns, es ist natürlich vor allem eine Frage, an der wir interessiert sind.«

Sie zwinkerte mir kumpelhaft zu und machte eine einladende Bewegung. Ich ließ die Hände sinken und stand auf, wobei mir das dünne Kabel zwischen Mikro und Sendekästchen unangenehm auf der Haut klebte. Dann kletterte ich zu ihr in die Wanne und versuchte mich zu konzentrieren. Endlich kam etwas, auf das ich vorbereitet war. Yoga und Wirtschaft. Yoga und Mitarbeitermotivation. Sunny Side, der sympathische, mittelständische Reiseveranstalter. Management by Yoga, der heiße Business-Trend aus den USA. Siebenundzwanzig Prozent. Meine Stichworte. Jetzt durfte ich Berger nicht enttäuschen.

»Evke«, sie legte mir ihren Gummihandschuharm auf die Schulter und blickte mir tief in die Augen, »jetzt sag uns mal ganz ehrlich: Verhilft Yoga zu einem besseren Liebesleben?«

Ich verschluckte mich fast an meiner eigenen Spucke. Es war sehr still im Raum und sehr heiß. Lag es an den Scheinwerfern um mich herum? An Benitas Frage?

Oder kam ich gerade mit neunundzwanzig in die Wechseljahre?

»Also, das kommt ganz darauf an, was man alles unter Liebe versteht«, stammelte ich schließlich. Die Titanic hatte den Eisberg gerammt. Jetzt konnte ich mich nur noch irgendwo festklammern. Schwimmen. Reden.

Hatte Leo aber auch nichts genutzt.

Vielleicht konnte ich den Kurs unauffällig ändern.

»In unserer Firma haben wir zum Beispiel die Liebe zu unseren Kunden …«

»Evke«, die Moderatorin bohrte ihren Blick jetzt noch tiefer in meine Pupillen und verstärkte ihren Griff zu einer eisigen Umklammerung, »ich dachte da schon eher an eine andere Form von Liebe.«

Treffer. Versenkt. Weder meinen Satz zu Ende gebracht, noch den Firmennamen von Sunny Side untergebracht.

»Also, ich kann das ganz klar mit Ja beantworten!«, rief Sandy dazwischen. »Ausdauer- und Kraftsport steigert jedenfalls die Ausdauer in allen, also wirklich *allen* Lebensbereichen. Vor allem, wenn man wie ich Ausdauertraining, Krafttraining und natürlich auch Kraftausdauertraining macht. In wechselnden Intervallen.«

»Nun«, Benita lockerte ihren Schraubstockgriff an meinem Arm ein wenig, »dann frage ich mal so: Wie sieht es denn aus mit der geistigen Klarheit? Also, man liest ja immer wieder von Models und Schauspielern, die ganz abenteuerliche Bewusstseinszustände erlangen in ihrer Yogapraxis.«

Ich brauchte jetzt dringend irgendetwas zum Festhalten. Wenn schon kein Holzbrett da war. Und leider, leider auch keine Zigarette.

Schließlich griff ich nach einem blauen Wischlappen und fuhr damit kreisförmig über das glänzende Emaille.

»Ja, das ist richtig«, sagte ich langsam und versuchte, gleichzeitig zu reden und im Voraus zu denken. »Das Spannende ist ja auch, dass man diese Zustände nicht unbedingt erreicht, wenn man im Kopfstand meditiert oder sich völlig von der Welt zurückzieht. Sondern gerade dann, wenn man etwas tut, also etwa Putzen, oder auch ganz versunken ist in der eigenen Arbeit …«

»Kopfstand?«, rief Sandy dazwischen. »Vormachen!«

»Ja«, sagte Benita und nickte, »hervorragende Idee. Wie wäre es, wenn du uns mal so einen richtig schönen Yogakopfstand vormachen würdest?«

Zögernd schüttelte ich den Kopf. »Tut mir leid, ich bin noch nicht so weit. Bisher habe ich nur die Krähe geübt.«

Benita hatte uns vorher eingeschärft, dass wir nur zu reden hätten, wenn wir mit ihr in der Badewanne saßen. Doch das schien Sandy wenig zu kümmern.

»Also, der Kraftsport wird ja in dieser Hinsicht unterschätzt«, sagte sie energisch und wechselte Stand- und Spielbein. »Wenn ich mal Probleme hab oder so, also mehr so geistige, dann denk ich am besten darüber nach, wenn ich im dritten Satz mit zwanzig Wiederholungen an der Butterfly-Maschine noch mal fünf Kilo draufpacke. Da komme ich auf die erstaunlichsten Lösungen.«

Benita nickte ihr zu, wandte sich von mir ab und schlang grazil ihre Beine über den Wannenrand. Eine der großen Studiokameras fuhr auf sie zu. Auf dem Studiomonitor sah man jetzt ihr Gesicht in Großaufnahme.

»Kein Kommentar zum Liebesleben und Putzen als Yogaübung

gegenüber Ausdauer im Bett und Bodybuilding als Brain-Booster«, fasste sie zusammen, »ab jetzt ist Ihre Meinung gefragt, liebe Zuschauer. Wenn Sie der Meinung sind, dass Frauen heute Yoga brauchen, senden Sie eine SMS mit dem Stichwort ...«

Auf dem Bildschirm wurde Schrift eingeblendet. Per Textnachricht sollten die Zuschauer entscheiden, wer sich bisher besser geschlagen hatte.

Zu gewinnen gab es auch etwas. Eine komplette Badezimmereinrichtung, eine einzelne Badewanne und ein Waschbeckenset mit Armaturen. Das hätte ich nicht geschenkt haben wollen. Mir reichten schon die Waschbecken in Szenerestaurants, die aussahen wie riesige Salatschüsseln und an deren Hähnen es niemals einen Hebel gab, mit dem man Wasser an- oder abstellen konnte. Zu oft hatte ich schon hilflos winkend an einem dieser Becken gestanden in der Hoffnung, dass meine Hand zufällig eine geheime Lichtschranke traf.

Den Trostpreis hätte ich vielleicht genommen. Ein Wellness-Putzset, bei dem man Aromatherapie mit Küchenreinigung verbinden konnte. So eines, wie Jenny es vorhin neben mich hingestellt hatte. Aber als Studiogast durfte ich sicher nicht mitmachen. Und außerdem war mein Handy ja aus. Und ohne Handy keine Abstimmung.

Danach begann die Werbepause. Es war klar, wer die Nase vorn haben würde.

Dann, auf einmal, änderte sich mein Gefühl. Mein Atem wurde ruhiger. Die Lampen in meinem Kopf gingen wieder an und verbreiteten ein freundliches Licht. Ich klammerte mich noch immer an eine der Titanic-Schiffsbohlen, aber das Wasser um mich herum wurde langsam wärmer. Und schließlich stellte ich verblüfft fest, dass ich wieder festen Boden unter meinen Füßen hatte.

An diesem Tag, am Morgen meines neunundzwanzigsten Geburtstags, in der Badewanne eines großen Sanitärherstellers, wurde mir plötzlich klar, warum Yoga so ein wichtiger Teil meines Lebens geworden war.

Ganz egal, ob der Yogalehrer mich hintergangen hatte, ob ich den Kopfstand nicht konnte und ob die Klamotten vom Namaste-Versand wirklich so besonders dick machten.

Zunächst mal hatte Benita völlig recht. Es gab eine ganze Menge Dinge, die Yoga nicht konnte.

Yoga hatte mein Liebesleben nicht verbessert. Wenn überhaupt, dann hatte Yoga mein Liebesleben in Schutt und Asche gelegt. Ich hatte einen Mann bekommen und wieder verloren und meine beste Freundin noch dazu. Ich hatte durch Yoga keinen Size-Zero-Hintern bekommen und stand auch keineswegs heiter lächelnd über den Dingen. Erst letzte Woche hatte ich ein lebendiges Wesen mit kleinen Blättchen zerstört und dabei geheult wie ein indischer Monsunregen.

Und trotz alldem wollte ich nicht mehr darauf verzichten. Da war nämlich etwas, das ich vorher noch nie erlebt hatte.

Ich war noch nie so glücklich gewesen mit mir selbst.

Mehr als das: Ich war überhaupt zum allerersten Mal im Leben glücklich mit mir selbst.

Denn es hatte diese Momente gegeben in den letzten Wochen und Monaten, die mir völlig neu waren. Momente, in denen ich meinen unsportlichen Körper ein- und wieder ausgerollt hatte und mich danach gefühlt hatte, als wären mit den Nackenschmerzen auch gleich alle anderen Dinge verschwunden, die mich belasteten und bedrückten. Aufgeräumt und angekommen bei mir selbst.

Und was mindestens genauso gut war: Auch andere sah ich jetzt anders. Frau Stöver, die so gern tanzte. Meinen Vater, der an einer neuen Familie alles gutmachen wollte, das er an seiner alten Familie falsch gemacht hatte. Steve, der keine Fremdwörter beherrschte. Aber der dafür wusste, wie man das Wort Liebe buchstabierte.

Und dann war da noch etwas. Manchmal, wenn ich in den kurzen Meditationen das Berufsschulgestrüpp hinter mir gelassen hatte, wenn ich sogar über den Kindheitsbildern von rauchig schmeckenden Kartoffeln in unserem Wochenendhaus geschwebt war, dann hatte ich mich auf eine Weise leicht gefühlt, die ich von früher nicht kannte. Auch wenn alte Yogameister wahrscheinlich nur ein mildmüdes Achselzucken für diesen unbedeutenden Vorort von Samadhi-City übrig hatten, der inneren Welthauptstadt der Erleuchtung. Egal. Mir ging es gut mit mir. Auch wenn die Welt um mich herum sich gerade im Schleudergang drehte und dabei ächzte wie eine altersschwache Waschmaschine. Die ganze letzte Woche hatte mir den Boden unter den Füßen weggezogen. Und trotzdem stand ich immer noch. Ich hatte nichts dazu getan und dennoch einen Schritt gemacht. Jetzt endlich, ganz ohne Anstrengung, war ich dort, wo Siv auch war. Wo er neulich gewesen war, als Nadine und ich vergeblich versucht hatten, ihn in die Mangel zu nehmen. In sich ruhend im Auge des Sturms. Ich hatte meinen Geist so weit gedehnt, wie ich es noch heute Morgen nicht für möglich gehalten hatte. Das war fast so gut, wie mit durchgestreckten Beinen die Hände auf den Boden zu legen. Das konnte ich nämlich mittlerweile auch.

Doch so etwas war nicht so leicht zu erklären. Jedenfalls nicht so leicht wie die Sache mit den Gewichten im Fitnessstudio, mit Fettverbrennung und Kraft-Ausdauer. Und schon gar nicht in einer Putzsendung.

Während die Werbepause andauerte, kletterte ich aus der Wanne, ließ mich wieder im halben Lotossitz nieder und warf einen zufälligen Blick auf die Aromatherapie-Scheuermilch, die Jenny vor mir aufgebaut hatte. Und da saß er mal wieder, mein alter Freund, der schon in so vielfältiger Gestalt mit mir gesprochen hatte. Der mir Vorträge von Flyern und Autos und Sweatshirts herunter gehalten hatte und der ganz offensichtlich an mich glaubte. Ein kleiner, dicker Mann auf einer Putzmittelflasche mit einem Scheuerlappen in der Hand. Es sah reichlich dämlich aus. Um nicht zu sagen: bescheuert. Aber einem wie Buddha konnte das nichts anhaben. Wer so viel Würde besaß, behielt sie in jeder Situation.

Er sah mich stumm an und sagte nichts. Ich hätte schwören können, dass er ein bisschen belustigt war über meinen überraschenden Moment der Erkenntnis. Was hier passierte, war jenseits der Worte. Ich wusste, dass er wusste. Und er wusste, dass ich wusste.

Wenn das mal kein schönes Geburtstagsgeschenk war.

Om, dachte ich und schloss die Augen.

Es war um fünf Minuten vor Mitternacht, als ich mein Handy wieder anschaltete. Der ICE stand irgendwo auf freier Strecke kurz vor zu Hause, der Himmel draußen war so schwarz wie die Bettwäsche eines fünfzehnjährigen Gruftis. Alles, was ich sehen konnte, war mein eigenes Gesicht, das sich in der Fensterscheibe spiegelte. Es sah weich und offen aus, aber das konnte auch an der trüben Beleuchtung liegen und nicht nur an der Beinaheerleuchtung, die ich heute Morgen erlebt hatte. Jetzt mal nicht übertreiben.

Meine Mutter hatte angerufen und mein Vater. Er war zu Hause und nervös. »Ilona hatte gestern so merkwürdige Bauchkrämpfe«, berichtete er, »wer weiß, nachher haben meine beiden Kinder noch am gleichen Tag Geburtstag!« Die Nachricht war von heute Morgen, und da es die einzige war, nahm ich an, dass Finn – oder Fynn? – sich wieder beruhigt hatte. War auch besser so. Bei aller Großherzigkeit – wenn ich schon mit neunundzwanzig einen Halbbruder bekam, wollte ich nicht auch noch meinen Geburtstag mit ihm teilen.

Meine Mutter war beim Chakren-Tanz in Ostwestfalen. Aber sie hatte dort ferngesehen.

»Meine liebe Evke«, hörte ich ihre Stimme, »ich bin so stolz auf dich. Du warst der einzige Mensch in dieser ganzen Runde, der wirklich bei sich war. Herzlichen Glückwunsch! Und zum Geburtstag auch!«

Ein warmer Schauer überlief mich. So wie früher, wenn ich mit einer guten Klassenarbeit im Schulranzen nach Hause getrabt war. Nur viel, viel besser.

Von Anna und Nadine hatte ich eine gemeinsame Nachricht bekommen. »Hey, Cleaning Woman«, schrieben sie, »schade, dass du nicht hier sein konntest. Lass uns am Wochenende richtig nachfeiern!«

Und dann war da noch ein kleiner Briefumschlag, bei dessen Anblick ich Herzklopfen bekam. Melli mobil.

Vorsichtig öffnete ich die Nachricht, als könnte ich per Tastendruck etwas zerstören, wenn ich nicht genügend aufpasste.

»So wird die Wanne aber nie sauber!«, schrieb sie. Abgeschickt um acht Uhr zwanzig.

Nicht mehr. Nicht weniger. Kein Glückwunsch. Kein Gruß.

Was war das?

Am liebsten hätte ich sie sofort angerufen. Aber abends um zwölf?

Und dann war da noch eine letzte Nachricht. Kein Name angezeigt, nur eine Nummer. Sie kam mir vage bekannt vor.

»Liebe Evke«, stand dort, »ich weiß nicht, wie ich dir danken soll. Ich weiß ja nicht mal, was du getan hast. Aber dass meine Liebste heute bei mir vor der Tür stand und mich gefragt hat, ob wir es noch einmal versuchen, das kann nur auf dein Konto gehen. Alles Gute zum Geburtstag! Steve.«

Wo er recht hatte, hatte er recht.

Am nächsten Tag kaufte ich mir in der Mittagspause mein eigenes Geburtstagsgeschenk. Es war ein schwerer Silberring mit Türkisen, und nachdem ich ihn bezahlt hatte, steckte ich ihn mir mit einer gewissen Feierlichkeit an.

Von heute an, das schwor ich mir, wollte ich mir treu bleiben. Für immer.

PURVOTTHASANA

Die Schiefe Ebene (Purvotthasana) ist hilfreich, wenn es darum geht, sich von schädlichen Gelüsten und selbstzerstörerischen Gewohnheiten zu befreien.

»Mahlzeit, Evke! Sag mal, was hast du denn so für Pläne für die KW 35?«

Erstaunt blickte ich von meinem Bildschirm auf. Berger klang so aufgeräumt, dass ich mir beinahe Sorgen machte. So war der doch früher nie gewesen! Außerdem duzte er mich immer penetranter, je penetranter ich ihn zurücksiezte. Wenn das so weiterging, würde er mich gleich fragen, ob ich ein Spezialangebot für Reisebüromitarbeiter mit ihm annehmen würde. Die Honeymoon-Suite auf den Malediven, Flug und Wellness inklusive. Gut, dass die Mittagspause unmittelbar bevorstand. Dann konnte ich mir wenigstens Bedenkzeit ausbitten.

»KW 35?« Ich blätterte in meinem Kalender. Anfang September. Das war noch etwa zehn Tage hin. Der dritte September war eingekringelt, daneben stand Fynn, mit Fragezeichen. Der errechnete Geburtstermin meines Halbbruders. Andererseits würde er an dem Tag sicherlich noch keine rauschende Party veranstalten und konnte auf meine Gesellschaft verzichten. Soweit ich wusste, wollten Neugeborene lieber schlafen, als grölend um die Häuser zu ziehen.

Lag wohl in der Familie. Mir ging es in letzter Zeit ganz ähnlich. Ich hatte die letzten Samstagabende allein im Bett verbracht, und es war bei Weitem nicht so deprimierend gewesen, wie ich befürchtet hatte. Sonst hatte ich noch keine Pläne. So wie ich überhaupt sehr wenig Pläne hatte im Moment.

Berger kam mit Honigkuchenpferdegrinsen auf meinen Schreibtisch zu, lüpfte sein rechtes Hosenbein und setzte sich sportlich an die Tischkante. Dann beugte er sich bedenklich nah zu mir herunter, und ich schickte innerlich ein Stoßgebet an sämtliche mir bekannten Gottheiten. Konnten die nicht mal schnell Frau Stöver vorbeischicken, um mich zu retten? Am Ende wurde mein Chef noch zudringlich, bevor er das Wort »Honeymoon-Suite« überhaupt ausgesprochen hatte.

Das TV-Debakel jedenfalls hatte mich keine Sympathiepunkte gekostet. Sogar im Gegenteil. Berger hatte ausführlich meine Loyalität gelobt. Weil ich in dieser schmierigen Fernsehfritzenveranstaltung, so drückte er sich aus, kein einziges Mal den guten Namen von Sunny Side missbraucht hatte. Dass ich gar nicht dazu gekommen war, ihn auszusprechen, das hatte ich ihm ja nicht unbedingt auf die Nase binden müssen.

Sein Kompliment hatte mich gefreut. Aber es war gleichzeitig auch an mir abgeprallt, so wie auch eine kritische Bemerkung an mir abgeprallt wäre. Etwas war um mich, eine neue Schutzschicht, eine Glückshaube. Und es war noch nichts passiert, das dieser Schicht geschadet hätte.

Wenigstens bis jetzt.

»Ja, Frau Frank, ich hab nämlich eine gute Nachricht für dich. Eine sehr, sehr gute Nachricht.«

Das, fand ich, war mal eine interessante Variante. Diese Kombination aus Nachnamen und Du war sonst doch eher bei Supermarktverkäuferinnen beliebt: Frau Friedrichsen, weißt du, was die Biobananen kosten?

Berger klopfte launig mit einer zusammengerollten Klarsichthülle auf meinen Schreibtisch.

»Wissen Sie, was hier drin ist? Das sind die Quartalszahlen.«

Das letzte Wort sang er beinahe. Quar-tals-za-ha-len. In einem kindlichen Sopran.

»Und wissen Sie, wie sich die Kundenzufriedenheit gesteigert hat? Speziell im Teilsegment Beschwerdemanagement?«

»Siebenundzwanzig Prozent?«, schlug ich vor, und er setzte mir grinsend die Plastikrolle auf die Brust, als wäre sie ein Degen.

»Touché!«, rief er gut gelaunt. »Sogar noch ein bisschen besser. Neunundzwanzig Komma acht.«

»Wie schön«, sagte ich. Ich freute mich ehrlich. Weniger für Sunny Side als für unsere unzufriedenen Kunden. Wenn ich die Herr Hinterhubers dieser Welt ein wenig mit ihrem Leben versöhnt hatte, dann hatte ich meine Sache doch nicht schlecht gemacht. Außerdem hatte Berger aus aktuellem Anlass wieder seine Anrede geändert, und das fand ich erleichternd. Wollte er wohl doch nicht mit mir auf die Malediven.

Aber was war dann mein Termin in der KW 35?

Die Antwort ließ nicht lange auf sich warten.

»Können Sie sich denn gar nicht vorstellen, was das bedeutet?« Er stupste mich noch einmal an. »Sie sind auf der Liste! Sie sind dabei in unserer Incentive-Gruppe! Handverlesen! Zusammen mit sechs anderen Kollegen, die in ihrer jeweiligen Abteilung Außerordentliches geleistet haben, fliegen Sie nach Ibiza. Sie wissen schon, dieses neue Angebot aus unserem ›Spirit & Mind‹-Programm. Und wissen Sie, warum mich das ganz besonders freut, dass gerade Sie da dabei sind?«

»Lassen Sie mich raten. Es gibt Yoga.«

»Evke Frank«, er lachte, »wie konnte ich Sie nur so unterschätzen, all die Jahre?«

Dann erhob er sich von meinem Schreibtisch und wurde wieder geschäftlich.

»Die näheren Infos bekommen Sie im Lauf des Tages per Mail«, sagte er. »Ich freu mich jedenfalls sehr. Das ist das erste Mal in meinem Berufsleben, dass jemand aus meiner eigenen Abteilung bei einer solchen Reise mitkommen darf.«

Zehn Minuten später war ich mit Anna in der Kantine zum Mittagessen verabredet. Während ich mir von Plisch gerade eine Tofuwurst aufschwatzen ließ – vor Kurzem hatte Sunny Side einen fleischfreien Donnerstag eingeführt –, kam Anna mit wehenden Haaren angerannt und scherte mit bezauberndem Lächeln hinter mir in die

Schlange ein, sodass mein Hintermann nicht einmal wagte, sich zu beschweren. Seit sie IPS' Job übernommen hatte, war sie nie mehr pünktlich beim Mittagessen. Schien viel los zu sein an ihrem neuen Posten.

»'tschuldigung«, keuchte sie, »ich musste schnell noch zu Tchibo, die haben Aktionswochen unter dem Motto ›Rad und Tat‹.« Zum Beweis schwenkte sie eine große Plastiktüte vor meiner Nase.

»Ich dachte, du bist gar keine so begeisterte Radfahrerin?«

»Ich nicht. Aber neuerdings ist Nadine doch unter die Radler gegangen. Und ich dachte, die Gelegenheit ist günstig. Atmungsaktive Radlerhosen in Schwarz und Pink. Das ideale Geburtstagsgeschenk.«

»Geburtstag? Nadine ist Schütze!«

»Und?«

Ich sah sie zweifelnd an.

»Das ist im Dezember. Woher willst du wissen, dass Radfahren bis dahin immer noch ein Thema für sie ist?«

»Das hab ich im Gefühl. Und mein Gefühl hat mich noch selten getrogen«, verkündete Anna würdevoll und griff einhändig nach einem feuchten Kunststofftablett vom Stapel. Ich nickte stumm. Wahrscheinlich hatte sie recht. Seit der Begegnung mit dem Brezenfahrradmann hatte sich bei Nadine wirklich einiges verändert.

Dabei war sie gar nicht auf der Suche nach dem Mann fürs Leben gewesen. Wahrscheinlich war es genau das.

»Und sonst?«, fragte ich, während ich nach Besteck suchte – natürlich waren die Messer wieder aus. »Was macht der neue Job?«

Anna strahlte. »Total spannend. Wir hatten gerade noch eine Anfrage von einem großen Boulevardblatt. Die suchen sexy Reiseverkäuferinnen, die ihre Lieblingsziele vorstellen.«

»Auweia. Und wie werden die fotografiert? Oben ohne?«

»Oh«, Anna blickte bestürzt drein, »das hab ich jetzt gar nicht gefragt. Ich hab ihnen mal die Durchwahl von Lisa-Marie gegeben.«

»Aber warn sie vorher. Die soll genau nachfragen, was die Reporter vorhaben. Man kann im Umgang mit Medien nicht vorsichtig genug sein«, sagte ich, während ich mein Tablett mit der bleichen Wurst in Richtung Kasse jonglierte.

Beim Essen erzählte ich Anna von meiner Reiseeinladung, und sie sah mich unergründlich an. Dann senkte sie den Blick und wischte konzentriert am Serviettenhalter aus Aluminium herum.

»Ich weiß«, sagte sie schließlich mit einem seltsamen Zögern in der Stimme, »diese Info geht ja immer auch an die Presseabteilung. Heute Morgen habe ich das Memo bekommen, in dem alles drinsteht. Aber sag mal, Evke …«, sie legte den Kopf schief, »ist das denn okay für dich?«

»Okay? Natürlich ist das okay, ich hatte doch sonst noch gar keinen Urlaub in diesem Sommer. Eigentlich hatte ich ja gedacht, ich könnte mit Melli zwei Wochen wegfahren, aber … na, du weißt ja. Wir verstehen uns gerade nicht so gut.«

Sie nickte mitfühlend. »Schon. Das meinte ich auch gar nicht.«

»Sondern?«

Sie schüttelte den Kopf und hieb ihre Gabel in die Tofuwurst, als sei sie nicht ganz sicher, ob das Ding vielleicht noch lebte. Dann wechselte sie abrupt das Thema.

»Erzähl mal«, sagte sie betont munter, »was macht denn eigentlich dein Yogatraining? Bist du überhaupt noch dabei nach dieser schlimmen Sache mit diesem … wie hieß er noch mal?«

»Und ob ich dabei bin«, antwortete ich, »dazu brauche ich Siv aber nicht. Ich habe sogar gemerkt, dass ich überhaupt keinen Lehrer brauche. Am liebsten mache ich Yoga jetzt ganz allein im Park, frühmorgens, wenn noch niemand unterwegs ist bis auf ein paar Jogger und ein paar Leute mit ihren Hunden.«

»Nadine hat mir erzählt, ihr wolltet ihm noch mal so einen richtigen Denkzettel verpassen«, sagte Anna neugierig, »eine Verabredung, zu der ihr dann beide erscheint und ihn in Erklärungsnöte bringt, oder was habt ihr euch ausgedacht?«

Ich zuckte die Achseln. »Ja. Haben wir. Hat aber … es hat nicht richtig funktioniert. Wenigstens nicht so, wie wir es uns ausgedacht haben. Diese Yogatypen … oder vielleicht ganz generell die Männer … ach, du weißt schon.«

»Männer, was weiß ich?« Anna schob angewidert die Bestandteile ihrer Tofuwurst auf dem Teller herum.

»Männer sind irgendwie nicht so mein Ding. Wenigstens nicht im Moment. Ich hab anderes im Kopf«, schloss ich.

Anna sah mich mitfühlend an. »Die Sache mit Melli?«

Ich seufzte. »Ja. Wir haben ein einziges Mal gesimst, dann habe ich ihr Blumen geschickt. Zwei Mal. Das teuerste Arrangement, das man beim Blumenversand online bestellen kann, mit der darauf abgestimmten Tut-mir-leid-Karte. Aber sie ist immer noch nicht bereit, mich zu treffen. Hast du sie in letzter Zeit gesehen?«

Anna nickte. »Letztes Wochenende, im Baumarkt. Ich war mit Tobi da, er wollte sich Verteilersteckdosen anschauen. Er hat da nämlich so eine Wohnung an der Hand, für uns. Das mit den Anschlüssen ist nicht ideal, aber er sagt, mit der richtigen Konstruktion … na, jedenfalls, Melli und Steve waren auch da. Dübel kaufen, damit er ihren Altar an der Wand festschrauben kann. Der ist nämlich letzte Woche Steve auf den Fuß gefallen, als er nachts mal rausmusste. Und das soll nicht noch mal passieren.«

»Sag mal, Anna? Was ist eigentlich mit dir? Die letzten Dienstage warst du gar nicht mehr dabei, bei meinen Stunden in der Kantine!«

»Tut mir echt leid«, sagte Anna und legte dabei ein geometrisches Muster aus Tofuwurst und Bratkartoffeln, »der Job. Ich schaff das einfach nicht mehr. Dafür hab ich jetzt was Neues entdeckt. Heißt Sukshma Yoga.«

»Noch nie gehört. Was ist daran so anders?«

»Kann ich dir sagen. Es dauert nur zehn Minuten pro Tag.«

»Zehn Minuten? Ist das nicht ein bisschen … ich meine, geht es denn nicht eher darum, ein Gegengewicht aufzubauen zum hektischen Alltag?«

»Schon. Aber sonst schaff ich's gar nicht. Weißt du, was das beste ist? Manche Übungen kann ich sogar unterwegs machen. Im Auto, während der Rotphase.«

Dann blickte sie auf die große Uhr über der Theke.

»Ich muss los!«, rief sie. »N-TV ist interessiert an unserer Ökobilanz, und irgendein pensionierter Reisejournalist will gratis auf Kreuzfahrt. Wegen unserer langjährigen positiven Zusammenarbeit.«

»Schön. Dann lass ihn doch.«

»Würde ich ja. Aber seine fünf Enkelkinder will er auch noch für lau mitnehmen.«

Weil es Anna so eilig gehabt hatte, blieb mir jetzt ein bisschen Zeit. Ich schlenderte durch die Fußgängerzone. Die Sonne war verschwunden, am Himmel ballten sich Wolken von der Farbe meiner Fußsohlen zusammen. Es roch nach Regen.

Vor dem Einkaufszentrum war ein riesiger Wühltisch aufgebaut, auf dem Bikinis durcheinanderlagen, mit denen niemand seinen Sommer hatte verbringen wollen. Sie sahen apathisch aus, wie sie da kreuz und quer übereinander hingen, beinahe depressiv. Ich nahm kurz einen in die Hand, konnte mich aber auch nicht zu braunem Blümchenmuster in Größe 44 durchringen. Dabei tat er mir so leid. Das kam eben davon, wenn man allen Wesen im Universum Glück und Harmonie wünschte. Doch dieses Wesen konnte ich nicht einmal meiner Mutter zumuten.

Auf dem Weg zurück vom Coffeeshop kam ich an meinem Freund, dem Patriotenpunk vorbei. Er saß unter der Markise eines Dönerladens, hielt eine Dose Bier in der Hand und grinste selig. Ich hatte immer gedacht, dass Punks von Berufs wegen düster dreinblicken müssten. Als ich ihn dort entdeckte, fiel mir plötzlich etwas ein.

Ich ging zwei Schritte auf ihn zu, ging in die Hocke und prostete ihm mit meinem Kaffeebecher zu. Er hob grüßend sein Billigbier.

»Hey«, sagte ich, »du hast doch mal erzählt, dass deine Freundin mit ihrem Guru nach Ibiza gegangen ist, oder?«

Er lachte jetzt fast übermütig. »Ach ja, die gute alte Geli. Wieso?«

»Na, ich fliege bald dorthin. Ich dachte mir, ich könnte mich ja mal umhören, ob jemand sie kennt. Vielleicht möchtest du ihr ja etwas sagen oder eine Nachricht zukommen lassen.«

Er schüttelte den Kopf und grinste, dass sich zwei tiefe Grübchen in seinen Wangen bildeten. »Ach nee«, sagte er, »lass mal. Soll sie doch glücklich werden in ihrer Höhle. Ich bin es nämlich auch.«

Im gleichen Moment ließ sich ein blasses, schwarzhaariges Mädchen neben ihm nieder, das mindestens fünf silberne Totenköpfe an verschieden langen Lederketten um den Hals baumeln hatte, und legte besitzergreifend den Arm um den Patriotenpunk, als hätte ich ihm gerade ein Date vorgeschlagen.

»Das ist Darky«, stellte er fröhlich vor, »sie spielt in einer Death-Metal-Band. Wir sind schon seit zweieinhalb Wochen zusammen. Seit ein paar Tagen haben wir sogar Nachwuchs bekommen.«

Darky lüftete ihre Lederjacke, und ich konnte etwas Wuseliges mit rosa Schnäuzchen in ihrer Innentasche entdecken.

»Darf ich vorstellen: Wolli«, sagte sie geziert, »unsere erste gemeinsame Ratte.«

»Na dann, herzlichen Glückwunsch«, antwortete ich etwas steif und richtete mich auf. Plötzlich fühlte ich mich, als sei ich aus Versehen in einen Kreißsaal gestolpert, wo gerade eine fremde junge Familie bei ihrem Neugeborenen nach Familienähnlichkeiten suchte. So fand eben schließlich jeder irgendwann sein Glück.

Und sei es, dass er endlich glücklich wurde mit sich selbst.

Aber das war nicht das Schlechteste. Sogar ganz im Gegenteil. Wenn man es einmal hatte, konnte es einem keiner mehr nehmen.

Die Sache hatte nur einen Nachteil. Meine Arme waren einfach nicht lang genug, um mich nach einem langen, harten Arbeitstag damit zu umarmen.

Um kurz vor zwei war ich wieder zurück in der Firma, genau in dem Augenblick, als die ersten Regentropfen fielen. Als ich mein Büro erreichte, goss es in Strömen. Schräg liefen glitzernde Tropfen über die Scheibe, und auf einmal fielen mir die ersten roten und gelben Blätter an den Bäumen auf. Mitten im Sommer deutete es schon auf Herbst hin. Selbst der Leierkastenspieler dudelte jetzt eine Melodie in Moll.

Dieser Sommer war nicht mein Sommer gewesen. Unversehens fühlte ich mich wie diese Bikinis auf dem Wühltisch. Mehrfach anprobiert und dann doch wieder zurückgelegt, umgetauscht und übrig geblieben.

Ich schüttelte mich wie ein Hund nach dem Regen. Eigentlich hatte ich diese Art zu denken hinter mir gelassen. Wo ich doch gerade so eine harmonische Beziehung mit mir selbst führte. Und außerdem würde ich noch ein paar schöne Tage auf Ibiza haben. Mein erster Liebesurlaub mit mir allein. Da war es um diese Jahreszeit sicher traumhaft. Sand wie Samt und Luft wie Seide und lauter lustige Hippies, die bestickte rosa Blüschen verkauften. Schade, dass mir Pastellfarben im Grunde gar nicht standen. Nicht beim Yoga und sonst schon gar nicht.

Ich ließ mich ein wenig schwerfällig auf meinem Drehstuhl nieder. In der linken unteren Bildschirmecke blinkte aufgeregt ein kleines Ausrufezeichen. Ich öffnete mein Mail-Eingangsfach. Tatsächlich war nur eine einzige Nachricht darin, und die kam von der Personalabteilung. ›Herzlichen Glückwunsch zu Ihrem Incentive-Trip!‹, stand im Betreff.

Ich öffnete die Nachricht, neugierig, was es wohl war, das Anna mir vorhin hatte sagen wollen.

Auf den ersten Blick entdeckte ich nichts Ungewöhnliches. Den Namen des Hotels kannte ich, das Programm mit Sunrise-Yoga, Sunset-Yoga, Mountainbiken und Galeriebummel in Eivissa klang vielversprechend. Okay, die Maschine flog morgens um fünf Uhr ab. Aber wenn einen so etwas abschreckte, hatte man in der Reisebranche nichts verloren.

Ganz am Schluss standen die Teilnehmer.

Und erst am Ende vom Ende kam der Name, der mir einen elektrischen Schock durch den Körper jagte, mitten durch meine wunderbare, strahlende Schicht der Gelassenheit hindurch.

Chris Müller-Nolten.

majariasana

Die Katze (Majariasana) macht körperlich wie geistig geschmeidig.

Seit geschlagenen zehn Minuten konnte ich meinen Blick nicht vom Hintern des Mannes wenden, der vor mir in der Preferred-Traveller-Schlange am Check-in-Schalter stand.

Das hatte mehrere Gründe. Der Hintern selbst war keiner davon.

Es war nur ein ganz normaler Männerhintern, mittelalt, mittelknackig und eigentlich in jeder Hinsicht derart mittel, dass eine genauere Beschreibung schwer gefallen wäre. Er gehörte zu einem Klaus-Peter, der mir auch sonst noch nie sonderlich aufgefallen war, weder angenehm noch unangenehm. Klaus-Peter wiederum gehörte zu unserer Reisegruppe. Er durfte mit nach Ibiza, weil er für die nächsten Sommerkataloge ein revolutionäres, dreistufiges Preissystem entwickelt hatte: All-inclusive, Super-all-inclusive und Absolutely-all-inclusive.

Faszination des Hinterns, Punkt eins: die rückwärtigen Taschen an den Freizeitshorts. Die Klappen standen wie Flügelchen im Neunzig-Grad-Winkel ab, und es hätte mich nicht gewundert, wenn Klaus-Peter damit jeden Moment abgehoben wäre und sich ohne Hilfe eines Jumbojets auf den Weg übers Mittelmeer gemacht hätte.

Faszination des Hinterns, Punkt zwei: Er gewährte meinem Blick vorübergehendes Asyl. Irgendwo musste ich schließlich hinschauen. Wenn nicht auf den Flughintern, dann zwangsweise weiter nach vorn. Und wer stand da weiter vorn in der Schlange? Na, eben.

Ich fragte mich, ob Chris mich schon bemerkt hatte. Wohlkalkuliert war ich als Letzte zu unserem kleinen Reisegrüppchen in Abflughalle B gestoßen, gerade in dem Moment, in dem er sich in Richtung Check-in-Schalter in Bewegung setzte. Dort hatte er sich lässig der kurzen Reihe Menschen angeschlossen, die hinter dem roten Absperrseil mit den goldenen Troddeln warteten. Schließlich waren wir nicht irgendwelche Durchschnittstouristen, sondern hatten VIP-Status, inklusive Sonder-Check-in sowie Zugang zur Lounge mit siebzehn internationalen Wirtschaftszeitungen und Hotspot für die drahtlose Laptop-Verbindung. Wir, so hatte es uns der oberste Firmenchef Dr. Großenstedt auf schwerem Briefpapier sogar noch schriftlich gegeben, waren jene Mitarbeiter mit dem kreativen Biss, die aus einem soliden Unternehmen ein funkelndes Juwel machten. Jene Menschen, die sich nie mit dem Erreichten zufriedengaben, immer nach mehr strebten, deren Köpfe unermüdlich wie kleine Motoren vor sich hin schnurrten, um Sunny Side nach vorn zu bringen.

Einen Augenblick lang hatte ich mich gefragt, was Siv wohl dazu gesagt hätte. Vermutlich hätte er sich Sorgen gemacht und mir empfohlen, meine tägliche Meditationszeit zu verdoppeln.

Nun hätte ja das Universum auch mal so freundlich sein können und mir etwas entgegenkommen. Es mir ein wenig leichter machen, meine neu erworbene Gelassenheit zu bewahren. Chris hätte zum Beispiel irgendetwas Peinliches tun können. Etwa morgens um vier an der einzig geöffneten Flughafenbar lautstark ein gepflegtes Pils ordern. Ein kosmisches Zeichen dieser Art, das mir etwas mehr Halt in meiner inneren Lotosblüte gegeben hätte. Auch in Chris' Gegenwart.

Leider tat mir das Universum nicht den kleinsten Gefallen. Und Chris auch nicht. Soweit ich es bisher aus dem Augenwinkel hatte erkennen können, sah er makellos aus und gab sich auch sonst keine Blöße. Er wirkte gleichzeitig wie ein smarter Geschäftsmann, der schon sein ganzes Leben lang in der VIP-Schlange gestanden hatte, und wie ein Teenager, der gerade sein Surfbrett in die Ecke gestellt hatte, um sich eine Stulle zu schmieren. Schokostreusel auf ungetoastetem Toastbrot.

Seufz.

Ich brauchte eine andere Strategie.

Ich schloss kurz die Augen und kippelte leicht auf meinen Fußsohlen. Den festen Boden unter den Füßen spüren, den Stand, die Schwere meines Körpers. Meinen Platz auf der Welt. Hier stand ich und konnte nicht anders. Chris' und meine Wege kreuzten sich erneut, das hatte das Universum nun mal so beschlossen. An Ausweichen war ohnehin nicht zu denken.

Oder doch? Und was dann?

Wenn ich ihn bewusst übersehen würde – würde er es merken?

Mal wieder fiel mir Mirko Hansen ein, mein Schwarm aus der 11 b. Tischtennisspieler. Jeden Tag hatte ich auf dem Pausenhof in der Nähe der Tischtennisplatte herumgelungert. Nie hatte er das Wort an mich gerichtet, es sei denn, er brauchte jemanden, der ihm einen verschlagenen Ball zurückbrachte. Schließlich hatte Melli einen überzeugenden Plan ausgeheckt. Ich sollte ihn ignorieren. Dem Kerl zeigen, wie es sich anfühlte, wenn man ihn überhaupt nicht beachtete.

Der Plan war fantastisch. Das Blöde war bloß, dass Mirko davon überhaupt nichts mitbekam. Denn schließlich beachtete er mich sowieso nicht.

Immerhin hatte Melli damals noch Pläne für mich geschmiedet. Begeistert hatte sie mir eine große Portion Spaghetti-Eis ausgegeben, als es schließlich doch noch klappte mit Mirko.

Und eine noch größere, als es wieder vorbei war.

Ach, Melli. Doppel-Seufz.

Ich spürte Bewegung um mich herum und öffnete die Augen. Chris war bis zum Schalter vorgerückt. Sein Gesicht konnte ich nicht sehen, dafür das der Bodenstewardess. Sie legte den Kopf für meinen Geschmack etwas zu schief und lächelte ihn zu breit an. Und das um diese Uhrzeit. Bevor ich etwas Abfälliges denken konnte, rief ich mich zur Ordnung. Schließlich war sie auch nur ein Geschöpf Gottes auf der Suche nach Liebe. Und von der Sorte kannte ich noch so eines.

Tripel-Seufz.

»Reisen Sie allein, Herr Müller-Nolten?«, fragte sie und hob den Blick kokett von dem interaktiven Sitzplan auf ihrem Bildschirm. Es klang, als hätte sie gesagt: »Lass mich deine 17 F sein.« Aber vielleicht bildete ich mir das auch nur ein.

»Leider ja«, gab er leichthin zurück, und so wie sie ihn anhimmelte, war ich froh, dass ich sein Gesicht nicht sehen konnte. Ich konnte mir jetzt schon die Hochzeit der beiden vorstellen. Kleine silbrige Doppeldecker auf den Tischen, ein Brautkleid im Ibiza-Hippie-Stil und holprige, selbst gemachte Reime auf das Wort Flughafen.

Angaffen?

Schusswaffen?

Chris nahm seine Bordkarte entgegen, hob sie zu einem flüchtigen Gruß und wandte sich ab in Richtung Sicherheitskontrollen. Wir rückten vor. Jetzt himmelte die Stewardess Klaus-Peter an.

Sofort wurde ich wieder ein bisschen ruhiger. Entweder die Frau war nymphoman. Oder, viel besser: Sie liebte einfach mit Leib und Seele ihren Dienstleistungsjob.

Morgens um vier hatten nicht nur sämtliche Flughafenbars bis auf eine geschlossen, auch die Boutiquen waren noch dicht. Ich drückte mich eine Weile vor einem Schaufenster mit bunten Crocs herum und musste an das Hausschuhregal im ostfriesischen Ashram denken. Wie lange war das her! Als ich wieder auf die Uhr sah, waren gerade einmal sieben Minuten vergangen, und aus Richtung der Preferred-Traveller-Lounge roch es unwiderstehlich nach Kaffee.

Ich würde diese erste Wiederbegegnung mit Würde hinter mich bringen. Und mit Selbstliebe. Und mit Achtsamkeit.

Jawoll.

Ich betrat die Lounge, ohne nach rechts und links zu schauen. Aus dem Augenwinkel sah ich Flaschen in einem Schnapsregal in der Morgensonne bunt glitzern, dunkelgrüne Clubsessel, Tageszeitungen an hölzernen Haltern auf niedrigen Glastischchen. Stur steuerte ich die Maschine an, von der verlockender Kaffeeduft kam. Viele Knöpfe. Viele stählerne Düsen. Ich nahm ein hohes, geriffeltes Glas vom Stapel, stellte es auf das Abtropfgitter und drückte auf einen Knopf.

Nichts passierte.

Ich zog am Glas.

»Vorsicht«, rief jemand hinter mir, »da musst du ein bisschen ...«

Ich wagte einen Blick über die Schulter. Ozean-Augen, kindliche Locken. Schokostreuselsurfer und Anzugmodel.

Ojesusoshivaoh... na, und so weiter.

Wozu hatte ich eigentlich ein halbes Jahr lang täglich die Sonne gegrüßt, wenn dieser Mann immer noch in einer Sekunde gleichzeitig an meine niedersten Instinkte appellieren und mich mitten ins Herz treffen konnte? Ich hätte gern einen Buddha gefragt. War aber keiner da.

»... warten«, beendete Chris seinen Satz. Im gleichen Moment fauchte die Maschine los wie ein erwachender Drache, und ein Schwall heißer Milch schoss aus den Düsen. Eine verdammt attraktive Hand griff an mir vorbei und schob das Glas zurück in die richtige Position.

»So«, sagte Chris, »jetzt bist du mir aber zuvorgekommen.«

»Zuvor?«, stammelte ich. »Du warst doch viel schneller.«

»Schon«, sagte er, ließ seine Hand sinken und nickte wie ein eifriger Schuljunge, »aber ich hätte dir gern einen mitgebracht.«

Dort, wo er mich beinahe berührt hatte, brannte meine Haut wie nach einem Strandtag direkt unter dem Ozonloch. Mit Sonnenschutzfaktor Null Komma Null.

»Bin ja froh, dass du noch immer welchen trinkst.«

Ich ignorierte tapfer meine Brandverletzung und blickte ihn mit fragend hochgezogenen Brauen an.

»Ich dachte immer, Frauen, die Yoga machen ...«, begann er.

»... trinken nur grünen Tee. Ich weiß. Und sie wollen lieber atmen, als ...«

Auweia. Jetzt hätte ich beinahe etwas gesagt. Erst ein Fast-One-Night-Stand, dann sechs Monate Funkstille und schließlich das Wort mit drei Buchstaben im zweiten Satz.

Wenn ich zurück zu Hause war, würde ich anonym einen Yoga-Anfängerkurs besuchen. Wo war sie hin, meine geheimnisvolle, gelassene innere Ruhe? Hatte ich denn gar nichts gelernt?

»Atmen? Lieber als was?« Chris sah ehrlich überrascht aus.

Ich zog schnell das heiße Glas an mich und wandte mich von der Espressomaschine ab. Dann tunkte ich meine Oberlippe in den Milchschaum und schüttelte den Kopf. Irgendetwas pladderte noch aus den Düsen, aber ich schaute nicht mehr zurück. Wahrscheinlich das einzig wahre Motto für die nächsten Tage: nicht zurückschauen. Nichts wahrnehmen als das Hier und Jetzt.

»Ach, nichts.«

Chris zuckte etwas ratlos die Achseln und griff nach seinem eigenen Glas, das er auf einem der niedrigen Tischchen abgestellt hatte. Wir standen schweigend, nippten und blickten zwischendurch in unsere undurchsichtigen Getränke. Hoch aufgetürmte Berge weißen Schaums, durch die man unmöglich auf den Grund blicken konnte.

»Hallo Evke«, sagte Chris schließlich leise. Dann legte er mir eine Hand an den Oberarm. Voller Hautkontakt.

Ich zog meinen Arm weg. Es hatte ja keinen Sinn. Ich wollte kein Mitleid. Keine Erklärungen. Und keinen schweren Sonnenbrand.

»Chris«, sagte ich leise, »lass uns einfach so tun, als wären wir erwachsene Menschen. Erwachsene Menschen, die zufällig im gleichen Unternehmen arbeiten. Du musst nicht …«

»Ich wollte dir nur sagen …«

»Nein«, wehrte ich ab, »lass gut sein. Ich kann mir schon denken, warum du dich nie mehr gemeldet hast, lass uns nicht mehr weiter darüber sprechen.«

»Okay«, sagte er und verzog den Mund. Irgendwie – belustigt? Fand er das Scheitern unserer aufkeimenden Liebe derart komisch? Das war es nun auch wieder nicht!

»Okay«, sagte er noch mal, »aber eines muss ich trotzdem loswerden. Dein Kaffee …«

»Wieso? Was ist mit meinem Kaffee?«

»Es ist kein Kaffee. Es ist nur Milch. Du hast dein Glas schon wieder zu früh rausgezogen.«

Verdutzt starrte ich in mein Heißgetränk. Er hatte recht. Jungfräuliches Weiß, von keinerlei dunklen Schlieren durchzogen. Scheinbar war das mein Kernproblem: Mir fehlte einfach das Gespür für das richtige Timing.

Wenigstens, wenn Chris Müller-Nolten und ich die gleiche Raumluft atmeten.

»Hey!« Klaus-Peter kam auf uns zu und hob grüßend ein golden schimmerndes Glas. »Noch jemand ein gepflegtes Pils, zur Feier des Tages?«

Das Hotel, in dem unser Helden-der-Arbeit-Grüppchen untergebracht war, war eine altmodische Villa mit vielen Erkerchen und Türmchen und lag am Fuß des Burgberges von Eivissa. Es hatte alles, was man von einem schicken Wellnesshotel erwarten konnte: Im Spa-Bereich standen Windlichter im Marokkostil, die farblich auf meinen neuen Geburtstagsring abgestimmt waren, die Tische im Restaurant waren mit Rosenblüten geschmückt, und die Enden der Klopapierrollen in den Bädern mit dem Marmorfußboden waren zu akkuraten Dreiecken gefaltet. Vor allem hatte es aber etwas, das ich besonders liebte: eine Dachterrasse.

Spanische Dachterrassen waren eine Welt für sich. Vor allem, weil sie immer so simpel waren, als hätte ein Zen-Buddhist sie entworfen: rote Fassadenfarbe auf dem Boden, eine hüfthohe, weiß getünchte Mauer, die rundum lief, und Wäscheleinen, die im Wind sangen. Ob in heruntergekommenen Mietshäusern oder noblen Villen, sie sahen überall gleich aus. Was die Dächer anging, waren die Spanier Kommunisten.

Seltsamerweise nutzte fast niemand in diesem Land seine Dachterrasse, außer um riesige, weiße Laken im Wind zu trocknen. Auch das war überall gleich, ob im sozialen Brennpunkt von Alicante oder in der nobelsten Ecke von Ibizas Hauptstadt. Die Zimmermädchen wunderten sich kopfschüttelnd über die wenigen Gäste, die das Geheimnis der Speichertür lüfteten und dann dort oben unerlaubterweise auf den Handtüchern aus den Zimmern saßen und sich sonnten. Die Gäste wunderten sich über das Hotelmanagement, das nie auf die Idee kam, auch nur eine Garnitur Plastikstühle dort hinzustellen. Geschweige denn, eine schicke Poolbar einzurichten und für den Ausblick eine extra Cocktailsteuer zu erheben.

Mir war das nur recht. Schon gleich nach dem Einchecken war ich mit dem altmodischen Käfiglift in den fünften Stock gefahren und hatte nachgeprüft, ob sich die Tür zum Dach auch öffnen ließ. Sie ließ. Den ganzen Tag über, während ein unglaublich gut gelaunter junger Mann mit unglaublich vielen, unglaublich weißen Zähnen unser Grüppchen durch die Altstadtgässchen von Eivissa geschleust hatte, war ich voller Vorfreude auf den späten Nachmittag gewesen, wenn ich mich dort endlich mit einem Menschen treffen konnte, den ich gerade etwas aus den Augen verloren hatte.

Mit mir selbst.

Es war halb acht, als ich endlich die alte Holztür zu der Stahltreppe öffnete, die aufs Dach führte. Noch eine halbe Stunde Zeit, bis wir uns in der Lobby treffen sollten, um gemeinsam in eine Tapasbar zu gehen. Leer lag das sonnenwarme rote Dach vor mir. Irgendwo rotierte und prustete schwerfällig eine Klimaanlage. Schwalben zogen ihre eleganten Kreise vor dem Abendhimmel, der mit der gesamten Pastellpalette protzte. Der Angeber. Babyrosa, Zartblau, Silbergrau, Kükengelb.

Direkt neben der weiß gekalkten Mauer legte ich mich hin und schloss die Augen. Der Boden war uneben und warm unter meinem Rücken und fühlte sich beinahe menschlich an. Nicht perfekt, aber lebendig. Als würde mich dieser ganze Ort umarmen.

Atmen. Durch den Gedankensturm in meinem Kopf hindurch in das Auge des Hurrikans vordringen. In die tiefe, blaue Ruhe. Ich erinnerte mich an eine Technik, die Siv zu Ende jeder Stunde empfohlen hatte. Alle Muskeln des Körpers nacheinander anspannen und lösen, um hinterher in einem tiefenentspannten Zustand durchs feinstoffliche Universum zu floaten.

Bein heben, anspannen, fallen lassen.

Arme heben, Fäuste machen, Finger spreizen, fallen lassen.

Gewissenhaft ging ich Muskel für Muskel durch. Eine angenehme Off-Stimme begleitete mich dabei, dunkel und sonor. Ich konnte mich nicht erinnern, ob es Sivs war oder die Stimme meines Schreibtischbuddhas. Jedenfalls war sie nicht ganz von dieser Welt.

»Jetzt spannen wir noch einmal alle Gesichtsmuskeln an, kneifen die Augen zusammen, den Mund, als hätten wir in eine saure Zitrone gebissen.«

Ich musste daran denken, wie ich damals spätabends auf meinem Balkon gestanden und Chris' Nummer gewählt hatte. Wie ich mich wild und frei gefühlt hatte und für einen Moment ganz beglückt war von dieser Woge des Gefühls, von der ich mich widerstandslos unterpflügen ließ. Und dann an den nächsten Morgen. Diese strenge Lehrerin, die mit dem Rohrstock in der Hand so energisch an die Wände meines Hirns klopfte, dass sogar die Kobolde aufhörten zu tanzen.

Evke, du hast doch nicht etwa …?

»Und jetzt reißen wir die Augen auf, den Mund, strecken die Zunge heraus und machen den Löwen!«

»Huaaa!« Beinahe erschrak ich vor mir selbst. Wenn ich bei dieser lautstarken Übung bisher eher wie ein höfliches Großkatzenbaby geklungen hatte, dann hatte ich jetzt endlich den Ton eines ausgewachsenen, hungrigen Raubtiers getroffen. War also gar nicht so schwer. Man musste nur an etwas Peinliches denken. An etwas …

»Evke? Kann ich irgendetwas für dich tun?«

Ich fuhr senkrecht hoch und drehte mich um. Was war das? Hörte ich etwa schon Stimmen? Und war es immer so, dass die Stimmen, die man hörte, einem aus dem wirklichen Leben bekannt vorkamen?

Die gute Nachricht war: Ich hörte keine Stimmen. Ich war also noch nicht völlig durchgedreht.

Die schlechte Nachricht war: Die Stimme gehörte zu keinem anderen als Chris. Von einem Schornstein verdeckt, musste er die ganze Zeit in der Ecke gesessen und mir zugesehen haben.

»Ach, du Scheiße«, entfuhr es mir.

»Ja«, sagte er und grinste, »ich freu mich auch, dich zu sehen.«

Unschlüssig stand ich auf. Der Boden unter mir kam mir jetzt sogar ganz erstaunlich uneben vor. Aber vielleicht lag das auch nur an meinen zitternden Knien.

»Ja, dann«, sagte ich, »ich wollte dich nicht stören.«

»Und ich wollte dich nicht stören«, sagte Chris und klopfte einladend auf sein blütenweißes Hotelhandtuch.

Habe ich schon erwähnt, dass er dabei nichts trug als blauweiß gestreifte Boxershorts? Im Abendlicht sah es aus, als bestände der gesamte Mann aus bronzefarbener Seide. Es war höhere Gemeinheit.

Wer konnte da schon Nein sagen? Seufzend ließ ich mich an der Wand heruntersinken und streckte die Beine aus.

»Jetzt muss ich aber doch etwas loswerden. Weißt du, was ich mich seit ein paar Tagen frage?«, begann er und legte dabei den Kopf in den Nacken, sodass seine kräftigen Kiefergelenke hervortraten. Die reinste Peepshow. Wusste er überhaupt, was er da tat?

»Na?«, fragte ich reserviert zurück.

»Ich frage mich, wie unsere Geschichte weitergegangen wäre, wenn du ans Telefon gegangen wärst.«

Er ließ einfach nicht locker. Dabei hatte ich ihm doch schon gesagt, dass er die Vergangenheit endlich hinter sich lassen sollte.

Moment mal. Was hatte er da gerade gesagt?

»Ans Telefon gegangen? Ich?«

Ich verstand mal wieder nur ong namo naryanaya.

Wollte er mir jetzt etwa die Schuld in die Schuhe schieben? Nicht, weil ich ihn vorschnell angerufen hatte, sondern im Gegenteil, weil ich nicht *abgehoben* hatte?

»Es ist …«, er räusperte sich mehrmals, »weißt du, vielleicht glaubst du mir das nicht. Klingt ja auch nach einer blöden Ausrede, ich weiß. Aber ich habe dich damals wirklich zurückgerufen.«

»Und?«

»Tja. Ich war nicht sehr beharrlich. Ich habe es genau zwei Mal versucht. Und dann nicht mehr.«

Mein Leben ratterte im schnellen Rücklauf vor meinem geistigen Auge vorbei. Ich sah Steve in Barbies Bierbar, traf Siv im Gang des Ashrams mit der Weinflasche in der Hand, stand schließlich neben Chris an der Garderobe auf der Sunny Side … Stopp. Das war ein Stück zu weit. Langsam wieder vorspulen. Die Party. Die Nacht. Mein Anruf am Sonntag. Dann der Montag. Ich war nach Hause gekommen, hatte den Flyer vom Yogazentrum gefunden, dann hatte meine Mutter angerufen. Und dann?

Das Telefon hatte tatsächlich noch zweimal geklingelt. In rascher Folge.

Und ich hatte es klingeln lassen, fest überzeugt, dass es schon wieder meine Mutter war. Und weil ich gar nicht zu hoffen gewagt hatte …

»Das warst du?«

Er nickte, betont langsam, als wollte er jedem einzelnen Nicken eine besondere, tiefere Bedeutung verleihen.

»Du musst jetzt denken, es war mir nicht wichtig«, sagte er schließlich leise. »Und das verstehe ich ja auch. Vor allem nach deinem Anruf, mitten in der Nacht. Das war immerhin … nun, es war mutig von dir. Und … süß. Es war … es ist schwierig zu beschreiben.«

»Ich hab's dir schon gesagt«, wiederholte ich. »Du musst dich nicht rechtfertigen. Was vorbei ist, ist vorbei.«

»Aber ich möchte es dir ja erklären.«

Er schlang seine Hand um sein Knie, und ich erwischte mich dabei, wie ich schon zum zweiten Mal an diesem Tag eifersüchtig wurde. Auf die Hand. Und auf das Knie.

Die hatten es gut in ihrer Zweisamkeit.

»Weißt du, Evke«, er sah träumerisch in die Ferne, »ich möchte, dass du etwas weißt. Es ist noch gar nicht so lange her, da habe ich mich verliebt.«

Er hätte mir auch gleich eine Ladung Zement in den Mund schütten können, als ich gerade den Löwen machte. Hätte auch nicht unangenehmer sein können.

»So«, echote ich tonlos, »verliebt.«

»Ja.« Wieder dieses betonte Nicken. »Ich habe mich in eine Frau verliebt oder war wenigstens auf dem besten Wege dazu. Ich dachte, die ist anders. Die steht zu ihren Gefühlen, die hat diese ganzen Spielchen, diese ganze Taktik nicht nötig. Die ist einfach … echt.«

Ach, das Leben, dachte ich sarkastisch. So gerecht und so weise. Nach vielen Umwegen fand eben schließlich jeder sein Glück. Papa traf Ilona, um eine neue Chance als Vater zu bekommen, Melli verbrachte ihre Samstage wieder mit Steve im Baumarkt, Patriotenpunk und Darky zogen gemeinsam eine Babyratte groß, und Chris Müller-Nolten hatte sich in eine tolle Frau verliebt.

Ein nettes kleines Gesellschaftsspiel mit einem winzigen Haken.

Zum Schluss blieb immer einer übrig.

»Na dann«, ich würgte, »herzlichen Glückwunsch.«

»Die Geschichte geht noch weiter«, sagte er. »Ganz kurz nachdem ich sie kennengelernt habe, hat mir ein Kollege erzählt, dass die Frau zu so einer Yogaclique gehört. Und da wurde ich zum ersten Mal misstrauisch.«

»So, so. Yoga.«

Ich sprach das Wort aus, als hätte ich es noch nie gehört. Es fühlte sich seltsam fremd an in meinem Mund, so wie eine Frucht von einem exotischen Büfett, von der man nicht genau weiß, was einen erwartet, wann man hineinbeißt.

»Evke«, seine Stimme hatte plötzlich einen fast flehenden Unterton, »verstehst du mich denn wirklich nicht, oder willst du mich einfach nicht verstehen?«

»Doch, doch«, sagte ich und pulte mit meinem Zeigefinger in einem winzigen Loch in Chris' winzigem Gesichtshandtuch. »Du glaubst, wir sind jetzt so etwas wie gute Freunde. Dein alter Kumpel Evke, mit dem du mal ganz locker deine Beziehungsprobleme besprechen kannst. Ehrlich, Chris, es ehrt mich, dass du mir das anvertraust. Aber …«

»Mann, Evke!«, er schlug sich mit der flachen Hand gegen die Stirn. »Das letzte Mal, als ich mich mit dir unterhalten habe, hast du nicht so auf der Leitung gestanden. Evke, merkst du denn nicht, von wem ich rede?« Er machte eine dramatische Kunstpause.

»Ich rede von dir!«

Das Loch im Handtuch war jetzt so groß, dass mein kleiner Finger fast hindurchpasste. Die Schwalben kreisten, die Abendwölkchen glänzten, auspufflose Mofas röhrten.

»Evke, im Ernst, ich …«, Chris stützte seinen Kopf in die Hände, »ich habe mich so gefreut, als ich deinen Namen auf der Liste gesehen habe. Und bin gleichzeitig so erschrocken. Bist du mir eigentlich noch böse?«

Aus irgendeinem Schlupfwinkel meines Hirns waren meine alten Kumpel, die Kobolde, wieder aufgetaucht. Die hatte ich schon lange nicht mehr getroffen. Scheinbar konnte man sie nicht nur mit einer Überdosis Alkohol hervorlocken, sondern auch mit einem Überangebot an Information. Jetzt sprangen sie Trampolin auf meinem Mandelkern, schlugen Saltos und riefen dabei aufgeregt durcheinander. Chris hatte sich verliebt? Chris hatte sich in mich verliebt? Aber warum dann die Vergangenheitsform? Und warum böse?

»Nicht böse«, antwortete ich nach einer Weile. »Nur enttäuscht.«

»Weißt du«, sagte er und blickte mich von der Seite an, »ich hab das manchmal, wenn etwas einfach zu schön ist. Zu perfekt. Dass ich plötzlich anfange zu zweifeln. Und dann reicht der kleinste Grund, und ich sage mir: Vergiss es, so etwas Perfektes kann es ja gar nicht geben.«

»Und was hat das jetzt mit Yoga zu tun?«

»Also, zufällig habe ich mich am Montag nach der Firmenparty mit einem Kollegen unterhalten, der deine Freundin Anna kennt. Da habe ich … na, ich habe ihn ein bisschen nach dir gefragt. Was er über dich weiß. Er meinte, dass Anna mit ihren Freundinnen dauernd auf solche Wochenenden fährt. Solcher Esoterikkrempel. Entschuldigung.«

»Aber da war ich noch nicht einmal dabei! Eigentlich habe ich mit Yoga doch überhaupt nur angefangen …«

Wegen dir, wollte ich sagen. Weil ich mir schon wieder so ein Eigentor geschossen hatte, weil ich endlich gelassener werden wollte, geheimnisvoller, und drei Kilo abnehmen. Damit dann beim nächsten Mann endlich alles anders werden würde.

»Sag mal, was hast du eigentlich für ein Problem mit Yoga?«, fragte ich stattdessen. »Das klingt ja fast, als hättest du herausgefunden, dass ich in meiner Freizeit Kleintiere ausstopfe.«

Chris schwieg lange und fixierte einen Punkt an der Mauer. Beinahe sah es aus, als meditierte er mit offenen Augen.

»Ich kann es nicht so gut erklären«, sagte er schließlich, »vielleicht verstehe ich ja auch zu wenig davon. Aber ich habe immer den Eindruck, Leute, die Yoga machen, nehmen ihrem Leben den Wahnsinn. Die Überraschung. Die Lebendigkeit. Statt einer zackigen Kurve haben die nur eine gerade Linie. Fast wie bei Hirntoten!«

Ich musste wieder an die Nacht vor meinem Fernsehauftritt denken. Die Suche in der Hotelzimmerbibel. Selig sind die Wahnwitzigen.

Entweder ich war eine miserable Yogini. Oder ich schaffte es, Yoga und Wahnsinn ganz gut zu verbinden. Wenigstens manchmal.

Jetzt sah er mir direkt in die Augen. »Ich meine, es ist ja schön und gut, zur Ruhe zu kommen. Einen Ausgleich zu schaffen, gegen Alltagsstress. Außerdem soll Yoga ja spitze sein bei Rückenproblemen.«

Ich nickte halb reserviert, halb ermunternd. Ich wusste immer noch nicht recht, worauf er hinauswollte.

»Aber ein Leben so völlig ohne Aufregung, ohne Auf und Ab, immer in der gleichen, mittleren Reisegeschwindigkeit? Möchtest du das wirklich führen? Ist das dein Ziel? Das war es, was ich mich gefragt habe. Und was mich plötzlich zum Zweifeln gebracht hat. Und dann, als ein paar Wochen später auch noch die Rundmail an alle Sunny-Side-Mitarbeiter ging, dass du jetzt Yogakurse in der Firma anbietest, war ich plötzlich ganz froh, dass es nicht weitergegangen ist mit uns.«

Er schüttelte den Kopf und schien plötzlich traurig zu sein.

»Dabei habe ich dich doch ganz anders kennengelernt«, sagte er leise. »So lustig. So spontan. So … leidenschaftlich.«

Es war still. Zu still.

»Ich hatte mal einen Yogalehrer, der hat gesagt, im Tiefschlaf sind wir unserem wahren Ich am nächsten«, sagte ich.

Chris nickte bedächtig. »Eben. Wir haben nur ein Leben und sollen dabei alles ausschalten, das uns lebendig macht? Ist das nicht tödlich langweilig?«

Auf einmal wusste ich, dass jetzt alles sehr einfach sein konnte. Es wäre ein Leichtes gewesen, ein paar flapsige Bemerkungen über Yoga zu machen. Über Menschen, die jeden Tag eine Stunde für den Weltfrieden meditierten, die keinen Knoblauch aßen, um die nervöse Energie zu meiden, und die in ihrem Schlafzimmer einen Buddha-Schrein in Richtung Norden aufstellten. Chris und ich hätten gemeinsam lachen können. Unsere Körper auf dem schmalen Handtuch näher zusammenschieben können. Und uns schließlich unter dem rosa Himmel von Eivissa küssen, so nahtlos leidenschaftlich, als hätten wir das blaue Sofa nie verlassen.

Das wäre schön gewesen.

Aber es wäre auch Verrat gewesen.

Verrat an meinen Freunden. Verrat an Melli, die so ernsthaft nach dem richtigen Weg für ihr Leben suchte. Verrat an allen, die sich

Mühe gaben, mit Yoga auch einen anderen Umgang mit sich selbst und anderen zu finden. Und auch Verrat an mir selbst.

Ich konnte die letzten sechs Monate natürlich einfach aus meinem Leben streichen. Ich konnte mich wieder genau in das alte Chamäleon verwandeln, das ich immer gewesen war. Eine Frau, die jedem Mann genau das erzählte, was er hören wollte. Die sich in eine Tischtennisspielerin verwandeln konnte, um Mirko Hansen aus der 11 b zu beeindrucken. Oder in eine Pflanzenliebhaberin, um einem Yogalehrer zu gefallen. Und dann im nächsten Moment mit einem enorm attraktiven – also, wirklich enorm attraktiven! – Kollegen über Kobras und Krieger herzuziehen, bloß, damit er sie endlich in sein Hotelzimmer schleppte.

Nein. Das konnte es nicht sein.

Wir schwiegen. Langsam wurde das Schweigen zäh wie ein Steak vom uralten spanischen Kampfstier. Ich drehte an meinem Silberring und dachte an meinen Treueschwur an mich selbst.

»Wusstest du übrigens, dass Yoga die Kundenzufriedenheit in mittelständischen Reiseunternehmen um neunundzwanzig Komma acht Prozent steigern kann?«, fragte ich.

Chris nickte. »Davon habe ich gehört. Sonst wärst du heute nicht hier.«

»Und du? Warum bist du mit dabei?«

»Mein Beitrag für Sunny Side war nicht so … na, sagen wir mal, nicht so kreativ. Ich hab bloß einen neuen großen Firmenkunden gewonnen. Eine Fitnessstudiokette. Die City-Verbindung von Augsburg nach Wilhelmshaven boomt, vor allem aber hat das Indien-Geschäft stark angezogen.«

»Indien? Wieso das denn?«

»Hab ich mich auch gefragt. Die bieten natürlich auch Yogakurse an, so wie jedes Studio, das was auf sich hält. Und weil sie so exklusiv sind und so teuer, schicken sie ihre Trainer nicht zu irgendeiner Fortbildung im Westerwald, sondern nach Indien, zum ehemaligen Yogalehrer von Richard Gere.«

»Sag mal«, fragte ich, »könntest du eigentlich eine Frau lieben, die einen Altar im Schlafzimmer stehen hat?«

Er nickte bedächtig. »Vielleicht. Solange mein Foto darauf steht.«

Dann lachte er, als er mein erschrockenes Gesicht sah. »War doch nur ein Witz! Wie gesagt, vielleicht sind das ja auch alles nur dumme Vorurteile mit dem Yoga. Schließlich braucht jeder seinen Spleen. Die einen züchten Koi-Karpfen, die anderen stricken sich Kettenhemden und gehen zum Rollenspiel. Übrigens«, er sah mich prüfend an, »es gibt Schlimmeres im Schlafzimmer als Altäre. Kuscheltiere im Bett zum Beispiel.«

Ich dachte an Annas lila Nilbären.

»Und du?«, fragte ich. »Was hast du Peinliches in deinem Bett?«

»Rate mal.«

Ich überlegte und hatte dabei das Gefühl, wieder auf sicheren Boden zu kommen. Ich war zwar nicht ganz sicher, ob man Yoga wirklich auf eine Stufe stellen konnte mit Fischzucht oder Rollenspielen. Andererseits, wer weiß: Vielleicht kamen sich andere Menschen selbst am nächsten, wenn sie mit spitzen, grünen Ohren durchs Unterholz tobten. Oder wenn sie die orangefarbenen Flecken ihrer Karpfen zählten. Wenn alles Yoga war, so wie der Zauselmann aus meiner allerersten Stunde gesagt hatte – warum nicht auch das?

»Nichts sagen! Ich weiß«, sagte ich, »du hast ein australisches Krokodilwarnschild über deinem Futon hängen.«

»Ach«, Chris' Mundwinkel zuckten, »hab ich das wirklich?«

»Wenn nicht das, dann eins mit einem Wombat.«

»Vielleicht solltest du dir selbst mal ein Bild davon machen«, sagte Chris genau im selben Augenblick, in dem die Turmuhr gegenüber zu schlagen begann.

»Mein Gott, die Tapas!« Ich sprang hektisch auf. »Die anderen fangen noch ohne uns an.«

Chris blieb noch einen unschlüssigen Moment lang sitzen und fragte etwas, das klang wie »und wenn?«.

Aber da war ich schon auf der Stahltreppe. In einem weißen Wickelshirt mit goldenem OM-Aufdruck würde ich ganz sicher nicht zum Essen gehen.

Bei aller Liebe.

Supta Vajrasana

Die Diamantenstellung (Supta Vajrasana) öffnet das Herz.

Unser Reiseprogramm auf Ibiza ließ sich in zwei Worten zusammenfassen.

Eine Unverschämtheit.

Einfach eine Unverschämtheit, weil es mit so viel Liebe zusammengestellt war, als hätte jemand dabei an ein Honeymoon-Paar gedacht.

Eine doppelte Unverschämtheit, weil ich es nicht gemeinsam mit einem Mann genießen konnte, in den ich verliebt war.

Eine dreifache, weil … nun ja, weil genau dieser Mann ja in greifbarer Nähe war. Trotzdem benahmen wir uns schon seit drei Tagen penetrant so, als wären wir Kollegen. Als hätte es die Nacht nach der Betriebsfeier nie gegeben und nicht einmal das Gespräch auf der Dachterrasse.

Dabei führten wir einen seltsamen Tanz umeinander auf. Wenn ich mit einem Glas Cava an der Brüstung einer Terrasse stand, neben mir ein Lautsprecher, aus dem entspannte Elektromusik blubberte, unter mir das türkise Meer, das an steil aufragende Felswände spritzte, war es unter Garantie Chris, der ganz zufällig eine Olive von seinem Teller für mich übrig hatte. Wenn ich auf dem Hippiemarkt von einem Stand mit rosa Stickblüschen in Kleinmädchengrößen aufschaute, wühlte sich mit Sicherheit Chris auf der anderen Seite durch bestickte Schals. Dann wieder legten wir beide eine demonstrative Gleichgültigkeit an den Tag, die schon beinahe feindselig wirken mochte. Wir saßen an entgegengesetzten Enden des kleinen Ausflugsbusses, und wenn ich die Erste war, die sich ein Mountainbike schnappte, dann war er mit Sicherheit der Letzte. Wir starrten aneinander vorbei, wenn die Sonne hinter der Terrasse eines schicken Beachclubs unterging, wir ignorierten gemeinsam den Mond beim nächtlichen Bummel in der Festung von Eivissa.

Unser seltsames Verhalten schien niemandem aufzufallen, jedenfalls hatte ich noch keine Gerüchte gehört. Im Geist legte ich die Fingerspitzen zusammen, führte sie an mein Herz und verneigte mich vor Klaus-Peter. Seit er und die Sekretärin des Controlling-Geschäftsführers beide nicht an der Piraten-Bootsfahrt rund um die Südspitze Ibizas teilgenommen hatten, hatte die Gruppe wenigstens jemanden, der ihnen eine Portion Drama und Abenteuer lieferte.

Die Abende waren lang und lau, die Meeresfrüchteteller voller Knoblauch und der Weißwein unwiderstehlich. Nachts konnte ich dann in meinem Kingsize-Bett nicht schlafen, egal ob ich senkrecht, quer oder mit den Füßen zum Kopfende lag, und fühlte mich von den drei Kissen darin persönlich ausgelacht, wo doch schon zwei davon mir auf unmissverständliche Weise klarmachten, wie allein ich war. Da konnte ich noch so sehr in mir ruhen, auf die Dauer war die Liebesbeziehung zu mir selbst dann doch recht eintönig. Kaum war es hell, wachte ich aus unruhigen Träumen auf, die alle auf einem blauen Sofa spielten und nach Chris rochen.

Völlig gerädert ging ich dann um halb acht im Yogadress zur Early-Morning-Stunde in ein sonnendurchflutetes Studio im ersten Stock und ließ mich von einer winzig kleinen Spanierin mit Kringellocken und einem kindlichen Körper beschimpfen, weil ich meine Asanas nicht sorgfältig genug ausführte. Sie war Anhängerin der Yogaschule von B. K. S. Yengar, und ihr großer Meister legte großen Wert auf millimetergenaue Stellungen.

Am ersten Morgen hatte sie mir sogar verboten, in den Schulterstand zu gehen. »Note laike sise!«, hatte sie in ihrem gleichzeitig harten und weichen Spanisch-Englisch gerufen, und ich hatte ihr wohlweislich verschwiegen, dass ich nicht nur Schülerin war, sondern auch Lehrerin. Es war beinahe noch unangenehmer als der Moment, in dem ich in der Kantine gezeigt hatte, dass ich meine Handflächen nicht auf dem Fußboden ablegen konnte. Frau Rosenkötter ließ grüßen.

Seitdem verbrachte ich die meiste Zeit in der »Stellung des Kindes«, mit angezogenen Beinen auf dem Boden kauernd. Manchmal schlief ich darüber ein. Kein Wunder. Schließlich hatte ich die halbe Nacht wach gelegen und war todmüde.

Zudem konnte ich mich hier wenigstens in einer von vierundzwanzig Stunden entspannen, denn die Wahrscheinlichkeit, dass ausgerechnet Chris hier hereinplatzen würde, lag im Minusbereich.

Und dann kam der letzte Abend.

Schon wieder hatten es die Organisatoren ekelhaft gut mit uns gemeint. Zwar hatte ich immer geglaubt, ich sei die einzige Person mit einer Vorliebe für spanische Dachterrassen. Aber Miguel, der kleine Lockige mit den außergewöhnlich vielen Zähnen, hatte wohl auch schon mal davon gehört. Jedenfalls fanden wir beim Essen in einem Lokal in der Altstadt jeder eine persönliche Einladung auf dem Tisch.

»Party on the Sunny Side of Life«, prangte in goldenen Buchstaben auf der gefalteten Karte. Ab zweiundzwanzig Uhr sollten wir uns oben auf dem Dach einfinden, zu einem Abschiedscocktail und Musik von einem berühmten DJ, der morgen einen großen Gig in einem der Techno-Clubs hatte und ausnahmsweise für uns auflegen würde. Wahrscheinlich war er im gleichen Hotel untergebracht und brauchte uns als Versuchskaninchen. Wenn seine Musik sogar fünfzigjährige Marketingleiter zum Tanzen bringen würde, so dachte er sich vermutlich, dann sollte er es beim zwanzigjährigen Partypublikum deutlich leichter haben.

Darunter stand noch etwas, in winzigen Buchstaben. Dresscode: White as the night.

Panisch ging ich in Gedanken mein Reisegepäck durch. Ich hatte überhaupt nichts Weißes dabei.

Oder halt: Ich hatte etwas. Meinen Yogadress. Die Hose und das Wickelshirt mit dem OM-Aufdruck. War zwar nicht das, was ich üblicherweise für eine Party getragen hätte. Aber wenigstens die Farbe stimmte.

Über dem Tisch trafen sich Chris und mein Blick, und er schien etwas sagen zu wollen. Jedenfalls öffnete er die Lippen und schloss sie wieder, wie ein Koi-Karpfen, der nach Luft schnappte. Ich sah ihn fragend an, doch dann winkte er ab. Bald kam eine Platte mit ölig eingelegtem Tintenfisch, Scampi und Muscheln, und gefräßiges Schweigen legte sich schwer über unseren Tisch.

Um Viertel vor zehn stand ich vor dem Kleiderschrank in meinem Zimmer und dachte über zwei Probleme nach.

Das eine betraf meine Füße. Ich hatte nämlich keine weißen Schuhe. Nicht einmal annähernd. Stattdessen hatte ich mich für ein paar schwarze Römersandalen entschieden, die ich gestern im spanischen Schlussverkauf erstanden hatte. Aber so richtig passend waren die auch nicht. An nackten Waden sahen sie gut aus, aber unter einer Hose bildeten die Wildlederfransen einen hässlichen Wulst. Einzige Alternative war barfuß gehen. Und bekanntlich zog ich meine Füße nicht für jeden aus. In einer Yogastunde mochten sie Teil einer großen, demokratischen Versammlung von Gleichhässlichen sein, aber bei einer Party standen sie nicht auf der Gästeliste.

Mein zweites Problem war deutlich größer, hatte blonde Locken, ausgeprägte Kieferknochen und sexy Hände.

Wenn Chris und ich nach dieser Reise einfach wieder auseinandergehen würden, dann wäre es diesmal für immer. Von den vielen Dingen, die keiner von uns aussprach, war dies das allerklarste. Eine dritte Chance würde es nicht geben. Nicht mal auf dem Betriebsfest im nächsten Frühjahr.

Allmählich begann ich mich zu fragen, ob ich nicht genau den entgegengesetzten Fehler machte wie vor einem halben Jahr. Ob ich diesmal so unnahbar war, dass Chris glauben musste, ich würde mich nicht mehr für ihn interessieren. Dass er glauben konnte, ich wäre mir nun endgültig selbst genug.

Die ganze Zeit fragte ich mich: Konnten Yoga-Frauen und Mountainbike-Männer miteinander glücklich werden? Und warum eigentlich nicht? Schließlich gab es auch Mischehen zwischen Muslimen und Christen. Und Wohngemeinschaften, in denen HSV- und St.-Pauli-Fans lebten. Nahm ich wenigstens an.

Ich brauchte dringend Beratung. Ich brauchte eine Selbsthilfegruppe. Ich brauchte den Rat einer Betroffenen.

Und plötzlich fiel es mir ein. Ich kannte sogar eine.

Melli.

Steve und sie – war das nicht genau so eine Kombination? Und außerdem, ich musste es mir eingestehen, verstand sie viel von Liebe. Wahrscheinlich mehr als ich.

Jahrelang hatte ich mich innerlich lustig gemacht über ihre langweilige Beziehung und die samstäglichen Pärchendialoge an der Tiefkühltruhe im Supermarkt. Erst in den letzten Monaten hatte ich verstanden, wie echt Melli war. Nie war sie einer Taktik gefolgt. Sondern immer nur dem, was ihr Herz ihr sagte.

Gut, es konnte durchaus passieren, dass ihr Herz kein besonders verlässlicher Ratgeber war. Trotzdem folgte sie ihrem Gefühl, auch wenn es sie manchmal in steinige Gegenden brachte oder an Türen, hinter denen keiner zu Hause war.

Und, nicht zu vergessen: Sie hatte einen Kerl, der ihren Altar andübelte. Obwohl dafür der Plasmafernseher aus dem Schlafzimmer verschwinden musste.

Ich nahm einen tiefen Atemzug. Spürte, wie die Luft kühl durch meine Nasenlöcher einströmte, wie ich sie in meiner Lunge wärmte, zum Leben erweckte und wieder entließ. Dinge kamen und gingen. Ich musste nichts tun. Nur das eine noch.

Und während draußen die Stadt zu ihrem späten, ihrem brausenden und tosenden Nachtleben erwachte, griff ich nach meinem Handy und wählte Mellis Nummer.

Garbhasana

Die Stellung des Kindes (Garbhasana) harmonisiert und führt zu einem unschuldigen und reinen Glücksgefühl.

Das gleichmäßige Tuten in der Leitung wurde von einem Poltern und Krachen unterbrochen. Ich hörte erst einen Schmerzensschrei, dann Mellis vernuschelte Stimme.

»Wassn los?«, fragte sie. »Wer issn da?«

»Ich bin's«, sagte ich und merkte, wie atemlos meine eigene Stimme klang.

Einen zähen Moment lang war Schweigen. Panisch jonglierte ich mit zwei Gedanken. Einem furchtbaren und einem schrecklichen. Schrecklich genug, wenn Melli meine Stimme tatsächlich nicht mehr erkannte. Noch nie in unserem Leben hatten wir uns bisher mit Namen melden müssen. Noch furchtbarer war die Möglichkeit, dass sie immer noch nicht mit mir reden wollte.

»Melli?«, flüsterte ich. »Was ist los? Hast du dir wehgetan?«

»Hm. Bin gegen den Altar gerannt.«

»Wie, ich dachte, Steve hätte den angedübelt?«

»Ja. Aber jetzt haben wir ein 1,80-Meter-Bett, und nichts passt hier mehr so richtig.« Ein ganzer Satz inklusive Nebensatz. Wenigstens so viel war klar: Melli weigerte sich nicht mehr, mit mir zu sprechen.

»Na?«, fragte sie dann.

»Melli«, sagte ich leise, »du fehlst mir so.«

Es rauschte und knackte im Äther, schließlich hörte ich sie seufzen.

»Ach, Evke. Liebes. Du mir auch. Aber musst du mich deshalb zu nachtschlafender Zeit anrufen?«

»Nachtschlafender Zeit? Es ist noch nicht mal zehn!«

»Oh, ehrlich? Kam mir viel später vor. Ich bin so früh müde in den letzten Tagen.«

»Kein Wunder, wenn man morgens um sieben schon zur Meditation aufsteht. Du solltest einfach mal länger schlafen, dein Job ist anstrengend genug.«

»Wo bist du überhaupt?«, fragte Melli.

»Auf Ibiza.«

»Ibiza? Allein?«

»Ja. Nein. Es ist kompliziert. Melli, ich brauche dringend deinen Rat.«

»Na dann. Lass hören.«

Ich wollte gerade ansetzen, als sich eine Erinnerung in meinem Kopf breitmachte. Nadines strenge Miene, als ich ihr auf Annas Geburtstag von meiner neuen Liebe hatte erzählen wollen. Ich kann es nicht mehr hören, hatte sie gesagt. Alle drei Monate präsentierst du uns einen neuen Vater deiner Kinder.

Wie würde Melli wohl reagieren, wenn ich jetzt wieder Chris ins Spiel brachte? Würde sie mich auch nicht ernst nehmen? Zwar kannte sie sich mit Versöhnungen aus. Aber es war ja wohl ein Unterschied, ob man nach einer kurzen Krise in einer jahrelangen Beziehung wieder zueinander fand oder seit einem One-Night-Stand sechs Monate vergangen waren.

»Was meinst du?«, fragte ich schließlich. »Würdest du schwarze Römersandalen zu einer weißen Hose tragen?«

»Wieso nicht?«, kam prompt zurück. »Weiß ist das neue Schwarz, Schwarz ist das neue Weiß und Kontraste im Achtziger-Stil der Top-Trend im Herbst.«

»Was ist denn mit dir los?«, wunderte ich mich. »Du bist doch sonst nicht so auf dem Laufenden mit Mode?«

»Nee«, sagte sie, »aber ich war heute beim Arzt. Und da gab es nur noch Frauenzeitschriften zu lesen.«

»Wie geht es dir denn überhaupt?«, fragte ich. »Bist du jetzt glücklich?«

Melli gab ein schwer zu deutendes Geräusch von sich. Lachte sie?

Oder weinte sie am Ende? »Es ist …«, sagte sie schließlich leise, »weißt du, in meinem Leben ist gerade vieles so anders. Gleichzeitig vertraut und sehr neu.«

»Schön«, sagte ich, »das hätte ich auch gern.«

Im gleichen Moment klopfte es an der Tür. Ob der Spanier mit den vielen Zähnen uns alle einzeln zur Dachgartenparty abholte?

»Melli?«, fragte ich. »Ich muss mal eben aufmachen. Kann ich dich später noch mal zurückrufen?«

»Später? Ehrlich, ich glaube nicht, dass ich später noch mal so leicht wach werde. Vielleicht lieber morgen? Ich weiß ja nicht mal, was du auf Ibiza machst. Mist, Evke, seit Wochen weiß ich nicht mehr, wo du bist. Das ist ganz schön beunruhigend.«

Wieder klopfte es an der Tür, ungeduldig, fordernd. Komische Spanier. Die waren doch sonst die Ruhe selbst und machten am liebsten alles *mañana*.

Ich hörte meine beste Freundin in den Hörer atmen.

»Melli?«, fragte ich.

»Ja?«

»Ich darf dich wirklich morgen anrufen?«

»Evke, du darfst nicht nur. Du musst. Wir beide, wir sollten über vieles reden.«

Noch nie hatte mich eine Drohung so glücklich gemacht wie diese.

Ich legte das Handy ab, ging zur Tür und öffnete.

Draußen stand Chris.

Er trug weiße Shorts, ein rosa Hemd und weiße Tennissocken. Er sah aus wie ein Italiener auf Urlaub, der in Deutschland seine Strümpfe gekauft hatte.

Und dabei so zum Anbeißen wie ein Marzipanschweinchen. Nur deutlich männlicher.

»Sag mal«, er fixierte einen Punkt auf den kühlen Bodenfliesen, als hätte er dort etwas sehr Wichtiges entdeckt, »du hast nicht zufällig noch ein besonders großes weißes T-Shirt, das du mir leihen könntest?«

Langsam schüttelte ich den Kopf. »Nein«, sagte ich, »aber hast du vielleicht ein paar Schuhe für mich übrig?«

Er musterte meine Sandalen und wiegte den Kopf. »Stimmt«, sagte er, »das mit den schwarzen Sandalen zu der weißen Hose, das ist gewöhnungsbedürftig.«

»Dabei sind Kontraste doch das ganz große Ding in dieser Saison«, sagte ich.

»Ach. Sind sie das?«

Dabei sah er mir direkt in die Augen.

Was dann passierte, dafür konnte keiner etwas. Wenn ich eines beim Yoga gelernt hatte, dann das: Nicht alles im Leben ist unserem bewussten Willen unterworfen. Nicht das Kommen und Gehen von Ebbe und Flut, nicht der Atemimpuls, der ganz von selbst einsetzt, ohne dass wir etwas tun müssen. Auch nicht die Bewegung meiner Hände, nach oben wie zum Sonnengruß und schließlich hinein in die schweren Locken, an Chris' Kopf.

Und ich bin sicher, auch Chris hatte keine Wahl, als er zeitgleich seine Lippen auf meine senkte, kissenweich, behutsam, als wäre er in diesem Moment, endlich, am Ziel einer langen Reise angekommen.

Wir taumelten mehr ins Zimmer, als dass wir gingen. Instinktiv suchten unsere Körper nach einer weichen Unterlage, auf der sie sich sofort ineinander verknoteten, als wollten sie die jahrhundertealte Tradition um ein paar ausgefeilte Doppelstellungen ergänzen. Das Erstaunliche daran war, dass nichts störte. Als wären wir nicht absolute Anfänger, was unsere gegenseitigen Körper betraf, sondern als hätten wir es bereits zu erheblicher Meisterschaft gebracht. Arme, Beine, Bäuche lösten und verbanden sich wie bei einem dieser Puzzles, die man auf verschiedene Weisen zusammenlegen kann. Irgendwann richtete Chris sich halb auf, griff nach meinem Fuß und machte sich an den Riemchen der ersten Sandale zu schaffen.

»Nicht!«, protestierte ich schwach. »Meine Füße!«

»Mir egal«, sagte Chris, »die Schuhe passen nicht zu deiner Hose, das kann ich nicht zulassen.«

»Dann zieh deine Socken aus!«, sagte ich. »Das ist wichtig für die Erdung.«

»Erdung? Wer sagt denn, dass ich mich erden will?«

Ich blinzelte ihn verwundert an.

»Ich will mich nicht erden. Ich will wegfliegen. Und zwar nicht allein.«

Seine Hände. Überall. Und meine eigenen. Die erkannte ich gar nicht wieder, so neugierig waren sie. Neugierig auf dieses fremde Land, in dem es so viel mehr zu entdecken gab, als man bei einem Tagestrip im Frühling überhaupt wahrnehmen konnte.

Und dann hoben wir ab. Und ich vergaß alles um mich herum. Die Party auf dem Dach. Und sogar die Tatsache, dass meine Füße schwarz-weiß gestreift waren. Schicke Sandalen waren das. Aber nicht besonders farbecht.

Wir starteten auf dem Mond und machten uns schließlich auf zum Mars. Und während wir gemeinsam auf einen heißen, roten, pulsierenden Planeten zuflogen, dachte ich, dass ich auf keines von beiden mehr verzichten wollte. Nicht auf den Wahnsinn und die Leidenschaft. Und genauso wenig auf das Gefühl, ganz bei mir zu sein. Dass ich Feuer wollte und die große blaue Ruhe im Auge des Sturms. Yogitee und Champagner. Alles zu seiner Zeit.

Kontraste waren das ganz große Ding in dieser Saison. Und vielleicht nicht nur in dieser.

Das war dann aber auch das Letzte, das ich dachte. Danach war fürs Erste Schluss mit Denken.

Irgendwann, während Chris und ich längst auf sehr weiten Umlaufbahnen in sehr weit entfernten Galaxien unsere Kreise drehten, stieß mein Handy eine kleine Fanfare aus. *Sie haben Post.* Aber die Teilnehmerin war derzeit nicht erreichbar. Oder wenn, dann nur auf einer ganz anderen Frequenz, auf der Worte nichts verloren hatten.

Wir waren sehr laut. Und dann schwiegen wir sehr lange. Das Zimmer roch nach Sex. Chris' Hand lag auf meinem Bauch, ganz zart, als wäre das meine empfindlichste Stelle, die es zu beschützen galt.

»Und jetzt?«, fragte er schließlich sanft.

Ich stützte mich auf einen Ellenbogen und sah ihn an. In seinen Augenwinkeln schimmerte es feucht.

»Was jetzt?«, fragte ich vorsichtig zurück.

»Ich meine, die Party hat längst angefangen. Willst du da noch hin?«

»Wo du hingehst, da will auch ich hingehen«, antwortete ich.

»Würdest du dann auch mit mir bleiben, wo ich bleiben will?«, fragte er.

»Wo willst du denn bleiben?«

»In deinem Bett. In deinen Armen. Nach dem Frühstück sehen wir dann weiter.«

»O Gott, das Frühstück!« Ich schlug mir mit der flachen Hand vor den Kopf und traf mich hart mit meinem eigenen Ich-bleib-mir-treu-Ring. »Aua!« Chris pustete meine Stirn und strich über mein Haar. »Armes Mädchen«, sagte er, »nicht selbst wehtun! Was ist denn mit dem Frühstück?«

»Es ist um sieben! Wir fliegen um halb zehn, und ich hab noch nichts gepackt!«

Chris streckte sich einladend auf dem Bett aus, das schon gar nicht mehr so einschüchternd riesig aussah mit ihm darin. Es war eben alles im Leben relativ.

»Ist doch hervorragend«, sagte er, »das gibt uns noch etwa eine Stunde, um unser Zeug zusammenzusuchen. Und sieben Stunden, in denen ich was Besseres wüsste. Das heißt«, er sah mich plötzlich ängstlich an, »wenn du … ich meine, wenn du jetzt erst einmal Ruhe brauchst … ich will nicht …«

»Wie kommst du denn auf diese Idee?« Ich war ehrlich empört.

Er blickte mich beinahe schüchtern von der Seite an. »Ich weiß auch nicht«, sagte er nach einer Weile, »irgendetwas ist anders an dir als im Frühjahr. Du wirkst so – wie soll ich sagen? Nicht unnahbar, eher so stolz. Oder nein, stolz ist auch nicht das richtige Wort, vielleicht selbstgewiss?«

»Vielleicht«, erwiderte ich geheimnisvoll und fühlte mich für einen Moment lang wirklich wie eine mysteriöse Göttin. Wenigstens wie die Frau, die ich mal hatte werden wollen, nach einem One-Night-Stand, der nun doch keiner geblieben war. Buddha sei Dank.

Chris legte den Kopf schief. So schnell wie der Moment der Befangenheit gekommen war, war er auch wieder vorbei und machte einem spitzbübischen Grinsen Platz. »Oder warst du beim Friseur?«

Gleichzeitig griff er nach mir, aber ich entwand mich und schnappte nach meinem Handy. Genau das, was mysteriöse Göttinnen im 21. Jahrhundert traditionellerweise taten.

»Kleinen Moment noch«, sagte ich, denn jetzt war ich doch neugierig geworden auf die SMS, die da vorhin angekommen war. Vielleicht etwas Wichtiges von Melli.

Ich las die Nachricht. Las sie noch einmal.

Dann sah ich Chris an.

»Das war mein Vater. Ich bin Halbschwester geworden«, flüsterte ich. »Um Viertel vor zehn.«

»O toll!«, sagte Chris und gab mir einen Kuss zwischen die Schulterblätter, »Junge oder Mädchen?«

»Er ist 3400 Gramm schwer und 51 cm groß«, las ich vor. »Dann steht da noch KU 35. Keine Ahnung, was das bedeutet.«

»Kopfumfang«, sagte Chris und legte von hinten sein Kinn auf meine Schulter.

»Und er heißt Fynn«, sagte ich. »Mit Ypsilon.«

»Fynn«, wiederholte Chris und nickte gegen meine Schulter, »schöner Name.«

»Ja«, sagte ich. »Das finde ich auch.«

mayurasana

Mayurasana (Der Pfau) wirkt stark aktivierend und macht glücklich. Er hilft, die Fülle des Lebens in seiner ganzen Schönheit zu erkennen und dankbar anzunehmen.

»Geht das da vorn noch mal weiter?«

Im Tonfall war die Frage vielleicht etwas aggressiv, aber in der Sache berechtigt. Seit gefühlten fünf Minuten standen wir draußen in der Schlange, während die Drehtür zum Sunny-Side-Eingang noch immer blockiert war. Und nun hatte auch noch so ein feiner norddeutscher März-Nieselregen eingesetzt, als wären himmlische Wesen dort oben mit einem höllischen Zerstäuber zugange.

Mit der rechten Hand zog ich an der marineblauen Kapuze des Babys auf meinem Arm und berührte dabei seinen Hinterkopf, ein Körperteil, der mich jedes Mal besonders rührte. Diese Familienähnlichkeit. Diese ausgeprägte Rundung, typisch Frank, und selbst die Form der Wirbel am Haaransatz kam mir vertraut vor. Das Baby streckte mir ein rundes Zünglein entgegen, dann runzelte es besorgt seine kleine Stirn.

Auch diesen Gesichtsausdruck kannte ich nur zu gut. So sah Papa aus, wenn er im Lokal zu lange auf einen Kellner warten musste. Kein Wunder, dass sein Sohn genauso dreinschauen konnte.

»Tja, mein Schatz«, sagte ich, »deine Mama hat viele Qualitäten, aber mit Drehtüren steht sie auf Kriegsfuß.«

Gerade hatte sich der Babymund zu einem Protestschrei verzogen, da fasste Chris entschlossen über mich drüber, fummelte an der Schnullerkette und steckte dem Kleinen seinen Sauger in den Mund.

»Nicht traurig sein, Fynn, mein Freund«, sagte er, »deine Mami kommt wieder. Kann sich nur um Stunden handeln.«

Drinnen hatten Ilona, die Empfangsdame und mein Vater schließlich mit vereinten Kräften den total verkeilten Kinderwagen aus der Drehtür befreit, und der stockende Verkehr kam sofort wieder ins Fließen. Im nächsten Moment standen auch Chris, Fynn und ich im Foyer.

»Danke fürs Halten«, sagte Ilona und streckte die Arme sehnsüchtig ihrem Sohn entgegen, als hätte sie ihn seit Stunden nicht gesehen.

»Immer musst du ihn nehmen«, beschwerte sich mein Vater von der anderen Seite, »so kann ich doch nie eine tiefe Bindung zu ihm aufbauen!«

»Mach dir keine Sorgen, Papa«, sagte ich, »bleibt doch alles in der Familie. Und außerdem«, ich knuffte ihn sanft mit dem Ellenbogen, »wieso bist du überhaupt hier? Sunny-Side-Partys sind doch nie plus eins!«

»Aber ich muss doch meine zukünftige Frau bei der Rückkehr in den Job unterstützen«, sagte er entrüstet. »Und außerdem bin ich mittlerweile von zwei Seiten verwandt mit eurem Laden!«

Chris und ich gaben unsere Mäntel an der Garderobe ab und bahnten uns einen Weg durch die gut gelaunte Menge in die Kantine, die wie jedes Jahr zur Tanzfläche mit Büfett umgebaut worden war. Weit kamen wir nicht, schon im Eingang entdeckte uns Frau Stöver und presste uns abwechselnd an ihren mächtigen Busen.

»Na, ihr zwei Turteltäubchen?«, krähte sie übermütig. »Ihr seht ja richtig urlaubsfrisch aus! Wie war's auf Ibiza?«

Chris nahm meine Hand und drückte sie liebevoll.

»Wunderbar«, sagte ich, »um diese Jahreszeit hat man die Insel ja fast für sich allein. Und wir mussten ja alles noch einmal nachreisen, was wir letztes Jahr verpasst haben.«

»Aber da wart ihr doch auch schon gemeinsam da, oder?«

»Schon, Frau Stöver. Aber da – wie soll ich sagen …«

»… da kannten wir uns noch nicht so gut«, ergänzte Chris.

Die Idee mit Ibiza war uns am Neujahrsmorgen gekommen, als Chris und ich leicht verpeilt auf dem blauen Sofa herumgelungert und sehr viel Milchschaum mit sehr wenig Espresso getrunken hatten. »Es gibt nur eine Sache, die ich bedauere«, hatte er gesagt und meinen Nacken gestreichelt. »Dass wir damals dieses Honeymoon-Programm hatten auf der Insel und es überhaupt nicht geteilt haben.« »Und ich weiß noch immer nicht, was ich mit meiner Woche Resturlaub anfangen soll«, hatte ich geseufzt. »Aber am 29. März müssen wir zurück sein in Deutschland!«, hatte Chris gesagt. »Da ist die Sunny-Side-Party. Und das ist immerhin so etwas wie unser Jahrestag.«

»Ist es denn um diese Jahreszeit nicht noch ein bisschen leer dort?«, fragte Frau Stöver besorgt. »Da fährt doch sonst keiner hin!«

»Stimmt schon«, ich nickte, »aber so ist das eben. Immerzu kommt man im Leben entweder zu früh oder zu spät. Erstaunlich, dass trotzdem ab und zu etwas klappt.«

Chris wollte noch etwas hinzufügen, aber ich hielt ihm schnell den Mund zu. »Nicht jetzt«, zischte ich, »Anna ist dran.«

Auf einem Podium neben dem DJ-Pult hatte meine Freundin sich aufgebaut und schwang ein kabelloses Mikrofon vor ihrem Nadelstreifenanzug. Es gab ein paar hässliche Pfeiftöne von sich, und sie haute ungeduldig drauf, bis es vollständig schwieg. Dafür verstärkte es jetzt auch keinen Ton mehr. Schließlich erbarmte sich der DJ, kam neben dem Plattenteller vor, schlurfte auf sie zu und schaltete es an einem kleinen Hebel wieder an. Ich war mir nicht ganz sicher, aber ich glaubte, in ihm den Praktikanten aus der Intranet-Abteilung wiederzuerkennen. Nur dass er jetzt nicht mehr aussah wie die frühen Tokio Hotel, sondern eher wie die frühen Take That, mit Karoshirt und Schiebermütze. Diese jungen Leute. Wechselten ihren Geschmack wie die Hemden.

»Hey«, rief Anna, »seid ihr gut drauf?«

Die Reaktion war gespalten. Die meisten taten gar nichts, Fynn begann auf dem Arm seiner Mutter zu weinen. Nur ein Grüppchen rechts vorn an der Tanzfläche hob geschlossen die Arme und rief enthusiastisch: »Hey, Anna!«

»Ich glaube, das sind die neuen Animateure«, flüsterte ich Chris zu, »die kommen frisch von der Schulung.«

»Super!«, rief Anna mit gespieltem Enthusiasmus zurück. »Ich freu mich sehr, euch heute zum dreiundvierzigsten Sunny-Side-Firmenfest zu begrüßen. Ich weiß ja, ihr alle freut euch schon auf das köstliche Büfett mit den ayurvedischen Spezialitäten, das Plisch, äh, ich meine Frau Köster und Frau Naschke für euch gezaubert haben, und deshalb möchte ich mich auch ganz kurz fassen, bevor unser Vorstandsvorsitzender, Herr Dr. Großenstedt, noch ein paar Worte an uns richten wird. Wie die meisten von euch vielleicht wissen, hat Sunny Side eine erstaunliche Erfolgsgeschichte, deren Anfänge im Jahr 1967 liegen. Damals kam ein junger Zugschaffner auf die kreative Idee, einen kompletten D-Zug als Urlaubszug zu chartern und die Abteile …«

»Kann das sein, dass deine Freundin heute ein bisschen langatmig ist?«, fragte Chris und biss mich bei der Gelegenheit sanft ins Ohrläppchen.

»Sei nachsichtig!«, gab ich zurück. »Die hat zurzeit wirklich andere Sorgen.«

»Andere Sorgen? Was denn?«

»Es ist wegen Tobi. Der hat doch neulich seinen neuen Arbeitsvertrag unterschrieben. Und jetzt muss sie sich entscheiden: entweder Wochenendbeziehung, oder sie geht mit.«

»Wo ist denn Tobis neue Stelle?«

»In Bielefeld.«

Zehn Minuten später war Anna fertig, dann bestieg Dr. Großenstedt das Podium, um ein paar Worte zu sagen, und eine halbe Stunde danach kündigte er die kurze Begrüßung des Firmendienst-Vorstandes an. Plisch und Plum standen mit glasigen Augen hinter den Warmhalteschalen aus Edelstahl und schepperten ungeduldig vor sich hin. Ich konnte mich täuschen, aber es hörte sich an, als klopften sie den schleppenden Takt der Worte mit ihren Schöpfkellen auf den Deckeln nach. Auch bei der Dekoration hatten sie sich nicht lumpen lassen. Zwischen den Warmhalteschalen standen eine chinesische Glückskatze mit depressivem Gesichtsausdruck, die mechanisch mit ihrer Pfote winkte, und ein goldener Buddha mit Schlafzimmerblick.

Um kurz vor halb neun wurde das Büfett endlich eröffnet. Vor mir in der Essensschlange stand Berger, die unvermeidliche Sonnenbrille im Haar und einen Teller in der Hand.

»Das sieht aber mal wieder ganz köstlich aus, die Damen«, sagte er und deutete auf Reis mit einer Auberginenpampe, »wenn ich das hier mal probieren dürfte?«

Plisch griff bereits nach der Schöpfkelle, da fiel Plum ihr in den Arm.

»Auf keinen Fall«, sagte sie streng zu ihrer Kollegin, »der Herr Berger ist ein Pitta-Typ, dem bekommen keine Speisen, die zusätzlich die innere Hitze schüren.«

Plisch schenkte ihr einen vernichtenden Seitenblick.

»Der ist nicht Pitta!«, sagte sie. »Schau dir doch seinen Körperbau an. Kompakt, massig, langsame Bewegungen. Reinstes Kapha.«

»So«, funkelte Plum zurück, »und was ist mit seiner Neigung zum Schwitzen? Seinen häufigen Magen-Darm-Problemen? Herr Berger ist Pitta, da beißt die Maus keinen Faden ab.«

Unauffällig hob Herr Berger einen Arm und sah sich um. Vermutlich suchte er nach verräterischen Schweißflecken.

»Also, meinetwegen ist er ein Mischtyp«, lenkte Plisch ein, »aber Auberginen in kleinen Mengen kann er auf jeden Fall vertragen.«

Herr Berger ließ seinen Teller sinken und hob abwehrend eine Hand.

»Ach nein«, sagte er, »wenn ich's mir recht überlege, habe ich doch keinen großen Hunger.«

Später wurde getanzt. Chris und ich lehnten an einem Stehtischchen am Rand und sahen zu. Ab und zu sagte einer von uns: Jetzt sollten wir aber mal, aber es kam nie so weit. Stattdessen kam immer etwas dazwischen. Ein dringender Kuss, eine unaufschiebbare Umarmung.

Frau Stöver schwang mit ansteckendem Spaß ihre Hüften, genau an ihrer Seite ließ Lisa-Marie den Oberkörper wackeln. Mittlerweile hatte ich mich an ihren neuen, platinblonden Look gewöhnt und war nicht mehr jedes Mal irritiert, wenn sie an mir vorbeirauschte. Seit sie es beim Fotoshooting für die große Boulevardzeitung im letzten Spätsommer zum Titelmädchen gebracht hatte, war sie wie ausgewechselt, hatte alle drei Wochen eine neue Frisur und alle vier einen neuen Freund. In letzter Zeit hatte ich munkeln hören, dass ein großer Münchner Frauensender ihr eine Stelle als Nachwuchsmoderatorin angeboten hatte, und ich hätte gern mal ein ernstes Wörtchen mit ihr geredet. Leider sprach sie immer noch nur das Nötigste mit mir. Mein Betrug mit der Bärchentasse saß einfach zu tief.

»Übrigens«, ich schmiegte mich an Chris, »Melli war heute wieder beim Arzt. Alles in bester Ordnung.«

»Wie weit ist sie denn?«, fragte Chris. »Das Kind müsste doch jeden Moment da sein, so wie sie aussieht!«

»Es dauert aber noch so drei bis vier Wochen. Neulich hat Steve das Schlafzimmer schon mal umgeräumt, damit das Babybett auch Platz hat. Das war für Melli allerdings ein harter Prozess.«

»Wieso das denn? Ich dachte, sie freut sich!«

»Schon. Aber jetzt ist kein Platz mehr für ihren Altar.«

»Für Steves Plasmafernseher auch nicht.«

»Ein Sieg der Gerechtigkeit.«

»Sag mal, Evke? Weißt du, was ich dich schon lange fragen wollte?«

»Na?«

Er blickte verschämt an mir vorbei und biss sich schief auf die Lippe. »Wie soll ich es sagen?«, begann er und stotterte ein bisschen, »hast du ... ich meine, es ist ja nicht schlimm, wenn es so ist, ich frag nur ... also ... hast du eigentlich ein Problem mit Zimmerpflanzen?«

Verdutzt sah ich ihn an und schüttelte den Kopf. »Nein. Aber die haben ein Problem mit mir. Warum fragst du?«

»Na ja, es ist ...«, wieder blickte er nervös zur Seite, »also, heute Mittag bin ich zufällig in einem Blumenladen gewesen und habe mich ein bisschen nach Grünpflanzen umgesehen. Da habe ich einen wilden Wein entdeckt. Sehr hübsch, so eine ganz saftige, grüne Farbe, und die Floristin hat gesagt, der ist extrem robust und verzeiht fast alles.«

»Oh, wie süß!«, ich schlang meine Arme um Chris. »Und den wolltest du mir schenken?«

»Schenken nicht direkt.« Er griff nach meinen Ellenbogen und sah mich seltsam an. So ernst. Als hätte er mir eine entscheidende Mitteilung zu machen.

»Chris?«, fragte ich vorsichtig. »Ist alles in Ordnung mit dir?«

»Ja … nein … ach, Evke, unterbrich mich doch nicht, wenn ich dir gerade etwas Wichtiges sagen möchte. Ich dachte, dieser Wein … und wir … na, dass wir drei ganz gut zusammenpassen würden. Wenigstens für den Anfang. Deshalb habe ich mir gedacht … Evke, möchtest du mit mir zusammenziehen?«

Ich wusste nicht, wo ich hinschauen sollte. Die Tanzfläche schwankte, die Tänzer noch mehr, und in meinem Kopf war Sturmflut auf Hallig Hooge. Schließlich hob ich den Blick und sah dem Goldbuddha auf dem Büfett direkt in die Augen.

Er zwinkerte. Ich schwöre, er hob seine schweren Lider um einen Millimeter und zwinkerte.

Und dann sagte er etwas. Ein einziges Wort.

Vielleicht war es ja ein altertümlicher Sanskrit-Ausdruck. Aber es klang, als sagte er: »Siehste?«

In diesem Moment, nach drei ayurvedischen Ingwercocktails, hatte ich drei überraschend klare Gedanken.

Erstens: Das riesige, laminierte »The Matrix«-Plakat über Chris' Bett würde in den Flur wandern.

Zweitens: Das blaue Sofa würde einen neuen Bezug bekommen. Und einen Ehrenplatz.

Drittens: Endlich wusste ich, was die Yogis immer mit dem Hier und Jetzt meinten. Es gab Momente, manche groß und manche klein, in denen das Leben alles gab, was es hatte. Und man durfte keinen von ihnen verpassen.

Das hier war einer der glücklichsten.

Und es fing gerade erst an.